Freda Wolff

# TÖTE IHN, dann darf sie leben

atb aufbau taschenbuch

Freda Wolff ist das Pseudonym des Schriftstellerpaares Ulrike Gerold und Wolfram Hänel.
Ulrike Gerold und Wolfram Hänel (beide Jahrgang 1956) haben Germanistik in Berlin studiert und an verschiedenen Theatern gearbeitet, bevor sie gemeinsam zu schreiben begannen. Heute leben und arbeiten sie meistens in Hannover – und schreiben seit über zwanzig Jahren im selben Raum und am selben Tisch, ohne sich dabei mehr zu streiten als unbedingt nötig.
Bisher erschien als Aufbau Taschenbuch der erste Thriller um Merette Schulmann: »Schwesterlein muss sterben«.

Für die Psychologin Merette Schulman und ihre Familie hätte es ein schöner Sommer in Norwegen werden sollen. Während Merette und ihr Exmann, der Sonderermittler Jan-Ole, sich ein paar Tage in der Wildnis gönnen, fahren Merettes Tochter Julia und deren Freundin Marie zelten. Doch was so friedlich zu beginnen scheint, wird schnell zum puren Alptraum. Aksel, der Psychopath, der die Familie einst bedrohte und Julia und Marie in seine Gewalt brachte, ist aus der forensischen Klinik ausgebrochen – und offensichtlich sinnt er auf Rache. Er scheint nicht nur zu wissen, wo Merette sich aufhält, sondern ist auch in Julias Nähe. Aksel hat einen perfiden Plan, der Merette vor eine unmögliche Wahl stellt. Gleichzeitig muss sie erkennen, dass auch Polizisten auf moralischen Abwegen wandeln. Die Suche nach der Wahrheit eskaliert schließlich in einer Situation, in der unerwartet Merettes Leben auf dem Spiel steht.

Freda Wolff

# TÖTE IHN, dann darf sie leben

Thriller

atb aufbau taschenbuch

Für H. – wie immer

MIX
Papier aus verantwortungsvollen Quellen
FSC® C083411
www.fsc.org

ISBN 978-3-7466-3310-7

Aufbau Taschenbuch ist eine Marke der Aufbau Verlag GmbH & Co. KG

1. Auflage 2017

Die Originalausgabe erschien 2015 bei Rütten & Loening,
einer Marke der Aufbau Verlag GmbH & Co. KG
Umschlaggestaltung www.buerosued.de, München
unter Verwendung eines Bildes von © Kiyomi Arakaki
Gesetzt aus der Granjon durch Greiner & Reichel, Köln
Druck und Binden CPI books GmbH, Leck, Germany
Printed in Germany

www.aufbau-verlag.de

# VORSPIEL

Als sie aus dem Tiefschlaf hochschreckte, wusste sie nicht, wo sie war. Für einen Moment hatte sie den Eindruck, in einer Kiste zu stecken, dicht neben ihrem linken Arm war eine grob gezimmerte Holzwand. Als sie die Hand nach oben streckte, stieß sie ebenfalls gegen Bretter. Erst als ihre Augen sich an die Dunkelheit gewöhnt hatten, konnte sie rechts von sich das vage Viereck eines Fensters ausmachen.

Gleich darauf hörte sie wieder das Geräusch, das sie geweckt hatte. Ein blechernes Scheppern, irgendwo draußen, nur wenige Meter von ihr entfernt.

»Der Fuchs kommt regelmäßig vorbei«, hatte Elsa gesagt, »aber es gibt auch einen Dachs, der manchmal versucht, die Mülltonne umzustürzen. Achtet bitte darauf, dass ihr immer den Deckel zumacht.«

Elsa! Ohne Probleme konnte Merette sich jetzt wieder orientieren, sie war nicht in ihrer Wohnung in Bergen, sondern in einer Hütte irgendwo in Südnorwegen, in der Nähe von Kristiansand. Jan-Ole hatte sie damit überrascht, dass er die Hütte für eine Woche gemietet hatte – allerdings ohne sie vorher zu fragen, ob eine Hütte ohne Strom und fließend Wasser, mit Propangaskocher und Bretterklo, weit weg von jedem Dorf, jedem Straßencafé und jeder Einkaufsmöglichkeit ihrer Vorstellung von Urlaub entsprechen würde. Und auf ihren zögernden Einwand hin hatte er sie einfach in den Arm genommen und lachend erklärt: »Glaub mir, das ist genau das, was du jetzt brauchst. Was wir brauchen! Elsa ist eine alte Bekannte, die sich freut, uns einen Gefallen tun zu können. Ihre Hütte liegt an einem See, oben in den Bergen. Elsa gibt uns nur den Schlüssel und dann können wir machen, was wir wollen, ohne fürchten zu müssen, dass vielleicht ein Nachbar vorbeikommt und uns beim Nacktbaden erwischt. Der nächste bewohnte Hof ist gut fünf Kilometer entfernt, es wird also nur dich und mich geben.«

Natürlich hatte Jan-Ole vollkommen recht gehabt, sie hatten beide eine Auszeit dringend nötig. Seit über einem Jahr hatten sie Bergen nicht verlassen! Seit einer von Merettes Patienten, ein Soziopath, ihre Tochter Julia und deren beste Freundin in seine Gewalt gebracht hatte. Und nach wie vor wurde Merette von den alptraumhaften Bildern verfolgt, in denen sie zu spät kam, um Julia zu retten. Jedes Mal wurde ihr dann aufs Neue klar, wie sehr ihr Selbstbewusstsein immer noch erschüttert war – als würde sie in einem sorgfältig aufgebauten Kartenhaus sitzen, das der leiseste Windhauch zum Einsturz bringen konnte.

Kurz entschlossen hatte sie also tatsächlich alle ausstehenden Termine abgesagt und war mit Jan-Ole auf diese Hütte gefahren – nur um sich bereits gleich nach der Ankunft wieder Vorwürfe zu machen, Julia alleine zurückgelassen zu haben.

»Hör auf, Merette«, hatte Jan-Ole sofort auf sie eingeredet, »du musst endlich loslassen! Julia ist in Sicherheit, ihre Therapie ist fast abgeschlossen, das Letzte, was sie jetzt gebrauchen kann, ist eine Mutter, die wieder ihre eigenen

Ängste auf sie überträgt. Und Aksel Karlsen sitzt in der Forensischen Psychiatrie, er kann niemandem mehr gefährlich werden, die Sache ist ausgestanden. Gib euch endlich die Chance, wieder zu euch zu finden. Ich dachte, wir waren uns einig darüber, dass wir alle diesen Neuanfang brauchen. Das gilt im Übrigen auch für dich und mich«, hatte er nach kurzem Zögern hinzugesetzt.

Merette hatte nur zu gut verstanden, worauf er anspielte. Jan-Ole und sie waren nach ihrer Trennung vor über zehn Jahren erst wieder zusammengekommen, als diese Geschichte mit Julia passierte. Nach wie vor wohnten sie getrennt, aber ihre Beziehung schien auf dem besten Weg, sich wieder vollständig einzurenken. Und Jan-Ole war einfühlsam genug, um Merette zu nichts zu drängen, wozu sie nicht bereit war. Aber sie wusste, wie sehr es ihn belastete, wenn er spürte, dass sie weder ihm noch sich selbst vertraute.

Die fast zwei Flaschen Weißwein, die Jan-Ole im Wasser des Sees gekühlt hatte und die sie im Laufe des ersten Abends tranken, ohne wirklich betrunken zu werden, hatten zu dem geführt, was von vornherein absehbar gewesen war – sie war mit Jan-Ole auf einer der schmalen Bettpritschen gelandet. Norwegische Sommerhütten waren eindeutig eher lustfeindlich, hatte Merette noch gedacht, als sie sich bei ihren Verrenkungen kurz nacheinander beide die Köpfe an der oberen Pritsche stießen. Dann waren alle Hindernisse nebensächlich geworden und es gab nur noch Jan-Oles Hände, seinen Mund, seine Lippen und den leicht salzigen Geschmack seiner Haut. Es kam nicht oft vor, dass sie miteinander schliefen, und mehr als nur einmal hatte Merette schon gedacht, dass ihr Sex etwas Verzweifeltes hatte, als würden sie sich aneinander festklammern, um sich zu vergewissern, dass sie nicht alleine waren. Aber diesmal war es wider Erwarten anders gewesen, es hatte sich alles richtig angefühlt, und sie hatten sich Zeit gelassen, viel Zeit.

Gegen Mitternacht hatten sie dann zusammen im See gebadet, und trotz der eisigen Kälte des Wassers hatte Merette so etwas wie ein lange vermisstes Glücksgefühl gespürt, das auch noch anhielt, als sie bereits wieder in der Schlafkammer waren, diesmal jeder auf seiner eigenen Pritsche, sie unten und Jan-Ole anderthalb Meter über ihr.

»Hörst du das?«, hatte Jan-Ole geflüstert. Seine Stimme hatte geklungen wie die eines kleinen Jungen, der aufgeregt seine erste Feriennacht in der Wildnis verbringt. »Man hört gar nichts! Das ist es, was Elsa gemeint hat. Absolute Stille. Als wäre der Wald nicht voll mit Lebewesen.«

Tatsächlich hatte Elsa sie bei ihrer Ankunft vor dieser Stille gewarnt und ihnen von einem Arztehepaar aus Deutschland erzählt, das im vergangenen Jahr schon nach zwei Nächten wieder abgereist war, weil es ohne die Geräuschkulisse der Großstadt nicht schlafen konnte.

Umso unheimlicher war jetzt das unerwartete Klappern der Mülltonne, auch wenn der Grund dafür wahrscheinlich wirklich nur ein streunender Fuchs oder Dachs auf der Suche nach fressbaren Abfällen war.

»Jan-Ole ...«, flüsterte Merette in das Dämmerlicht der Kammer hinein. »Schläfst du?«

Natürlich schläft er, dachte sie gleich darauf, mach dich nicht lächerlich, Merette, es ist nichts weiter. Alles ist in Ordnung, es gibt nichts, was dir in irgendeiner Weise gefährlich werden könnte!

Aber warum hörte sie nicht wenigstens einen Atemzug von Jan-Ole? Wenn er wirklich fest schlief, müsste sie dennoch seinen Atem hören, irgendeine Bewegung auf der Pritsche über ihr, ein Anzeichen dafür, dass er überhaupt da war.

Sie hob den Arm und klopfte mit dem Fingerknöchel an den Lattenrost der oberen Pritsche, erst zögernd, dann nachdrücklicher, während sie auf seine verschlafene Stimme hoffte, auf ein mürrisches »Was ist los? Was hast du?«

»Jan-Ole?«, fragte sie jetzt lauter in die Stille hinein. Als immer noch keine Antwort kam, schlug sie die Decke zurück und richtete sich auf. Fast wäre sie mit dem Kopf wieder gegen die grob gezimmerten Bretter gestoßen. Als sie dann mit der Hand nach der Pritsche über sich tastete, wusste sie bereits, dass das Bett leer war.

Er ist pinkeln gegangen, dachte sie, und ich habe so fest geschlafen, dass ich noch nicht mal gemerkt habe, wie er an mir vorbeigeklettert ist. Oder er hat den Fuchs vor mir gehört und sich zum Fenster geschlichen, um ihn zu beobachten.

Barfuß tastete sie sich über die Schwelle in den Wohnraum. Aber dann war da nur die leere Fensteröffnung ohne den ersehnten Schatten von Jan-Ole davor. Die Tür nach draußen war geschlossen, allerdings fehlten Jan-Oles Gummistiefel, und auch die Taschenlampe, die sie für alle Fälle griffbereit auf den Tisch gelegt hatten, war verschwunden.

»Er ist pinkeln gegangen«, wiederholte Merette halblaut für sich selbst und spürte plötzlich den Druck auf ihrer eigenen Blase. Ein altes Ehepaar trifft sich nachts auf dem

Außenklo, dachte sie fast belustigt, bevor sie die Klinke herunterdrückte und ins Freie trat.

Über ihr wölbte sich der Sternenhimmel, noch konnte Merette ohne Mühe den großen Wagen ausmachen und das schimmernde Band der Milchstraße, aber ein grünlichgelber Schimmer über dem Wald am anderen Seeufer kündigte bereits den neuen Tag an. Ein Blick auf die Uhr sagte ihr, dass es kurz vor fünf war.

Der glatte Felsen, auf dem die Hütte stand, fühlte sich unangenehm kalt unter ihren bloßen Füßen an, kalt und feucht vom Morgentau. Die Kiefernnadeln in den vom Regen ausgewaschenen Mulden waren wie ein Teppich, der sich mit Nässe vollgesogen hatte. Als sie um die Ecke der Hütte kam, meinte sie einen langgestreckten Schatten unter Jan-Oles altem Campingwagen verschwinden zu sehen, aber sicher war sie sich nicht. Der Mülleimer lag umgestürzt auf der Seite, die Abfälle ihres Abendessens waren über den Boden verstreut.

Die Tür zum Klohäuschen stand sperrangelweit offen, auch aus der Entfernung von vier oder fünf Metern konnte Merette ohne Probleme erkennen, dass das Klo leer war.

Sie drehte sich zurück zum See, fest davon überzeugt, irgendwo zwischen den Baumstämmen Jan-Oles Silhouette entdecken zu müssen – aber das Einzige, was sie sah, waren zwei Wildgänse, die mit vorgestreckten Hälsen dicht über dem Wasser am Ufer vorbeiflogen, laut schnatternd, als wären sie auf der Flucht vor irgendeiner unklaren Bedrohung.

Ein paar Gedichtzeilen von Bertolt Brecht schossen Merette durch den Kopf: Wo Regen drohen oder Schüsse fallen, fliegen sie hin, einander ganz verfallen. Wohin ihr? –

Nirgend hin. – Von wem davon? – Von allen. Wie der Text weiterging, wollte ihr nicht einfallen, sie erinnerte sich nur noch daran, dass das Gedicht »Die Liebenden« hieß. Es schien ihr Ewigkeiten her zu sein, dass sie versucht hatte, den Text für Jan-Ole ins Norwegische zu übersetzen. Es *war* Ewigkeiten her.

Als die Gänse verschwunden waren, wirkte die Stille erneut umso unwirklicher. Mit den Gänsen hatte sich auch die Farbe des Himmels verändert, ein rötlicher Schleier überzog den Horizont.

Der Druck auf ihre Blase war jetzt so stark, dass Merette unwillkürlich die Beine zusammenpresste. Aber irgendetwas hielt sie davon ab, die wenigen Meter zurück zum Klo zu gehen, das ihr plötzlich wie eine Falle vorkam. Stattdessen streifte sie das Nachthemd hoch und hockte sich mitten auf den Felsen. Das Plätschern auf dem Stein kam ihr unnatürlich laut vor, für einen kurzen Moment überlegte sie, ob es ihr peinlich wäre, wenn plötzlich Jan-Ole vor ihr stehen würde …

Und dann kam der Schrei. Ein Schrei, wie sie ihn noch nie zuvor gehört hatte. Qualvoll. Grausam. Eine Mischung aus ohnmächtiger Wut und … Angst! So laut und durchdringend, dass für einen Moment ihr Herzschlag aussetzte und sie zu keiner Reaktion mehr fähig war. Der Schrei klang wie das Gebrüll eines wilden Tieres, das sich in die Enge getrieben fühlte und jeden Augenblick zum Angriff übergehen würde. Ohne Zögern, ohne Erbarmen – und doch hatte der Schrei gleichzeitig etwas Menschliches.

Im selben Moment, in dem Merette die Tür hinter sich zuschlug, wusste sie schon nicht mehr, wie sie zurück in die

Hütte gekommen war. Ihre Hände schafften es kaum, den Schlüssel im Schloss zu drehen, am ganzen Körper zitternd, presste sie dann von innen den Rücken gegen das Holz, als könnte sie so den Ansturm gegen die Tür verhindern, der jeden Moment folgen musste.

Der zweite Schrei ließ sie aufschluchzend nach unten rutschen, sie presste die Hände auf ihre Ohren und hörte das Blut in ihrem Kopf rauschen, dann rollte sie sich zur Seite und griff keuchend nach dem Beil, das an der Wand lehnte. Was immer da draußen auf sie lauerte, sie würde sich nicht wehrlos ergeben.

Nur mit Mühe schaffte sie es, ihren Atem wieder halbwegs unter Kontrolle zu bekommen, sie musste sich vor Angst auf die Lippe gebissen haben, deutlich konnte sie ihr eigenes Blut schmecken. Schritt für Schritt schob sie sich bis zum Fenster, das Beil fest in beiden Händen, ihre Gedanken rasten, sie wusste nicht, was sie da draußen sehen würde, aber nichts konnte schlimmer sein als die alptraumhaften Bilder in ihrem Kopf.

Der Platz vor der Hütte war leer. Undeutlich konnte Merette den nassen Fleck auf dem Felsen ausmachen, wo sie eben noch gehockt hatte. Sonst gab es nichts, was auf irgendein Lebewesen hindeutete.

Zweimal noch hörte sie den Schrei, jedes Mal deutlich weiter entfernt als vorher. Dann war da wieder nur diese Stille, die so gar nichts Beruhigendes mehr für Merette hatte. Und das Hämmern ihres eigenen Herzens.

Merette handelte jetzt wie eine fremde Person, die die Führung über sie übernommen hatte – während sie selbst nur danebenstand und unbeteiligt registrierte, wie sie sich ihre Jeans anzog, ein langärmliges Shirt überstreifte, nach kurzem Zögern ihre Turnschuhe wieder zurückstellte und stattdessen die klobigen Wanderschuhe wählte. Sie hatte keine Ahnung, wo genau sie nach Jan-Ole suchen sollte, aber sie würde feste Schuhe brauchen, von der holprigen Schotterstraße abgesehen, gab es um sie herum nur unberührte Wildnis.

Sie verzichtete darauf, einen Zettel für Jan-Ole zu schreiben – er würde nicht plötzlich von alleine wieder auftauchen, davon war sie überzeugt. Statt des Beils nahm sie das längste Küchenmesser aus der Schublade, das sie finden konnte. Sie hatte noch nie mit einem Messer gekämpft, aber wenn es sein musste, würde sie es tun.

Als Merette die Tür entriegelte und erneut ins Freie trat, ging ihr Atem gleichmäßig, ihre Hände zitterten nicht mehr, sie war voll und ganz auf die Aufgabe konzentriert, die vor ihr lag. Sie musste Jan-Ole finden – und es musste schnell gehen, womöglich würde er verletzt sein, ziemlich sicher sogar, wobei sie immer noch hoffte, dass er vielleicht nur gefallen war, sich den Fuß verstaucht hatte, ein Bein gebrochen …

Merette schüttelte unwillig den Kopf, um die Bilder loszuwerden, die sich ihr erneut aufdrängen wollten. Sie hatte das fürchterliche Gebrüll immer noch im Ohr, aber sie war ein Großstadtmensch und wusste nichts über wilde Tiere. Genauso wenig erinnerte sie sich, jemals etwas davon gehört zu haben, ob es in Südnorwegen überhaupt so etwas wie streunende Wölfe gab, Bären, Wildkatzen – oder wozu vielleicht ein wütender Elch fähig war, der sich in seinem Revier bedroht fühlte. Elche gab es, Jan-Ole hatte ihr erst gestern einen noch dampfenden Köttelhaufen zwischen den Preiselbeeren gezeigt.

Gleich darauf schoss ihr erneut der Gedanke durch den Kopf, dass das Gebrüll durchaus auch etwas Menschliches gehabt hatte.

»Reiß dich zusammen, Merette«, murmelte sie, dann holte sie die Verbandstasche aus dem Camper und begann, in immer größeren Kreisen das Gelände um die Hütte herum abzusuchen. Einmal blieb sie an einer Wurzel hängen und stolperte, dicht an einer Felskante, sie konnte sich gerade noch an einem tiefhängenden Ast festhalten, schürfte sich aber das Schienbein unter der Jeans auf und blinzelte heftig gegen die Tränen an, die ihr der Schmerz in die Augen trieb.

In einer Senke am Seeufer lagen wahllos hingestreute Knochen, der Größe nach musste es ein Elch gewesen sein, der hier wahrscheinlich im letzten Winter verendet war. Fleisch- oder Fellreste gab es keine mehr, auch den Schädel konnte Merette nirgends sehen. Als sie die leeren Patronenhülsen zwischen den Steinen entdeckte, folgerte sie, dass der präparierte Elchkopf nun wohl die Hüttenwand eines jagdversessenen Norwegers schmücken würde.

Elsas Kanu lag nach wie vor umgedreht auf dem Holzgestell am Ufer. Jan-Ole hatte bereits davon geschwärmt, das Boot ins Wasser zu setzen und eine Paddeltour mit Merette zu machen. »Die Seen hier oben sind alle miteinander verbunden«, hatte er erklärt, »wir können den ganzen Tag unterwegs sein und vielleicht auf irgendeiner Insel ein Picknick machen.«

Im schlickigen Ufersand waren deutlich die Fußspuren ihres nächtlichen Badeausflugs zu erkennen, Stiefelabdrücke gab es keine, Jan-Ole war also auch nicht noch mal hier gewesen.

Das Licht war inzwischen so hell, dass die Konturen des Waldes scharf hervortraten, nur über dem See hing noch eine dünne Nebelschicht.

Einen Moment stand Merette unschlüssig auf dem Weg, dann schlug sie die Richtung ein, die bergab zu dem verlassenen Bauernhaus führte, das sie bei ihrer Ankunft passiert hatten. Sie folgte einem vagen Gefühl, das sie nicht näher hätte benennen können, aber sie war sich schon nach den ersten Metern sicher, dass sie die richtige Richtung eingeschlagen hatte.

Das typische rot-weiße Holzhaus war über dreihundert Jahre alt und – wenn Merette es gestern richtig verstanden hatte – der ehemalige Hof von Elsas Eltern. Das Haus stand seit langem leer, Elsa hatte irgendetwas davon erzählt, dass sie sich vorstellen könnte, später selbst wieder hierherzuziehen, aber im Moment fehlte ihr das Geld für die notwendigen Reparaturen. Merette hatte ohnehin kaum zugehört, alleine die Idee, dass jemand im Alter auf einem Bauernhof mitten in der Wildnis leben wollte, erschien ihr vollkommen absurd. Jan-Ole war natürlich anderer Meinung und hatte sich umgehend von Elsa das Versteck des Schlüssels sagen lassen, um sich »alles mal in Ruhe anzusehen«.

Dass er dazu nun ausgerechnet mitten in der Nacht losmarschiert sein sollte, ergab keinen Sinn, es musste also einen anderen Grund gegeben haben, der ihn von der Hütte weg und zu dem verlassenen Gehöft gelockt hatte – aber als Merette seine schwarze Wollmütze auf dem Schotterweg entdeckte, wusste sie, dass er tatsächlich vor ihr hier gewesen war.

Hinter der Wegbiegung konnte sie das eingestürzte Dach der Scheune ausmachen, in der Zufahrt stand ein alter Militärlaster, der ihr mit der eingeschlagenen Windschutzscheibe und den von Unkraut überwucherten Reifen bereits gestern aufgefallen war. In der Luft lag ein stechender Geruch, den Merette nicht deuten konnte, sie tippte darauf, dass irgendwo alte Düngemittelsäcke gelagert waren.

Als sie durch das hohe Gras auf die Haustür zuging, sah sie deutlich die Spur, die Jan-Ole hinterlassen hatte. Eine zweite Spur führte quer über den Platz von der Scheune zur Hausecke hinüber. Merette konnte nicht entscheiden, ob das Gras in beiden Fällen von derselben Person niedergetrampelt worden war, nahm aber an, dass Jan-Ole sich ausführlich umgesehen hatte, aus welchem Grund auch immer.

Der Schlüssel steckte von außen im Schloss. Merette bückte sich zu dem niedrigen Fenster gleich neben der Tür, konnte aber hinter der staubblinden Scheibe nur undeutlich eine leere Küche erkennen. Auf der Spüle stand eine Kaffeekanne aus Kunststoff, deren Henkel mit Paketklebeband geflickt war. Eine grünschillernde Fliege prallte immer wieder gegen das Fensterglas.

Die Tür quietschte unangenehm laut in den Scharnieren, als Merette sie öffnete. Sofort schlug ihr eine Wolke abgestandener Luft entgegen, auf dem Boden stand eine von Spinnweben verkleisterte Mausefalle. Gleichzeitig meinte sie Zigarettenrauch zu riechen. Aber Jan-Ole rauchte nicht mehr, zumindest hatte er ihr versprochen aufzuhören und deshalb auch seinen letzten Tabak zu Hause in Bergen liegenlassen, das wusste sie genau.

Sie lauschte mit angehaltenem Atem in den Flur hinein, die Hand, mit der sie das Messer hielt, war verschwitzt, der Griff fühlte sich klebrig an. Staubfusseln tanzten im ersten Sonnenlicht, das als heller Streifen über die Treppe von einem Fenster im oberen Stockwerk fiel. Von der Küche her hörte sie das unablässige Brummen der Fliege, die immer noch vergeblich einen Weg nach draußen suchte. Der dumpfe Aufprall gegen die Scheibe klang jedes Mal wie eine weit entfernte Detonation.

Vorsichtig setzte Merette einen Fuß vor den anderen, bis sie durch die halbgeöffnete Tür in den Wohnraum blicken konnte. Hinter den Fenstern schimmerte das Wasser des Sees, für einen kurzen Moment schob sich eine Wolke vor die Sonne und veränderte das Licht im Raum in ein diffuses Grau. Ein Stuhl lag umgestürzt auf dem Boden, dicht daneben Jan-Oles Taschenlampe. Erst der nächste Schritt ließ Merette auch Jan-Ole selbst sehen, seine Beine waren in einem unnatürlichen Winkel gekrümmt, als hätte er noch versucht, sich kriechend in Sicherheit zu bringen. Er lag mit dem Gesicht nach unten, an seinem Hinterkopf klaffte eine offene Wunde. Das Blut wirkte wie ein klebrig glänzender Fleck auf dem Grau der Haare.

Mit zwei schnellen Schritten war sie bei ihm. Als sie ihre Finger an seine Halsschlagader drückte, konnte sie einen schwachen Puls fühlen. Erleichtert stieß sie die Luft aus. Aber Jan-Ole war nicht ansprechbar, nur seine Augenlider flackerten leicht, als sie seinen Namen rief. Sein Atem klang röchelnd, auf seiner Stirn lag ein dünner Schweißfilm.

Merette riss ein Verbandspäckchen auf und drückte den Mull auf die Wunde, dann schob sie ihm seinen rechten Arm unter den Kopf und versuchte, seinen Körper in eine stabile Seitenlage zu drehen. Bei der Bewegung stöhnte Jan-Ole kurz auf, kam aber nach wie vor nicht zu sich.

Er braucht einen Arzt, dachte Merette, er muss ins Krankenhaus! Wenn nur das verdammte Handy irgendeinen Empfang hier oben hätte! Aber es würde ohnehin zu lange dauern, bis ein Rettungswagen hier wäre. Ich muss Jan-Ole alleine von diesem Berg runterschaffen, ich muss ihn irgendwie ins Auto kriegen und …

»Mach jetzt keinen Scheiß, Jan-Ole«, flüsterte sie, »du musst durchhalten, ich bin gleich zurück!«

Sie strich über seine feuchte Stirn. Dann schloss sie kurz die Augen und presste die Fäuste gegen die Schläfen, um Kraft zu sammeln.

Als sie bergauf den Weg hochrannte, hatte sie keinen anderen Gedanken im Kopf, als dass sie jetzt nicht stolpern durfte. Sie würde den langen Regenmantel vom Haken hinter der Tür nehmen und ihn wie eine Plane benutzen, um Jan-Ole darauf bis zum Wagen zu ziehen. Wie sie ihn dann ins Wageninnere bekam, würde sie entscheiden, wenn es so weit war.

Der Zündschlüssel steckte in Jan-Oles Lederjacke. Der Camper sprang schon beim ersten Versuch an, Merette schob den Ganghebel in Fahrtstellung und rammte den Fuß aufs Gas. Gleich darauf registrierte sie, dass die Lenkung schwergängiger war als sonst, schlingernd rutschte der Camper über den Schotterweg und geradeaus in den Graben. Mit einem dumpfen Blubbern kam der Motor zum Stehen. Kaum hatte Merette die Tür wieder aufgerissen und war vom Fahrersitz gesprungen, sah sie, dass der linke Vorderreifen zerstochen war.

Irgendwo im Wald hinter ihr kreischte ein Raubvogel. Die Sonne war jetzt so grell, dass die Schatten zwischen den Bäumen fast schwarz wirkten.

# ERSTES BUCH

When the lion lies down with the lamb
(Dance with a Stranger)

## 2 Tage vorher

*Er drückte Hawkin den benzolgetränkten Lappen auf Nase und Mund und flüsterte dicht an seinem Ohr: »Tief einatmen und dann die Luft anhalten! Ja, genau so, du machst das gut. Und gleich noch mal! Merkst du, wie das Zeug dich wegschießt?«*

*»Ist geil, echt … «*

*»Nicht reden, nur atmen!«*

*Seine Finger tasteten nach Hawkins Handgelenk. Der Puls war bereits deutlich beschleunigt. Die Haut über den Wangenknochen war gerötet, auf der Stirn glänzte ein dünner Schweißfilm.*

*Hawkin kicherte.*

*»Es ist so geil, Mann, das haut voll rein!«*

*»Hab ich dir doch gesagt. Und es wird noch besser, glaub mir.«*

*Hawkin griff jetzt selbst nach dem Lappen und inhalierte erneut, ohne dass er ihn dazu auffordern musste. Seine Augenlider flatterten, plötzlich versuchte er, sich von dem Arm um seine Schultern zu befreien, und fing an, mit den Beinen zu strampeln.*

*Ein Benzolrausch ist durch rasch eintretende Euphorie und plötzliche Hyperaktivität gekennzeichnet, hatte in dem halbmedizinischen Text gestanden, den er im Netz in irgendeinem*

*Forum für Schnüffelheinis gefunden hatte. Darauf folgen der Verlust der Selbstkontrolle, Bewusstlosigkeit und in schweren Fällen Tod infolge von Atemlähmung und Herzstillstand …*

*Er zog Hawkin zurück auf den Boden und redete beruhigend auf ihn ein, während er gleichzeitig alle Kraft aufbringen musste, um ihn am Aufstehen zu hindern.*

*»Du darfst jetzt nicht ausflippen! Du weißt doch, was ich dir erklärt habe. Du musst das bis zum Ende durchziehen.«*

*Hawkin keuchte, sein Atem ging stoßweise, die anfängliche Rötung der Haut war einer unnatürlichen Blässe gewichen.*

*»Schon klar, Alter, weiß ich alles. Aber du darfst mich nicht hängen lassen, du hast es versprochen. Du machst genau dasselbe und dann …«*

*»Dann machen wir den Abflug, genau wie wir es geplant haben.«*

*»Und du glaubst wirklich, dass sie Mund-zu-Mund-Beatmung bei mir macht? Die Ärztin, meine ich …«*

*»Das glaube ich nicht nur, das weiß ich.«*

*Er drückte Hawkin fest die Hand auf die Schulter und spürte deutlich das Zittern, mit dem sich Hawkins Muskeln verkrampften.*

*Hawkin kicherte wieder. Aber seine Stimme klang jetzt lallend, als hätte er Mühe, die richtigen Worte zu finden.*

*»Du erinnerst dich an … die Geschichte, die ich dir erzählt habe, oder? Du weißt schon, von der Ärztin, und wie sie … oh Mann, mir ist voll schwindlig. Ich glaube, mir wird gleich schlecht. Und mein Kopf tut so weh!«*

*»Das ist okay so, das gehört dazu. Aber du schaffst das! Komm, einmal noch, es ist gleich vorbei.«*

*Er musste Hawkin helfen, die zitternde Hand mit dem Lappen vor den nach Luft schnappenden Mund zu pressen. Noch während Hawkin die Dämpfe inhalierte, sackte er mit verdrehten Augäpfeln zurück. Das Zittern lief jetzt über seinen ganzen Körper, die Haut an seinen Händen und auf den Armen fühlte sich eiskalt an.*

*In dem Text im Forum hieß es, dass die tödliche Dosis bei geschätzten 64 000 Milligramm pro m³ liegt, bei einer Einwirkungszeit von fünf bis zehn Minuten. Er hatte sich die Zahlen gemerkt, konnte aber nicht einschätzen, welche Menge er Hawkin bereits tatsächlich verabreicht hatte. Er würde ihn einfach so lange im Arm halten, bis er sich sicher sein konnte, dass Hawkin das Bewusstsein verloren hatte, und dann Alarm schlagen …*

*Hawkin war ein ausgemachter Idiot, so viel stand fest. Er hatte ihm nicht umsonst den Spitznamen verpasst, kaum dass er das erste Mal mit ihm gesprochen hatte und Hawkins vorgeschobene Unterlippe und die schiefe Kopfhaltung ihn sofort an den Astro-Nerd im Rollstuhl erinnert hatten, der als Genie gefeiert wurde, obwohl er keinen verständlichen Satz zustande brachte.*

*Hawkin hieß Einar mit richtigem Namen, Einar Dyrhaug, und das sagte eigentlich schon alles, so hießen nur einfältige Hinterwäldler aus dem Norden, wo sie es bis heute mit Rentieren trieben und sich die Birne mit selbstgebranntem Schnaps aus Russland zudröhnten. Sie hörten noch nicht mal damit auf, wenn das Zeug ihnen bereits die Speiseröhre und den Magen weggeätzt hatte! Dann wählten sie höchstens die Alternative, die ihm Hawkin neulich erst ganz genau beschrieben hatte: »Du brauchst das Zeug gar nicht schlucken, es wirkt sogar viel besser, wenn du dir am Hinterkopf die Stelle rasierst, wo die Schädeldecke ganz dünn ist, und dann mit Schmirgelpapier die Haut aufreibst, bis das Blut kommt. Dann tauchst du einen*

*Tampon in den Fusel, bis sich die Watte richtig vollgesogen hat, Klopapier geht zur Not auch, und dann presst du das auf die blutende Stelle, bis der Alkohol dir direkt ins Gehirn knallt!«*

*Er war sich nicht ganz sicher, ob Hawkin die Wahrheit gesagt hatte – aber vorstellbar war es schon, und vor allem passte es zu diesen Halbirrem aus dem Norden!*

*Trotzdem tat es ihm jetzt fast ein bisschen leid, dass er Hawkin für seine Zwecke missbrauchen musste – aber es war seine einzige Chance, um hier rauszukommen!*

*Er hatte seine Flucht seit Wochen bis ins kleinste Detail geplant, immer wenn er nachts schlaflos auf dem Bett lag und auf das blasse Viereck des Fensters starrte. Wieder und wieder hatte er die Abfolge seiner Schritte durchgespielt, um jedes vorstellbare Risiko auf ein Minimum zu reduzieren. Und jedes Mal, wenn er dann doch noch über etwas gestolpert war, das er bislang nicht bedacht hatte, hatte er befriedigt gespürt, wie das Adrenalin durch seinen Körper schoss und das Räderwerk in seinem Kopf präzise ineinandergriff, um eine Lösung zu finden.*

*Was immer die Ärzte und Psychologen der Klinik auch glauben mochten, wie sie ihn therapieren könnten, er wusste selbst am besten, was er zu tun hatte. Und für seine Wiedereingliederung in die Gesellschaft brauchte er keine bebrillten Wichtigtuer, die in seiner Vergangenheit wühlten. Aber er hatte ihr Spiel die ganze Zeit über brav mitgespielt, nur eben nach seinen eigenen Regeln. Und sie hatten in ihrer maßlosen Arroganz nur den Erfolg der Therapie sehen wollen und sich nicht mal im Ansatz vorstellen können, dass in Wirklichkeit sie selbst die Marionetten waren und er es war, der die Fäden in der Hand hielt.*

*Er musste grinsen, als er sich an die letzte Gefährlichkeitsprognose erinnerte, bei der sie ihn als geeignet für eine Arbeitstherapie eingestuft hatten. Wobei es dann eher Zufall gewesen war, dass er in der Druckerei landete und Hawkin kennengelernt hatte, der die Druckvorstufe bearbeitete und mit dessen Computer er problemlos ins Netz kam, um in Foren zu surfen und sich die Informationen zu verschaffen, die er brauchte.*

*»Dafür bin ich dir echt dankbar, Alter«, flüsterte er und strich Hawkin das schweißnasse Haar aus der Stirn, »ohne dich wäre es verdammt schwierig geworden.«*

*Hawkin wollte irgendetwas antworten, aber dann lief ihm nur ein schaumiger Speichelfaden aus dem Mundwinkel. Sein Puls war jetzt deutlich verlangsamt, es konnte nicht mehr lange dauern, bis der richtige Zeitpunkt da war, um den Alarmknopf zu drücken.*

*Auf die Idee, Hawkin in seinen Plan miteinzubeziehen, war er erst gekommen, nachdem sie in der Druckerei eine Informationsbroschüre über den Maßregelvollzug in der Forensischen Psychiatrie gedruckt hatten – in der ausgerechnet die Klinik in Bergen als vorbildlich im Bereich modernster Sicherheitsstandards beschrieben wurde! Die aufgelisteten Sicherheitsmaßnahmen hatten schnell deutlich werden lassen, dass es kaum eine Möglichkeit gab, die nur mit Codekarten ansteuerbaren und per Videokamera überwachten Türschleusen zu passieren, geschweige denn die mit Infrarot-Scheinwerfern gesicherte Zaunanlage zu überklettern. Vor allem musste er irgendwie das Wachpersonal austricksen, und das konnte nur gelingen, indem er einen Notfall fingierte, mit dem die Ärztin der Klinik überfordert war. Der Rettungswagen war der einzig mögliche Weg nach draußen, genau so war auch Brad Pitt in »Spy Game« aus dem Foltergefängnis in China entkommen.*

*Zunächst hatte er noch geplant, sich selbst zu vergiften. In dem Forum der Narko-Freaks im Netz waren verschiedene Substanzen erwähnt, die zu Vergiftungserscheinungen führen –*

*darunter auch Benzol. Und mit Benzol wurden die Druckwalzen der großen Vierfarbmaschinen gereinigt, es war also fast schon zu einfach gewesen, an das Zeug zu gelangen. Aber das Risiko, dem er sich bei der Dosierung aussetzen würde, war ihm zu groß erschienen, zu unkalkulierbar. Außerdem würde er kaum in der Lage sein, mit einer akuten Vergiftung den Wachmann zu überwinden, der den Transport unter Garantie begleiten würde.*

*Er hatte also einen weiteren Mann gebraucht, den sie als Notfall abtransportierten – er selbst musste schon als angeblicher Sicherheitsbeamter im Wagen sein, wenn sie mit der Krankentrage kamen. Die Rettungssanitäter kannten ihn schließlich nicht, sie würden also auch keinen Verdacht schöpfen. Und der Wachmann, der mit ihnen zum Wagen kam, würde nur sehen, dass bereits ein Kollege da war. Es schien kompliziert, aber machbar. Auch wenn er sich vollkommen darüber im Klaren war, dass er eventuell improvisieren musste.*

*Kopfzerbrechen bereitete ihm nach wie vor der Moment, in dem die Sanitäter mit der Erstversorgung von Hawkin beschäftigt waren und er unter dem Vorwand, dringend noch etwas aus dem Rettungswagen holen zu sollen, raus in den Hof gelangen musste. Natürlich würde ihn dabei einer der Hilfssheriffs begleiten, aber wenn sie dann erst mal alleine im Wagen waren, sollte es ihm auch gelingen, den Typen auszuschalten, um an seine Uniform zu kommen. Auf der Homepage der Rettungsleitstelle hatte er auch das Foto mit der Innenausstattung des Wagens entdeckt, auf dem deutlich ein zweitüriger Schrank zu erkennen war, groß genug, um einen leblosen Körper hineinzuquetschen!*

*Hawkin lag ganz still, sein Atem ging flach und war kaum noch zu spüren.*

*»Es ist so weit, Alter«, flüsterte er ihm zu, obwohl er sich fast sicher war, dass Hawkin ihn schon nicht mehr hörte. »Ich hol jetzt die Ärztin.«*

*Irritiert meinte er, plötzlich ein Lächeln in Hawkins Mundwinkeln zu sehen, aber wahrscheinlich war es eher die einsetzende Lähmung der Gesichtsnerven. Wenn Hawkin ihn allerdings tatsächlich verstanden haben sollte, würde er es ihm nur gönnen, mit der Vorstellung ins Jenseits zu gehen, dass die Ärztin bei ihm war und ihn von Mund zu Mund beatmete.*

*Er wusste nicht mehr, wie oft Hawkin ihm die Geschichte erzählt hatte, die er angeblich mit der Ärztin erlebt haben wollte. Es mussten unzählige Male gewesen sein, und er konnte es zum Schluss kaum noch hören. Dabei war der Hintergrund wenig dazu angetan, um irgendwelche Phantasien in Gang zu setzen – Hawkin hatte nach einem Zeckenbiss Fieber bekommen und war auf die Krankenstation verlegt worden. Schließlich hatte die Ärztin eine Lumbalpunktion vorgeschlagen, um die Möglichkeit einer Hirnhautentzündung auszuschließen.*

*Schon Stunden vorher hatte Hawkin aus Angst, was ihm alles passieren konnte, wenn sie ihm das Rückenmark punktierten, nur noch wirres Zeug geredet. Bei solchen Eingriffen saß der Patient vornübergebeugt auf einer Trage, und wie einer der Pfleger dann später bestätigte, hatte die Ärztin den Eingriff nicht selbst durchgeführt, sondern sich dicht vor Hawkin gestellt und seinen Kopf zur Beruhigung an sich gedrückt, während ihr Kollege die Kanüle ansetzte.*

*In Hawkins Worten klang das allerdings ganz anders: »Echt«, hatte Hawkin wieder und wieder erzählt, »ich hatte mein ganzes Gesicht voll zwischen ihren Möpsen, und sie hat nach irgendeinem süßlichen Parfüm gerochen, und als ich mit der*

*Zunge über ihre Haut geleckt habe, konnte ich den Schweiß schmecken. Und sie fand es auch geil, so viel ist sicher. Ich habe ganz deutlich ihre Finger in meinen Haaren gefühlt, als sie mich noch dichter an sich gedrückt hat, und ich habe noch nicht mal richtig gemerkt, wie sie mir die Nadel in den Rücken gestochen haben. Sie hätten alles mit mir machen können, glaub mir, mir ist fast einer abgegangen dabei!«*

*Natürlich hatte er von Anfang an gewusst, dass Hawkin übertrieb, aber die Vorstellung, dass die Ärztin auch ihn auffordern würde, seinen Kopf zwischen ihre Brüste in der weit geöffneten Bluse zu drücken, hatte ihn jedes Mal aufs Neue erregt – gleichzeitig war damit auch die Entscheidung gefallen, wer der zweite Mann sein würde, den er für seinen Fluchtplan brauchte. Und allein die Tatsache, dass die Ärztin ihn ja retten würde, reichte schon völlig, um Hawkin zu überzeugen. Das Versprechen, sich selbst ebenfalls zu vergiften, hatte er nur noch gegeben, um seinen Plan plausibel erscheinen zu lassen. Schließlich ging es ja darum, dass sie beide in die Freiheit gelangen würden. Dass seine und Hawkins Freiheit zwei verschiedene Paar Schuhe waren, würde Hawkin ohnehin nicht mehr merken.*

*Außerdem war es ganz sicher nicht der schlechteste Weg, mit der Phantasie von den schaukelnden Brüsten der Ärztin abzutreten, dachte er noch, während er Hawkin vorsichtig zur Seite gleiten und gleichzeitig schon die Benzolflasche und den Lappen in seiner Cargohose verschwinden ließ.*

*»Mach's gut, Alter«, sagte er leise, als Hawkin sich noch einmal zuckend zusammenkrümmte und mit blasigem Schaum vorm Mund nach Luft schnappte. Gleich darauf lag er so still, als wäre er bereits tot.*

*»Du hast was gut bei mir, falls wir uns irgendwo noch mal wiedersehen.«*

*Mit zwei Schritten war er am Notfallrufknopf und presste die Hand auf das rote Plastik.*

*»Mit Einar stimmt was nicht«, brüllte er dann über das Schrillen der Alarmglocke hinweg, »er hat irgendwelche Krämpfe, und ich glaube, er kriegt keine Luft mehr! Irgendjemand muss die Ärztin holen, schnell!«*

*Keine Minute später waren die Wachleute da, zwei Schränke von Typen, von denen er aus Erfahrung wusste, dass mit ihnen nicht zu spaßen war, und die die Hände vorsorglich am Koppel mit dem Elektroschocker hatten. In gespielter Panik stürzte er ihnen entgegen.*

*»Einar«, schrie er wieder, »er kriegt keine Luft, er stirbt!«*

*Die beiden verständigten sich mit einem kurzen Blick, dann drehte der eine ihm den Arm auf den Rücken und drückte ihn mit dem Oberkörper gegen die Wand: »Ganz ruhig, Aksel, komm wieder runter, sonst muss ich dir wehtun.«*

*»Aber er stirbt, ihr müsst die Ärztin holen!«*

*Aus den Augenwinkeln sah er, wie der zweite Wachmann sich neben Hawkin hockte und nach dessen Halsschlagader tastete. Als er sich aufrichtete, war sein Gesicht kreidebleich, er blaffte irgendetwas in das Funkgerät auf seiner Schulter.*

*»Wir haben einen Code x hier, ja, sage ich doch, wir brauchen die Ärztin!«*

*Kurze Zeit später wimmelte der Freibereich von Wachleuten, die bemüht waren, die anderen Insassen zurückzudrängen. Ein Haufen Geistesgestörter, dachte er, mit denen er absolut gar nichts zu tun hatte! Wahnsinnige, die tatsächlich für immer weggeschlossen gehörten, Brandstifter, Vergewaltiger und Totschläger, sogar Typen, die sich an kleinen Kindern vergangen hatten und die hier einsaßen, weil bei ihnen alle Sicherungen durchgeknallt waren und die Diagnose auf paranoide Schizo-*

*phrenie, akute Persönlichkeitsstörung oder eindeutige Intelligenzminderung lautete. Und die es ihm schwer genug gemacht hatten, nicht selbst völlig am Rad zu drehen und aufzugeben. Aber jetzt war es nur noch eine Frage von Minuten, bis er hier raus war und sie endlich begreifen würden, was sie ihm angetan hatten. Nur dass es dann zu spät sein würde, um noch irgendetwas wiedergutzumachen …*

*Die Ärztin hatte hektische rote Flecken auf den Wangenknochen und eindeutig Mühe, ihren Atem unter Kontrolle zu bekommen. Unwillkürlich streifte sein Blick über ihre Brüste unter dem weißen Arztkittel, sie musste den ganzen Weg hierher gerannt sein. Aber als sie die erste Frage stellte, war ihre Stimme weit von jeder Panik entfernt: »Was ist los? Kann mich bitte irgendjemand aufklären, was passiert ist?«*

*»Wissen wir nicht«, antwortete der Wachmann, der nach Hawkins Puls gefühlt hatte, »der Bereich hier ist außerhalb der Kameras, wir konnten also auch im Dienstzimmer nichts sehen. Wir sind erst dazugekommen, als einer der Patienten den Alarm ausgelöst hat.«*

*»Und jetzt du!«, blaffte der andere Wachmann und schob ihn auf die Ärztin zu, wobei er ihm nach wie vor den Arm auf den Rücken gedreht hielt.*

*Die Ärztin kniete über Hawkin und zog seine Augenlider nach oben, während sie gleichzeitig zwei Finger an seine Halsschlagader legte. »Ich höre … «*

*»Ich habe keine Ahnung«, stammelte er, »Wir haben uns unterhalten, und plötzlich hat er Krämpfe gekriegt und … «*

*»Hat er irgendetwas eingenommen, wissen Sie das?« Sie beugte sich noch dichter über Hawkins Gesicht. »Er riecht stark nach einer nitrithaltigen Substanz, Farbverdünner vielleicht oder Waschbenzin, irgend so etwas … «*

*»Keine Ahnung«, wiederholte er. »Es war genauso, wie ich gesagt habe. Wir haben uns unterhalten und plötzlich ...«*

*Die Ärztin schlug Hawkin leicht auf die Wangen: »Können Sie mich hören, Einar? Jetzt kommen Sie schon, bleiben Sie bei uns! Einar!« Als keine Reaktion erfolgte, blickte sie kurz auf und erklärte halblaut in Richtung der Wachmänner: »Pupillen stark verengt, nicht mehr ansprechbar, Vitalfunktionen nur schwach spürbar ... Ich setze ihm eine Spritze, um den Kreislauf zu stabilisieren, mehr kann ich hier nicht für ihn tun. Er muss ins Krankenhaus, und zwar sofort. Geben Sie eine Meldung durch: Akute Vergiftung mit starker Atemnot und bereits eingesetzter Bewusstlosigkeit, der Patient ist kurz vor dem Herzstillstand. Jetzt machen Sie schon!«*

*Während einer der Wachmänner in sein Funkgerät sprach, zog sie die Spritze auf und rammte sie Hawkin genau in die Herzgegend, dann tastete sie wieder nach Hawkins Puls. Er konnte deutlich sehen, wie sie anfing zu schwitzen. Ihr Kittel war über der Schulter verrutscht, der Träger ihres BHs war lila, die Haut darunter gleichmäßig gebräunt – sie musste in den letzten Tagen viel in der Sonne gelegen haben, dachte er, und zwar nackt!*

*Als hätte sie seine Blicke gespürt, sah sie kurz hoch und schüttelte unwillig den Kopf.*

*»Jetzt lassen Sie Aksel endlich mal wieder los!«, forderte sie den zweiten Wachmann auf, der ihm immer noch den Arm auf die Schulter gedreht hielt. »Das ist doch albern, kümmern Sie sich lieber darum, dass die Schleusen offen sind, wenn die Rettungssanitäter kommen. Es geht um jede Sekunde!«*

*Aufatmend bewegte er seinen Arm und das Schultergelenk, bis das taube Gefühl verschwunden war. Er hätte gern einen Blickkontakt mit der Ärztin hergestellt, aber sie war schon wieder völlig auf Hawkin konzentriert.*

Also beugte er sich nur vor und flüsterte laut genug, um von ihr verstanden zu werden: »Halt durch, Einar! Bau hier keinen Scheiß! – Er kommt doch durch, oder?«, fragte er sie dann direkt und mit Tränen in der Stimme. Es sollte kein Zweifel daran bestehen, wie besorgt er um den Freund war.

»Ich weiß es nicht«, kam die kurze Antwort, »ich hoffe, aber es sieht nicht gut aus.«

Jetzt schluchzte er tatsächlich auf. »Sie müssen ihn retten, bitte! Er ist doch der einzige Freund, den ich hier habe!«

Nur nicht übertreiben, dachte er gleich darauf, es reicht. Bisher lief alles nach Plan, mach sie nicht mehr auf dich aufmerksam als nötig.

Er drehte sich zur Wand und presste das Gesicht an den kühlen Beton. Es ging jetzt darum, durchzuhalten und weiter den verzweifelten Freund zu spielen, der einfach nur in der Nähe bleiben wollte, bis sie Hawkin abtransportierten.

Und tatsächlich ließen sie ihn in Ruhe. Vielleicht war es auch die unmissverständliche Aufforderung der Ärztin gewesen, jedenfalls beachteten die Wachleute ihn kaum noch – allerdings hatten sie ohnehin genug damit zu tun, die anderen Insassen zu überzeugen, zurück in ihre Zimmer zu gehen.

So unauffällig wie möglich schob er sich Meter für Meter an der Wand entlang, bis er sich um die Ecke zu dem Gang drücken konnte, der auf den Hof hinausführte. Die Schleusentür war geöffnet, nur draußen in der Sonne stand noch ein einzelner Wachmann, um die Rettungssanitäter zu empfangen. Bevor sich ihre Blicke kreuzen konnten, wich er hinter einen Betonpfeiler zurück.

Er konnte nicht einschätzen, wie viel Zeit vergangen war, als er endlich den Krankenwagen auf den Hof fahren hörte. Vielleicht zehn Minuten, vielleicht fünfzehn, mehr ganz sicher *nicht, obwohl es ihm wie eine Ewigkeit vorkam, in der jeden Moment jemand fragen konnte, wo er eigentlich geblieben war. Aber er hatte Glück, sie waren zu beschäftigt, um sich um ihn zu kümmern, und als die Rettungssanitäter mit ihren Notfalltaschen und der fahrbaren Trage an ihm vorbeistürmten, mimte er noch einmal den verzweifelten Freund, der heulend in die Richtung zeigte, in der die Ärztin auf sie wartete.*

*Dann zählte er bis zwanzig, bevor er die Flasche mit dem Benzol in den durchtränkten Lappen wickelte und in den Abfalleimer warf. Seine Hände waren vollkommen ruhig, als er das Feuerzeug aus der Tasche holte und den blauen Plastiksack anzündete, der straff über den oberen Rand gespannt war. Er beobachtete, wie die Flamme sich ganz langsam und fast ohne Qualm durch das Plastik fraß. Es würde eine Weile dauern, bis sie die Flasche auf dem Boden erreicht hatte. Und genau die Zeit brauchte er, um den Wachmann in den Wagen zu locken und ihn zu überwältigen. Wenn die Flasche dann explodierte, würde die Panik dazu beitragen, dass keiner mehr wusste, was er zuerst machen sollte …*

*Er richtete sich auf und rannte los.*

*Er war schon fast auf dem Hof, als der Wachmann reagierte.*

*»He, stopp! Ganz ruhig, Mann, bleib stehen und … «*

*»Nein, ich muss zum Rettungswagen! Die da drinnen brauchen ein Beatmungsgerät und haben mich losgeschickt, dass ich es holen soll! Der Kumpel verreckt, wenn ich nicht gleich zurück bin!«*

*Er sah, wie der Wachmann zögerte.*

*Mit gespielter Verzweiflung raufte er sich die Haare, seine Stimme überschlug sich, als er keuchte: »Am besten kommen Sie sowieso gleich mit, ich habe keine Ahnung, wie schwer das Teil ist! Aber wir müssen uns beeilen, sonst … «*

*»Okay, bleib schön vor mir und steig in den Wagen. Und du weißt auch, wie das Ding aussieht, das sie brauchen?«*

*»Ja, weiß ich ... « Mit zwei Schritten war er an dem Wachmann vorbei und sprang in den Wagen. »Da hinten in dem Schrank, haben sie gesagt!«*

*Er hörte, wie der Wachmann ihm folgte und dicht hinter ihm blieb. Ohne zu zögern, riss er den Feuerlöscher aus der Halterung neben der Seitentür und schlug mit aller Kraft aus der Drehung heraus zu. Er erwischte den Wachmann seitlich am Kopf, bevor er auch nur die geringste Chance zur Gegenwehr hatte.*

## MERETTE

Wir hätten nie in diese verdammte Hütte fahren dürfen, dachte Merette, während sie auf die weißen Wände vor sich starrte, die Kabel und Plastikschläuche, die Monitore mit ihren flimmernden Zackenlinien und komplizierten Zahlenkolonnen. Auf dem Fußboden, direkt an der Kante zur Wand, war ein dunkler Fleck. Rötlich-braun. Die Flecken auf Jan-Oles Kopfverband hatten die gleiche Farbe.

Die Schwester hatte sich gerade erst dafür entschuldigt, dass sie noch nicht dazu gekommen war, den Bezug zu wechseln – vielleicht hatte sie auch den Kopfverband gemeint, ihr Norwegisch war schwer zu verstehen gewesen. Merette tippte darauf, dass sie aus Schweden kam.

Der nach Merettes Ansicht viel zu junge Stationsarzt, der in regelmäßigen Abständen nach Jan-Ole sah, war aus Polen. Er hieß Jerzy. Jerzy schien ein deutliches Faible für Merette entwickelt zu haben, er war es auch, der bereits am ersten Tag nach dem Überfall auf Jan-Ole einen Kumpel damit beauftragt hatte, den Camper aus dem Graben zu ziehen und nach Kristiansand zu bringen. Merette hatte keine Ahnung, wie er das mit der Polizei geklärt hatte. Der Kumpel hatte nur ausrichten lassen, dass der zerstochene Reifen zur kriminaltechnischen Untersuchung mitgenommen worden war.

»Er hat dir den Reservereifen montiert«, hatte Jerzy gesagt. »Die Größe gibt es nicht so oft, aber ich kenne eine Werkstatt, die besorgen dir einen neuen.«

Weder Jerzy noch der Kumpel hatten Geld für ihre Hilfe annehmen wollen. Der Camper stand jetzt auf dem Krankenhausparkplatz und diente Merette als Schlafgelegenheit, wenn sie es wagte, wenigstens für ein oder zwei Stunden den Platz an Jan-Oles Bett zu verlassen.

Jan-Oles Kopfhaut war auf einer Länge von mehreren Zentimetern genäht worden, er würde eine Narbe am Hinterkopf behalten, auf der nie wieder Haare wachsen würden. Viel schlimmer aber war, dass er ein Schädel-Hirn-Trauma davongetragen hatte, das mit einer akuten, nach Aussage der Ärzte jedoch vorübergehenden Funktionsstörung des Gehirns einherging. Er war noch fast zwei Stunden nach dem Überfall bewusstlos gewesen, aber zumindest ließ die Computertomographie im Krankenhaus keine Anzeichen für eine mögliche Hirnblutung erkennen. Als er wieder zu sich gekommen war, hatte er weder eine Erinnerung an den Überfall selbst noch an den Zeitraum davor. Ihm war übel gewesen, und er hatte sich mehrmals erbrechen müssen. Sein Zustand wechselte zwischen kurzen Wachphasen, in denen er vollkommen apathisch wirkte, und immer wieder einer Art Tiefschlaf, der Merette fast noch mehr Angst machte. Wiederholt hatte Jerzy ihr versichert, dass es nicht wirklich einen Anlass zur Sorge gab. Allerdings hatte sie das Gefühl, dass auch Jerzy immer unsicherer wurde, je länger keine sichtbare Verbesserung eintrat.

»Die Übelkeit und die Apathie sind normal, ebenso seine Gedächtnislücken«, war seine letzte Aussage gewesen.

»Was mich ein wenig irritiert, ist diese offensichtliche Erschöpfung, die ihn fast nur schlafen lässt. Aber seine Werte sind nicht schlecht, sein Zustand ist stabil, er hat alle Chancen, dass er das Ganze ohne Folgeschäden übersteht. Wir können eigentlich nur hoffen, dass sein Verstand gerade versucht, den Körper zu schützen, indem er ihm die Möglichkeit verschafft, sich selbst zu regenerieren. Wir beobachten jede Veränderung, mehr können wir zurzeit nicht tun, auch wenn ich weiß, dass das unbefriedigend klingt.«

Jan-Ole trug eine Maske über Mund und Nase, die bei jedem Atemzug beschlug. Alle paar Sekunden löste sich ein Tropfen aus dem Klarsichtbeutel an dem Gestell neben dem Bett und jagte als glitzernde Kugel zu der Kanüle an Jan-Oles Unterarm. Merette hatte die Aufschrift auf dem Beutel mittlerweile so oft gelesen, dass sie sie auswendig herunterbeten konnte. Was die lateinischen Wörter bedeuten sollten, wusste sie nicht.

Das ständige Summen und Fiepen der Maschinen im Krankenzimmer kam ihr unerträglich vor und bereitete ihr Kopfschmerzen. Sie war dankbar für die Stimmen, die manchmal vom Flur herüberdrangen. Für die Klingel, die unerbittlich schrillte. Für die hektischen Schritte, die gleich darauf folgten. Für das gellende Martinshorn eines Krankenwagens draußen auf der Straße. Für das Tuten des Fährschiffes im nahegelegenen Hafen.

Bei jedem Atemröcheln von Jan-Ole zuckte Merette zusammen und starrte auf das Laken über seiner Brust, bis es sich wieder hob. Und senkte. Und hob. Und senkte.

Ein Speichelfaden lief unter der Maske hervor über sein Kinn. Seine Finger waren steif. Und kalt. Sie reagierten nicht auf Merettes Berührung.

Es roch nach Desinfektionsmitteln und irgendetwas anderem, das sie nicht zuordnen konnte. Nach Angst, dachte sie. Nach ihrer eigenen Angst. Ihr Magen zog sich schmerzhaft zusammen. Sie hatte den ganzen Tag noch nichts Richtiges gegessen. Nur einen Bounty-Riegel aus dem Automaten in der Cafeteria. Sie hatte noch immer den Geschmack der Kokosfasern im Mund. Sie musste sich die Zähne putzen. Sich waschen. Etwas essen. Aber sie bezweifelte, dass sie einen Bissen herunterbringen würde.

Die Ärzte hatten gesagt, sie solle mit Jan-Ole reden. Reden würde ihm helfen. Auch wenn niemand wissen konnte, was davon bei ihm ankommen würde.

»Es wird alles gut«, flüsterte sie, während sie Jan-Ole über die Wangen strich. »Aber du darfst nicht aufgeben, versprich mir das. Du musst jetzt stark sein, für dich und für mich.«

Sie kam sich hilflos vor. Ohnmächtig. Wie oft hatte sie diese immer gleichen Sätze jetzt schon gesagt? Du musst kämpfen. Du musst stark sein. Du darfst nicht aufgeben! Wie viele Geschichten hatte sie ihm inzwischen in den langen Stunden an seinem Bett erzählt? Von früher. Von Julia, als sie noch ein Kind gewesen war …

»Erinnerst du dich, wie du in den Ferien am Strand eine Hütte mit ihr gebaut hast? Nur aus angespültem Holz und aus Kiefernzweigen und Moos. Und dann habt ihr da geangelt und ein Lagerfeuer gemacht. Angeblich soll ein Biber ganz nah ans Ufer gekommen sein und euch die ganze Zeit beobachtet haben! So habt ihr es mir jedenfalls hinterher erzählt. Da war Julia gerade in der ersten Klasse, weißt du noch? Das muss das gleiche Jahr gewesen sein, in dem sie in den Schären Kopfsprung gelernt hat! Ich sehe sie noch genau vor mir, wie sie immer wieder auf den Felsen geklettert ist, und jeder Sprung war wieder ein Bauchklatscher, wie ein kleiner Frosch hat sie jedes Mal ausgesehen. Und du warst schon kurz davor zu verzweifeln, weil sie dir so leidgetan hat, aber dann hat sie plötzlich doch noch den Bogen rausgehabt und ist prustend und lachend wieder aufgetaucht, so stolz und so glücklich, erinnerst du dich? Und nach dem Sommer hat sie dann in der Schule Ärger mit ihrer Lehrerin bekommen, weil sie behauptet hat, dass es Trolle geben würde! Gott gibt es nicht, hat sie vor der ganzen Klasse erklärt, und bei Jesus weiß man es nicht so genau, aber Trolle gibt es wirklich.«

Ohne irgendein Anzeichen, dass Jan-Ole etwas von dem verstand, was sie da erzählte. Aber mit dem immer stärkeren Gefühl, dass sie selbst kurz davor war, jede Hoffnung aufzugeben. Sie wusste, dass ihre Panik übertrieben war, aber sie konnte nichts dagegen tun. Und sie registrierte mit Schrecken, wie ihr Verstand bereits anfing, die Möglichkeit in Betracht zu ziehen, dass vielleicht nicht alles gut werden würde. Jan-Ole würde nicht mehr aufwachen. Vielleicht würden die Ärzte ihn in ein künstliches Koma versetzen. Und es würde Wochen dauern, vielleicht Monate, bis sie irgendwann ihre Zustimmung geben würde, die Maschinen abzuschalten. Danach würde sie dann alleine klarkommen müssen. So wie ja auch früher schon, als Jan-Ole und sie getrennt waren. Aber es wäre anders. Jan-Ole war wieder ein fester Bestandteil ihres Lebens. Ohne ihn wäre sie ohne jeden Halt, daran würde auch Julia nichts ändern können.

Merette war sich klar darüber, dass diese Gedanken nichts als eine Art Selbstschutz waren. Dass sie sich für den schlimmsten aller Fälle wappnen wollte, um sich nicht unerwartet an einem Abgrund wiederzufinden, der sie mit Haut und Haaren verschlucken würde, wenn sie nicht vorbereitet wäre. Sie merkte, wie sie wütend wurde. Selbstmitleid war so ziemlich das Letzte, was sie gerade gebrauchen konnte. Und es half weder ihr noch Jan-Ole, wenn sie jetzt ihrer Verzweiflung freien Lauf ließ.

Sie hörte, wie die Tür hinter ihr geöffnet wurde.

»Kaffeepause! Jetzt! Draußen vor der Tür. Die Sonne scheint, das wird dir guttun.«

Jerzy winkte ihr mit einem Styroporbecher, dass sie ihm folgen sollte. Merette drückte noch einmal Jan-Oles Hand, ohne dass er eine andere Reaktion zeigte, als den Kopf zur Seite zu drehen. Unwillig, wie ihr schien, als wollte er nicht gestört werden. Sie biss die Zähne zusammen und unterdrückte den Impuls, ihn an den Schultern zu packen und zu schütteln.

Noch während sie hinter Jerzy mit seinen weißen Plastikclogs her über den Flur ging, zog sie das Handy aus ihrer Tasche. Sie hatte eine neue Nachricht auf der Mailbox, die Polizei bat darum, dass sie am nächsten Tag noch einmal zu einem Gespräch in die Tollbodgata kommen möge.

»Es tut mir leid, aber wir haben bislang nichts Neues«, teilte ihr eine freundliche Frauenstimme mit. »Wir ermitteln natürlich weiter. Wir hoffen jetzt vor allem darauf, dass Ihr Mann möglichst bald vernehmungsfähig sein wird. Unabhängig davon gibt es aber noch ein paar Fragen, die wir gerne mit Ihnen besprechen würden. Passt es morgen um elf Uhr?«

Merette erinnerte sich an die Stimme. Eine junge Kommissarin, mit der sie bereits das erste Gespräch im Krankenhaus geführt hatte. Aufgrund der schweren Verletzungen, die Jan-Ole bei dem Überfall davongetragen hatte, war die Kriminalpolizei in Kristiansand eingeschaltet worden. Die Polizisten aus der Station in Bjelland hatten kaum mehr getan, als die Personalien von Merette und Jan-Ole aufzunehmen, bevor sie mit dem Rettungswagen ins Krankenhaus gebracht worden waren.

Merette hatte nicht die leiseste Ahnung, was für Fragen jetzt aufgetaucht sein mochten, sie hatte bereits alles erzählt, was sie wusste. Natürlich hatte sie in den letzten beiden Tagen neben Jan-Oles Bett immer wieder versucht, sich die Abfolge der Geschehnisse in Erinnerung zu rufen, aber es blieb dabei: Sie hatte in der Nacht ein Geräusch gehört, Jan-Ole war nicht in der Hütte gewesen, sie hatte ihn schließlich bewusstlos und blutüberströmt in dem alten Bauernhaus gefunden. Und kurz vorher hatte sie diesen fürchterlichen Schrei gehört, wie von einem verwundeten Tier, das jeden Moment zum Angriff übergehen würde! Wenig später hatte sie dann den Camper in den Graben gefahren, weil jemand den rechten Vorderreifen zerstochen hatte. Wie durch ein Wunder hatte sie genug Netz gehabt, um die Notrufnummer ins Handy zu tippen. Dann hatte sie neben Jan-Ole gekauert und auf Hilfe gewartet. Sie konnte nicht sagen, ob da noch jemand gewesen war, der sie vielleicht beobachtete. Sie wusste es nicht. Die Polizei war noch vor dem Rettungswagen gekommen, ein Polizist hatte sich übergeben müssen, als er die Wunde an Jan-Oles Kopf sah. Danach war er auf dem Hof geblieben. Sein Kollege hatte Merette beruhigend zugeredet und ihren und Jan-Oles Namen und die Adresse in Bergen notiert. Außerdem ein paar Stichworte, was passiert war, obwohl Merette kaum in der Lage gewesen war, mehr zu sagen als:

»Ich weiß es nicht. Wirklich! Ich habe niemanden gesehen, ich habe nur diesen Schrei gehört.«

Merette teilte in einem kurzen Rückruf mit, dass sie am nächsten Tag um elf zur Polizei kommen würde. Dann checkte sie die Mitteilungen, ob eine neue SMS eingegangen war. Aber Julia hatte sich nicht gemeldet. Warum sollte sie auch, dachte Merette, und verfluchte im Stillen die Absprache, auf die sie sich auf Drängen von Julias Psychologin eingelassen hatte. Julia war mit ihrer Freundin Marie unterwegs, sie sollten endlich einen Weg zurück in den normalen Alltag finden. Nur so würden sie irgendwann über das hinwegkommen, was im letzten Sommer passiert war. Und das bedeutete auch, dass Julia als erwachsene Tochter sich nicht jeden Tag meldete, sondern wieder ihr eigenes Leben führte. Genauso, wie auch Merette lernen musste, alleine mit ihren Ängsten umzugehen, die sie jedes Mal aufs Neue wie eine eiserne Faust zu packen schienen, wenn sie sich an Julias und Maries Entführung erinnerte.

Jetzt war sich Merette nicht mehr sicher, ob sie das durchhalten würde. Sie wollte Julias Stimme hören, um sich zu vergewissern, dass mit ihr alles in Ordnung war! Sie rief schon die Nummer im Telefonbuch auf, als Jerzy sie aus ihren Gedanken riss.

»He, jetzt trink doch wenigstens erst mal deinen Kaffee! Ich komme mir langsam blöd dabei vor, hier nur neben dir zu stehen, ohne dass du überhaupt merkst, dass ich da bin.«

Er lachte leise, als wollte er um Entschuldigung bitten, dass er sich in etwas einmischte, was ihn nichts anging.

Merette blickte hoch. Erst jetzt wurde ihr bewusst, dass sie längst draußen vor der Tür standen. Neben ihnen war die Liefereinfahrt zur Krankenhausküche, aus den geöffneten Fenstern roch es nach gebratenem Fisch. Augenblicklich merkte sie, wie ihr Magen bei dem Geruch rebellierte.

Jerzy hielt ihr den Kaffeebecher hin und zog gleichzeitig ein Tabakpäckchen aus seiner Tasche.

»Zigarette? Ich dreh dir auch eine.«

Merette schüttelte den Kopf. Es fiel ihr schwer, die Zigarette abzulehnen, aber sie hatte sich selbst ein Versprechen gegeben – oder eher eine Art Kuhhandel abgeschlossen, mit irgendeiner höheren Instanz: Ich höre ab sofort auf zu rauchen. Und dafür lässt du Jan-Ole überleben.

Es war lächerlich, das wusste sie. Da war niemand, der sich für einen solchen Deal interessierte. Aber es schien ihr dennoch wichtig, dass sie sich daran hielt.

Sie nahm einen langen Schluck von dem faden Gebräu, das nach allem schmeckte, nur nicht nach Kaffee.

Dann sagte sie: »Ich brauche deinen Rat, Jerzy. Meine Tochter ist mit einer Freundin in den Ferien, und ich weiß nicht, ob ich sie informieren soll, was mit Jan-Ole passiert ist. Ich möchte eigentlich nicht, dass sie sich Sorgen macht, es hat etwas damit zu tun, dass …«

Sie merkte, wie sie sich in ihren eigenen Sätzen verhedderte. Jerzy wusste weder etwas von der Vorgeschichte noch von der Absprache mit Julias Psychologin. Und sie wollte ihm auch nicht mehr erzählen, als unbedingt nötig war. Aber er reagierte ohnehin schon mit einer Heftigkeit, die ebenso unerwartet wie irritierend war.

»Was? Sag das noch mal! Sie weiß von nichts? Du hast sie nicht angerufen? Das kannst du nicht machen! Ihr Vater liegt hier im Krankenhaus und …«

Jan-Ole ist nur ihr Stiefvater, wollte Merette im ersten Moment erwidern, schüttelte dann aber nur den Kopf, als sie Jerzys vor Empörung zusammengezogene Augenbrauen sah.

»Es ist komplizierter, glaub mir. Ich kann und will dir das jetzt nicht erklären. Vielleicht würde es mir helfen, wenn du mir ganz ehrlich sagst, wie du Jan-Oles Zustand einschätzt. Wie ernst ist es wirklich?«

Sie hatte das Gefühl, bei Jerzy gerade einige Sympathiepunkte verloren zu haben. Er verstand sie nicht, und sie konnte es ihm nicht übelnehmen, sie verstand sich selbst nicht.

Jerzy nahm einen heftigen Zug von seiner Zigarette, bevor er antwortete: »Wenn sie meine Tochter wäre, hätte ich ihr längst Bescheid gesagt, sie hat ein Recht darauf! Aber dein Mann wird nicht sterben, falls es das ist, was du wissen willst. Er ist schwer verletzt, aber er wird durchkommen. Wir sind gute Ärzte hier, wir wissen, was wir tun.«

»Danke«, sagte Merette leise, während sie den Rest ihres Kaffees in den nächsten Gully goss.

Der Weinkrampf kam völlig unerwartet. Vielleicht hatte sie zu lange versucht, alle Gefühle zurückzuhalten, vielleicht war es auch einfach nur die Tatsache, dass ihr jemand widersprach. Ihr Vorhaltungen machte. Ihr Verhalten kritisierte. Auch wenn sie Jerzy um Rat gefragt hatte, so war seine Antwort doch etwas, was sie als Psychologin nicht gewöhnt war. Gleichzeitig wusste sie nur zu genau, dass Jerzy natürlich vollkommen recht hatte.

Es war unverantwortlich, dass sie Julia bisher noch nicht informiert hatte. Aber sie hatte unter allen Umständen vermeiden wollen, Julia schon wieder mit etwas zu belasten, das ihr Angst machen würde. Julia brauchte diese Auszeit, dringend sogar. Andererseits würde sie es Merette nie verzeihen, wenn sie später erfuhr, was passiert war.

Jerzy schien einen Moment unentschlossen, wie er mit ihrer Reaktion umgehen sollte. Aber dann griff er in seinen Kittel und förderte einen schmalen Stanniolstreifen mit irgendwelchen Tabletten zu Tage.

»Nimm das, das wird dich beruhigen«, forderte er sie auf, während er ihr eine der Pillen in die Hand drückte. Erst als sie die Tablette geschluckt hatte, legte er ihr zögernd den Arm um die Schultern und hielt sie, bis das Zittern in ihrem Körper nachließ und sie sich mit dem Handrücken über die Augen wischte.

»Ich muss furchtbar aussehen«, brachte sie unter Mühe hervor, »entschuldige!«

Er gab keine Antwort. Aber sie wusste, was er von ihr erwartete. Als sie erneut Julias Nummer anrief, war sie fast erleichtert, dass Jerzy ihr die Entscheidung abgenommen hatte, was sie tun sollte.

Vielleicht konnte sie das Ganze ein wenig abschwächen, dachte sie noch, während sie auf die Verbindung wartete, die halbe Wahrheit würde es auch tun: Jan-Ole liegt im Krankenhaus. Er hatte einen Unfall. Aber es besteht kein Anlass zur Sorge. Ich melde mich wieder, sowie es etwas Neues gibt.

Jerzy nickte ihr aufmunternd zu.

Julias Handy war ausgeschaltet. Die automatische Ansage bat den Anrufer, sich zu einem späteren Zeitpunkt erneut zu melden. Merette hatte also auch keine Möglichkeit, eine Nachricht zu hinterlassen.

»Sie hat ihr Handy nicht eingeschaltet«, erklärte sie kopfschüttelnd und hoffte, Jerzy würde ihrer Stimme nicht anmerken, dass sie darüber fast erleichtert war.

Er legte ihr die Hand auf den Unterarm.

»Dann musst du es später noch mal versuchen!«, sagte er beschwörend, bevor er gleich darauf hinzusetzte: »Aber vielleicht wäre es gut, wenn du das Krankenhaus mal für ein paar Stunden verlässt. Du kannst hier sowieso nichts anderes tun, als zu warten. Setz dich ins Auto und fahr zum Meer, nach Andøja sind es nur ein paar Kilometer, da kann man schön über die Klippen laufen, es gibt sogar ein Stück Sandstrand. Mach es einfach, damit du den Kopf wieder freikriegst. Ich passe auf deinen Mann auf und melde mich sofort, wenn es irgendeine Veränderung gibt.«

»Ich müsste noch mal zur Hütte hinauf und unsere Sachen holen«, überlegte Merette laut. »Unsere sind ja noch da, und ich brauche mal was anderes zum Anziehen – und du meinst wirklich …?«

Jerzy nickte. »Alles ist besser, als hier weiter rumzusitzen. Heute Abend bist du ja ohnehin wieder hier, das reicht völlig. Und noch etwas: Versprich mir, dass du dir irgendwo was zu essen holst! Sonst klappst du nämlich wirklich zusammen, das ist dir doch klar, oder?«

Als Merette noch mal kurz in Jan-Oles Zimmer trat und ihm wieder die Hand drückte, schlug er für einen Moment die Augen auf und schob die Maske von seinem Mund. Seine Stimme klang wider Erwarten kräftig, als er sagte: »Ich muss schlafen. Mach die Vorhänge zu, das Sonnenlicht blendet. Und stell den Vogel da draußen ab, der nervt.«

»Natürlich«, beeilte Merette sich zu antworten. »Mach ich. Ich kümmere mich darum. Aber warte noch! Ich möchte wenigstens einen Moment mit dir reden …«

Aber Jan-Ole schlief schon wieder, und nur der leichte Gegendruck seiner Finger deutete darauf hin, dass er wusste, wer seine Hand hielt.

Der Himmel vor dem Fenster war bewölkt, es gab kein Sonnenlicht, das ihn blenden konnte – und es gab auch keinen Vogel, der zwitscherte.

Verunsichert sah Merette zu der Krankenschwester, die gerade den Infusionsbeutel gewechselt hatte, als Jan-Ole aufgewacht war.

»Er blickt noch nicht durch«, stellte die Schwester in ihrem Gemisch aus Schwedisch und Norwegisch fest. »Aber das ist normal. Vielleicht heute Nacht, vielleicht morgen.«

»Ich beeile mich«, flüsterte Merette dicht neben Jan-Oles Ohr und drückte ihm einen Kuss auf die Stirn, bevor sie das Zimmer verließ.

Eine Viertelstunde später hielt sie vor einem Take-away. Die Pizza, die der Verkäufer ihr auf einem Pappteller über den Tresen schob, triefte vor Fett. Die Mozzarellascheiben sahen eher grau als weiß aus und schmeckten ganz leicht nach Fisch. Merette würgte ein paar Bissen hinunter, dann hatte sie genug und ließ den Rest auf dem Stehtisch liegen. Der Verkäufer rief ihr irgendetwas hinterher, was nicht gerade freundlich klang.

Als sie auf die Straße nach Evje einbog, fiel ihr ein, dass sie den Schlüssel für die Hütte gar nicht bei sich hatte. Er steckte entweder noch in der Tür, oder die Polizei hatte ihn mitgenommen. Ohne Schlüssel würde sie auch nicht durch den Schlagbaum kommen, der die Zufahrt auf den Berg versperrte. Sie musste also zuerst zu Elsa und ihr erklären, dass sie ihre Sachen holen wollte. Am besten würde sie dann auch gleich die Miete für die Hütte zahlen, damit sie, sowie es Jan-Oles Zustand erlaubte, zurück nach Bergen fahren konnten.

Elsa wohnte an der Abzweigung nach Myglevatn, Merette erinnerte sich, dass das Haus weiß gestrichen war und eine verglaste Veranda zur Straße hin hatte. Trotzdem wäre sie fast vorbeigefahren. Erst als sie Elsa sah, bremste sie abrupt und setzte die paar Meter bis zum Gartentor zurück.

Elsa stand auf einer Leiter und war dabei, die Dachrinne zu säubern. Sie trug einen türkisfarbenen Overall und eine Baseballcap, die langen blonden Haare hatte sie zu einem Pferdeschwanz zusammengebunden.

Als Merette die Gartentür öffnete, stieg sie von der Leiter. Ihre Begrüßung war eher kühl, Merette hatte für einen Moment das deutliche Gefühl, dass sie stören würde.

»Entschuldigung«, sagte sie, »ich wollte nur kurz zur Hütte hoch, um unsere Sachen zu holen, aber …«

Elsa griff in die Brusttasche ihres Overalls und zog einen Schlüssel hervor.

»Und dafür brauchst du den hier, schon klar.«

»Ich weiß, ich hätte ihn nicht stecken lassen dürfen, aber in der Nacht musste alles so schnell gehen und …«

»Wie geht es Jan-Ole?«, unterbrach Elsa sie erneut. »Ist er wieder bei Bewusstsein? Die Polizei hat mich informiert, was passiert ist, und ich wollte eigentlich schon längst ins Krankenhaus kommen, um ihn zu besuchen, aber dann dachte ich, es wäre dir vielleicht nicht recht.«

»Warum?«, fragte Merette irritiert. »Was sollte ich dagegen haben?«

Elsa zuckte mit den Schultern und musterte Merette mit einem leicht spöttischen Gesichtsausdruck, als würde sich jede Antwort von selbst erklären.

Ihre Augen waren von einem faszinierenden Blau, das war Merette bereits bei ihrer ersten Begegnung aufgefallen, jetzt dachte sie unwillkürlich, dass Elsa mit Sicherheit wusste, welche Wirkung ihr Blick auf andere hatte, und dass auch Jan-Ole das bemerkt haben musste – Elsa entsprach nicht unbedingt dem Schönheitsideal eines Models, dazu war sie zu groß und ihre Schultern waren zu breit, aber sie war eine interessante Frau, die Selbstbewusstsein ausstrahlte. Auch wenn der harte Zug um ihren Mund darauf schließen ließ, dass sie es nicht immer einfach gehabt hatte. Und damit verkörperte sie ziemlich genau den Frauentyp, auf den Jan-Ole als Mann reagierte, vielleicht hatte es in der Vergangenheit etwas zwischen den beiden gegeben, wovon Merette nichts wusste. Möglich war es, Jan-Ole hatte von Elsa als einer »alten Bekannten« gesprochen, was alles und nichts bedeuten konnte.

»Jan-Ole«, wiederholte Elsa, »wie geht es ihm?«

Ihre Stimme klang nicht wirklich interessiert, eher so, als würde sie nur der Form halber fragen.

Merette zwang sich dennoch, möglichst genau zu antworten.

»Er hat ein Schädel-Hirn-Trauma, zum Glück gibt es keine Anzeichen für eine Blutung im Kopf. Er ist nach wie vor verwirrt und kann sich an nichts erinnern, was passiert ist. Allerdings schläft er sowieso die meiste Zeit und reagiert kaum. Eigentlich warten wir alle darauf, dass er endlich wieder wirklich zu sich kommt! Vielleicht heute Nacht, vielleicht morgen«, gab sie unbewusst den Satz der Krankenschwester wieder.

Elsa zog sich eine selbstgedrehte Zigarette hinter dem Ohr hervor und zündete sie an. Merette sah, dass ihre Hände ganz leicht zitterten. Elsa inhalierte tief, bevor sie antwortete.

»Er hat Glück gehabt, dass du ihn noch in der Nacht gefunden hast. Wenn er bis zum Morgen da auf dem Fußboden in dem alten Haus gelegen hätte, hätte er den Schlag auf den Kopf wahrscheinlich nicht überlebt.«

Merette stutzte. Unwillkürlich fragte sie sich, woher Elsa so genau wissen konnte, wo sie Jan-Ole gefunden hatte.

Aber wahrscheinlich funktionierte der Informationsaustausch hier auf dem Land besser, als sie dachte, der Überfall auf Jan-Ole war mit Sicherheit Gesprächsthema Nummer eins in den letzten Tagen gewesen.

»Ich weiß«, sagte sie leise, »sehr viel Glück. – Die Polizei tappt nach wie vor im Dunkeln«, setzte sie dann aus einem plötzlichen Impuls hinzu. »Sie haben keine Spur, sie wissen nicht, wer der Täter war. Oder warum Jan-Ole überhaupt überfallen wurde. Was sagen die Leute im Dorf? Hast du irgendwas gehört, ist so etwas vielleicht schon mal passiert? Ich meine, es muss doch irgendeine Erklärung geben, warum …«

Elsa schüttelte den Kopf.

»Hier weiß niemand etwas. Vielleicht war es jemand aus der Stadt. Ich glaube nicht, dass es etwas mit euch zu tun hatte. Irgendein Krimineller vielleicht, der sich in den Wäldern versteckt hält. So was. Von uns hier hat jedenfalls niemand etwas damit zu tun, das kannst du mir glauben.«

Ihre Antwort klang fast aggressiv, als würde sie sich verteidigen müssen.

»Ich wollte ja auch nur …«, sagte Merette entschuldigend. »Ich dachte, vielleicht …«

»Nein«, erwiderte Elsa brüsk. »Und es wird besser sein,

wenn du dir nicht länger den Kopf darüber zerbrichst. Lass die Polizei ihre Arbeit machen und kümmere dich um Jan-Ole. Richte ihm schöne Grüße aus, sag ihm, dass ich ihm gute Besserung wünsche. Es tut mir leid, was passiert ist, wirklich. Sag ihm das. – Ihr braucht natürlich nichts zu bezahlen, ihr wart ja eigentlich nur eine Nacht in meiner Hütte. Hol euer Zeug und bring mir nachher den Schlüssel vorbei.«

Elsa wandte sich ohne ein weiteres Wort ab und stieg wieder auf die Leiter.

»Nur eine Sache noch«, rief Merette hinter ihr her. »Da war noch etwas, was ich dich fragen wollte! Kurz bevor ich los bin, um Jan-Ole zu suchen, habe ich einen Schrei gehört. Ich weiß nicht, wie ich es dir am besten beschreiben soll, es war … absolut unheimlich. Gibt es vielleicht irgendein Tier, das …« Sie brach mitten im Satz ab, weil sie das Gefühl hatte, sich gerade vollends lächerlich zu machen. Aber sie hatte offensichtlich Elsas Interesse geweckt.

»Ein Schrei? Wie ein Brüllen?«

»Ja, Brüllen trifft es vielleicht sogar noch besser. Irgendwie qualvoll, aber gleichzeitig auch … aggressiv! Bösartig.«

Elsa stieg zwei Sprossen zurück. »Kennst du das Bild von Edvard Munch? Mit der schreienden Figur?«

»Natürlich, aber … nein, das ist es nicht, das passt nicht. Das Bild verkörpert Entsetzen für mich, Angst, Todesangst, Panik, Schrecken. Wenn überhaupt, dann war es eher … das Gegenüber der Person in Munchs Bild, das diesen stummen Schrei ausgelöst hat, verstehst du?«

Elsa drückte sorgfältig ihre Kippe auf dem Fensterbrett aus und ließ sie in die Tasche des Overalls gleiten.

»Klingt eher so, als ob deine Phantasie ein wenig überreizt wäre«, sagte sie dann gänzlich unerwartet für Merette. »Aber das passiert. Es ist die Stille, die einen verrückt macht und die einen Dinge hören und sehen lässt, die es gar nicht gibt. End of the story.«

Auch als Merette schon wieder im Camper saß, kam ihr das ganze Gespräch immer noch unwirklich vor. Sie hatte keine Ahnung, was sie von Elsas Reaktion halten sollte, aber sie war im Moment auch nicht in der Verfassung, nach irgendwelchen Gründen zu suchen.

Die Straße nach Myglevatn war frisch geteert, loser Split prasselte in den Radkästen des Campers. Als Merette an einem leerstehenden Haus mit eingeschlagenen Scheiben vorbeikam, dachte sie unwillkürlich an Elsas Satz über irgendwelche Leute aus der Stadt, die sich womöglich in genauso einer Hausruine für ein paar Tage versteckt hielten, bevor sie weiter hinauf in die Wälder flüchteten.

Als sie gleich darauf am Straßenrand eine ganze Horde kleiner Kinder mit einem gefleckten Hund spielen sah, wollte das Bild nicht passen, sondern sah eher nach einer friedlichen Bullerbü-Kulisse aus.

Sie passierte die Tankstelle von Myglevatn, rechts ging es zum Kanuverleih am See, schräg gegenüber zweigte der Schotterweg auf den Berg hinauf ab. Merette hielt an, um den Schlagbaum mit dem Schild PRIVAT. ADGANG FORBUD zu öffnen.

Dann konzentrierte sie sich ganz auf den Weg, der in einer langen Kurve in den Wald führte. Die Laubfärbung hatte bereits eingesetzt. Als für einen Moment die Sonne durch die Wolken brach, leuchtete das Rot und Gelb der Blätter mit einer Kraft, die das Panorama der vor ihr liegenden Berge in eine fast kitschige Postkartenansicht verwandelte. Rechts von ihr glitzerte der See mit seinen unzähligen Inseln und felsigen Buchten, am Horizont türmten sich blauschwarze Wolken – der nächste Regenguss würde nicht lange auf sich warten lassen, aber für den Augenblick war noch einmal der Sommer zurückgekehrt, hinter der Windschutzscheibe war es so warm, dass Merette sich wünschte, vorhin nicht extra noch die Jacke übergezogen zu haben.

Aber sie wollte auch nicht nochmals anhalten, bei ihrer Ankunft vor einigen Tagen war Jan-Ole gefahren, Merette erinnerte sich, dass der Weg gleich steil ansteigen würde und Jan-Ole es nur mit Anlauf geschafft hatte, den schweren Camper überhaupt die Steigung hinaufzubekommen. Und schon fingen auch jetzt wieder die Vorderräder an, auf dem losen Geröll nach links und rechts auszubrechen. Merette rammte den Wählhebel des Automatikgetriebes in die erste Fahrstufe und gab noch einmal Gas, während sie das Lenkrad umklammerte und den Wagen nur mit Mühe in den vom Regen ausgewaschenen Spuren hielt. Erst als sie über die Kuppe war, stieß sie erleichtert den Atem aus, den sie unwillkürlich angehalten hatte.

Der Weg führte jetzt dicht am Seeufer entlang, in einer engen Kurve ging es um einen schroffen Felsvorsprung herum, dann passierte Merette das alte Bauernhaus, in dem sie Jan-Ole gefunden hatte. Sie vermied den Blick zu der niedrigen Tür und den vor Schmutz blinden Fenstern, nach wenigen Metern erreichte sie die Brücke über den Wasserfall, der von irgendwo weiter oben in den See stürzte. Die Brücke bestand aus kaum mehr als ein paar grob behauenen Holzbalken, es gab kein Geländer. Die Breite reichte gerade so eben für den Camper, jede unachtsame Lenkbewegung würde sie unweigerlich über die Kante rutschen lassen. Sie hatte ungefähr die Hälfte geschafft, als ihr Handy klingelte.

Der Klingelton kam so unerwartet, dass sie heftig zusammenschreckte. Sie ließ den Camper von der Brücke rollen und hielt mitten auf dem Weg an. Wenige Meter vor ihr tauchte plötzlich ein Fuchs am Waldrand auf. Als er das Auto sah, verschwand er wieder im Farnkraut. Eine Wolke schob sich vor die Sonne, schlagartig waren alle Farben wie ausgelöscht.

Die Verbindung war schlecht, Merette brauchte einen Moment, bis sie die Stimme erkannte. Frode! Der Sozialarbeiter aus Bergen, der das psychologische Gutachten über einen seiner Klienten angefordert hatte – was dann zu der Kette von Ereignissen führte, die schließlich mit Julias Entführung endete. Nachdem Aksel in die Forensische Psychiatrie eingewiesen worden war, hatte Merette noch ein oder zwei Mal mit Frode telefoniert, aber seit Frode wusste, dass sie wieder mit Jan-Ole zusammen war, hatten sich ihre Gespräche ausschließlich auf ihre Arbeit beschränkt.

»Ich kann dich ganz schlecht verstehen, Frode«, sagte Merette jetzt. »Ich bin auf irgendeinem Berg in Telemark, hier oben gibt es kaum ein Netz. Aber ich kann dich später zurückrufen.«

»Ich höre dich gut! Pass auf, ich mache es kurz, nur damit du informiert bist. Es könnte sein, dass wir hier ein Problem haben. Aber wahrscheinlich ist es gut, dass du gerade jetzt nicht in der Stadt bist, obwohl ich ohnehin glaube …« Der Rest seines Satzes wurde von Rauschen und Knistern verschluckt.

»Was?«, rief Merette. »Ich hab dich nicht verstanden! Was für ein Problem, was ist los?«

Automatisch griff sie nach dem Zündschlüssel, um den Motor abzustellen. Als Frodes Stimme wiederkam, klatschten die ersten Regentropfen auf die Windschutzscheibe.

»Aksel ist weg. Er ist aus der Forensik ausgebrochen. Vor drei Tagen. Ich kann dir jetzt nicht genau erklären, wie er das geschafft hat. Er hat einen Mitinsassen vergiftet und damit einen Notfall fingiert. Frag mich nicht nach Details! Ein Wachmann ist …« Wieder wurde seine Stimme von Rauschen überdeckt. Aber die nächsten Sätze waren klar und deutlich zu verstehen: »Er geht über Leichen, im wahrsten Sinne des Wortes! Die Polizei hat ihn zur Fahndung ausgeschrieben, aber bislang gibt es keine Spur von ihm. Ich dachte nur, du solltest das wissen. Es könnte sein, dass er die fatale Idee hat … Merette? Bist du noch da? Hast du gehört, was ich erzählt habe? Aksel ist aus der Forensik ausgebrochen, du musst aufpassen, es könnte sein …«

»Vor drei Tagen?«, fragte Merette. Ihre Stimme war kaum mehr als ein Flüstern.

»Was?«, rief Frode.

Merette räusperte sich, aber der Kloß in ihrem Hals blieb, während ihr gleichzeitig der Schweiß in Strömen den Rücken herunterrann und ihre Hand so sehr zitterte, dass sie kaum noch das Handy halten konnte.

Sie rechnete kurz zurück, obwohl sie das Ergebnis bereits kannte. Vor drei Tagen, hatte Frode gesagt. Jan-Ole lag seit zwei Tagen im Krankenhaus, in der Nacht davor war er niedergeschlagen worden. Wenn Aksel es irgendwie geschafft hatte, gleich nach seinem Ausbruch von Bergen bis nach Telemark zu kommen, dann wäre er spätestens am Abend hier gewesen. Und hätte Zeit genug gehabt, um die Hütte ausfindig zu machen, die sie und Jan-Ole gemietet hatten. Woher auch immer er so schnell erfahren hatte, dass sie nicht in Bergen waren. Aber es passte! Und damit war auch endlich klar, was passiert war.

»Er war bereits hier«, sagte sie zu Frode. »Und ist es wahrscheinlich immer noch.«

»Was?!«, rief Frode wieder, obwohl er sie diesmal ganz genau verstanden haben musste.

»Ich rufe dich später zurück, Frode. Jetzt ist es gerade schlecht.«

Merette unterbrach die Verbindung, bevor er noch irgendetwas antworten konnte. Als das Handy gleich darauf nochmals klingelte, drückte sie Frodes Anruf weg.

*Er war zufrieden mit sich. Mehr als zufrieden sogar. Bislang hatte alles geklappt wie geplant. Allein schon auf die Flucht aus der Psychiatrie konnte er stolz sein, auch dass er am gleichen Tag noch ohne Probleme bis nach Oslo gekommen war, hatte er ausschließlich seiner Kaltblütigkeit zu verdanken – obwohl die Polizei sofort eine Fahndung eingeleitet hatte und er unter Zeitdruck improvisieren musste, war er nicht in Panik geraten.*

*Wenn er an die Geschichte dachte, die er den Hippies in ihrem umgebauten Reisebus aufgetischt hatte, musste er jetzt noch grinsen. Dass er aus Bergen verschwinden musste, weil sein Vater angeblich irgendein bescheuerter Chefarzt war, der ihn zwingen wollte, eine Entgiftung zu machen, nur weil er ab und zu mal Dope rauchte. Eine vollkommen idiotische Geschichte, aber die Hippies hatten ihm geglaubt! Und sie waren regelrecht ausgeflippt, als er ihnen den Medikamentenkoffer aus dem Rettungswagen als kleine Gegenleistung angeboten hatte. Hippies eben! Wahrscheinlich lagen sie immer noch zugedröhnt auf den Matratzen hinten im Bus und wussten bis heute nicht, wen sie da eigentlich mitgenommen hatten.*

*Und dass er dann in Oslo zufällig über Julia und Marie gestolpert war, ließ ihn fast schon an so etwas wie eine höhere Macht glauben, die sich mit ihm verbündet hatte! Alles, was er tat, schien irgendwie vorherbestimmt zu sein, er musste nur die*

*Zeichen erkennen und sie mit ein paar kleinen Korrekturen für sich nutzbar machen.*

*Damit war auch klar, dass er an Hawkins Tod ohnehin nichts hatte ändern können. Es hatte einfach so kommen müssen, ohne dass er wirklich einen Einfluss darauf gehabt hatte. Trotzdem tat ihm Hawkin manchmal noch leid. Genauso wie der Wachmann! Vor allem, nachdem er in der Zeitung gelesen hatte, dass der Typ eine Frau und zwei kleine Mädchen hinterließ. Das machte ihm schon zu schaffen, auch wenn er versuchte, jeden Gedanken daran zu verdrängen.*

*In seinen Alpträumen allerdings ging es immer nur um Hawkin. Das erste Mal hatte er schon von ihm geträumt, als er in dem Hippiebus irgendwo auf der Fahrt durchs Gebirge vor Erschöpfung eingenickt war. Und von da an war es immer wieder der gleiche Traum gewesen, diese Geschichte, die ihm Hawkin zigmal erzählt hatte. Als er sich bei der Gartenarbeit einen Zeckenbiss geholt hatte und die Ärztin in der Klinik bei der Lumbalpunktion seinen Kopf an sich gezogen hatte, genau in den Ausschnitt ihres Arztkittels! Aber in seinem Traum war es nicht Hawkin, der auf der Pritsche saß, sondern er selbst. Und er wachte jedes Mal mit einem steifen Schwanz auf, während er sich noch deutlich an das letzte Bild erinnerte: wie er den Kopf zwischen den Brüsten der Ärztin hervorzog und plötzlich in das Gesicht dieser Psychoschlampe blickte, Merette, die ganz alleine daran schuld war, dass man ihn in die Forensik eingewiesen hatte! Und die seinen Traum mit dem immer gleichen Satz beendete: »Passiert dir das öfter, dass du zu früh kommst?«*

*Er wusste genau, dass es nur ein Traum war, aber er hasste Merette dafür. Mehr noch als für alles andere, was sie ihm angetan hatte. Und er wollte sie mehr denn je bestrafen.*

*Dass sie nicht in Bergen war, hatte er herausgefunden, als er von einer Telefonzelle in Oslo ihre Praxisnummer angerufen hatte. Ihre Stimme auf dem Anrufbeantworter klang noch genauso arrogant und unnahbar, wie er sie in Erinnerung hatte: »Ich bin voraussichtlich bis zum zwanzigsten September nicht erreichbar. In dringenden Fällen wenden Sie sich bitte an meine Kollegin Birgitta Nielsen.« Es folgte die Durchsage einer Telefonnummer, mehr nicht, noch nicht mal die Möglichkeit, eine Nachricht zu hinterlassen! Sie machte also Urlaub, das war ihm vom ersten Moment an klar gewesen. Wahrscheinlich zusammen mit diesem Expolizisten, den er beim letzten Mal leider deutlich unterschätzt hatte. Er war nach wie vor davon überzeugt, dass ohne den Bullen vielleicht doch alles ganz anders gekommen wäre. Der Bulle war eines der Probleme gewesen, mit denen er nicht gerechnet hatte – und war es womöglich immer noch!*

*Aber es stimmte nicht ganz, dass die Psychoschlampe jetzt nicht erreichbar war – ihre Handynummer funktionierte, und es war immer noch dieselbe Nummer, die er in seinem alten Nokia gespeichert hatte. Direkt hinter der Nummer ihrer Tochter! Er war sich nicht ganz sicher, ob es die Mutter oder die Tochter war, deren Verhalten ihn mehr irritierte – und empörte! Aber wahrscheinlich lief es ohnehin auf das Gleiche hinaus: Sie fuhren einfach in die Ferien, als ob nichts gewesen wäre. Sie lebten ihr Leben genauso weiter, wie sie es auch vor dem letzten Sommer schon getan hatten! Sie hatten Spaß und kümmerten sich einen Dreck darum, wie es anderen ging.*

*Die ganze Zeit in der Klinik hatte er sich vorgestellt, wie sie den Gedanken an ihn nicht loswurden, wie die Angst jede Nacht aufs Neue zurückkam und sie sich mit irgendwelchen Pillen betäuben mussten, um nicht völlig durchzudrehen. Jetzt war er fast überzeugt davon, dass sie seine Existenz längst voll-*

*ständig verdrängt hatten, sie glaubten ihn sicher weggesperrt und verschwendeten keine Sekunde mehr damit, an ihn zu denken. Und das Gleiche galt ganz offensichtlich auch für diese Marie – als er Julia und ihre Freundin am Busbahnhof gesehen hatte, waren sie ihm mit ihren Tramperrucksäcken vorgekommen wie zwei alberne Studentenschlampen, die meinten, ihnen würde die ganze Welt gehören. Und genau da hatte er entschieden, dass er sie nicht einfach so davonkommen lassen durfte!*

*Aber noch hatte er keinen konkreten Plan gehabt, sondern nur auf die unerwartete Situation reagiert. Wobei er auch da wieder ohne Zögern und vollkommen folgerichtig gehandelt hatte.*

*Nachdem die blöde Tucke am Fahrkartenschalter ihm nicht sagen wollte, wohin die kleinen Schlampen unterwegs waren, war er gerade noch rechtzeitig wieder auf den Platz gekommen, um zu sehen, in welchen Bus sie stiegen. Und wieder war es fast schon zu einfach gewesen, als er das Motorrad entdeckte, das wie für ihn bereitgestellt gleich hinter den öffentlichen Toiletten geparkt war. Ohne irgendein Schloss oder eine Kette! Eine alte BMW mit freiliegenden Zylindern und nur einem breiten Sattel als Fahrersitz. Und vor allem ohne Startautomatik! Der Wirt der Kneipe, bei dem er auf Bryggen kurze Zeit als Koch gearbeitet hatte, fuhr die gleiche Maschine. Es war kein Problem, die Zündung kurzzuschließen, und der Motor sprang bereits beim ersten Tritt auf den Starterhebel an. Sogar den Helm hatte der Idiot einfach am Lenker hängen lassen! Wahrscheinlich war er mit irgendeinem Stricher auf den Klos, um sich einen runterholen zu lassen – nach den Typen zu urteilen, die sich möglichst unauffällig durch die Tür drückten, war das Toilettenhäuschen ein netter kleiner Schwulentreff.*

*Noch vor dem Verlassen der Stadtgrenze hatte er den Bus eingeholt. Als sie auf der E18 waren, hielt er einen gleichmäßi-*

gen Abstand ein, bei den Haltestellen wartete er weit genug entfernt am Straßenrand, bis der Bus wieder anfuhr. Die BMW lief, ohne zu mucken, nur die unzureichende Federung ließ ihn jedes Schlagloch deutlich spüren. Aber die altertümliche Tankanzeige stand fast auf voll, und nach einer Weile fing er an, die Fahrt zu genießen.

Allerdings wurde er dann doch unruhig, als Julia und Marie auch nach über einer Stunde den Bus immer noch nicht verlassen hatten. Er fragte sich irritiert, was eigentlich ihr Ziel sein konnte. Auf keinen Fall einer der Campingplätze am Meer, wie er erst gedacht hatte. Aber vielleicht wollten sie gar nicht zum Camping, überlegte er jetzt, sondern auf irgendeine Hütte. Vielleicht auf die gleiche Hütte, in der Merette war!

Er nahm jedenfalls an, dass Merette und der Bulle irgendwo eine Hütte hatten. Das passte zu ihnen. Ab einem bestimmten Einkommen hatten alle Norweger eine Hütte! Und er konnte sich nur zu gut vorstellen, wie die Schlampe und ihr Lover abends auf der Terrasse saßen und ihren Rotwein tranken, während langsam die Sonne über dem See vor ihnen unterging. Wobei noch nicht mal das Ruderboot, mit dem der Bulle kurz zuvor noch zum Angeln gewesen war, sie an den durchgeknallten Patienten erinnerte, den sie für immer sicher weggesperrt glaubten. Stattdessen würde die Schlampe nur leicht beschwipst zum Steg laufen, sich ihr Sommerkleid abstreifen und ins Wasser springen. Und der Bulle würde gerade noch genug Zeit haben, um eine CD aufzulegen und ein paar Kerzen anzuzünden, bevor sie nackt und nass zurückkam, ihn an der Hand fasste und in die Schlafkammer führte.

Aber vielleicht war es bereits ihre letzte Nacht, die sie sich eng umschlungen und schwitzend auf den Laken wälzten! Denn ab jetzt würde er wieder die Regeln bestimmen.

*Als Julia und Marie endlich den Bus verließen, hatte bereits ein roter Pick-up auf sie gewartet. Ein auffällig großer Mann im Overall warf ihre Rucksäcke auf die Ladefläche, zu dritt quetschten sie sich in die Fahrerkabine und bogen auf eine Nebenstraße ab, die in langgezogenen Kurven an einzeln stehenden Bauernhöfen vorbeiführte. Es folgten abwechselnd irgendwelche Kuhweiden und hoher Kiefernwald, in einer Schneise konnte er linker Hand die dunkle Wasserfläche eines Sees ausmachen.*

*Es war mittlerweile so dunkel geworden, dass er Angst gehabt hatte, sein Scheinwerfer könnte für unnötige Aufmerksamkeit sorgen. Ein ganzes Stück war er ohne Licht gefahren. Als der Pick-up plötzlich, ohne zu blinken, in einen Schotterweg einbog, hatte er schon die Abzweigung passiert, bevor er reagieren konnte. Er hatte wenden müssen und dann Mühe gehabt, die BMW auf dem losen Kies in der Spur zu halten.*

*Nach ein oder zwei Kilometern waren die Rücklampen des Pick-ups in einer Senke verschwunden. Links und rechts standen wieder vereinzelte Häuser, in den Fenstern flackerten die Fernsehbildschirme. Aber er hatte schon genug gesehen, direkt vor ihm war ein handgemaltes Schild mit einem Pfeil in die Richtung, in der das Seeufer sein musste: CAMPING.*

*Also doch, hatte er gedacht und gleich darauf das Problem erkannt, mit dem er jetzt konfrontiert war – er musste einen Platz finden, an dem er die Nacht verbringen konnte! Und er hatte weder einen Schlafsack noch genügend warme Kleidung, um im Freien schlafen zu können.*

*Er meinte sich zu erinnern, dass ein Stück zurück eine Art Schrottplatz am Waldrand gewesen war, ein paar von Unkraut überwucherte Autowracks, ein alter LKW, ein kaputter Trecker. Aber gerade als er den Platz in der Dunkelheit wiederge-*

*funden hatte, war ein Elch direkt vor ihm auf den Weg getreten. Im letzten Moment hatte er den Lenker herumreißen können, dabei war die BMW auf dem Schotter weggerutscht und er war im Graben gelandet. Zum Glück war er bei dem Sturz nicht unter die Maschine gekommen, aber er hatte sich an dem heißen Zylinderkopf das Bein verbrannt – und die Vordergabel des Motorrads war hoffnungslos verbogen.*

*Er hatte die BMW zwischen die Autowracks geschoben und notdürftig mit ein paar Brettern und einer zerrissenen Plane abgedeckt. Der verdammte Elch hatte noch immer auf dem Weg gestanden und ihn mit schiefgelegtem Kopf beobachtet. Erst als er ihn angebrüllt hatte, war er quer über das gegenüberliegende Stoppelfeld davongestakst.*

*Und dann hatte er das Haus gesehen! Kaum viel mehr als ein heller Fleck, der sich undeutlich vor dem dunklen Wald dahinter abhob, mit schwarzen Fensterhöhlen, die wie Löcher in der Dunkelheit wirkten. Gleichzeitig war plötzlich der Mond zwischen den Wolken hervorgekommen, so dass er jetzt auch das zur Hälfte eingestürzte Dach erkennen konnte. Das Haus stand leer! Und wenn er nur ein bisschen Glück hatte, würde er vielleicht in einem der Räume noch ein Bettgestell und eine alte Matratze finden, vielleicht sogar eine Decke.*

*Aber er hatte nirgends einen Weg sehen können, und erst als er schon zweimal suchend am Feldrand entlanggelaufen war, wurde ihm klar, dass es ganz einfach keine Zufahrt mehr gab! Wahrscheinlich hatte der Bauer, dem die umliegenden Felder gehörten, den Weg untergepflügt, um mehr Ackerland zu bekommen. Damit war das Haus das perfekte Versteck, bei dem niemand jemals auf die Idee kommen würde, dass es jetzt wieder einen Bewohner hatte!*

*Tatsächlich hatte er dann nicht nur eine alte Matratze ge-*

*funden. Das Haus war noch nahezu vollständig eingerichtet gewesen – als hätten die letzten Bewohner unerwartet fliehen müssen und keine Zeit mehr gehabt, irgendetwas von ihren Habseligkeiten zu retten. Allerdings hatte er in der Dunkelheit kaum eine Chance gehabt, die einzelnen Räume näher zu inspizieren, und als er dann am frühen Morgen mit vor Kälte und Feuchtigkeit steifen Muskeln aufwachte, wurde schnell deutlich, dass das Haus schon länger leer stehen musste. Durch das Loch im Dach war der Regen eingedrungen, die Holzdielen waren von der Nässe verschimmelt, die Möbel mit einer dicken Staubschicht überzogen und irgendwelche Tiere hatten überall ihre Spuren hinterlassen.*

*Aber auf dem Küchentisch stand noch immer eine Kaffeetasse, mit einem verschmutzten Teller und der aufgeschlagenen Zeitung daneben. Das Datum lag fast zwei Jahre zurück, die Schlagzeile stammte aus dem Winter. Auf dem zugefrorenen See war ein Auto im Eis eingebrochen, alle drei Insassen waren ertrunken. Nach den ersten Zeilen des Artikels verlor er bereits wieder das Interesse. Eine Geschichte von irgendwelchen Bauerntölpeln, die blöd genug waren, im Eis einzubrechen, konnte ihm nur ein müdes Grinsen entlocken. Selbst schuld, dachte er und schöpfte sich aus der Regentonne hinter dem Haus einen Becher voll Wasser, den er in hastigen Schlucken trank, bevor er mit dem zweiten Becher zurück in die Küche ging.*

*Auf dem Brett über dem Herd fand er eine Reihe von Konservendosen, er entschied sich für Ravioli in Tomatensauce und löffelte den kalten Inhalt in sich hinein, bis der schlimmste Hunger gestillt war. Dann stand er lange am Fenster und blickte über den Acker und die Straße zum See hinüber, der in der Sonne glitzerte. Für einen Moment fühlte er sich, als wäre er endlich zu Hause angekommen – als würde alles ihm gehö-*

*ren und er konnte in seinem Haus tun und lassen, was er wollte, ohne dass ihn irgendjemand daran hindern könnte.*

*Erst als er die Holzklappe im Fußboden entdeckte, wurde ihm klar, in welche Richtung sich seine Gedanken bereits unbewusst bewegt hatten. Wie er vermutet hatte, war unter der Klappe ein Erdkeller, kaum größer als zwei mal zwei Meter und so niedrig, dass er nur gebückt stehen konnte.*

*Die meisten alten Häuser waren nicht vollständig unterkellert, sondern hatten stattdessen diese Erdlöcher, die als Vorratskammern dienten und auch im Sommer kühl genug blieben, um Wurst und Käse zu lagern. Vorräte gab es hier nicht mehr, das Einzige, was er fand, war eine von Spinnweben überzogene Flasche Bier, die er dann am Küchentisch fast genüsslich trank, während er sich ausmalte, wie er Julia und Marie zum Haus locken würde. Der Erdkeller war nahezu perfekt geeignet, um die beiden Schlampen unter Kontrolle zu halten! Und sie würden schreien und toben können, ohne das geringste Risiko, dass jemand ihre Hilferufe hörte. Bis sie nur noch um Gnade flehen würden – und ihm dankbar waren, wenn er sie zurück ans Tageslicht ließ, erst die eine, dann die andere.*

*Seit er vor fast anderthalb Jahren in der Kneipe auf Bryggen gearbeitet hatte, hatte er keine Frau mehr gehabt. Es war höchste Zeit, dass sich das änderte! Vielleicht schleppte er einfach eine der Matratzen aus der Schlafkammer in die Küche, gleich neben die Klappe zum Kellerloch. Dann würde die, die er sich als Zweite vornahm, schon wissen, was sie erwartete, während er sich noch um ihre Freundin kümmerte. Sie sollten begreifen, dass es kein Erbarmen für sie gab. Und für jeden Schluck Wasser, den sie trinken wollten, sollten sie betteln müssen.*

*Vielleicht legte er auch ganz konkret die Bezahlung für jede kleine Gefälligkeit fest. So wie es damals in einem der Heime gewesen war, in das sie ihn als Kind gesperrt hatten. Ein Schluck Wasser kostete eine schnelle Nummer auf der Matratze. Ein paar Bissen Ravioli gab es nur, wenn sie ihm einen geblasen hatten. Und um vom Fenster aus den Sonnenuntergang sehen zu dürfen, mussten sie sich vorher auf dem Küchentisch selbst befriedigen, während er ihnen gegenübersaß und sie dabei beobachtete.*

*Er merkte, wie bei der Vorstellung sein Schwanz steif wurde, aber gerade als er den Reißverschluss seiner Jeans aufzog, holte ihn die Erinnerung ein. Ganz deutlich sah er Marie wieder in dem Grab auf dem alten Friedhof an der Küste. Er wusste bis heute nicht, wie sie es geschafft hatte zu überleben – und es machte ihm Angst! Als wäre sie von den Toten auferstanden.*

*Mit einem Schlag war ihm jede Lust vergangen. Außerdem war ihm plötzlich übel. Als sich sein Magen zusammenkrampfte, konnte er sich gerade noch zur Seite drehen, bevor das Bier hochkam und er einen übelriechenden Schwall direkt neben sich auf den Fußboden spuckte.*

*Keuchend stürzte er zur Hintertür hinaus und atmete tief die frische Luft ein, bis er wieder in der Lage war, klar zu denken. Er durfte sich nicht gehen lassen, noch konnte er es sich nicht leisten, dass seine Phantasie ihn daran hinderte, sich auf das zu konzentrieren, was vor ihm lag. Vielleicht war es ohnehin besser, wenn er den beiden Mädchen erst mal nicht zu nahe kam, dachte er! Bis er sich seiner Sache absolut sicher war. Vor allem brauchte er jetzt einen konkreten Plan, wie er die Psychoschlampe selbst in die Ecke treiben konnte. Dass er auf seiner Flucht zufällig über Julia und Marie gestolpert war, konnte er sich dabei vielleicht zunutze machen, aber er durfte nie vergessen, dass Merette sein eigentliches Ziel war. Und alles, was er sich während der Zeit in der Klinik als Bestrafung für sie über-*

*legt hatte, erschien ihm im Nachhinein einfach nur billig, vulgär. Und weit unter dem Niveau, das Merette zustand! Sie war ein ebenbürtiger Gegner, das machte den ganz besonderen Kick aus, wenn er sie erneut herausfordern würde. Deshalb musste es etwas ganz Besonderes sein, was er sich für sie ausdachte!*

*Gegen Mittag verließ er das Haus und näherte sich auf einem Umweg durch den Wald dem Campingplatz. Schon von weitem hörte er die Musik. Als er dann die Kennzeichen der Autos sah, die auf der Wiese hinter dem letzten Bauernhaus parkten, konnte er sich leicht zusammenreimen, dass sie irgendein Fest auf dem Platz feierten, zu dem auch die Leute aus der näheren Umgebung gekommen waren. Er würde also nicht weiter auffallen, zumal er sich im Haus ein paar Seglerklamotten zusammengesucht hatte, die ihm sogar halbwegs passten. Aber erst als er dann auch Julia in der Menge vor dem Stand mit den frischgebackenen Waffeln sah, nahm sein Plan endgültig Gestalt an.*

## MERETTE

Es war absurd, aber sie war fast erleichtert. Sie kannte jetzt ihren Feind, sie wusste, mit wem sie es zu tun hatte. Der erste Schock war überwunden. Sie war plötzlich wieder in der Lage, klar zu denken – und merkwürdigerweise fühlte sie sich auch nicht bedroht, nicht im Moment jedenfalls. Aksel hatte es auf Jan-Ole abgesehen. Er wollte Jan-Ole verletzen, vielleicht sogar töten, um auf diese Weise seine Macht ihr gegenüber zu beweisen. Das war wie eine perverse Wiederholung der Geschehnisse aus dem letzten Sommer, nur mit anderen Vorzeichen. Diesmal hatte er nicht ihre Tochter ausgewählt, sondern ihren Mann. Das Spiel hatte von vorne begonnen – und sie musste handeln.

Sie rief die Nummer auf, die ihr die Polizeistation aus Kristiansand gegeben hatte. Wider Erwarten zeigte ihr Handy diesmal ein volles Netz an. Noch während Merette auf die Verbindung wartete, startete sie den Motor und ließ den Camper im Schritttempo den Weg zur Hütte rollen.

Als die Polizistin sich meldete, versuchte Merette, möglichst knapp und präzise zu erklären, worum es ging, ohne sich lange mit einleitenden Sätzen aufzuhalten: »Ich glaube, ich weiß jetzt, was passiert ist! Ich habe gerade eben eine Information bekommen, aus Bergen. Es hat mit einem alten Fall von mir zu tun, es geht um einen Patienten, der aus der Forensischen Psychiatrie ausgebrochen ist. Vor drei Tagen, Sie müssten die Meldung auch schon bekommen haben, die Polizei hat ihn zur Fahndung ausgeschrieben. Aksel Karlsen, 27 Jahre, nein, 28 inzwischen. Ich schätze, dass er der Täter war. Und damit ist Jan-Ole nach wie vor in Gefahr. Es ist gut möglich, dass dieser Aksel im Krankenhaus auftaucht. Oder schon da ist! Wie gesagt, wir reden von einem jungen Mann, sehr groß, sehr dünn, die letzten Male, die ich ihn gesehen habe, trug er immer einen Jogginganzug mit Kapuze. Oder einen Parka. Aber das muss nicht so sein, er kann sich ebenso gut als Pfleger oder Arzt verkleidet haben. Und er ist gefährlich, vollkommen skrupellos. Fragen Sie jetzt bitte nicht nach, glauben Sie mir einfach. Sie müssen jemanden abstellen, der Jan-Ole bewacht. Ich beeile mich, so schnell wie möglich zurückzukommen, dann kann ich Ihnen alles erklären. Aber bis dahin lassen Sie niemanden in sein Zimmer, der nicht definitiv zum Krankenhaus gehört. Bitte, es ist wichtig!«

Sie war überrascht, wie schnell die junge Polizistin reagierte. Noch während Merette geredet hatte, musste sie sich schon die Fahndungsmeldung aufgerufen haben, mit ruhiger Stimme wollte sie jetzt von Merette wissen, wo sie gerade war.

»Wenn es so ist, wie du sagst, dann bist du womöglich ebenfalls in Gefahr, und ich würde dir gerne einen Einsatzwagen schicken.«

Die Polizistin hatte wie selbstverständlich zum »Du« gewechselt, als wollte sie Merette damit zu verstehen geben, dass sie ihr unbedingt glaubte und auf ihrer Seite war. Dennoch hielt Merette irgendetwas davon ab, ihr die Wahrheit zu sagen.

»Ich bin schon auf dem Rückweg nach Kristiansand«, log sie, »mit mir ist alles okay, mach dir keine Gedanken deshalb, es geht im Moment nur um Jan-Ole, glaub mir!«

Als sie sich der Hütte näherte, schoss ihr kurz der Gedanke durch den Kopf, dass es vollkommen idiotisch war, jetzt erst noch ihre persönlichen Sachen zusammenzusuchen. Eine Art Übersprunghandlung, dachte sie, wie aus dem Lehrbuch. Als hätte es irgendeine Bedeutung, dass sie sich an ihren ursprünglichen Plan hielt. Aber es *hatte* eine Bedeutung, sie brauchte klare Strukturen, eine vorgegebene Abfolge von Schritten, um nicht in Panik zu geraten – und ganz banal brauchte sie auch etwas anderes zum Anziehen!

In der Hütte roch es muffig, auf dem schmutzigen Geschirr von ihrem ersten und einzigen Essen saßen dicke, schwarzgrün schillernde Fliegen. Das Fenster in der Schlafkammer war immer noch einen Spalt geöffnet, so wie auch in der Nacht, in der Merette aus dem Schlaf hochgeschreckt war und Jan-Ole nicht mehr neben ihr gelegen hatte. Das Fensterbrett war nass vom Regen.

Merette löste gerade den Haken, als ein Geräusch direkt hinter ihr sie erschreckt aufschreien ließ. Gleich darauf flog ein Schatten dicht an ihr vorbei und knallte mit Wucht gegen die Scheibe. Ein Waldvogel, kaum größer als eine Kinderfaust, der sich in die Kammer verirrt haben musste und jetzt wie ein Stein auf den Boden vor Merettes Füße fiel. Einmal noch zitterte der kleine Körper, dann lag er still, die Beine waren starr noch oben gereckt, der Kopf war unnatürlich verdreht.

Merette hob den leblosen Körper auf und strich mit dem Zeigefinger über die Federn auf der Brust, bevor sie den

Vogel vorsichtig in das hohe Farnkraut vor der Hütte gleiten ließ und das Fenster sorgfältig verriegelte. Jetzt erst sah sie auch die kleinen Kothäufchen, die der eingeschlossene Vogel in seiner Angst überall auf dem Bett und dem Flickenteppich hinterlassen hatte.

Merette brauchte keine zehn Minuten, um ihre Sachen zusammenzusuchen und in den Camper zu bringen. Dann trug sie die benutzten Teller und Tassen zum Seeufer. Bevor sie das Geschirr im Wasser abspülte, rieb sie die angetrockneten Essensreste sorgfältig mit Sand ab. Ihr war klar, dass sie gerade unnötig Zeit verspielte, aber es wäre ihr peinlich gewesen, das schmutzige Geschirr einfach so zurückzulassen. Elsa sollte nicht den Eindruck bekommen, dass sie ... schlampig wäre. Oder ihre Gastfreundschaft über Gebühr ausgenutzt hätte. Obwohl sie sich gleichzeitig fragte, warum es ihr eigentlich so wichtig war, was Elsa über sie dachte.

Sie stellte das saubere Geschirr zurück in die winzige Küche und verschloss die Hütte. Als sie einen letzten Blick auf den dunklen Wald warf, der den See wie eine undurchdringliche Wand umschloss, erfasste sie plötzlich das mulmige Gefühl, nicht allein zu sein. Mit einem ärgerlichen Schulterzucken unterdrückte sie die aufsteigende Panik und machte sich auf den Rückweg. Diesmal fuhr sie so schnell, wie die Schlaglöcher auf dem Schotterweg es nur eben erlaubten, erst an der geländerlosen Brücke bremste sie den Camper wieder fast bis zum Stand.

Hinterher konnte sie sich nicht mehr erinnern, woher er plötzlich gekommen war. Gerade noch war da nichts als der tosende Wasserfall auf der einen Seite und der in einem kurzen Sonnendurchbruch glitzernde See auf der anderen gewesen, als wie aus dem Nichts die Gestalt mit dem abgerissenen Parka und der weit ins Gesicht gezogenen Kapuze direkt vor ihr auftauchte. Vielleicht hatte er sich unter der Brücke versteckt und auf sie gewartet. Vielleicht war er auch aus dem Wald gekommen. Aber auch wenn sie im Gegenlicht kaum mehr als seinen Schatten erkennen konnte, wusste sie augenblicklich, wer da nur wenige Meter vor ihr stand. Und dann sah sie seinen Mund, der sich wie ein schwarzes Loch zu einem Schrei öffnete. Einem Schrei, wie sie ihn schon einmal gehört hatte. Und wie sie ihn nie wieder hören wollte.

Merette rammte den Fuß aufs Gaspedal. Der Motor heulte auf, mit einem Satz schoss der Camper vorwärts, loser Schotter spritzte unter den Vorderreifen hoch, dann fanden die Räder Halt auf den Holzbalken der Brücke. Merette umklammerte das Lenkrad und machte die Augen zu. Der Aufprall war schwächer, als sie erwartet hatte, nur ein dumpfer Schlag gegen die Kühlerhaube, ein Ruck in der Lenkung, ohne dass der Wagen aus der Spur kam. Gleich darauf war sie auf der anderen Seite, das linke Vorderrad knallte in ein Schlagloch und Merette stieß unsanft gegen das stoffverkleidete Wagendach. Erst jetzt nahm sie den Fuß vom Gas. Sie riss die Augen wieder auf und brachte den Camper schlingernd zum Stehen.

Für einen Moment blieb Merette hinter dem Lenkrad hocken, den Kopf hatte sie auf die Arme gelegt, sie atmete heftig, ihr war schwindlig. Als sie es endlich wagte, in den Rückspiegel zu blicken, war da nichts als die leere Brücke. Kein zusammengekrümmter Körper, kein Hinweis darauf, dass sie sich das Ganze nicht nur eingebildet hatte. Als hätte ihre Phantasie ihr gerade eben einen Streich gespielt, als hätte sie einen Blackout gehabt, eine kurze Bewusstseinsstörung, die sie etwas hatte sehen lassen, was gar nicht existierte.

Aber er war da gewesen, da war sie sich sicher. Und sie hatte Gas gegeben und ihn überfahren! Sie hatte den schweren Wagen als Waffe benutzt! Sie hatte Aksel töten wollen, und der Wagen hatte ihn nicht nur gestreift, sondern der Schlag war direkt von vorne gekommen. Sie musste Aksel von der Brücke gestoßen haben. Zwischen den beiden Holzbalken, die als Fahrspuren dienten, war genug Zwischenraum, um nach unten ins Wasser zu stürzen. Oder ... sie hatte seinen Körper mitgeschleift und er befand sich immer noch unter dem Wagen!

Wie in Trance stieg sie aus. Der linke Kotflügel war direkt über dem Scheinwerfer eingebeult. Die Stoßstange hing ein wenig nach unten, aber das konnte auch schon vorher so gewesen sein. Sonst war nichts zu sehen.

Merette entfernte sich ein paar Meter, bevor sie sich bückte, um unter den Wagen zu blicken. Aber auch da war nichts. Nur ein heller Streifen zwischen Wagenboden und Schotterweg und der Schatten des Getriebekastens. Als sie sich zurück zur Brücke wandte, schien es ihr, als würden die Bäume das letzte bisschen Tageslicht verschlucken, das durch die schwarzgrauen Wolken drang, die sich am Himmel auftürmten.

Jetzt fing Merette an zu rennen. Keuchend erreichte sie die Brücke, der Blick zwischen den Holzbalken hindurch ließ sie wieder schwindlig werden, zwei oder drei Meter unter ihr schoss das Wasser schäumend in ein Felsbecken, bildete einen Strudel, wo lose Steine und angespültes Holz den Abfluss verengten, und stürzte durch die Spalte in das tiefer gelegene Becken. Und von da schäumend und gurgelnd weiter in Richtung See.

Irgendwo dort meinte Merette einen Schatten auszumachen. Der Form und Größe nach konnte es ein Körper sein, der sich in den Ästen eines umgestürzten Baumes verfangen hatte. Sie hangelte sich an den Stützbalken der Brücke nach unten, bis sie die glattgeschliffenen Steine erreichte, die den Wasserlauf säumten. Es war nicht leicht, auf den nass glänzenden Felsen Halt zu finden, schon nach wenigen Metern rutschte Merette ab und stand bis zu den Knien im Wasser. Die Strömung zerrte an ihren Beinen, beim nächsten Schritt war plötzlich kein Grund mehr unter ihren Füßen. Merette versuchte noch, sich an eine Wurzel zu klammern, aber ihre Hände griffen ins Leere. Gleich darauf schlug das Wasser über ihr zusammen und die Strömung riss sie mit sich. Um sich schlagend kam sie wieder hoch, gerade noch rechtzeitig, um die Arme vorzustrecken und den Aufprall abzufangen, als das Wasser sie gegen einen Felsen drückte. Mit letzter Kraft schaffte sie es, sich auf einen rutschigen Stein zu ziehen. Einen Moment lang blieb sie keuchend liegen, während ihr das Wasser aus den Haaren ins Gesicht lief und sie spürte, wie die Nässe bis in jede Faser ihres Körpers drang und die Muskeln steif werden ließ.

Als sie sich vor Kälte zitternd aufrichtete, konnte sie ganz deutlich den Müllsack zwischen den Ästen des umgestürzten Baumes erkennen. Wahrscheinlich hatte ein Bauer auf der Brücke seinen Abfall entsorgt, sie erinnerte sich an Jan-Oles Empörung bei ihrer Ankunft, als sie am Wegrand ein Autowrack und mehrere ausrangierte Kühlschränke gesehen hatten.

Merette musste sich zwingen, ihre Gedanken wieder auf das zu konzentrieren, worum es eigentlich ging. Sie hatte also nur einen Müllsack gesehen, nicht Aksels leblosen Körper. Aksel war und blieb verschwunden. Wenn er nach dem Sturz von der Brücke bewusstlos gewesen war, hatte das Wasser ihn womöglich bis zum See mit sich gerissen und er war ertrunken. Mit anderen Worten: Sie hatte gerade jemanden umgebracht – und sie hatte keine Ahnung, was sie jetzt tun sollte. Viel schlimmer aber war, dass sie sich eingestehen musste, sich nicht wirklich schuldig zu fühlen. Stattdessen überlegte sie bereits, wie sie das Ganze der Polizei gegenüber als Unfall darstellen konnte.

Die Sonne hatte sie geblendet. Er war ihr direkt vor die Kühlerhaube gesprungen. Sie hatte auf dem schmalen Steg nicht ausweichen können. Nein, sie hatte ihn natürlich nicht erkannt! Ja, sie war durcheinander gewesen, nachdem der Sozialarbeiter sie angerufen hatte, um ihr zu sagen, dass Aksel aus der Psychiatrie geflohen war. Sie hatte so schnell wie möglich zu Jan-Ole zurückgewollt, aber war gar nicht auf die Idee gekommen, dass Aksel ihr auflauern würde. Niemand außer dem Arzt wusste, wo sie hingewollt hatte. Und außer Elsa natürlich. Aber es war ihr auch niemand gefolgt, sie hatte niemanden gesehen. Es war alles so schnell gegangen, dass sie unmöglich reagieren konnte!

Gleichzeitig wusste sie, dass jetzt alles anders war. Sie hatte einen Menschen auf dem Gewissen, das würde ihr Leben für immer verändern. Es ging nicht darum, wer Aksel war. Was er getan hatte. Was sein Plan gewesen war, als er ihr aufgelauert hatte. Vielleicht war es sogar Notwehr von ihr gewesen, aber das spielte keine Rolle. In dem Moment, in dem sie das Gaspedal durchdrückte, hatte sie genau gewusst, was sie tat.

Für einen Moment war sie fast froh, dass sie keine Chance hatte, mit Jan-Ole darüber zu reden. Es würde ihr Geheimnis bleiben, wie auch immer sie damit klarkäme.

Sie musste zum Auto zurück. Sie musste über den Notruf die Polizei alarmieren. Sie musste trockene Sachen auf den Körper bekommen, den Schlüssel zu Elsa bringen, nach Kristiansand fahren, sich um Jan-Ole kümmern.

Diesmal blieb sie oberhalb des Wasserlaufs und versuchte, einen Weg durch die undurchdringlich erscheinende Wildnis zu finden. Zweige und Brombeerranken schlugen ihr ins Gesicht, an einem Wurzelstumpf riss sie sich die Hose auf, an ihrem Unterarm brannte eine Schürfwunde, von der sie nicht wusste, woher sie kam. Erst als sie einen Tierpfad entdeckte, ging es leichter, wenn sie auch manchmal auf den Knien weiterkriechen musste. An einem Sumpfloch umschwirrten sie plötzlich Milliarden von Mücken, saugten sich an jedem Stück freier Haut fest und stachen auch durch ihre Kleidung hindurch.

Zehn Minuten später stand sie splitternackt neben dem Camper und rieb sich mit einem Handtuch trocken, bevor sie wahllos in die erstbesten Klamotten schlüpfte, die ihr in die Hände kamen. Als sie die Notrufnummer wählen wollte, hatte sie wieder kein Netz. Fluchend warf sie das Handy auf den Beifahrersitz und startete den Motor. Noch einmal riss der Himmel kurz auf, über den Bergen am anderen Seeufer hing wie eine blutrote Scheibe die untergehende Sonne.

Nachdem sie den Schlagbaum passiert hatte, schaltete Merette den CD-Spieler ein. Sie erinnerte sich an die Musik, die Jan-Ole ihr auf der Herfahrt stolz als seine neueste Entdeckung präsentiert hatte. Guro von Germeten, eine Akkordeonspielerin aus Hammerfest mit einer auffälligen Stimme, nicht unbedingt schön und schon gar nicht gefällig, aber mit beeindruckender Kraft. Als Merette sich dabei ertappte, wie sie laut mitsang, war ihr klar, dass sie selbst sich im Moment wahrscheinlich für eindeutig unzurechnungsfähig erklärt hätte: »Drown me sailor, drown me in the sea, drown me sailor, let it wash over me …«

Elsa war nicht zu Hause. Merette warf den Schlüssel nach kurzem Zögern in den Briefkasten am Gartentor, ohne eine Nachricht dazuzuschreiben. An der Kreuzung bog sie in Richtung Evje und Kristiansand ab. Sie unternahm nicht noch mal den Versuch, die Polizei zu benachrichtigen.

Ihr Stellplatz auf dem Krankenhausparkplatz war immer noch frei. Nachdem sie den Camper in die Lücke manövriert hatte, sah sie die junge Kommissarin, die offensichtlich auf sie gewartet hatte. Ein Stück entfernt stand ein Streifenwagen, die dazugehörigen Polizisten lehnten am Kotflügel und tranken Kaffee.

Jetzt fiel Merette auch der Vorname der Polizistin wieder ein, mit dem sie sich am Telefon gemeldet hatte: Kristina. Sie wusste, dass es nicht leicht werden würde, Kristina davon zu überzeugen, dass alles in Ordnung war. Die Geister, die ich rief, werd ich nun nicht los, dachte sie unbewusst, während sie ohne Sinn und Ziel in ihrer Handtasche kramte, um Zeit zu gewinnen.

»Ich bin froh, dich zu sehen«, eröffnete Kristina das Gespräch, »ich hab mir Sorgen gemacht. – Hier ist so weit alles okay«, setzte sie nach kurzem Zögern hinzu. »Bisher ist niemand aufgetaucht, auf den deine Beschreibung passen würde. Aber ich brauche jetzt vor allem mehr Informationen von dir, damit ich entscheiden kann, wie wir weiter vorgehen.«

»Es tut mir leid«, unterbrach Merette sie, »ich glaube, ich habe vorhin einfach nur völlig überreagiert und mir etwas zusammengereimt, was auf keinen Fall stimmen kann. Es war dieser Anruf aus Bergen, der mich so aus der Bahn geworfen hat, aber das ist alles Unsinn. Das ist mir auf der Fahrt hierher klargeworden.«

»Moment, das verstehe ich jetzt nicht. Du hast mir doch von dem Patienten von dir erzählt, der aus der Forensik ausgebrochen ist. Und ich habe die Fahndungsnachricht selbst gesehen.«

»Aber das hat nichts mit dem Überfall auf Jan-Ole zu tun, gar nichts! Ich bin einfach durchgedreht, das ist alles. Glaub mir, es gibt keinen Zusammenhang. Jan-Ole ist genauso wenig in Gefahr wie ich. Es tut mir leid, wenn ich hier alle verrückt gemacht habe, ich kann mich bei dir wirklich nur entschuldigen! Und jetzt möchte ich einfach nur zu Jan-Ole, bitte!«

Sie konnte deutlich sehen, dass die Polizistin ihr ihre Geschichte nicht abnahm. Und vor allem war sie offensichtlich nicht bereit, das Ganze jetzt einfach auf sich beruhen zu lassen. Als Merette sich an ihr vorbeidrängen wollte, griff sie nach ihrem Ellbogen und hielt sie fest. Aus ihrer Stimme war jede Sympathie verschwunden. Jetzt war sie nichts als eine Polizistin, die ein Problem mit einer Zeugin hatte.

»So geht das nicht. Ich habe den Eindruck, dass du mir etwas verschweigst, und ich stehe nicht auf solche Spielchen. Ganz davon abgesehen, habe ich immer noch den

Überfall auf deinen Mann, den ich aufklären muss. Und in diesem Zusammenhang würde ich gerne wissen, warum du mir nicht gleich gesagt hast, dass er sozusagen ein Kollege ist. Nur weil wir hier nicht in Oslo oder Bergen sind, bedeutet das nicht, dass wir unsere Arbeit nicht sorgfältig tun.«

»Können wir morgen darüber sprechen?«, fragte Merette und gab sich Mühe, den Eindruck zu erwecken, dass sie durchaus bereit zur Zusammenarbeit war, nur eben gerade viel zu nervös und zu übermüdet, um sich wirklich konzentrieren zu können. »Im Moment bin ich einfach nicht in der Lage dazu, bitte versuch doch, mich zu verstehen.« Sie griff nach Kristinas Hand und drückte sie leicht, bevor sie hinzusetzte: »Es ist alles ein bisschen kompliziert. Aber morgen beantworte ich dir alle Fragen, ja? Auf jeden Fall gibt es keinen Zusammenhang zwischen dem Überfall und ... dieser Geschichte mit dem Ausbruch meines früheren Patienten, das ist sicher!«

Die Polizistin blickte sie skeptisch an, als würde sie ihr nach wie vor nicht glauben, aber dann gewann anscheinend ihr Mitgefühl für Merette die Oberhand. Sie nickte und strich Merette in einer spontanen Geste über den Arm.

»Ich kann dich nicht zwingen, wenn du nicht willst. Ich bitte dich nur um deine Mithilfe, sonst kann ich auch nichts für dich tun, falls das nötig sein sollte. – Geh zu deinem Mann, das ist okay. Ich wünsche dir viel Glück und dass alles gut wird. Wir reden morgen miteinander. Pass auf dich auf!«

»Danke«, sagte Merette leise, während sie hinter Kristina hersah und für einen Moment versucht war, sie zurückzurufen und ihr doch noch zu erzählen, was gerade auf der

Brücke passiert war. Aber wie sollte sie erklären, dass sie einfach nach Kristiansand gefahren war, ohne die Polizei zu alarmieren? Wahrscheinlich war Aksel von dem Wasserfall in den See gerissen worden, eine andere Erklärung gab es eigentlich nicht. Und vielleicht hätte er gerettet werden können, wenn sie schnell genug Bescheid gegeben hätte. Vielleicht war er auch gar nicht ertrunken, sondern lag immer noch irgendwo am Ufer, war verletzt und brauchte Hilfe.

Wie benommen lief sie die Treppe hinauf. Auf dem Flur vor Jan-Oles Zimmer kam ihr die Krankenschwester entgegen.

»Es ist gut, dass Sie da sind. Er war zwischendurch noch ein paar Mal wach, und wir haben vorhin auch deutliche Anzeichen für eine Veränderung auf dem Monitor gehabt. Der Arzt meint, es könnte gut sein, dass er über den Berg ist und heute Abend noch ganz wieder zu sich kommt. Ist das nicht schön? Er ist gerade eben etwas essen gegangen!«

Merette schüttelte irritiert den Kopf, bis sie verstand, dass nicht Jan-Ole etwas essen war, sondern der Arzt, Jerzy.

»Er ist in einer halben Stunde zurück, dann können Sie selbst mit ihm reden«, setzte die Schwester jetzt auch hinzu.

Merette nickte nur. Ihr Herz hämmerte, als sie das Krankenzimmer betrat. Jan-Ole lag unverändert bleich in seinem Bett, der Monitor piepte gleichmäßig, die Zackenlinien sahen aus wie immer. Aber er reagierte fast sofort auf Merettes Händedruck, allerdings ohne die Augen aufzuschlagen.

Auf dem Rolltisch neben dem Bett standen eine Flasche Orangensaft und ein Teller mit Brot und Käse. Daneben lag ein Zettel: *Falls du immer noch nichts gegessen hast! Das ist eine ärztliche Anordnung. Jerzy.*

Als Merette sich gerade einen Hocker ans Bett ziehen wollte, klingelte ihr Handy. Sie ging wieder auf den Flur hinaus.

*Unbekannter Teilnehmer*, meldete das Display. Und ein angehängtes Foto.

Merette rief das Bild auf. Die Aufnahme war verwackelt, aber dennoch war Julia deutlich zu erkennen. Sie stand in einer Gruppe von Leuten vor einem rotgestrichenen Holzhaus und hielt eine Waffel in der Hand. Ihr Mund war von Puderzucker und Marmelade verschmiert. Aber sie blickte nicht in die Kamera, sondern lachte jemandem zu, der sich ein Stück abseits befinden musste. Das Foto war also ein Schnappschuss, Julia hatte wahrscheinlich gar nicht bemerkt, dass sie fotografiert wurde. Aber wer hatte das Bild geschickt? Marie? Nein, Maries Nummer war in Merettes Handy gespeichert, dann hätte das Display auch ihren Namen angezeigt …

Ein zweimaliges Piepsen meldete, dass eine weitere Nachricht eingegangen war. Diesmal war es nur ein Text. Merette merkte, wie ihre Knie anfingen zu zittern, unwillkürlich schnappte sie nach Luft. Als sie die beiden Zeilen ein zweites Mal las, musste sie sich an die Wand lehnen, um nicht das Gleichgewicht zu verlieren.

TÖTE IHN DANN DARF SIE LEBEN

Die Buchstaben flimmerten vor ihren Augen, aber die Botschaft war eindeutig. Und es war klar, auf wen sie sich bezog. Genauso wie es keinen Zweifel daran geben konnte, wer der Absender war.

# JULIA

Julia und Marie saßen in dem Café an der kleinen Schleuse, die die beiden Seen miteinander verband. Die Terrasse lag direkt am Wasser, ein paar Boote waren am Anleger vertäut, es roch nach Dieselöl und frischer Farbe. Auf einem Holzboot mit blauer Persenning spielte jemand Akkordeon, aus den Lautsprechern des Cafés plärrte leise Popmusik. Ein älteres Ehepaar, das sein Wohnmobil auf dem Parkplatz stehen hatte, rief nach der Bedienung, um »zweimal den Lachs mit ordentlich Pommes dazu« zu bestellen. Sie sprachen Deutsch, daher dauerte es einen Moment, bis die Bedienung sie verstand.

Von der Schleuse drangen plötzlich Rufe und Gelächter zu ihnen herüber. Kurze Zeit später erschien eine Gruppe von Kanuten und schob zwei Tische zusammen, während sie sich lautstark über das Abenteuer unterhielten, das sie gerade hinter sich hatten. Ihr Gepäck stapelten sie an der Hauswand, auf den wasserdichten Plastiktonnen stand mit Filzstift der jeweilige Name des Besitzers. Sie trugen alle die gleichen hellgrünen T-Shirts mit dazu passenden Shorts und kamen ebenfalls aus Deutschland.

Julia und Marie löffelten ihr Blaubeereis und grinsten sich an, als ein schwarz-weiß gefleckter Hund, der niemandem zu gehören schien, zwischen den Tischen hindurchschlich und unbemerkt die Tonnen an der Hauswand markierte. Sie mussten nichts sagen, um zu wissen, dass sie beide das Gleiche dachten. Marie hielt dem Hund ihren Finger mit einem Klecks Eiscreme hin, den er gierig abschleckte.

»Das hast du gut gemacht, Kleiner«, sagte sie so leise, dass nur Julia sie verstehen konnte.

Sie waren mit dem Kanu hierhergepaddelt und hatten für die paar Kilometer fast zwei Stunden gebraucht. Sie hatten nicht nur Mühe gehabt, einen gleichmäßigen Rhythmus zu finden, sondern vor allem, sich darüber zu einigen, wer von ihnen jedes Mal die Richtung korrigierte, wenn das Kanu wieder im Zickzackkurs über den See glitt. Aber sie hatten auch viel Spaß gehabt und sich mit den Paddeln gegenseitig nassgespritzt, bis sie ebenso gut gleich hätten ins Wasser springen können. Und zum ersten Mal seit langem hatte Julia wieder das Gefühl gehabt, dass sie wirklich Freundinnen waren!

»In guten wie in schlechten Zeiten«, sagte sie jetzt halblaut und beugte sich vor, um Marie einen Kuss auf die Wange zu hauchen. »Ich liebe dich, Marie. Und ich bin froh, dass es dich gibt! Das wollte ich dir schon lange mal sagen.«

»Was ist los mit dir? Geht's noch?« Marie kicherte. »Hör auf mit dem Quatsch, wir fallen hier so schon genug auf. Du musst die Leute nicht noch auf dumme Gedanken bringen!«

Gleich darauf kicherten sie beide wie zwei alberne Schulmädchen, die sich nicht im Geringsten darum kümmerten, dass sie nicht alleine waren.

»Es ist schön hier«, flüsterte Julia unvermittelt und schloss für einen Moment die Augen. »Fast zu schön, um wahr zu sein. Wie in einem schönen Traum, in dem alles einfach … nur schön ist. Schönes Wetter, schönes Essen, schöne Musik …«

»Schöne Schleuse«, stieg Marie kichernd auf ihr glückliches Geplapper ein.

»Schönes Café«, machte Julia weiter.

»Schöne Boote.«

»Schöne Männer …«

»Was? Wo?« Julia sprang in gespielter Überraschung auf und blickte sich suchend um. »Der da? Nein, der ist zu alt, und außerdem hat er O-Beine, das habe ich vorhin ganz deutlich gesehen. Aber der vielleicht! Mist, warum muss der nur dieses alberne T-Shirt anhaben? Du weißt genau, dass ich kein Hellgrün mag! Jetzt hab ich's. Du meinst die Typen auf dem Boot da drüben. Ja, stimmt, die kommen schon eher in Frage.«

Nicht nur die Leute auf der Café-Terrasse waren jetzt endgültig auf sie aufmerksam geworden, auch einer der jungen Männer, die auf dem Vordeck eines Segelboots lagen, richtete sich auf und blickte zu ihnen herüber.

Julia winkte.

Er winkte zurück und rief irgendetwas.

»Was will er?«, fragte Marie. »Ich habe ihn nicht verstanden.«

»Ich glaube, er hat uns gerade eingeladen, an Bord zu kommen. Und ich finde, das ist keine schlechte Idee!«

»Hör auf, das können wir doch nicht machen …«

»Natürlich können wir! Wir sind große Mädchen, wir können alles machen, was wir wollen. Und die Typen sind wenigstens so alt wie wir, das ist zur Abwechslung doch mal was anderes als die Familien mit ihren Kindern auf dem Campingplatz. Also los, komm!«

Sie zog Marie mit sich, ohne sich um ihren Protest zu kümmern. Der schwarz-weiße Hund folgte ihnen schwanzwedelnd.

Das Boot war größer, als es von der Terrasse aus gewirkt hatte, fast schon eine Yacht, wenn auch deutlich in die Jahre gekommen und nicht besonders gepflegt. Die norwegische Flagge am Heck war ausgefranst und verblichen, der Rumpf hatte dringend einen neuen Anstrich nötig, der Name des Heimathafens war kaum noch zu entziffern.

Noch vor Julia und Marie sprang der Hund auf das Boot, er gehörte also hierher. Die Typen waren zu dritt. Als Julia und Marie an Bord kletterten, waren alle drei noch damit beschäftigt, die leeren Bierdosen und Pizzakartons einzusammeln, die über das ganze Deck verstreut waren.

Der Typ, der Julia eingeladen hatte, streckte ihnen die Hand hin und stellte sich vor.

»Terje.« Er nickte mit dem Kopf zu seinen Freunden hinüber. »Und Steinar und Mats. Der Hund heißt Skipper. Wir kommen von Skjærhalden. Und ihr?«

»Julia. Aus Bergen.«

»Marie. Auch aus Bergen eigentlich, aber im Moment bin ich in Oslo.«

»Macht es euch bequem, wir sind gleich für euch da. Wir hatten gestern eine kleine Party, ist ziemlich spät geworden, oder früh, wie ihr wollt.«

Terje verschwand im Niedergang zur Kajüte. Kurz darauf folgten ihm Steinar und Mats. Als sie nacheinander wieder auftauchten, hatten sie zwar immer noch ihre Badehosen an, aber sich jeder ein T-Shirt übergezogen.

»Schade eigentlich«, flüsterte Marie Julia zu, während

Terje nach einer Leine griff, die über die Bordwand hing, und einen Sixpack Bier aus dem Wasser zog.

»Besser als jeder Kühlschrank«, grinste er. »Und braucht vor allem keinen Strom.«

Tatsächlich waren alle drei im gleichen Alter wie Julia und Marie. Terje und Mats studierten Pädagogik in Halden, Steinar arbeitete in einem Laden für Outdoorbekleidung in Fredrikstad, ihm gehörte auch das Boot. Und sie waren zusammen in einer Band. »Metal«, erklärte Terje. »Und zwar nur vom Feinsten.«

»Spielt doch mal was von euch, würden wir gerne hören«, forderte Julia ihn auf.

Das Boot hatte eine Anlage, die problemlos mit jeder Dorfdisco mithalten konnte. »Alles selbstgebaut«, erzählte Steinar stolz, während schwere Gitarrenriffs über den See dröhnten. Die Band hatte den merkwürdigen Namen »Musikk for Voksne«, obwohl die drei Freunde Julia gerade alles andere als erwachsen vorkamen, eher wie ein paar Jungen, die eben erst mit der Schule fertig waren und jetzt ihre lang ersehnte Freiheit feierten, indem sie schon mittags wieder Bier tranken, obwohl sie noch von der Nacht zuvor schwer angeschlagen waren. Aber es passte zu der Stimmung, in der Julia selbst war, und auch Marie wirkte vollkommen gelöst und glücklich.

Nach dem ersten Refrain drehte Terje die Lautstärke so weit herunter, dass sie sich wieder unterhalten konnten, ohne brüllen zu müssen.

»Cool«, gab Julia ihr Urteil über die Musik ab, »gefällt mir.«

»Besser jedenfalls als die Songs, die Knut neulich gebracht hat«, meinte Marie grinsend.

Abwechselnd erzählten sie Terje und den beiden anderen von dem Sommerfest auf dem Campingplatz. Wie Maries Patenonkel und zwei Bauern aus dem nächsten Dorf sich mit Gitarre, Akkordeon und Schlagzeug einmal quer durch die Hits von ABBA gearbeitet hatten, bevor sie ihr Publikum schließlich auch noch mit einem Potpourri aus aktuellen Schlagern quälten, bei denen Knuts Frau ungeahnte Showqualitäten als Karaoke-Sängerin gezeigt hatte.

»Mach es nicht schlimmer, als es war«, stoppte Julia irgendwann Maries deutlich übertriebene Schilderung, »die meisten Leute fanden es gut, und es war doch auch trotzdem ein schönes Fest!«

Sie beschlossen, dass Terje, Mats und Steinar sie am Abend mit dem Boot besuchen sollten. »Wir holen noch was zum Grillen vom Lanthandel«, schlug Julia vor. »Und wenn Marie mit ihrem Onkel redet, ist es sicher kein Problem, das Boot am Steg vom Campingplatz festzumachen.«

»Null problemo«, bestätigte Marie und hielt sich kichernd die Hand vor den Mund, als sie aufstoßen musste. »Ups! Sorry, das Bier!«

Das Gewitter kam völlig unerwartet. Sie hatten zunächst nur ein dumpfes Grollen gehört, als sich auch schon der Himmel verdunkelte. Eine fast schwarze Wolkenwand ballte sich genau über dem See zusammen, die Luft war schwer und schien zum Schneiden dick. Von einer Sekunde auf die nächste herrschte eine unheimliche Stille, selbst die aufgeregten Stimmen der Leute auf der Café-Terrasse, die eiligst ihre Sachen in Sicherheit brachten, klangen gedämpft und wie aus weiter Ferne.

Julia wusste nicht, ob es an dem Bier lag, das sie getrunken hatte, aber es kam ihr vor, als würde sie nur in Zeitlupe reagieren können, als schlagartig der Regen einsetzte und fast gleichzeitig der erste Blitz wie ein zerrissenes Spinnennetz über den Himmel zuckte. Der Knall des Donners war ohrenbetäubend, winselnd zog Skipper den Schwanz zwischen die Beine und versuchte, sich an ihnen vorbei zum Niedergang zu drängen. Mats und Steinar waren schon unten, Terje hielt ihnen die Luke auf, das Wasser troff aus Julias Haaren, ihr T-Shirt war bereits bis auf die Haut durchnässt. Dicht vor ihr setzte Marie den Fuß auf die erste Stufe.

»Beeil dich«, drängte Terje, »das Scheißgewitter ist genau über uns.«

Julia spürte, wie sich Maries ganzer Körper verspannte, während sie in die dunkle Öffnung vor sich starrte. Ihre Hände klammerten sich an das Holz des Kajütendachs, von dem der Regen nach allen Seiten spritzte. Dann lief ein Zittern über ihren Rücken, auch ohne dass Julia ihre Worte verstehen konnte, wusste sie, was Marie aufschluchzend hervorstieß: »Nein, nicht, bitte!«

Als Terje irritiert nach ihrem Arm griff, um ihr die Stufen hinunterzuhelfen, schrie Marie so laut, dass er erschreckt zurückwich. Julia beugte sich vor und zog Maries Kopf zu sich.

»Ich bin's, Marie, es ist alles okay, du musst da nicht runter! Komm, ich bringe dich in Sicherheit!«

Marie klammerte sich an sie, ihr Gesicht war kreidebleich, die Augen wirkten vollkommen leblos. Nur mit Mühe gelang es Julia, sie mit sich vom Boot und auf den Steg zu ziehen, Marie hing willenlos in ihrem Arm, den sie ihr um die Hüfte gelegt hatte, um sie überhaupt halten zu können.

In schneller Folge zuckten die Blitze über den See, das Donnergrollen hatte weder Anfang noch Ende. Aber irgendwie schafften sie es bis zum Café, Julia drückte Marie auf den erstbesten Stuhl und hielt ihre Freundin fest umarmt, bis das Zittern nachließ und Marie nur noch leise schluchzte.

Einer der Kanuten kam zu ihnen, um zu fragen, ob er helfen könnte. Julia schüttelte nur den Kopf und gab ihm zu verstehen, dass sie allein sein wollten. Die Bedienung brachte unaufgefordert einen Becher heißen Tee, dann war plötzlich auch Terje da und hatte einen Seesack mit einer Wolldecke dabei, die er Julia und Marie umlegte.

Marie umklammerte Julias Hand und ließ ihren Kopf an ihre Schulter sinken.

»Es tut mir leid«, flüsterte sie. »Es war das schwarze Loch vor mir, und dann der Regen und ... da bin ... Plötzlich war alles wieder da.«

»Jetzt ist es vorbei«, sagte Julia beruhigend. »Alles ist gut.«

»Was war los?«, wollte Terje leise wissen, »was hat sie?«

»Es ist okay«, wiederholte Julia. »Es geht um etwas, das ihr passiert ist. Aber ich möchte jetzt nicht darüber reden.«

Terje nickte. Nach einem Moment legte er zögernd eine Hand auf Julias Arm. Die Berührung tat Julia gut.

Der Regen drosch immer noch gegen die Fenster. Marie hatte die Augen geschlossen und atmete gleichmäßig. Die Stimmen der anderen Gäste waren kaum mehr als ein undeutliches Gemurmel. Julia versuchte, ihren Blick auf die Wasserbahnen an der Scheibe zu fixieren. Ein Tropfen, der in den nächsten überging, einen weiteren mit sich riss und als unaufhaltsame Kaskade nach unten lief. Dahinter tanzten unscharf die Masten der Segelboote im Wind. Wie in dem vergeblichen Versuch, sich in ihrer Einsamkeit gegenseitig zu berühren, dachte Julia. Wie Strohhalme, die niemanden mehr retten konnten.

Erst jetzt merkte sie, wie auch bei ihr die Erinnerung einsetzte. Wie ein plötzlicher Schock, der ihren Atem beschleunigte und ihren Puls rasen ließ. Sie wusste, dass sie nur eine Möglichkeit hatte, um die Angst, die sie zu überrollen drohte, in den Griff zu bekommen. Sie musste die wirren Bilder, die ihr durch den Kopf schossen, in eine logische Reihenfolge bringen.

Ihre Mutter hatte einen neuen Fall übernommen. Aber der Typ, über den sie eigentlich nur ein psychologisches Gutachten erstellen sollte, hatte es darauf angelegt, Merette auszuhebeln. In seinem kranken Kopf hatte er Julia als Druckmittel benutzen wollen. Er hatte geplant, sie zu entführen, um Merette zu zeigen, dass er jede Macht über sie hatte. Und dann war alles durcheinandergeraten, als er durch einen dummen Zufall nicht Julia, sondern Marie erwischt hatte. Sie in einer verlassenen Hütte eingesperrt hatte. Sie über Tage gequält hatte. Sie schließlich umbringen wollte, als er seinen Irrtum bemerkt hatte. Und es auch fast geschafft hatte. Und dann auch Julia in seine Gewalt gebracht hatte, um ihr das Gleiche anzutun. Dass sie ihm entkommen waren, war mehr als ein Wunder gewesen.

Und sie waren beide noch lange nicht darüber hinweg, dachte sie, das hatte Maries Reaktion eben deutlich gezeigt. Auch die Therapie, die sie beide seit über einem Jahr machten, war nur ein Versuch, das furchtbare Erlebnis wenigstens so weit zu verarbeiten, dass sie damit leben konnten, ohne immer wieder von ihren Erinnerungen eingeholt zu werden. Deshalb waren sie auch gemeinsam in die Ferien gefahren – sie sollten da ansetzen, wo sie das letzte Mal … frei gewesen waren! Frei von jedem Gedanken an das, was dann passiert war. Als Marie und sie sich verabredet hatten, um ihre Freundschaft, die ein wenig angekratzt gewesen war, neu zu beleben. Als sie sich darauf gefreut hatten, einfach nur ein paar Tage miteinander zu verbringen, zu reden, Spaß zu haben.

Aus dem gleichen Grund hatten sie mit ihren Eltern diese Absprache getroffen, die Julia gerade jetzt am liebsten gebrochen hätte. Um wenigstens kurz Merettes oder Jan-Oles Stimme zu hören. Um ein paar Belanglosigkeiten auszutauschen. Um sich sicher sein zu können, dass es jemanden gab, der an sie dachte. Vielleicht auch, um Merette und Jan-Ole das Gefühl zu geben, dass sie ebenfalls nicht alleine waren. Oder um ihrer Mutter endlich zu erzählen, wie sehr sie inzwischen zu schätzen wusste, dass Merette ihr immer alle Freiheiten gelassen hatte, die sie damals als Jugendliche für selbstverständlich hielt! Irgendwie schien es ihr plötzlich wichtig, dass Merette das erfuhr. Aber es sollte für diese Tage, die sie gemeinsam mit Marie unterwegs war, keinen Kontakt zu irgendjemandem geben, der etwas über das wusste, was sie durchgemacht hatten. Damit gar nicht erst die Möglichkeit bestand, dass ihre oder Maries Eltern aus Sorge, wie es ihnen ging, anrufen konnten – und damit alles erneut aufbrechen würde, was sie zu vergessen versuchten!

Dass sie bei Maries Patenonkel gelandet waren, hatte vor allem damit zu tun, dass sie sich beide nicht sicher gewesen waren, ob Marie sich einen Urlaub irgendwo weit weg, wo sie niemanden kannte, überhaupt zutrauen würde. Aber auch Knut wusste nicht, was passiert war. Marie hatte ihm irgendeine Geschichte aufgetischt, dass Julia und sie dringend Abstand von ihrem Studium brauchten und kein Geld hatten, um irgendwo hinzufliegen. Und Knut hatte auch nicht weiter nachgefragt …

Erst als der Druck auf ihren Arm sich verstärkte und Terje leise fragte: »Ist alles in Ordnung mit dir? Kann ich irgendwas für dich tun?«, wurde Julia bewusst, dass sie ihre Umgebung völlig vergessen hatte. Es konnten nur ein paar Minuten gewesen sein, sonst hätte Terje schon eher etwas gesagt, aber sie war froh über diesen kurzen Moment, den sie nur für sich gehabt hatte. Sie fühlte sich immer noch leicht benommen, aber die Angst war verschwunden und sie hatte das Gefühl, sich wieder vollkommen unter Kontrolle zu haben.

»Ich war in Gedanken kurz ganz woanders«, antwortete sie mit einem zögerlichen Lächeln. »Trotzdem danke, dass du … hiergeblieben bist. Ich bin okay, aber ich glaube, wir vergessen das mit der Grillparty heute Abend lieber.«

»So weit war ich auch schon. Als Alternative könnte ich nur ein Essen bei uns auf dem Boot anbieten, aber die Kajüte scheint nicht so ganz Maries Ding zu sein, oder?«

Marie hatte offensichtlich geschlafen, als sie jetzt ihren Namen hörte, blickte sie irritiert um sich, bis sie wieder wusste, wo sie war.

»Ich möchte zurück zum Camping«, sagte sie leise, »nur weiterschlafen, das ist alles.«

Der Platzregen war in ein beharrliches Nieseln übergegangen, das Gewitter war weitergezogen, auch der Wind hatte sich wieder gelegt. Allerdings schien Marie kaum in der Verfassung zu sein, ins Kanu zu steigen und bis zum Campingplatz zu paddeln.

»Ich mach euch einen Vorschlag«, sagte Terje. »Wir binden euer Kanu hinten ans Boot und bringen euch zurück. Und die Party holen wir nach«, setzte er noch grinsend hinzu. »There's always next year.«

Mats und Steinar zuckten nur mit den Schultern, als sie zurück zum Steg kamen und Terje ihnen mitteilte, dass sie das Kanu in Schlepp nehmen und einen kleinen Ausflug machen würden. Allerdings brachten sie zwei Öljacken für Julia und Marie, als wäre ihnen völlig klar, dass sie während der Fahrt nicht in die Kajüte wollten, sondern an Deck bleiben würden.

Als sie durch die Schleuse waren und auf den See hinaussteuerten, schlief Marie bereits wieder. Das leise Tuckern des Hilfsmotors hatte etwas Beruhigendes, trotzdem war Julia kaum in der Lage, sich mit Terje oder den beiden anderen zu unterhalten. Gerade hatte Terje nach ihrem Studium an der Kunsthochschule gefragt, sie hatte auch kurz von der begehbaren Installation erzählt, die sie vor den Semesterferien mit ihren Kommilitonen in einer alten Werfthalle eingerichtet hatte, aber schon nach den ersten Sätzen merkte sie selbst, wie sie den Faden verlor und sich immer wieder unruhig umblickte.

Der See lag vollkommen verlassen unter dem stumpfgrauen Himmel, nur am Ufer einer der Inseln waren zwei grellrote Kanus auf den Kies gezogen, die weit über das Wasser hinweg zu sehen waren. Kurz vor der Bucht zum Campingplatz wurden sie von einem Motorboot überholt, das sich nicht an die vorgeschriebene Geschwindigkeit hielt und gischtend langgezogene Bugwellen aufwarf. Aber auch als das Motorboot bereits hinter einer steil abfallenden Felsnase verschwunden war, hatte Julia immer noch das Gefühl, beobachtet zu werden. Das ist genau das, was immer wieder passieren wird, dachte sie, der kleinste Auslöser reicht, um Marie und mir den Boden unter den Füßen wegzuziehen. Und wir können nichts ändern daran, wir müssen uns damit abfinden. Und hoffen, dass die Zeit für uns arbeitet. Und dass wir vielleicht doch wieder irgendwann einfach nur wir selbst sein können.

## MERETTE

Sie hatte keine Vorstellung davon, wie lange sie auf dem Flur gestanden und an die Wand gestarrt hatte, während immer neue und schreckliche Bilder durch ihren Kopf jagten. Aksel, der genau wusste, wo Julia war, der sie beobachtete, der ihr sogar so nah war, dass er sie ohne Probleme mit dem Handy fotografieren konnte. Und Julia, die nichtsahnend geradewegs in die Falle tappte.

Es war nicht vorbei, es fing alles wieder von vorne an. Und diesmal würde Aksel seine ganze kranke Energie daransetzen, um sein Ziel zu erreichen. Nach seinem Ausbruch aus der Forensik hatte er nichts mehr zu verlieren. Er wollte nur noch Rache, und es war völlig egal, wie Merette reagierte, er würde auf jeden Fall gewinnen. Sein perfider Plan ließ Merette keine Chance, sie hatte nur die Wahl zwischen den beiden Menschen, die ihr mehr bedeuteten als alles andere auf der Welt – zwischen Julia und Jan-Ole. Wie sollte sie da eine Entscheidung treffen? Es war unmöglich!

Gleichzeitig wusste sie, dass es keinen Ausweg gab. Das war kein Spiel mehr, das war bitterer Ernst. Er würde nicht lockerlassen und die Schlinge immer weiter zuziehen. Der nächste Beweis seiner Macht ihr gegenüber würde irgendein Kleidungsstück von Julia sein, das er ihr schickte, dann ein abgetrennter Finger, ihr Ohrläppchen. Aksel bediente sich an den gängigen Bildern, die jeder aus Filmen kannte, da war sie sich sicher. Und er würde nicht zögern, diese Phantasien auch in die Realität umzusetzen. Bis sie den einen oder anderen Weg wählen würde. Gar nichts tun und ihn damit zwingen, Julia tatsächlich zu töten. Oder Julia retten, indem sie selbst Jan-Ole tötete. Wobei nicht mal sicher war, ob sich Aksel dann wirklich an sein Versprechen hielt! Aber wofür auch immer sie sich entschied, sie würde direkt oder indirekt einen der beiden Menschen umbringen, den sie liebte.

Julia hatte noch ihr ganzes Leben vor sich, dachte sie gleich darauf, und es war ihre Aufgabe als Mutter, sich schützend vor sie zu stellen und sie unter allen Umständen zu retten. Und vielleicht war gar nicht sicher, dass Jan-Ole wieder vollständig zu sich kommen würde, auch wenn die Prognose anders lautete. Vielleicht würde er auch irreparable Schäden davontragen, wäre nicht mehr er selbst, würde den Rest seines Lebens im Rollstuhl verbringen müssen …

Merette verfluchte sich im Stillen, dass sie solche Gedanken überhaupt zuließ. Aber erst als sie Jerzy aus dem Fahrstuhl kommen und – ohne in ihre Richtung zu blicken – ins Arztzimmer gehen sah, war sie plötzlich wieder in der Lage, sich auf die Fakten zu konzentrieren. Aksel wusste offensichtlich die ganze Zeit, wo sie war, er beobachtete sie und verfolgte sie. Er hatte ihr am Wasserfall aufgelauert, wahrscheinlich, um sie in Panik zu versetzen, bevor er sie mit Julias Foto endgültig in die Enge treiben wollte.

Er hatte nicht damit rechnen können, dass sie Gas gab und ihn mit dem Camper von der Brücke stieß, aber anscheinend war er weder von dem Aufprall noch dem Sturz so schwer verletzt worden, dass er nicht in der Zeit, in der sie willenlos mit dem Kopf auf dem Lenkrad im Wagen gehockt hatte, im Wald verschwinden konnte. Vielleicht hatte er auch ein Boot am See gehabt, mit dem er gekommen und dann zu einem Versteck zurückgepaddelt war. Oder zu einem Moped, zu einem Auto, das auf einem Seitenweg stand. Und dann hatte er ihr das Foto geschickt. Als kleines, hinterfotziges Vorspiel zu der Textnachricht, die kurz darauf folgte. Und mit der er sein erneutes Machtspiel eröffnet hatte.

Sie hatte ihn nicht getötet, sie hatte niemanden umgebracht, aber diese Erkenntnis beruhigte sie nicht. Im Gegenteil, sie wünschte sich plötzlich mehr denn je, dass er tot wäre.

Noch einmal versuchte Merette, Julia zu erreichen, obwohl sie wusste, dass es vergeblich sein würde. Dann rief sie wieder das Bild in ihrem Handy auf. Das Foto musste er irgendwann in den letzten beiden Tagen gemacht haben, dachte sie, zwischen dem Überfall auf Jan-Ole und der Begegnung auf der Brücke. Und es konnte nicht allzu weit entfernt von der Hütte oder von Kristiansand gewesen sein. Wenn sie davon ausging, dass er jeden ihrer Schritte beobachtet hatte, dann konnte er sich zwischendurch kaum weiter entfernt haben als vielleicht ein oder zwei Stunden Fahrzeit.

Der Ort, an dem sich Julia und Marie aufhielten, befand sich also in einem Umkreis von hundert oder hundertfünfzig Kilometern. Das bedeutete allerdings immer noch ein Gebiet mit unzähligen rotgestrichenen Holzhäusern irgendwo in den Wäldern, wo ein Bauer selbstgebackene Waffeln an die Sommertouristen verkaufte. Und es konnte ebenso gut irgendein Wiesencamping sein wie eine kleine

Ortschaft, ein Straßencafé, ein Restaurant an einer Schleuse oder einem Kanuverleih.

Auf dem Foto war nicht mehr zu erkennen als die Hauswand mit einer offenstehenden Tür und einem Stück eines weiß abgesetzten Fensterrahmens, vor dem rotblühende Geranien leuchteten. Kein Schild, auf dem CAFE stand, noch nicht mal eine Eisfahne, die im Wind flatterte. Von den Leuten, die um Julia herumstanden, waren nur die Schultern und die Hinterköpfe zu sehen, ein Mann im karierten Hemd und mit einer spiegelnden Glatze, eine ältere Frau mit einem Sonnenhut, ein Vater, der sein Kind auf den Schultern trug, ein einzelner Arm, der von rechts ins Bild ragte und irgendjemandem zuwinkte.

Merette bemerkte Jerzy erst, als er schon neben ihr stand und mit einem Blick auf das Handy in ihrer Hand fragte: »Deine Tochter? Sie sieht dir ähnlich! Sie hat das gleiche Lachen wie du. Glaube ich jedenfalls, besonders viel lachst du ja im Moment nicht. Du hast also mit ihr gesprochen?«

»Ihr Telefon ist nach wie vor nicht eingeschaltet«, antwortete Merette. Als sie Jerzys Blick sah, setzte sie schnell hinzu: »Das ist ein altes Foto von ihr, vom letzten Jahr. Nur ein Schnappschuss.«

Sie schaltete das Handy aus und schob es zurück in ihre Jackentasche.

Jerzy schien sich mit ihrer Antwort zufriedenzugeben, er nickte und drückte ihr aufmunternd den Arm.

»Alles wird gut. Komm, ich zeig dir, was ich meine.«

Er zog sie mit sich ins Krankenzimmer.

Sie hatten Jan-Ole die Atemmaske abgenommen und durch einen dünnen Schlauch ersetzt. Er atmete deutlich kräftiger als zuvor, seine Hände bewegten sich unruhig auf der Bettdecke, während er im Schlaf vor sich hin murmelte.

Jerzy zog ein Blatt aus dem Drucker unter dem Monitor und betrachtete aufmerksam die gezackten Linien, dann beugte er sich über das Bett. Vorsichtig drehte er Jan-Oles Kopf zu sich, zog seine Lider auseinander und leuchtete ihm mit einer kleinen Lampe in die Augen, bevor er sich lächelnd wieder an Merette wandte: »Alles wird gut«, wiederholte er. »Bleib bei ihm, nimm seine Hand, rede mit ihm. Soll ich hierbleiben?«

Merette schüttelte den Kopf, ohne etwas zu sagen.

»Dann ruf mich, ich bin entweder im Arztzimmer oder irgendwo auf Station. Du kannst einfach den Rufknopf drücken, dann bin ich sofort hier.«

Nachdem Jerzy den Raum verlassen hatte, beugte sich Merette über Jan-Oles Bett und strich ihm über den Handrücken und den Unterarm hinauf, immer wieder und wieder, während sie forschend sein Gesicht beobachtete. Ganz kurz wanderte ihr Blick zu dem Infusionsbeutel und von da zu der Kanüle an seinem Arm. Nur ein einziger Griff, dachte sie, eine mit Luft gefüllte Spritze und …

Jan-Oles Augenlider fingen an zu flattern, er griff fest nach ihrer Hand.

»Ich bin hier«, flüsterte Merette. »Hörst du mich? Jan-Ole, ich bin's, Merette! Komm, rede mit mir!«

Er öffnete die Augen und bemühte sich, den Blick zu fokussieren, sein Mund verzog sich zu einem Lächeln, als er sagte: »Schön, dich zu sehen. Meinst du eigentlich, es gibt hier auch irgendwas zu essen? Ich habe Hunger!«

Eine halbe Stunde später hatte Jan-Ole eine Tasse Brühe getrunken und zwei Scheiben Toast gegessen. Jerzy war nur kurz aufgetaucht, weil er dringend zu einem Notfall in den OP musste, eigentlich hatte er nur den Kopf zur Tür hineingesteckt und zufrieden gegrinst, als er Jan-Ole aufrecht im Bett sitzen sah.

»Um alles Weitere kümmern wir uns morgen«, hatte er gesagt und war schon wieder verschwunden, bevor Merette oder Jan-Ole etwas erwidern konnten.

Jan-Ole schien für den Moment vollkommen klar zu sein, allerdings war er schnell wieder erschöpft und klagte über starken Schwindel. Bereits kurz nachdem die Krankenschwester das leere Tablett abgeräumt hatte, wollte er sich wieder hinlegen. Merette hatte den Verdacht, dass er vor allem den Zeitpunkt hinauszögern wollte, an dem sie über den Überfall reden mussten.

Die Nacht verbrachte Merette auf der Liege neben Jan-Oles Bett. Sie war sich nicht sicher, ob er wirklich schlief. Als sie leise seinen Namen rief, gab er keine Antwort, aber sie hörte ihn mehrmals schlucken. Erst als die nächtliche Stille irgendwann von der auf und ab schwellenden Sirene eines Krankenwagens durchbrochen wurde, aber Jan-Ole nur unvermittelt zu schnarchen begann, wusste sie, dass er ihr nichts vorspielte.

Lange noch starrte sie auf den Himmel über der Stadt, der von einem unwirklichen Schwarzblau war, in dem sich scharf die Sichel des Mondes abzeichnete. Irritiert stellte Merette fest, dass sie kaum eine Erleichterung über Jan-Oles Genesung verspürte, viel zu sehr kreisten ihre Gedanken schon wieder unaufhörlich um Julia, ohne dass sie auch nur den Ansatz einer Lösung gesehen hätte.

Im Morgengrauen geriet sie dann schließlich in einen wirren Traum. Sie war mit Julia in einem Ruderboot weit draußen auf dem Meer, und sie wurden von großen Fischen umkreist, die immer wieder dicht unter der Oberfläche das Boot rammten und es zum Schaukeln brachten. Die Fische waren Steinbeißer, als einer von ihnen versuchte, nach Julias Hand zu schnappen, die sie arglos durchs Wasser gleiten ließ, konnte Merette deutlich die messerscharfen Zähne in dem weit geöffneten Maul erkennen. Julia merkte nicht, in welcher Gefahr sie sich befand, sie sang sogar irgendein Lied, ein Piratenlied, das Jan-Ole mit ihr gedichtet hatte, als sie vor Ewigkeiten mit der Fähre zum Sommerurlaub über die Ostsee nach Gotland gefahren waren. Merette erinnerte sich sogar an den Refrain: Das Fleisch schmeckt nach Stockfisch, der Stockfisch nach Speck, und täglich ein Mann über Bord, in den Kesseln fault Wasser, am Zwieback klebt Dreck, das Leben auf See, das ist Mord, und morgen da hängen wir vielleicht schon am Galgen oder liegen ertrunken bei meergrünen Algen … Aber sie konnte sich nicht rühren, um Julia von der Bordwand zurückzuziehen, sie war wie gelähmt. Und als ihr Blick über das von den Flossenschlägen der Fische schäumende Wasser streifte, sah sie plötzlich Jan-Ole reglos auf den Wellen treiben. Eine Luftblase blähte sein T-Shirt auf, die Haare hingen ihm wirr in die Stirn, seine Augenhöhlen waren leer und blutig …

»He«, sagte Jan-Ole dicht an ihrem Ohr. Er musste aufgestanden und sich neben sie gelegt haben, um sie zu beruhigen. Vielleicht hatte sie in ihrem Traum um Hilfe gerufen oder angstvoll aufgestöhnt. Sie lag mit dem Kopf in Jan-Oles Halsbeuge, er hielt sie dicht an sich gepresst, als wollte er sie vor allem schützen, was ihr gefährlich werden konnte.

Ganz langsam streckte sie die Hand aus, um zärtlich die Falten in seinen Augenwinkeln nachzuzeichnen. Als er plötzlich ihre Finger festhielt, fragte sie verunsichert: »Was ist?«

Jan-Ole räusperte sich.

»Ich bin mir nicht sicher, aber ich glaube, ich erinnere mich gerade an irgendwas.« Seine Stimme klang tief und rau. Als er mit einer Hand anfing, ihre Bluse aufzuknöpfen, schloss Merette kurz die Augen und hauchte ihm einen Kuss auf die Lippen. Er lächelte, während er seine Hand unter den Stoff schob und nach ihrer linken Brust tastete.

»Dann will ich deiner Erinnerung mal ein bisschen auf die Sprünge helfen!«, flüsterte Merette. Sie war kurz davor, laut loszulachen, als sie sich aufsetzte und hinter ihren Rücken griff, um den BH zu öffnen. Jan-Ole hob ihre Brust aus der Bluse und streichelte sie konzentriert, bevor er mit einem Stirnrunzeln feststellte: »Du versuchst doch gerade, mich reinzulegen. Es gab zwei davon, das weiß ich genau!«

Jetzt konnte sie nicht mehr anders, als loszuprusten. »Du spinnst doch total«, sagte sie, während sie gleichzeitig auch ihre rechte Brust befreite und sich dann mit offener Bluse über Jan-Ole beugte, der anzüglich grinsend auf die Bettdecke zwischen seinen Beinen deutete und flüsterte: »Er wird steif!«

Jan-Ole klang unüberhörbar stolz, als wäre mit der Reaktion seines Körpers jeder Zweifel beseitigt, ob er wieder vollständig genesen würde.

Es klopfte kurz, fast im selben Moment wurde die Tür geöffnet. Mit einem Blick erfasste Jerzy die Situation.

»'tschuldigung«, sagte er nur und verschwand zurück auf den Gang.

Merette beeilte sich, ihre Kleidung in einen halbwegs passablen Zustand zu bringen, während sie gleichzeitig Jan-Ole zurück in sein Krankenbett scheuchte.

»Wie sehe ich aus?«, fragte sie und strich sich nervös über die Haare.

»Ungefähr so rot wie ein Schulmädchen, das gerade von seiner Mutter beim Knutschen erwischt worden ist.«

Jan-Ole kicherte immer noch, als es erneut klopfte.

»Herein«, rief Merette und war Jerzy dankbar, dass er ihr weder zuzwinkerte noch sonst irgendeinen Kommentar gab, sondern sich stattdessen gleich an Jan-Ole wandte und ihm die Hand hinstreckte: »Ich bin Ihr behandelnder Arzt, Jerzy, der Typ, der Sie in den letzten Tagen immer wieder genervt hat, fürchte ich. Aber das musste sein, tut mir leid. Wir haben uns ein wenig Sorgen um Sie gemacht. Umso mehr freut es mich, dass es jetzt so aussieht, als hätten Sie das Schlimmste überstanden. Ich möchte Sie trotzdem noch kurz untersuchen, danach haben Sie Ihre Frau dann gleich wieder für sich alleine. Die Suppe gestern Abend hat geschmeckt?«

»Smakuje bardzo dobrze«, antwortete Jan-Ole wie selbstverständlich.

Merette hatte keine Ahnung, wo er die paar Brocken Polnisch aufgeschnappt haben konnte, geschweige denn, wie er so schnell registriert hatte, dass Jerzy aus Polen kam.

Auch Jerzy war offensichtlich überrascht. »Gut«, nickte er, »sehr gut sogar, auch wenn ich eigentlich dachte, dass meine Aussprache mich nicht mehr sofort verrät. Aber Sie haben richtig gehört, Ihr Gehirn kann also wieder problemlos logische Verknüpfungen herstellen, womit sich ein paar Fragen schon mal erledigt hätten.«

Dann setzte er etwas auf Polnisch hinzu.

Jan-Ole runzelte kurz die Stirn, bevor er lachend die Hände hob. »Erwischt«, sagte er. »Ich kann gar kein Polnisch. Nur diesen einen Satz, und den hab ich aus einer Kneipe in Kopenhagen, Zgraja Polska, in der Kompagniestræde, glaube ich.«

»Die polnische Horde«, übersetzte Jerzy für Merette. »Kenn ich. Wann waren Sie da, wissen Sie das noch?«

»Im Frühsommer, Anfang Juni«, antwortete Jan-Ole, ohne zu zögern.

Jerzy verwickelte Jan-Ole jetzt in ein oberflächlich erscheinendes Gespräch, bei dem er wie zufällig immer mal wieder eine Frage stellte.

Jan-Ole antwortete präzise, ohne dass es ihm Schwierigkeiten zu machen schien. Bis er schließlich sagte: »Es ist jetzt gut. Ich erinnere mich an alles, kein Problem.«

»Und Sie wissen auch, dass Sie niedergeschlagen worden sind?«

Jan-Ole nickte.

»Wann und wo?«

»Welchen Tag haben wir heute?«

»Donnerstag.«

»Stimmt, das hat Merette auch schon behauptet.« Jan-Ole grinste, als wäre er derjenige, der Jerzy einem Test unterzog.

»Also?«

»Vor zwei Tagen, nachts, in dem leerstehenden Bauernhaus unterhalb der Hütte von Elsa. Aber … ich weiß nicht mehr, wie ich dorthingekommen bin!«

Merette sah, wie Jan-Ole die Augenbrauen zusammenzog. Vom Hals stieg eine leichte Röte bis zu seinen Wangen hinauf. Sein Atem ging schneller.

»Ganz ruhig«, sagte Jerzy. »Wir haben Zeit. Kein Grund zur Panik. Es kann sein, dass Ihr Gehirn Sie immer noch zu schützen versucht, indem es bestimmte Erinnerungen nach wie vor ausblendet.«

»Ich musste pinkeln, das weiß ich noch. Und ich hatte plötzlich das Gefühl, dass ich nicht alleine war. Aber ich kann nicht sagen, ob ich jemanden gesehen habe! Muss ich ja wohl, warum hätte ich sonst zu dem Bauernhaus laufen sollen?«

»Ich würde gerne einen Termin mit unserer Psychologin für Sie vereinbaren«, erklärte Jerzy. »Ich glaube, das könnte helfen.« Als er sah, wie Jan-Ole zu Merette blickte, setzte er hinzu: »Ich weiß, dass Ihre Frau Psychologin ist, das hat sie mir erzählt. Aber jemand von außen ist vielleicht ...«

Jan-Ole schüttelte den Kopf.

»Gut«, sagte Jerzy, »das können wir auch später noch entscheiden.«

»Wann kann ich hier raus?«, fragte Jan-Ole. »Ich bin nur noch ein bisschen müde, mehr ist nicht ...«

»Ein paar Tage möchte ich Sie schon noch zur Beobachtung hierbehalten. Ich freue mich wirklich, dass Sie sich jetzt wieder fit fühlen, aber ...« Er zögerte kurz. »Ich möchte auch kein Risiko eingehen, das ist alles.«

Jan-Ole presste unzufrieden die Lippen aufeinander. Ohne eine Antwort zu geben, drehte er den Kopf zum Fenster und schloss die Augen. Wie ein bockiges Kind, das seinen Willen nicht bekommen hat, dachte Merette, weniger besorgt als vielmehr verärgert. Andererseits war dieses

Verhalten so typisch für Jan-Ole, dass es schon fast wieder etwas Beruhigendes hatte!

Jerzy winkte ihr, dass sie ihm nach draußen folgen sollte. Am Ende des Flurs zog er sie auf einen kleinen Balkon.

»Hör zu, Merette, das ist mir nicht ganz geheuer mit deinem Jan-Ole. Er war mir zu lange in diesem Erschöpfungszustand, um von jetzt auf gleich wieder … vollkommen klar zu sein! Es gibt solche sogenannten ›freien Intervalle‹, auf die dann aber auch oft genug kurze Zeit später wieder deutliche Eintrübungen folgen. Ein paar Tage zur Beobachtung braucht er in jedem Fall noch, und eigentlich möchte ich ihn danach zur Sicherheit in die Neurologische Reha überweisen. – Jetzt sieh mich nicht so entsetzt an, vielleicht irre ich mich ja auch! Aber trotzdem, tu mir im Moment vor allem den Gefallen und überfordere ihn nicht.«

Merette merkte, wie sie wieder rot wurde, und kam sich plötzlich tatsächlich vor wie das Schulmädchen, über das sich Jan-Ole so amüsiert hatte.

»Wir haben gar nicht …«, fing sie an zu stottern. »Ich meine, wir wollten nicht … es war nur, dass er …«

Erst als Jerzy laut loslachte, wurde ihr klar, dass er nicht auf die Situation angespielt hatte, als er unerwartet zur Tür hereingekommen war.

»He«, sagte er und legte ihr die Hand auf die Schulter. »Sex ist völlig okay, auch wenn ihr es erst mal noch langsam angehen solltet – und vielleicht wenigstens die Tür vorher abschließen. Aber ich meinte etwas anderes. Du hast ja gerade erlebt, wie er reagiert hat, als ihm klarwurde, dass er eindeutig immer noch eine Gedächtnislücke hat, was den Überfall angeht. Also dräng ihn bitte nicht, er darf sich möglichst nicht aufregen, das wäre eher kontraproduktiv. Deshalb dachte ich ja auch, dass wir vielleicht lieber eine Psychologin hier aus dem Haus …«

»Ich rede mit ihm«, versprach Merette. »Aber er kann ziemlich stur sein, das war schon immer ein Problem. Und im Moment habe ich eher den Eindruck, dass er so schnell wie möglich entlassen werden möchte. Und ganz ehrlich gesagt, wäre es mir auch lieb, wenn wir bald nach Bergen zurückkönnten.«

»Warten wir ab, ob sein Zustand wirklich so bleibt und sich weiter verbessert«, erwiderte Jerzy. »Ich möchte dir nichts versprechen. Er braucht vor allem Ruhe, das ist im Moment das Wichtigste.« Er blickte auf seine Uhr. »Ich muss los, Merette, tut mir leid, es warten noch andere Patienten auf mich. Sag mir Bescheid, wenn du mit ihm darüber gesprochen hast, ob er sich auf die Krankenhauspsychologin einlässt. Versuch ihn zu überzeugen, ich glaube wirklich, dass es der richtige Weg ist!«

»Ich danke dir, Jerzy«, sagte Merette leise. »Für alles. Ich bleib noch einen Moment hier draußen.«

Jerzy war kaum auf dem Flur verschwunden, als Merettes Handy eine neue Nachricht meldete. Wie beim letzten Mal stand auf dem Display »unbekannt«. Noch bevor Merette die Nachricht öffnete, verglich sie die Nummer mit der der letzten Nachricht. Die Nummern waren nicht identisch. Aber der Text ließ keinen Zweifel daran, dass es sich wieder um den selben Absender handelte: HAST DU DICH ENTSCHIEDEN?, hatte Aksel geschrieben. Und als PS daruntergesetzt: DU WEISST DASS ICH ES NICHT MAG WENN MAN MICH NICHT ERNST NIMMT. WENN DU WILLST DASS JULIA EINE

CHANCE HAT DANN DENK NICHT MAL DARAN DIE POLIZEI EINZUSCHALTEN. DAS IST EINE SACHE NUR ZWISCHEN UNS BEIDEN.

Ohne lange zu überlegen, drückte Merette auf »Anrufen« und presste das Handy an ihr Ohr. Es klingelte lange, bis der Anruf am anderen Ende weggedrückt wurde. Mit zittrigen Fingern tippte Merette eine kurze Nachricht und schickte sie ab.

*Er hatte nicht damit gerechnet, dass sie sofort zurückrufen würde. Noch bevor er überhaupt dazu gekommen war, die SIM-Karte wieder auszutauschen! Und als er das Gespräch nicht angenommen hatte, war keine Minute später die Textnachricht eingegangen. ICH WILL MIT DIR REDEN, hatte sie geschrieben. SAG MIR, WANN UND WO. Sie hatte einen Plan, davon war er überzeugt.*

*Nachdem er ihr das Foto von Julia geschickt hatte, musste sie die nächsten Stunden damit verbracht haben, verzweifelt nach einer Lösung zu suchen. Und er hatte sich nicht in ihr getäuscht. Er hatte sie herausgefordert – und sie hatte die Herausforderung angenommen! Sie war ihm näher als je zuvor, fast hatte er das Gefühl, sie schon seit Ewigkeiten zu kennen, es war, als gäbe es ein unsichtbares Band zwischen ihnen. Und sie war auch nicht mehr einfach nur die »Psychoschlampe« für ihn, sondern eher schon eine Art Vertraute, die er in Gedanken längst fast zärtlich »Merette« nannte – und von der er viel mehr wusste als nur ihren Namen und ihren Beruf. Mehr als gut für sie war!*

*Dass sie ihn jetzt treffen wollte, passte genau in das Bild, das er von ihr hatte. Sie dachte immer noch, dass man mit Reden irgendwelche Probleme lösen könnte. Vielleicht hoffte sie tatsächlich, ihn von seinem Ziel abbringen zu können. Vielleicht glaubte sie auch, dass er nur bluffen würde. Obwohl sie es besser wissen musste. Er war sich fast sicher, dass sie inzwischen nicht nur längst von seinem Ausbruch erfahren hatte, sondern auch die Details kannte. Entweder hatte sie die Polizei angerufen, oder die Bullen hatten sich bei ihr gemeldet. Sie konnte schnell sein, das wusste er ja. Und er durfte nicht wieder den Fehler machen und sie unterschätzen! Aber er hielt alle Trumpfkarten in der Hand, und diesmal würde sie kein Schlupfloch finden, um ihm zu entkommen. Die Zwickmühle, in die er sie gebracht hatte, war perfekt. Sie würde immer die Verliererin bleiben, nur darum ging es. Er würde ihr Leben zerstören, aber sie selbst würde diejenige sein, die die Entscheidung dazu traf.*

*Sie war nichts als eine Marionette, die er an ihren Fäden so lange lenkte, bis es keine Rolle mehr spielte, ob sie das linke Bein vorsetzte oder das rechte. Diesen einen Schritt durfte sie tun, ohne dass er sie dirigierte. Und es war egal, welchen Schritt sie dann wählen würde, er würde sie genau in den Abgrund führen.*

*Seine Gedanken schweiften kurz ab zu der Zeit, die er als Jugendlicher in dem Heim im Sundfjord verbracht hatte. Da hatte es einen Lehrer gegeben, der tatsächlich anders gewesen war als die anderen. Ein vollbärtiger Typ aus Kanada, der sie in Englisch unterrichtete und den er erst genauso wie alle für einen Spinner gehalten hatte. Aber dieser Rick hatte auch Shakespeare mit ihnen gelesen, und irgendwie hatte er es hingekriegt, ihnen seine Begeisterung für die irren Verwicklungen und gemeinen Machtspiele zu vermitteln, um die es in diesen Texten ging. Er konnte sich nur noch vage an die Stücke erinnern, aber gerade jetzt dachte er wieder, dass Shakespeare alles andere als nur irgendein Schriftsteller war, der zufällig berühmt geworden war. Shakespeare wusste, was lief, und vielleicht hatte die Lektüre ihn damals sogar mehr beeinflusst, als er begriffen hatte. Auf jeden Fall brauchte sein eigenes Spiel, das er sich für Merette ausgedacht hatte, keinen Vergleich mit irgendeiner Intrige von diesem Shakespeare zu scheuen.*

*Dazu würde allerdings auch gehören, dass es noch eine unerwartete Wendung geben musste, irgendetwas, womit keiner rechnen konnte. Für einen Moment war er irritiert, bis ihm klarwurde, dass ja er es war, der das Stück schrieb – also konnte auch nichts passieren, was er nicht wollte.*

*Er hatte kurz das Für und Wider abgewogen, das ein Treffen mit Merette bedeuten würde. Natürlich konnte es sein, dass sie versuchte, ihm eine Falle zu stellen. Aber eigentlich glaubte er nicht daran, dass sie mit der Polizei auftauchen würde. Seine Drohung war unmissverständlich gewesen, sie würde sich an seine Forderung halten. Und er schätzte sie eher so ein, dass sie jetzt zunächst wissen wollte, woran sie wirklich mit ihm war. Er musste sie also weiter in die Enge treiben, bis endgültig klarwürde, dass es keinen Ausweg mehr für sie gab.*

*Es war einfach gewesen, sich die Haarsträhne von Julia zu besorgen. Der kleine Junge, den er mit ein paar Kronen bestochen hatte, hatte seine Sache gut gemacht. Und er war sich sicher, dass Julia das Ganze als eine Mutprobe oder einen blöden Streich abgetan hatte. Was er nicht verstand, war allerdings, wieso Julia und Marie immer noch Ferien machten, als hätten sie keine Ahnung, was inzwischen passiert war. Merette musste ihre Tochter doch längst angerufen und ihr erzählt haben, dass er ausgebrochen war. Sie musste in Panik sein und Julia gewarnt haben. Sie wusste doch, dass er ihr sogar nahe genug gekommen war, um sie fotografieren zu können. Und damit wäre es nur logisch gewesen, wenn Julia und Marie ihren Urlaub sofort abgebrochen hätten. Oder zumindest so nervös geworden wären, dass er etwas davon bemerkt hätte. Aber sie schienen in keiner Weise besorgt zu sein. Sie benahmen sich weiterhin, als gäbe es keine Bedrohung.*

*Die einzige Erklärung, die ihm zunächst einfiel, war, dass Merette ihm tatsächlich nicht glaubte. Sie hielt seine Forderung für ein Machtspiel, mit dem er sie austesten wollte – sie war überzeugt davon, dass er Julia nichts antun würde, solange sie ihn nur irgendwie hinhalten konnte. Aber es passte nicht, es ergab einfach keinen Sinn! Erst als er auf die Idee gekommen war, Julia selbst anzurufen, und ihr Handy ausgeschaltet war, dämmerte ihm der Zusammenhang. Und nachdem er mehrfach und zu völlig unterschiedlichen Tageszeiten ihre Nummer gewählt hatte und das Ergebnis immer das gleiche gewesen war, war er mittlerweile überzeugt davon, dass Julia ganz einfach nicht erreichbar sein wollte. Vielleicht hatte sie ihr Handy noch nicht mal mitgenommen, weil sie auf irgendeinem Selbstfindungstrip oder etwas Ähnlichem war. Und vielleicht hatte auch Merette vergeblich versucht, ihre Tochter zu erreichen!*

*Mit anderen Worten: Julia und Marie hatten keine Ahnung, dass er sie beobachtete. Und das machte es ihm nicht nur leichter, sondern war wie ein zusätzlicher Kick. So ähnlich musste es den Typen gehen, die, mit einer Sonnenbrille getarnt, durch den Stadtpark schlichen, um kleinen Mädchen auf dem Spielplatz hinterherzugucken, während sie sich heimlich unter ihrem Mantel einen runterholen.*

*Über die schmierigen Typen im Park war er auf die Idee gekommen, Merette zu einem Treffpunkt zu beordern, wo er jede ihrer Bewegungen verfolgen konnte, ohne dass sie ihn entdeckte. Aber er würde die ganze Zeit in ihrer Nähe sein. Diesmal allerdings nicht als Tourist, wie auf dem Campingplatz bei Julia, das wäre zu naheliegend, zumal Merette mit Sicherheit nach ihm suchen würde. Diesmal musste er sich bei seiner Verklei-*

*dung selbst übertreffen – und er hatte schon eine Idee, die ihn bereits im Vorfeld begeisterte. Er würde auf jeden Fall seinen Spaß haben!*

*Noch am selben Abend hatte er den Treffpunkt als Textnachricht an Merette geschickt. Nur den Tag, den Ort und die Uhrzeit, mehr nicht. FREITAG. IM SCHLOSSPARK IN OSLO. HIGH NOON.*

*Je eher, desto besser, hatte er überlegt. So ließ er Merette kaum eine Chance, sich noch irgendetwas auszudenken – falls sie tatsächlich plante, ihn reinzulegen. Und er war sich sicher gewesen, dass sie »High Noon« als genau das verstehen würde, als was es auch gemeint war: Nicht nur einfach die Uhrzeit, sondern der Showdown, bei dem es um alles oder nichts ging. Um Leben oder Tod. Zwölf Uhr mittags auf der Hauptstraße vor dem Saloon. Zwei ebenbürtige Gegner treten zum Duell an. Aber nur einer von ihnen kann gewinnen, der andere wird von Kugeln durchsiebt im Straßenstaub liegenbleiben, bis ihn die Geier holen. Oder der Leichenbestatter.*

*Das Bild hatte ihm so gut gefallen, dass er für den Rest des Tages in einer fast euphorischen Stimmung war. Er hatte sich sogar noch mal zum Campingplatz getraut, sich ein Kanu genommen, das an der Uferböschung lag, und war um die Landspitze herum bis zu dem Strand gepaddelt. An einem Lagerfeuer hatten brave Familienväter Würstchen gegrillt und sich wie Robinson Crusoe gefühlt. Und ein Typ mit Gitarre hatte »Blowin' in the Wind« gespielt. Er erinnerte sich an keinen Sozialarbeiter aus all den Jahren in den verschiedenen Einrichtungen, der diesen Song nicht hatte spielen können. »Blowin' in the Wind« und »House of the Rising Sun«. Manchmal auch noch »Guantanamera«. Hippie-Scheiß, der ihn nie interessiert hatte und ihm immer irgendwie verlogen vorgekommen war.*

*Genauso wie die Sozialarbeiter selbst. Und er ärgerte sich, als er merkte, dass er gerade unbewusst ein paar Zeilen vor sich hin gesummt hatte: »How many seas must a white dove sail, before she sleeps in the sand ... «*

*Julia und Marie hatten ein Stück entfernt auf dem Anleger gesessen und die Beine ins Wasser baumeln lassen. Er war im Halbdunkel so dicht an ihnen vorübergefahren, dass er ganz deutlich sehen konnte, wie sie einen Joint zwischen sich hin und her wandern ließen. Als ihn die süßliche Wolke erreichte, war er fast versucht gewesen, das Boot zu stoppen und ihnen irgendeinen Kommentar zuzurufen. Ganz kurz hatte er sich sogar vorgestellt, wie sie ihm vielleicht einen Zug anbieten würden, wie er das Kanu mit zwei Paddelschlägen zu ihnen steuerte und nach dem Joint griff, den Julias Hand ihm hinhielt – um dann genau einmal tief zu inhalieren, bis der Schwindel einsetzte, den Rauch auszustoßen und für den Bruchteil einer Sekunde sein Gesicht im Mondlicht zu zeigen, bevor er als geisterhafter Schatten wieder über den See verschwand. Während sie hinter ihm wie erstarrt dasaßen und nicht wagten, das auszusprechen, was sie gerade gesehen hatten!*

*Aber er hatte der Versuchung widerstehen können, es wäre auch zu billig gewesen, und vor allem hätte es womöglich seinen Plan gefährdet, der zu gut war, um irgendeine unvorhergesehene Wendung zu riskieren. Obwohl Shakespeare dieser Moment der Überraschung wahrscheinlich gefallen hätte, das Spiel mit der Frage der beiden Mädchen, ob ihre Phantasie ihnen nur einen Streich gespielt hatte, angekitzelt durch die betäubende Wirkung der Droge – oder ob es Wirklichkeit gewesen war.*

*Am nächsten Morgen hatte er das Haus schon verlassen, als der Bauer auf der anderen Seite des Feldes gerade seinen Trecker startete, um frisches Wasser zu der Kuhweide am Wald zu bringen. Er war mit dem ersten Bus in die nächste Ortschaft gefahren und von dort weiter nach Oslo. Kurz vor Ljan war die Straße gesperrt gewesen. Es wimmelte plötzlich nur so von Polizisten, die aufgeregt hin und her rannten und versuchten, den Verkehr um die Unfallstelle herumzuleiten, an der zwei Autos frontal zusammengestoßen waren. Der Unfall musste gerade erst passiert sein, bei beiden Wagen waren die Motorhauben bis auf wenige Zentimeter eingedrückt, Benzin oder Öl tropfte auf die Fahrbahn. Die Airbags waren aufgeblasen, auf dem Fahrersitz des einen Wagens konnte er eine Frau mit pechschwarz gefärbten Haaren erkennen, deren Kopf in einem unnatürlichen Winkel zur Seite gedreht war, ihr Mund mit den glänzenden Piercings an der Oberlippe stand offen, an ihrer Schläfe klaffte eine blutende Wunde, die wie das unsauber ausgeführte Tattoo einer Spinne wirkte. Auch an dem zersplitterten Fenster war Blut.*

*Als ein Polizist ihn direkt durch die Seitenscheibe des Busses anstarrte, hatte er schnell den Blick abgewendet. Sein Herzschlag hatte sich erst Minuten später beruhigt, nachdem sie auf Umwegen die Hauptstraße wieder erreicht hatten und er linker Hand schon die Hafenbucht von Oslo sehen konnte.*

*Er stimmte der Frau mit der Sonnenbrille neben ihm zu, dass das neue Opernhaus mit dem schräg aus dem Wasser ragenden Marmordach aus der Entfernung tatsächlich wie ein Eisberg aussah, der von der Strömung in den Fjord getrieben und auf Grund gelaufen war.*

*»Italienischer Marmor«, sagte die Frau, »aus Domodozzola! Ich war mal auf einer Busreise dort, mit meinem Mann, wir waren auch in Verona, wo die Geschichte von Romeo und Julia spielt.«*

*Die Frau roch stark nach Alkohol. Als sie für einen kurzen*

*Moment die Sonnenbrille abnahm, um sich in ihrem Taschenspiegel die Lippen nachzuschminken, sah er, dass ihr rechtes Auge geschwollen und blutunterlaufen war. Er war froh, als sie am Busbahnhof ankamen, ohne dass die Frau den Versuch unternommen hatte, das Gespräch mit ihm fortzusetzen. Ein Blick auf die Uhr über dem Fahrkartenschalter sagte ihm, dass er noch genügend Zeit hatte, um sich in aller Ruhe vorbereiten zu können.*

*Das Problem war, dass er sich in Oslo nicht besonders gut auskannte, die wenigen Male, die er hier gewesen war, konnte er an einer Hand abzählen. Die paar Stunden auf seiner Flucht, und vor Ewigkeiten ein oder zwei Wochenendausflüge mit der Pflegefamilie, als er noch ein Junge gewesen war und seine kleine Schwester noch gelebt hatte. Ein paar Jahre danach auch ein Besuch im Munch-Museum mit den Leuten aus dem Heim im Sundfjord, bei dem ihn das Bild mit der schreienden Figur so beeindruckt hatte, dass er es noch jahrelang immer wieder vor sich sah, wenn er nachts wach in seinem Bett lag. Bis er tatsächlich noch mal alleine hingefahren war, viel später, als er schon als Koch in der Kneipe auf Bryggen gearbeitet hatte – aber als er vor dem Museum stand, war Ruhetag gewesen, und er hatte die ganze Fahrt umsonst gemacht!*

*In einer Fußgängerzone hatte er sich dann eine Postkarte mit dem Motiv gekauft, sie ganz klein gefaltet und für die nächsten Monate ständig mit sich herumgeschleppt, wie einen bescheuerten Glücksbringer! Aber trotzdem, es war seine Karte gewesen, sie hatte ihm etwas bedeutet – und dann hatten sie ihm die Karte bei seiner Einlieferung in die Forensik abgenommen, ohne irgendeine Begründung, und er hatte sie nie wiederbekommen.*

*Gerade jetzt meinte er den Postkartenladen wiederzuerkennen, nicht weit vom Bahnhof, als er sich mit den Touristen durch die Einkaufsstraßen treiben ließ. Aber jetzt war es egal, er brauchte die Karte nicht mehr.*

*Irgendwo in dieser verdammten Stadt würde es genau den Laden geben, den er suchte, dachte er, aber er wollte das Risiko nicht eingehen, jemanden danach zu fragen. Je weniger Leute sich an ihn erinnern konnten, umso besser. Er wurde von der Polizei gesucht, das durfte er nicht vergessen. Es konnte gut sein, dass auch die Taxifahrer sein Foto hatten oder dass in irgendwelchen Zeitungen ein Bild von ihm gewesen war. Die meisten Leute würde er mit der Glatze, die er sich rasiert hatte, täuschen können, eine Glatze veränderte das Aussehen total, aber es gab immer jemanden, der ein zweites Mal hinsah und womöglich Verdacht schöpfte.*

*Kurz darauf entdeckte er dann den Laden in der Storgata. SUBLIME stand über der schmalen Tür, mit einer lachenden und einer weinenden Theatermaske als Symbol. Die Schaufensterscheibe musste dringend geputzt werden, aber ein kurzer Blick reichte ihm, um zu erkennen, dass er richtig war.*

*Er hatte kaum den Laden betreten, als ihn der Geruch nach irgendeinem schweren Parfüm einhüllte, auf dem Tresen glimmte zusätzlich in einer indischen Vase noch ein Räucherstäbchen, dessen penetranter Duft ihm unangenehm in die Nase stieg.*

*Aus einem Lautsprecher unter der Decke dröhnte ein Rocksong, er erinnerte sich an den Refrain, »When the lion lies down with the lamb«, irgendeine norwegische Rockband aus den neunziger Jahren. Als er die großformatigen Schwarz-Weiß-Fotos an den Wänden sah, fiel ihm auch der Name der Band wieder ein: Dance with a Stranger! Ein paar Songs hatte er damals ganz gut gefunden, obwohl es nicht wirklich seine Musik gewesen war. Aber sie passte zu der Althippieatmosphäre, die der ganze Laden ausstrahlte, genauso wie die Frau, die jetzt aus dem Hinterzimmer trat.*

*Sie musste mindestens fünfzig sein, aber sie trug keinen BH. Deutlich konnte er ihre Brustwarzen durch den dünnen Stoff ihres mit Pailletten besetzten T-Shirts erkennen – und ihr Rock war so kurz, dass er irritiert den Blick abwandte und schnell nach dem erstbesten Kleidungsstück griff, das an dem Ständer vor ihm hing. Eine bunte Jacke, wie von einer Phantasieuniform, hellblau, mit großen goldenen Knöpfen und goldenen Schulterklappen, an denen lange Fransen befestigt waren.*

*»Eine echte Sergeant-Pepper-Jacke«, kommentierte die Ladenbesitzerin seine unbeabsichtigte Wahl. »Ich hab auch noch welche in Rot und Gelb, aber Blau steht dir ganz gut.«*

*»W... was für eine Jacke?«, fragte er und ärgerte sich über sein verlegenes Stottern.*

*»Sergeant Pepper«, wiederholte sie, um gleich darauf leicht spöttisch hinzuzusetzen: »Das war vor deiner Zeit, schon klar, aber die Beatles kennst du doch wohl noch, oder?«*

*Er gab keine Antwort, hängte die Jacke aber auch nicht zurück, sondern fragte, immer noch ohne sie anzublicken: »Hast du auch Perücken? Ist für ein Kostümfest, so Love-and-Peace-mäßig und so, weißt du?«*

*»Weiß ich«, antwortete sie. Irgendwie schaffte sie es, dass die beiden Worte fast anzüglich klangen, er hatte Mühe, nicht die Nerven zu verlieren und sie anzubrüllen. Als sie sich zu dem Regal hinter dem Tresen umwandte, riskierte er einen Blick auf ihren Hintern. Er merkte, wie ihm die Röte ins Gesicht stieg, als sie gleich darauf eine Schublade mit Perücken vor ihn stellte.*

*»Such dir was aus. Ich würde eine schwarze empfehlen, blond sieht mit dem Hellblau zu affig aus.«*

*Für einen kurzen Moment trafen sich ihre Blicke. Als ihm*

*der Gedanke durch den Kopf schoss, dass sie ihn vielleicht für schwul hielt, wurde er schlagartig wütend. Mit zusammengepressten Lippen zerrte er eine schwarze Lockenperücke aus dem Kasten und warf sie, ohne ein Wort zu sagen, auf den Tresen.*

*»Du solltest sie aufprobieren, bevor du sie kaufst. Ich hab im Hinterzimmer einen Spiegel. Da kannst du auch die Jacke überziehen, ob sie passt. Ich komm auch nicht gucken, keine Angst.«*

*Er fragte sich schon wieder, ob sie sich einfach nur lustig über ihn machte, weil sie seine Verlegenheit bemerkt hatte. Oder ob sie ihn irgendwie provozieren wollte, ob das Ganze vielleicht so was wie eine Einladung sein sollte, mit ihr ins Hinterzimmer zu gehen und eben mal eine schnelle Nummer zu schieben. Aber wahrscheinlich war sie einfach nur dämlich, dachte er dann, eine Hippieschlampe eben, die sich wer weiß was darauf einbildete, dass sie früher mal jeden rangelassen hatte, der eine Gitarre in den Händen halten konnte.*

*Als er mit der Perücke und der Kostümjacke auf das Hinterzimmer zusteuerte, ging sie vor die Ladentür, um so lange zu rauchen, bis er sich umgezogen hatte.*

*Die Jacke passte. Die Haare der Perücke reichten ihm bis weit über die Schultern, aber beides zusammen hatte genau die Wirkung, die er beabsichtigte. Er sah so bescheuert aus, dass ihn jeder einfach nur für einen Spinner halten musste, der es immer noch nicht begriffen hatte. Je auffälliger er sein würde, umso weniger würde ihn jemand beachten – und auch Merette würde nur nach einem unauffälligen Typen Ausschau halten, wenn sie versuchte, ihn zu finden!*

*Er nickte sich selbst im Spiegel zu und streckte die Finger zu dem albernen Peace-Zeichen der Hippies aus.*

*»Make love not war«, sagte er zufrieden grinsend vor sich hin, bevor er seinen Parka in den Rucksack schob und der Schlampe draußen vor der Tür zuwinkte, dass er bezahlen wollte. »Ich behalte die Klamotten gleich an«, erklärte er, »sind cool, echt.«*

*»Pass auf, dass sie dich nicht wegen Erregung öffentlichen Ärgernisses einkassieren«, war die eher lakonische Antwort. »Hat es alles schon gegeben. Zu meiner Zeit jedenfalls.«*

*Sie schwatzte ihm noch ein Seidentuch als Stirnband auf. Die Summe, die sie für alles zusammen haben wollte, war lächerlich gering. Vielleicht hatte er sich auch in ihr getäuscht, dachte er, als er den Laden verließ, vielleicht konnte sie mit ihm genauso wenig anfangen wie er mit ihr. Aber genau das war ja auch das Problem, mit dem er immer wieder zu tun hatte – die Leute rafften einfach nichts, null, niente, nada. Sie lebten in ihren kleinen Spießerwelten und hatten Angst vor jedem, der auch nur ein bisschen anders war als sie. Und vor allem vor jedem, der intelligenter war! Da bekamen sie Panik, dass ihre aufgeblasene Wichtigtuerei durchschaut werden könnte. Und das Einzige, was ihnen dann einfiel, waren Erziehungsheime, Gefängnisse, psychiatrische Kliniken. Wer aus dem Rahmen fiel, wurde weggesperrt. Nur dass das leider nicht bei jedem funktionierte, weil es Leute gab, die sich nicht wegsperren ließen!*

*Den Typen mit der Gitarre entdeckte er wenige Meter weiter in der Akersgata. Vor fast jedem Laden standen irgendwelche Straßenmusiker, die versuchten, die Touristen abzuzocken. Die meisten begnügten sich damit, irgendwelche Popsongs zu covern, die jeder kannte. Aber ein paar gab es, die echt gut waren, ein Junge, der höchstens zwölf sein konnte und auf alten Farbeimern trommelte, eine Punkfrau mit einer unglaublichen Stimme, die ihm einen Schauer über den Rücken jagte, ein alter*

Mann in einem fadenscheinigen Smoking, der auf einem abgeschrappten Klavier lange Blues-Improvisationen spielte.

Aber ihn interessierten die anderen. Die, die es nicht wirklich draufhatten und lieber zu Hause bleiben sollten, als die Leute mit ihrem Geschrammel zu belästigen.

Er hörte einen Moment zu, bis der Typ vor ihm nach einer mehr als verunglückten Version von »Give Peace a Chance« aufblickte und bei seinem Anblick augenblicklich zu kichern anfing.

»Aus welcher Anstalt haben sie dich denn rausgelassen?«

»Hab mich selber rausgelassen! Peace, Alter!«

»Cool, echt Hammer, die Verkleidung.«

Der Typ war ein bisschen jünger als er und trug eine runde Nickelbrille mit gelb gefärbten Gläsern. Er erinnerte ihn irgendwie an Hawkin, was ihn unvermittelt wieder wütend werden ließ.

Er beugte sich vor und griff nach seinem Arm: »Hör zu, du Penner, ich brauche deine Gitarre. Für ein, zwei Stunden, dann kannst du sie wiederhaben. Ich geb dir fünfhundert dafür, soviel verdienst du hier den ganzen Tag über nicht.«

»Hä, was soll das denn, bist du bescheuert?« Der Hilfs-John-Lennon fing an zu kichern, als hätte er gerade einen Witz gemacht. »Nee, du, ich seh doch meine Gitarre nie wieder, wenn du erst mal damit abgezogen bist. Glaubst du, ich wäre blöd, oder was? Das kannst du vergessen, das läuft nicht.«

»Doch, das läuft. Und zwar genauso, wie ich es sage.« Seine Stimme war jetzt kalt und schneidend. Er beugte sich so weit vor, dass ihre Gesichter sich fast berührten, er wusste, welche Wirkung das hatte, zumal der andere direkt an der Wand saß und nicht zurückweichen konnte. »Such es dir aus, du kannst das Geld nehmen oder auch nicht, aber ich kriege deine Gitarre.«

»He, Mann, keinen Stress, ja? Ist ja okay.«

*Er hielt ihm die Gitarre hin und stopfte eilig den Geldschein in seine Jeanstasche.*

*»Und komm nicht auf die Idee, mir hinterherzulatschen! Du wartest hier, bis ich zurück bin, kapiert?«*

*»Ist ja schon gut! Alter, bau bloß keinen Scheiß mit meiner Gitarre, ist ein echt teures Teil! Sag mal, kannst du überhaupt spielen?«*

*Er verzichtete auf eine Antwort. Stattdessen griff er mit einer schnellen Handbewegung zu und nahm dem Typen die gelb getönte Sonnenbrille ab, um sie sich selbst aufzusetzen.*

*»Oh Mann, wie bist du denn drauf?«, war das Letzte, was er hörte, bevor er sich wieder unter die Leute in der Einkaufszone mischte.*

*Er war jetzt regelrecht in Hochstimmung. Das kleine Zwischenspiel eben hatte ihm Spaß gemacht – es war immer gut, irgendwelchen Pennern mal zu zeigen, was für Überraschungen das Leben so bereithielt, wenn man sich zu sicher fühlte.*

*Er schlug die Richtung ein, von der er hoffte, dass sie ihn direkt zum Schloss führen würde, bog aber an einer Kreuzung falsch ab und spürte zunehmend, wie ihm sein linkes Bein zu schaffen machte. Als er endlich die breite Freitreppe hinaufstieg, hinkte er leicht. Aber das passte zu seiner neuen Rolle, dachte er, ein Spinner, der fertig war und den man besser ignorierte, bevor er einen mit irgendwelchem Drogengelaber volltextete.*

*Wie zufällig lief er dicht an der Reihe der Parkbänke entlang, um schließlich den Briefumschlag mit Julias Haarlocke ungesehen in den letzten Papierkorb gleiten zu lassen. Fast gleichzeitig kündigte die Uhr der Schlosskirche mit zwei hellen Glockenschlägen eine neue halbe Stunde an, letzte Aufforderung zum Tanz, dachte er, der Showdown war plötzlich in greifbare Nähe gerückt.*

*Für einen Moment blieb er noch an der Schlossmauer stehen, um mit den anderen Touristen auf die Wachposten zu starren. Vier Soldaten in historischen Uniformen und mit aufgepflanzten Bajonetten, die vor dem Tor auf und ab patrouillierten. Immer genau zwanzig Schritte, von links nach rechts und wieder zurück. Aber er wurde aus dem Prinzip nicht schlau. Manchmal lief nur ein Soldat los und wechselte die Position mit einem auf der anderen Seite, manchmal liefen sie gleichzeitig los und begegneten sich in der Mitte, dann marschierten sie wieder zu zweit, während die anderen stocksteif auf ihre Rückkehr warteten.*

*Es ärgerte ihn, dass er die Abfolge weder durchschaute noch vorhersagen konnte. Schließlich drehte er sich brüsk um und suchte sich einen Platz auf der Wiese, wo er sich mit seiner Gitarre niederließ und scheinbar selbstversunken ein paar Töne vor sich hin klimperte, während er gleichzeitig die Leute vor dem Schlosstor im Auge behielt.*

*Merette war noch nicht aufgetaucht, aber er schätzte sie ohnehin so ein, dass sie selbst dann, wenn sie bereits irgendwo in der Nähe war, noch warten würde, um sich nicht die Blöße zu geben, deutlich vor der Zeit am Treffpunkt zu erscheinen. Zehn vor zwölf würde sie da sein, schätzte er. Oder auch erst um fünf vor, wenn sie auf das kleine Spiel mit dem symbolischen »Fünf vor zwölf« stand. Nein, sie war zu nervös, es hing zu viel von diesem Treffen für sie ab, um Spielchen zu spielen. »Zehn vor zwölf«, sagte er halblaut vor sich hin. Und grinste zufrieden, als die Uhr gerade dreimal geschlagen hatte und Merette kurz darauf in sein Blickfeld trat.*

*Sie hatte die Haare zu einem Pferdeschwanz zusammengebunden und trug eine enge schwarze Hose, flache Laufschuhe und ein ebenfalls schwarzes, ärmelloses Shirt.*

*Sie wirkte jugendlicher, als er sie in Erinnerung hatte, doch selbst auf die Entfernung konnte er erkennen, wie bleich sie war. Aber ihre Schritte waren energisch, nur die Art, wie sie die Handtasche an sich presste, zeigte ihre Nervosität. Als sie die Touristengruppe vor dem Schloss erreicht hatte, zögerte sie und blickte sich suchend um. Im gleichen Moment setzte sich plötzlich eine Gruppe von Japanern in Bewegung – und kam gestikulierend und mit gezückten Kameras direkt auf ihn zu! Er sah noch, wie Merettes Blick den Japanern folgte und ihn kurz streifte, dann versperrte ihm auch schon ein Mann im dunklen Anzug und mit einer schwarzen Hornbrille die Sicht: »A picture, please!«, flötete der Japaner. »Real Norwegian rockmusician and me!«*

*Er stellte sich fröhlich lachend neben ihn, die anderen schossen ihre Fotos, dann wechselten sie. Jetzt hatte er links und rechts eine kleine dicke Frau neben sich, danach ein kicherndes Pärchen. Während der Mann ihm partout die Hand schütteln wollte, zupfte seine Freundin an den Haaren seiner Perücke und zwitscherte aufgeregt etwas zu den anderen hinüber.*

*»Ist okay, Leute, es reicht«, sagte er unwirsch und machte Anstalten aufzustehen.*

*»Sorry, Sir«, entschuldigte der Typ mit der Hornbrille sich eilig. »Thank you very much.«*

*Auf dem Weg zurück über die Wiese zeigten sie sich weiterhin schnatternd und kichernd die Fotos auf ihren Kameras. Genervt versuchte er, Merette wiederzufinden – und spürte für einen kurzen Moment Panik aufsteigen, als ihm der Gedanke durch den Kopf schoss, dass die bescheuerten Japaner ihn womöglich gerade enttarnt hatten. Aber dann sah er Merette, wie sie mit eiligen Schritten an der langen Besucherschlange vor dem Kassenhäuschen entlanglief.*

*Sie suchte ihn! Sie wusste nicht, wo er war, sie hatte Angst, dass sie vielleicht den Treffpunkt falsch verstanden haben könnte, die Uhrzeit, den Tag. Dass irgendetwas dazwischengekommen war, dass er sie vielleicht sogar vorgeführt hatte, dass er nie die Absicht gehabt hatte, sie wirklich zu treffen. Dass sie vollkommen umsonst noch Oslo gefahren war!*

*Er konnte ihre Nervosität fast körperlich spüren. Sie musste krampfhaft schlucken, um die aufsteigende Übelkeit zu unterdrücken, das Shirt klebte auf ihrer Haut, sie wollte gerne rauchen, hatte aber Angst, dass der kleine Moment, in dem sie abgelenkt war, weil sie nach den Zigaretten in ihrer Handtasche suchte, genau der Moment sein könnte, in dem sie ihn verpasste! Er war sich sicher, dass er nur ein paar Meter näher sein müsste, um ihren Angstschweiß riechen zu können, der ihr den Nacken hinunter und zwischen den Schulterblättern hindurch über den Rücken lief, wo er sich am Ende der Wirbelsäule sammelte, um als feuchte Schneckenspur in den Slip zu dringen, den sie unter der engen Hose trug.*

*Sie steuerte jetzt eine der Parkbänke an. Bevor sie sich mit dem Rücken zu ihm setzte, zupfte sie den Stoff ihrer Hose zurecht. Als bläulicher Rauch über ihr aufstieg, wusste er, dass sie der Versuchung zu rauchen nicht länger hatte widerstehen können. Gleich darauf beugte sie sich vor und drückte die Zigarette auf dem Kies wieder aus. Die ersten Schläge der vollen Stunde erklangen, das Timing war perfekt, er tippte die Worte PAPIERKORB und BRIEFUMSCHLAG in sein Handy und drückte genau in dem Moment auf Senden, als die Uhr zum zwölften Mal schlug. Und er war noch dabei, die SIM-Karte zu entfernen, als Merette ihre Handtasche hochriss, um nach ihrem Handy zu greifen und seine Nachricht zu lesen. Gleich darauf sprang sie auf und blickte sich suchend um. Er konnte sie jetzt im Profil sehen, ihr Mund war halb geöffnet, als würde sie verzweifelt nach Luft schnappen. Dann wandte sie ihr Gesicht für einen kurzen Moment direkt zu ihm, aber ihr Blick ging wieder über ihn hinweg, als wäre er gar nicht da.*

*Nachdem Merette zunächst den falschen Abfalleimer durchwühlt hatte, fand sie seinen Brief schließlich in dem Papierkorb am Ende der Bankreihe. Ein kleiner Junge zupfte seine Mutter am Ärmel, um sie auf die komische Frau aufmerksam zu machen, die sich da so offensichtlich gegen alle Regeln benahm – und jetzt auch noch laut aufschluchzte, während sie eine Haarlocke vor sich in die Höhe hielt und mit hektischen Blicken erneut die Umgebung absuchte, ohne ihren Peiniger zu entdecken.*

*Er sah deutlich, wie ihr unvermittelt die Tränen über das Gesicht strömten, das so weiß wie eine Maske war. Für einen Moment tat sie ihm fast leid. Nur mit Mühe konnte er den Impuls unterdrücken, aufzuspringen, zu ihr zu rennen, sich die alberne Perücke vom Kopf zu reißen, sie an sich zu ziehen und dicht an ihrem Ohr zu flüstern: »Ich bin hier, alles ist gut. Deine Tochter lebt! Lass uns alles vergessen, was war, und noch mal ganz von vorne anfangen …«*

*Aber er durfte jetzt nicht weich werden, sie hatte es verdient, dass sie litt, und sie würde noch mehr leiden müssen! Er selbst hatte die Kette von Ereignissen in Gang gesetzt, die sich nicht mehr stoppen ließen, selbst wenn er es gewollt hätte. Er konnte ihr nicht helfen – und es war noch lange nicht vorbei!*

*Sie lief ein paar Meter in Richtung Freitreppe, als hätte sie aufgegeben und wollte tatsächlich einfach gehen. Aber dann veränderte sich ihre Haltung. Irritiert beobachtete er, wie sie die Schultern zurücknahm und das Kreuz durchdrückte, wie sie plötzlich stehenblieb, einen Spiegel aus ihrer Handtasche zog, sich mitten auf dem Weg das Gesicht abtupfte und sich neu schminkte, bevor sie zurück zu der Bank ging, auf der sie schon vorher gesessen hatte.*

*Erst dachte er, sie würde wieder nach ihren Zigaretten suchen, aber dann erkannte er, dass sie einen Block auf den Knien hatte und etwas schrieb. Als sie den Zettel ordentlich zusammenfaltete und in den Papierkorb gleiten ließ, gab es keinen Zweifel mehr – sie wusste ganz genau, dass er sie beobachtete! Sie hatte ihn in seiner Verkleidung nicht identifiziert, aber sie ging davon aus, dass er irgendwo in der Nähe war und jede ihrer Bewegungen verfolgte. Und jetzt hatte sie ihm eine Nachricht geschrieben! Sie hatte noch nicht mal versucht, ihn auf dem Handy zu erreichen, sie lernte schnell, sie hatte längst begriffen, dass er derjenige war, der die Fäden in der Hand hielt … Don't call us, we call you! Aber es war clever von ihr, jetzt den gleichen Weg für ihre Antwort zu wählen, den er benutzt hatte.*

*Er war gespannt, was sie ihm zu sagen hatte. Und gleichzeitig auch ein bisschen in seiner Ehre gekränkt, dass sie nicht länger gebraucht hatte, um den Schock zu verarbeiten, den Julias Haarlocke bei ihr ausgelöst haben musste. Aber trotzdem, ihre Reaktion verdiente Respekt, das wollte er gerne zugeben – sie war cool, und sie war ein absolut ebenbürtiger Gegner. Er hatte sich nicht in ihr getäuscht!*

*Als sie sich umdrehte und ohne einen weiteren Blick zurück zur Freitreppe lief, zwang er sich, noch einen Moment zu warten, bis er sicher sein konnte, dass sie wirklich verschwunden war. Und dann sah er den ersten kleinen schwarzen Punkt auf seinem Bein, direkt über dem Turnschuh. Aber da waren noch mehr Punkte, auch auf dem anderen Bein – Zecken, die langsam über seine bloße Haut krochen und nach einer Stelle suchten, an der sie sich festbeißen konnten! Er hasste Zecken! Und mit Entsetzen stellte er fest, dass sie schon überall auf seiner Haut und seiner Kleidung waren, die Wiese musste von ihnen nur so wimmeln, und er hatte sich offensichtlich mitten in so was wie ein Nest gesetzt.*

*Er sprang auf und versuchte hektisch, die winzigen Kriechtiere abzustreifen, aber mit jedem panischen Blick entdeckte er neue Punkte, am liebsten hätte er sich alle Klamotten vom Körper gerissen und sich nackt in den Teich gestürzt, der rechts von ihm im Park lag, aber er hatte durch sein Gehampel schon genug Aufmerksamkeit auf sich gelenkt. Die ersten Touristen zückten bereits ihre Handys, um ihn zu filmen. Wahrscheinlich dachten sie, er wäre auf einem ganz besonderen Drogentrip – und es konnte nicht mehr lange dauern, bis irgendwelche Parkwächter kamen, um ihm dumme Fragen zu stellen.*

*Er musste schnellstens hier weg! Er stieß die Gitarre beiseite und rannte zu dem Papierkorb neben den Bänken, griff mitten in die widerlichen Reste einer Pommespackung, bevor er Merettes Zettel zu fassen bekam, rannte weiter, zog sich im Rennen die Jacke aus, riss sich die Perücke vom Kopf, warf beides hinter sich und erreichte endlich keuchend den rückwärtigen Ausgang des Parks. Erst auf der Grønnegata schaffte er es, seinen Atem wieder unter Kontrolle zu bekommen. Überall auf seinem Körper juckte es, als wären immer noch Hunderte von Zecken dabei, sich in seine Haut zu bohren.*

*Als er den dicken Flatschen Ketchup, der an Merettes Zettel klebte, mit dem Daumen abzuwischen versuchte, verfluchte er sich für den Moment, in dem er Mitleid mit Merette gehabt hatte. Es war genau dieser kurze Augenblick von Schwäche gewesen, der die darauffolgenden Ereignisse provoziert hatte. Er hatte die Kontrolle über das Geschehen verloren – und allein dafür sollte Merette ihm büßen, egal, wie die Nachricht lauten würde.*

*Er faltete den Zettel auseinander. Merette hatte nur ein paar Worte geschrieben. Er brauchte einen Moment, bis er verstand, was ihre Frage bedeutete. Sein Mund verzog sich zu einem breiten Grinsen – er hatte so gut wie gewonnen, alles Weitere würde sich jetzt von alleine ergeben.*

# MERETTE

Sie war die ganze Strecke von Oslo bis kurz vor Tvedestrand ohne Pause durchgefahren, die meiste Zeit mehr oder weniger in einer Art von Trancezustand. Während ihre Gedanken sich unablässig um Julia drehten, hatte sie automatisch Gas und Bremse bedient und es irgendwie geschafft, den Camper auf der kurvenreichen und stark befahrenen Straße zu halten, ohne einen Unfall zu provozieren – obwohl sie mehrmals kurz davor gewesen war und nur gerade so eben noch hatte reagieren können. In Porsgrunn dann waren plötzlich die Kopfschmerzen aufgetreten, die sich immer stärker auch über den Nacken und die Schultern ausweiteten, bis sie bei jeder Bewegung am liebsten laut aufgeschrien hätte.

Bei Söndelet konnte sie nicht mehr. Sie setzte den Blinker und bog nach Risör ab. Sie erinnerte sich an ein Restaurant mit ein paar Tischen auf einer Terrasse direkt am Yachthafen. Noch während sie einparkte, durchwühlte sie mit einer Hand ihre Tasche, bis sie die Packung Ibuprofen gefunden hatte. Sie zerbiss eine Tablette zwischen den Zähnen und schluckte die pulverigen Krümel hinunter, der Geschmack war so widerlich, dass sie für einen Moment die Augen schloss. Auf der Terrasse suchte sie sich einen freien Platz dicht am Geländer und war froh über den Heizstrahler hinter sich, der trotz der Nachmittagssonne eingeschaltet war und ihr wohltuend die verspannten Schultern wärmte.

Die Bedienung war ein junger Mann mit hochgegelten Haaren und einem so blasierten Gesichtsausdruck, dass sie ihn augenblicklich als arroganten Schnösel abstempelte.

Er musterte sie bereits argwöhnisch, bevor sie eine große Kanne Kaffee bestellte.

»Schwarz, bitte, und viel Zucker.«

»Und zu essen?«

»Nichts. Danke. Wirklich nur den Kaffee. Ich hab keinen Hunger.«

»Das geht eigentlich nicht, wir sind ein Restaurant. Und der Chef sieht es nicht gerne, wenn die Plätze von irgendwelchen Leuten besetzt werden, die …«

Er zuckte mit den Achseln, ohne seinen Satz zu Ende zu bringen. Gleichzeitig deutete er mit dem Kopf zum Hafenkiosk hinüber, als wollte er Merette zu verstehen geben, dass sie dort zweifellos besser aufgehoben wäre.

Merette hatte Mühe, wenigstens halbwegs höflich zu antworten: »Ich bin seit heute Morgen unterwegs. Und ich bin hier in spätestens einer Viertelstunde wieder verschwunden. Sagen Sie das Ihrem Chef einfach. Wenn es ihm nicht passt, darf er gerne selber kommen, damit ich es ihm erklären kann. Und jetzt wäre es schön, wenn Sie mir den Kaffee bringen würden, sonst kann ich nicht dafür garantieren, dass ich hier nicht einen Aufstand mache, den Sie so schnell nicht vergessen werden. Und bringen Sie bitte auch gleich die Rechnung mit.«

Ohne die Reaktion der Bedienung abzuwarten, zückte sie ihr Handy, um die eingegangenen Nachrichten abzurufen. Fünf Anrufe in Abwesenheit, alle fünf von Jan-Ole, der immer wieder versucht hatte, sie zu erreichen, nachdem sie ihm am Vormittag nur einen Zettel mit einer mehr als kläglichen Erklärung für ihr plötzliches Verschwinden neben das Bett gelegt hatte: *Es tut mir leid, Jan-Ole. Mach dir bitte keine Sorgen, ich musste dringend etwas erledigen. Ich erklär dir alles, wenn ich zurück bin. Aber es kann vielleicht länger dauern, warte nicht auf mich. Ich wecke dich, falls du wieder schläfst. Und küsse dich! So wie jetzt auch, Merette.*

Natürlich war ihr von Anfang an klar gewesen, dass er ihr das nicht einfach so abnehmen würde. Aber sie hatte die halbe Nacht gegrübelt, wie sie ihm am besten erklären sollte, was passiert war und was sie vorhatte. Schließlich war sie zu dem Fazit gelangt, dass er unbedingt darauf bestehen würde, die Polizei einzuschalten. Und genau das hatte sie unter allen Umständen vermeiden wollen!

Jetzt musste sie sich allerdings eingestehen, dass ihr Alleingang vielleicht falsch gewesen war. Sie hatte darauf vertraut, dass ein Gespräch mit Aksel zu irgendeinem Ergebnis führen würde – oder ihr zumindest Klarheit darüber verschaffen, wie sie seine Drohungen einzuschätzen hatte. Wenn sie ehrlich war, musste sie zugeben, dass sie in ihren Gedanken sogar noch weiter gegangen war. Auf der gesamten Fahrt heute Morgen an der Küste entlang hatte sie sich immer wieder vorgestellt, wie sie Aksel in die Enge treiben würde. Wie sie ihn so weit provozieren könnte, bis er die Fassung verlor.

Sie wusste genau, wo seine Schwachstellen waren. Er konnte sein übersteigertes Selbstwertgefühl nur so lange aufrechterhalten, wie sie sich von ihm einschüchtern ließ. Natürlich war er in seinen Reaktionen unberechenbar, aber er war auch auf der Flucht, er musste jeden Moment damit rechnen, dass ihn die Polizei durch irgendeinen dummen Zufall finden würde. Das hieß, sein Handlungsspielraum war deutlich eingeschränkt. Und sein einziges Druckmittel ihr gegenüber war die Tatsache, dass sie nicht einschätzen konnte, wie nahe er Julia wirklich war. Das Foto, das er ihr geschickt hatte, zeigte eindeutig, dass er Julia nicht in seiner Gewalt hatte, er hatte bislang nur geblufft, um ihr Angst einzujagen, er hatte ihr klarmachen wollen, dass er Julia schon einmal entführt hatte und dass das Gleiche jederzeit wieder passieren konnte. Und sie hatte nur die Gewissheit haben wollen, dass es nicht doch noch irgendeinen perfiden Plan gab, der Julia in dem Moment gefährden würde, in dem die Polizei eingriff.

Vielleicht hatte sie auch tatsächlich die Selbstüberschätzung besessen, dass sie ihm bei einem direkten Aufeinandertreffen überlegen war, wenn sie nur ihre Ängste zurückdrängen konnte und seine Erwartungen nicht erfüllte. Und sie hatte sich ohne weiteres zugetraut, ihn mitten in der Menschenmenge und mit den Wachsoldaten vorm Schloss zumindest lange genug festhalten zu können, bis ihr irgendjemand zu Hilfe kam und die Polizei rief.

Nur dass dann alles ganz anders gekommen war! Zum ersten Mal war sie unsicher geworden, als sie ihn nirgends entdecken konnte. Und ihre Unsicherheit hatte sich zu fast panischer Nervosität gesteigert, als ihr plötzlich klar wurde, dass sie wider besseres Wissen bereits kurz davor gewesen war, Aksel zu unterschätzen. Er spielte wieder ein Spiel mit ihr – und noch diktierte er die Regeln, ohne dass sie etwas daran ändern konnte. Der Briefumschlag mit Julias Locke war der eindeutige Beweis dafür gewesen! Für einen

Moment hatte der Schock sie regelrecht gelähmt, ihre eilig gekritzelte Antwort war schließlich eher der hilflose Versuch, ihn hinzuhalten und Zeit zu gewinnen, um Julia zu schützen.

Wenn Julia wirklich in seiner Gewalt war, musste sie zumindest zum Schein auf Aksels Spiel eingehen. Und dennoch hatte sie sich dann auf der Rückfahrt immer wieder die gleiche Frage gestellt, ob sie sich unbewusst nicht vielleicht auch diese eine Möglichkeit hatte offenlassen wollen, die sie in ihrer Nachricht bereits akzeptiert hatte. Sie wusste, dass ihre Gedanken sie im Kreis führten, aber sie konnte nichts dagegen tun – und das Gefühl, eine bloße Marionette in Aksels Händen zu sein, ließ sie an allem zweifeln, was sie jemals für wichtig gehalten hatte. Viel schlimmer noch – es untergrub ihr Selbstbewusstsein und machte sie nahezu handlungsunfähig!

Kurzentschlossen rief sie jetzt Jan-Oles Nummer auf, ohne dass sie genau wusste, was sie eigentlich sagen sollte. Sie musste sich bei ihm entschuldigen, weil sie auf seine Anrufe nicht reagiert hatte. Er musste inzwischen halb verrückt vor Sorge um sie sein! Aber mehr als alles andere wollte sie seine Stimme hören.

»Wo bist du?«, war das Erste, was er fragte, bevor er gleich darauf in einer Mischung aus Besorgnis und kaum unterdrückter Wut hinzusetzte: »Verdammt, Merette, ich drehe hier fast durch vor Sorge! Geht es dir wenigstens gut?«

»Ja, es geht mir gut. Das heißt, nein, eigentlich nicht. Aber ich bin gesund, falls dich das beruhigt. Und im Moment sitze ich gerade in Risör«, plapperte sie plötzlich zu ihrer eigenen Verblüffung los. »In dem Restaurant direkt am Hafen, du weißt schon, wir waren mit Julia mal hier, da muss sie so sechs oder sieben gewesen sein, und wir wollten eigentlich nach Akeröy, auf diese Insel mit den bunten Holzhäusern, aber …«

»Hör auf, Merette! Kannst du das bitte lassen, mir irgendwelche Geschichten von früher zu erzählen? Sag mir einfach, was los ist! Irgendetwas stimmt doch nicht! Wieso Risör, was machst du da?«

»Moment, Jan-Ole, der Kellner kommt gerade! Ich muss nur eben meinen Kaffee bezahlen, ich leg dich für einen Moment beiseite.«

Sie schob dem Kellner einen Geldschein über den Tisch.

»Stimmt so, danke.«

Er steckte wortlos den Schein ein, machte aber keine Anstalten zu gehen.

»Ist noch irgendwas?«, fragte Merette irritiert. »Ich bin am Telefonieren und es ist wichtig!«

Er grinste anzüglich, als wollte er ihr zu verstehen geben, dass er genau wüsste, welche Probleme sie hatte. Sie konnte seine Gedanken hinter der noch faltenlosen Kinderstirn nur zu deutlich lesen: Probleme mit einem Mann natürlich. Entweder mit dem eigenen oder mit einem Liebhaber, den sie sich auf ihre alten Tage noch mal gegönnt hat. Läuft wohl gerade nicht so gut für die frustrierte Ziege. Aber das geschieht ihr recht, der eingebildeten Kuh …

Merette machte eine Handbewegung, als ob sie eine lästige Fliege verscheuchen wollte. Als er ihr im Umdrehen kurz zuzwinkerte, hätte sie ihn am liebsten gepackt und ihm links und rechts eine gelangt. Sie nahm das Handy wieder ans Ohr.

»Jan-Ole? Erzähl mir bitte eben erst mal schnell, wie es dir überhaupt geht?«

»Wie soll es mir gehen? Hab ich doch schon gesagt! Ich drehe hier gerade durch wegen dir!«

»Und dein Kopf?«

»Tut noch weh, und mir wird schwindlig, wenn ich schnelle Bewegungen mache, und dieser Jerzy weigert sich, mich zu entlassen. Aber er übertreibt! Und im Zweifelsfall gehe ich auf eigene Verantwortung. Ich fühle mich fit genug. Und jetzt bist du dran! Los, Merette, behandele mich nicht wie den letzten Idioten!«

»Ich glaube, ich habe heute ziemlichen Mist gebaut«, sagte Merette so leise, dass sie den Satz gleich darauf noch mal wiederholen musste: »Ich habe was Blödes gemacht und ich wollte dich da eigentlich raushalten, bis es dir wieder besser geht, aber es ist alles völlig anders gelaufen, als ich dachte ...«

»Würdest du mal bitte Klartext reden?«

»Kann ich dir das nicht erzählen, wenn ich bei dir bin? Ich trink nur noch meinen Kaffee, dann wollte ich sowieso los!«

»Ich will es aber jetzt hören!«

Merette biss sich auf die Unterlippe, bis der Schmerz sie zusammenzucken ließ.

»Okay, in Kurzfassung«, stieß sie hervor und merkte, wie der Druck auf ihrer Brust ihr fast die Luft zum Atmen nahm. »Aber du musst mir versprechen, dass du ganz ruhig bleibst!«

»Merette!«

»Ich weiß, wer dich überfallen hat! Aksel ist vor ein paar Tagen aus der Forensischen Psychiatrie ausgebrochen. Und er hat uns irgendwie aufgespürt. Ich weiß nicht wie, aber auf jeden Fall war er an der Hütte. Und er hat mir eine

SMS geschickt, deshalb wollte ich mich mit ihm treffen, aber er ist nicht gekommen. Alles andere …«

»Was? Du hast ein Treffen mit ihm verabredet? Sag mal, weißt du überhaupt, was das bedeutet? Entschuldige, aber du kannst dich doch nicht auf so was einlassen, nicht bei Aksel! Du weißt, wie gefährlich er ist, der Typ ist unberechenbar! Was glaubst du denn, wer du bist, dass du das im Alleingang zu lösen versuchst? Und du bist noch nicht mal auf die Idee gekommen, die Polizei einzuschalten? Das kann nicht wahr sein, Merette, damit hast du dich … in Lebensgefahr gebracht, das muss dir doch klar sein!«

»Ich sage doch, dass er gar nicht erschienen ist. Bitte, ich weiß, dass ich völlig falsch reagiert habe …«

Für einen Moment kam keine Antwort von Jan-Ole. Dann hörte Merette, wie er sich mehrmals räusperte. Als er weitersprach, war seine Stimme ruhig, fast schon zu ruhig. Sie kannte diese Reaktion bei ihm, er war in der Lage, alle Gefühle auszuschalten und sich ganz auf die Sache zu konzentrieren.

»Also noch mal von vorne, Merette. Aksel ist ausgebrochen und will sich an uns rächen. Er weiß, wo wir sind. Aber zu eurem Treffen ist er nicht erschienen. Trotzdem ist es möglich, dass er dich beobachtet. Du bist also in höchster Gefahr, solange du alleine bist. Ich möchte, dass du jetzt sofort zur Polizei gehst und dich da meldest. Ich kläre das von hier aus, sie sollen dich auf dem Weg nach Kristiansand mit einem Streifenwagen begleiten.«

»Warte mal, es ist nicht ganz so, wie du denkst«, unterbrach ihn Merette. »Er hat nicht vor, mir etwas zu tun. Er braucht mich nur für ein neues Machtspiel. Er will mir endgültig beweisen, dass er mir überlegen ist. Und sein Ziel ist ...« Sie zögerte einen Moment, bevor sie entschied, sich weiterhin mit der halben Wahrheit zu begnügen. »Sein Ziel bist du, deshalb ja auch der Überfall auf dich. Ich bin nicht in Gefahr, sein Plan sieht ganz anders aus! – Scheiße!«, rief sie im nächsten Moment laut. »Er war doch da! An dem Treffpunkt, er war da, ich habe ihn nur nicht erkannt, aber ...«

Merette starrte auf die Gruppe von Jugendlichen, die gerade am Hafenkiosk aufgetaucht waren. Zwei Jungen und ein Mädchen, alle drei mit schweren Rucksäcken, auf denen eine Länderflagge aufgenäht war. Tramper aus Holland! Und einer der Jungen trug ein indisches Hemd über der zerrissenen Jeans, hatte auffällig lange Haare und – schleppte eine Gitarre mit sich!

»Was? Wovon redest du??«, drang Jan-Oles Stimme aus dem Handy. »Ganz ruhig jetzt, Merette, ich kapiere kein Wort! Erklär mir bitte ...«

»Er war der verdammte Scheißhippie auf der Wiese, natürlich! Ich hatte die ganze Zeit über so ein Gefühl, als würde ich beobachtet, ich habe es gespürt, dass er irgendwo sein muss, und ich habe ihn sogar gesehen, ohne es zu kapieren! Er saß direkt hinter mir auf der Wiese und hat Gitarre gespielt. Er muss sich großartig dabei vorgekommen sein, wie ein Puppenspieler, der alle Fäden in der Hand hält! – Ich fahre jetzt los, Jan-Ole, ich bin spätestens in einer Stunde bei dir! Ich bin nicht in Gefahr, glaub mir, ich erkläre es dir, wenn ich da bin. Und – ich liebe dich, vergiss das nicht!«

Merette schaltete das Handy aus und schob es zurück in ihre Tasche. Dann stürzte sie schnell hintereinander zwei Tassen Kaffee hinunter und lief mit eiligen Schritten zum Auto zurück. Die jugendlichen Tramper aus Holland hatten sich mittlerweile mit Pommes und Fischfrikadellen versorgt. Als sie Merette alleine in den Camper steigen sahen, kam das Mädchen zu ihr und fragte nach einer Mitfahrgelegenheit. Aus der Nähe hatte sie eine verblüffende Ähnlichkeit mit Julia, auch wenn sie deutlich jünger sein musste. Dennoch hatte der Gedanke an ihre Tochter eine Wirkung auf Merette, die ihr kurz den Atem stocken und sie schwindlig werden ließ.

»Ich kann heute niemanden mitnehmen, sorry«, bekam sie mit Mühe heraus und schaffte es kaum, den Schlüssel ins Zündschloss zu schieben. Nachdem sie den Motor gestartet und gewendet hatte, sah sie im Rückspiegel, wie das Mädchen ihr den ausgestreckten Mittelfinger zeigte, während die beiden Jungen irgendetwas hinter ihr herriefen, was wohl kaum als freundliche Verabschiedung gemeint war.

Auf der Terrasse des Restaurants stand der Kellner mit verschränkten Armen. Er musste das kleine Zwischenspiel beobachtet haben. Sein Gesichtsausdruck ließ keinen Zweifel daran, dass er ihr die Beschimpfungen gönnte.

»Fuck you, too«, murmelte Merette und gab Gas.

Am Ortsausgang meldete ihr Handy eine eingegangene Nachricht. Im ersten Moment dachte sie, dass es bestimmt Jan-Ole war, der sie wieder zu erreichen versuchte. Aber das Display zeigte einen unbekannten Teilnehmer an. Aksel! Er hatte ihren Zettel also gefunden …

Mit einer Hand rief sie die Nachricht auf, während sie gleichzeitig bemüht war, die Straße im Auge zu behalten.

ICH WILL SEINE LEICHE SEHEN, hatte Aksel geantwortet. GIB EINE KLEINANZEIGE IM DAGBLADET AUF WANN UND WO UND VERSUCH NICHT MICH REINZULEGEN DU WEISST GENAU WAS SONST PASSIERT.

Kurz vor sieben Uhr abends steuerte Merette den Camper auf den Krankenhausparkplatz. Die Kopfschmerzen waren wieder da, nicht so stark wie am Nachmittag, aber doch so, dass sie sich vorkam, als würde sie alles nur durch einen Nebel wahrnehmen. Und ihr Magen fühlte sich an wie ein Stein.

In der Patiententoilette neben dem Wartebereich drehte Merette den Hahn auf und ließ das kalte Wasser über ihre Handgelenke strömen, bis sie zumindest nicht mehr befürchten musste, dass ihr Kreislauf versagen würde. Ihr Gesicht in dem Spiegel über dem Waschbecken kam ihr fremd vor. Fremd und ohne jedes Leben, wie eine Theatermaske, die ihre Gesichtszüge daran hindern sollte, irgendetwas von ihren Gefühlen preiszugeben.

Eilig zog sie sich die Lippen nach und tupfte ein wenig Make-up über die dunklen Ringe unter ihren Augen.

Als sie dann drei Stockwerke höher aus dem Fahrstuhl trat, lief ihr ausgerechnet Jerzy über den Weg. Ohne auch nur »Hej« zu sagen, fasste er sie am Ellbogen und schob sie in einen schmalen Raum mit zwei Liegen, die die Ärzte offensichtlich während ihrer Nachtwache benutzten. Jerzy riss das Fenster auf und zündete sich eine Zigarette an, nach ein paar hastigen Zügen drückte er die Kippe auf dem Fensterbrett aus und wandte sich an Merette.

»Bist du okay?«

»Es geht so. Nicht sonderlich, wenn ich ehrlich sein soll.«

»Sehe ich. Aber ich frage dich nicht, was heute los war. Wenn du meine Hilfe willst, musst du von dir aus was sagen.«

Merette holte tief Luft. »Es tut mir wirklich leid, Jerzy, aber es ist alles … ein einziges Chaos.«

»Das kann man wohl behaupten. Und dein Jan-Ole …« Er zuckte mit den Schultern.

»Was?«, rief Merette, während sie sich schon umdrehte und aus dem Raum rennen wollte. »Geht es ihm wieder schlechter? Ist etwas passiert? Ich muss ihn sehen!«

Jerzy war mit zwei schnellen Schritten bei ihr. Er legte ihr den Arm um die Schultern und drückte sie auf die Liege neben der Tür.

»Warte! Jan-Ole ist okay, er hat sich weiterhin viel schneller erholt, als ich oder die Kollegen es erwartet hätten. Es ist, als ob er von irgendeinem Impuls getrieben würde, der plötzlich alle seine Kräfte mobilisiert. Aber genau das gefällt mir nicht. Ich weiß nicht, ob er das durchhält, gut für ihn ist es mit Sicherheit nicht. Ich komme nicht an ihn ran, er weigert sich einfach, mir in Ruhe zuzuhören …« Jerzy zögerte, bevor er kopfschüttelnd hinzusetzte: »Er hat übrigens seit einer Stunde mein Arbeitszimmer besetzt und telefoniert ununterbrochen. Außerdem ist eine Polizistin bei ihm, die irgendwas von ›Gefahr im Verzug‹ gemurmelt hat. Das gefällt mir auch nicht, wir sind keine Polizeistation! Was ist da los bei euch, Merette? Hat das etwas mit dieser Geschichte zu tun, die du mir neulich erzählt hast?«

»Ich fürchte, ja«, antwortete Merette nur. »Aber ich rede mit ihm, versprochen.«

Jan-Ole hockte tatsächlich an Jerzys Schreibtisch. Im Rollstuhl! Und mit einem Bademantel, der ihm nicht gehörte. Der Computer vor ihm war eingeschaltet, Kristina stand vorgebeugt neben Jan-Ole und starrte auf den Bildschirm. Als Merette jetzt nachträglich an die Tür klopfte, fuhren beide herum, als wären sie bei etwas Verbotenem ertappt worden. Bevor Jan-Ole den Computer ausschaltete, konnte Merette gerade noch das Logo irgendeiner offiziell wirkenden Seite der Polizei erkennen.

Jan-Ole breitete die Arme aus und zog sie wortlos an sich. Einen Moment legte sie den Kopf an seine Schulter und klammerte sich an ihn wie ein kleines Kind, das sich trostsuchend in die Arme des Vaters geflüchtet hatte.

»Ihr kennt euch?«, fragte Jan-Ole schließlich mit einem Blick zu der Polizistin hinüber.

Erst jetzt fiel Merette ein, dass sie ja eine Verabredung mit Kristina gehabt hatte, die sie nicht eingehalten hatte. Und Kristinas Gesichtsausdruck ließ keinen Zweifel daran, dass sie mehr als nur verärgert war.

»Ich weiß, dass ich euch eine Erklärung schuldig bin«, setzte Merette an. »Ich hab nur keine Ahnung, wo ich überhaupt anfangen soll …«

Jan-Ole drückte beruhigend ihre Hand, aber als sie aufstand, ließ er sie ohne weiteres gehen. Sie blieb mitten im Zimmer stehen und starrte wie blicklos aus dem Fenster.

»Es wäre gut, wenn du einfach nur versuchst, möglichst der Reihe nach zu erzählen, was genau passiert ist«, forderte Kristina sie auf, während sie bereits nach einem Schreibblock griff, um sich Notizen machen zu können.

Als Merette anfing zu reden, war sie plötzlich froh, dass die Polizistin dabei war. Dadurch hatte sie wenigstens für den Augenblick eine Art geschützten Raum, der ihr persönliches Verhältnis zu Jan-Ole in den Hintergrund rückte. Wie bei einer offiziellen Vernehmung, dachte sie, wo es nur um die Fakten geht, nicht um Gefühle oder Ängste.

Sie berichtete erst stockend, dann immer flüssiger von ihrer Fahrt zu der Hütte und Frodes Anruf. Das plötzliche

Auftauchen von Aksel auf der Brücke spielte sie allerdings so weit herunter, dass es zu einem bloßen Unfall wurde: »Er stand plötzlich vor mir – wie aus dem Nichts. Ich konnte nicht mehr schnell genug bremsen, ich weiß nicht genau, was dann passiert ist, ich habe noch den Aufprall gespürt, aber ich habe ihn nicht überrollt. Er muss zur Seite von der Brücke gestürzt sein. Und danach war er verschwunden! Ich habe noch nach ihm gesucht, aber er war wie vom Erdboden verschluckt. Und als ich dann wieder im Krankenhaus war, kam die erste SMS von ihm.«

Sie zeigte die gespeicherten Nachrichten zwischen ihr und Aksel auf dem Display ihres Handys. Und sie sah deutlich, wie Jan-Oles Kieferknochen angespannt hervortraten und jede Farbe aus seinem Gesicht wich, während Kristina ihr in einer spontanen Geste des Mitgefühls die Hand auf den Arm legte.

In knappen Sätzen berichtete Merette schließlich noch von ihrem Treffen in Oslo. Von dem Treffen, das sie selbst eingefordert hatte – und das ganz anders verlaufen war als geplant. Weder Jan-Ole noch die Polizistin unterbrachen sie. Erst als sie Julias Haarsträhne aus dem Briefumschlag zog, konnte Jan-Ole einen kurzen Ausruf des Erschreckens nicht unterdrücken.

»Fuck! – Entschuldigung«, sagte er sofort und schluckte mehrmals heftig. »Und dann?«

»Ich habe ihm einen Zettel mit einer Nachricht geschrieben. Und er hat auch schon reagiert.«

Kopfschüttelnd starrte Jan-Ole auf Aksels letzte SMS, bevor er die einzig mögliche Schlussfolgerung formulierte, den die Nachricht zuließ: »Du hast ihm geschrieben, dass du es tun wirst. Dass du mich tötest, um Julia zu retten.

Und du hast gefragt, wie es dann weitergehen soll. Und welchen Beweis er verlangt.«

Merette merkte, wie ihre Augen wässrig wurden, als sie nickte und nach seiner Hand griff.

Seine Finger schlossen sich dicht um ihre.

»Ich hätte es genauso gemacht«, sagte er leise. »Es war die einzig mögliche Reaktion in diesem Moment.«

Er blickte fragend zu Kristina.

»Das verschafft uns jedenfalls ein bisschen Zeit«, bestätigte die Polizistin sachlich. Aber in ihren Augen konnte Merette deutlich lesen, dass sie im Stillen zumindest daran zweifelte, inwieweit Merettes Antwort an Aksel wirklich nur dazu gedient hatte, ihn hinzuhalten.

Jan-Ole drückte noch einmal Merettes Hand, bevor er den Rollstuhl zurückstieß und aufstand. Für einen Moment musste er sich an der Schreibtischkante festhalten, bis er sein Gleichgewicht wiedergefunden hatte, dann griff er nach dem Briefumschlag und der Haarsträhne und verließ ohne Erklärung das Zimmer.

»Was machst du? Wo willst du hin?«, rief Merette noch, als schon die Tür hinter ihm ins Schloss fiel.

Kristina schien ebenso irritiert wie Merette selbst.

»Er darf sich nicht aufregen«, stammelte Merette ohne rechten Zusammenhang. »Aber ich musste das alles erzählen, oder? Ich konnte doch nicht länger ...« Hilflos brach sie mitten im Satz ab. Kristina drückte ihr ein Glas Wasser in die Hand, ohne eine Antwort zu geben.

Merette trank zwei, drei hastige Schlucke. Die Kopfschmerzen waren wieder so rasend, dass sie Mühe hatte, einen klaren Gedanken zu fassen.

»Es geht doch um unsere Tochter, verstehst du?«

»Ich weiß. Er hat mir die ganze Geschichte erzählt. Und nach dem, was wir gerade von dir gehört haben, müssen wir vor allem erst mal …«

Weiter kam sie nicht.

Jan-Ole war zurück. Er hielt beide Hände hinter dem Rücken versteckt und blieb noch in der Tür stehen.

Als er die rechte Hand mit Julias Haarsträhne hervorzog, blickte er Merette auffordernd an: »Wessen Haare sind das?«

»Julias natürlich«, brachte Merette mühsam heraus. »Aber das wissen wir doch! Was soll das?«

»Und das?«, fragte Jan-Ole, während er die linke Hand zeigte, in der er ebenfalls eine blonde Haarsträhne hielt.

»Auch Julias? Aber wieso …«

»Falsch«, sagte Jan-Ole. Er hielt wieder die rechte Hand hoch. »Das hier sind angeblich Julias Haare. Angeblich! Während diese hier von einer Krankenschwester stammen, die ich gerade darum gebeten habe, uns bei einer polizeilichen Ermittlung mit dieser kleinen Gefälligkeit zu unterstützen. Und? Seht ihr einen Unterschied? Nein, seht ihr nicht, richtig? Ohne eine DNA-Probe gibt es keinen Beweis, dass es sich wirklich um Julias Haare handelt.«

»Es ist also durchaus möglich, dass er Julia gar nicht in seiner Gewalt hat«, fasste Kristina zusammen. »Es können ebenso gut die Haare von irgendeiner blonden Frau sein.«

Jan-Ole nickte mit zusammengekniffenen Lippen und machte einen unsicheren Schritt auf den Schreibtisch zu. Als Merette ihn stützen wollte, wehrte er ihre Hand ab und ließ sich schwerfällig zurück in den Rollstuhl sacken.

»Das Problem ist leider nur, dass wir uns nicht sicher sein können, ob er nur blufft. Ich hoffe es, aber wir können uns nicht darauf verlassen. Merette, was sagst du? Als Psychologin, meine ich! Wie groß ist die Chance, dass er das alles nur inszeniert, um dich in die Enge zu treiben?«

»Fifty-fifty«, sagte Merette. »Obwohl …«

»Ja?«

»Nach meiner Einschätzung müsste er eigentlich ein Problem damit haben, Julia oder Marie noch einmal in seine Gewalt bringen zu wollen.«

»Das verstehe ich nicht, wie meinst du das?«

Merette blickte weder Jan-Ole noch Kristina an, als sie antwortete. Nur so war es ihr möglich, ihre Schlussfolgerungen präzise zu formulieren – als würde sie ihrer Supervisorin gegenübersitzen und über einen Fall berichten.

»Es wäre naheliegend, wenn er jetzt zu Ende bringen will, was er beim letzten Mal nicht geschafft hat. Aber genau das ist vielleicht auch der entscheidende Punkt – es hat schon mal nicht geklappt! Das verträgt sich nicht mit seinem Allmachtsdenken. Die Tatsache, dass sie beide überlebt haben, muss gewaltig an seinem Selbstbewusstsein kratzen – und es könnte durchaus sein, dass er davor zurückschreckt, noch einen zweiten Versuch zu wagen, der vielleicht wieder fehlschlägt. Er ist trotz seiner übersteigerten Ich-Bezogenheit intelligent genug, um das Risiko zu sehen! Und das könnte bedeuten, dass er Angst davor hat, noch mal zu scheitern, weil das endgültig beweisen würde, dass eben nicht alles so funktioniert, wie er es gerne hätte. Also sucht er sich eine Möglichkeit, diese Schwachstelle zu umgehen – und blufft!« Merette zögerte und schüttelte unzufrieden den Kopf. »Aber ich weiß es nicht wirklich, es ist nur eine Theorie. Und ich bin mir noch nicht mal sicher, ob sie psychologisch haltbar ist. Vielleicht möchte ich auch nur, dass es so sein könnte, weil uns das wenigstens eine Chance lassen würde. Uns und Julia!«

»Also bleibt es bei fifty-fifty«, sagte Jan-Ole. »Aber trotzdem, es ist eine Arbeitshypothese, die unseren Handlungsspielraum erweitert. Und nur das zählt im Moment!«

»Vergiss nicht das Foto, das er dir von Julia geschickt hat«, warf Kristina ein, bevor Merette noch etwas antworten konnte. »Er muss zumindest irgendwo in ihrer Nähe sein!«

Jan-Ole holte tief Luft.

»Du hast recht. Das ist ein Problem. Er weiß, wo sie ist, wir nicht. Wir müssen Julia und Marie finden, dann …«

»… werden wir auch wissen, wo wir nach Aksel suchen müssen«, unterbrach ihn Kristina. »Und sie hat euch wirklich nichts darüber gesagt, wo sie hinwollten? Eure Tochter und ihre Freundin, meine ich. Irgendeine Andeutung, die uns vielleicht einen Hinweis geben kann?«

»Ich bin mir fast sicher, dass sie zum Camping wollten«, überlegte Merette laut. »Julia war bei uns zu Hause und hat ein paar Sachen geholt, die in der Garage waren. Kurz bevor wir selber losgefahren sind. Auf jeden Fall war eine Isomatte dabei, und ich glaube, auch der Campingkocher. Aber ich wollte nicht weiter nachfragen, weil wir ja diese Absprache getroffen hatten, dass wir eine Zeitlang versuchen, uns voneinander zu lösen. Ich schätze, dass Julia zunächst mal nach Oslo gefahren ist, um sich dort mit Marie zu treffen. Und von dort aus dann weiter. Aber bei dem Foto, das Aksel geschickt hat, habe ich neulich schon gedacht, dass es vielleicht auf irgendeinem Campingplatz entstanden sein könnte …« Sie rief noch einmal das Bild auf, auf dem Julia lachend mit marmeladeverschmiertem Mund vor der rotgestrichenen Hütte zu sehen war. »Und es muss hier irgendwo in der Nähe sein«, redete sie weiter, »sonst hätte er nicht die Möglichkeit gehabt, Jan-Ole zu überfallen oder plötzlich an der Brücke aufzutauchen!«

»Korrekt«, nickte Jan-Ole. »Mit der Einschränkung, dass das Bild leider nicht viel hergibt, um den Ort bestimmen zu können.«

»Es wäre gut gewesen, wenn du mir das alles schon gestern erzählt hättest«, bemerkte Kristina mit kaum überhörbarem Vorwurf. »Dann wäre die Suchmeldung längst raus!«

»Darum kümmern wir uns gleich«, erklärte Jan-Ole in dem deutlichen Bemühen, Merette aus der Schusslinie zu bekommen. »Aber irgendwas hakt an der ganzen Geschichte, da sind noch zu viele Unstimmigkeiten. Nach deinem Anruf vorhin habe ich mir den Kopf zerbrochen, woher er überhaupt wissen konnte, wo wir gerade sind. Ich habe mit niemandem darüber gesprochen, und du auch nicht, also ... Aber okay, das stimmt nicht ganz, mir ist eingefallen, dass ich den Nachbarn Bescheid gesagt habe! Falls irgendetwas mit dem Haus sein sollte und sie uns auf dem Handy nicht erreichen, weil es da oben auf dem Berg manchmal kein Netz gibt. Jedenfalls habe ich ihnen Elsas Adresse gegeben. Mal angenommen, er hat bei Merette angerufen und die Nachricht gehört, dass sie erst in zwei Wochen wieder da ist – also besorgt er sich im Netz die Telefonnummer der Nachbarn und erzählt ihnen irgendeine Lügengeschichte, bis sie Elsas Anschrift rausrücken. Flemming und Dörte sind alte Leute, die ein Typ wie Aksel leicht überrumpeln kann.«

»Er war in einem Internetcafé in Oslo«, warf Kristina als Erklärung für Merette ein. »Die Fahndung nach ihm läuft ja seit seinem Ausbruch, und der Besitzer des Cafés hat sich bei der Polizei gemeldet. Er verkauft da nämlich auch gebrauchte Handys – und natürlich auch SIM-Karten! Aksel ist ihm aufgefallen, weil er gleich mehrere Karten gekauft hat. Und es gibt sogar ein Foto von der Überwachungskamera im Laden. Die Kollegen haben es uns vorhin rübergeschickt, er ist es eindeutig!«

»Das Foto stammt vom selben Tag, an dem er morgens aus der Klinik ausgebrochen ist«, machte Jan-Ole weiter. »Wobei allerdings das Zeitfenster, das er hatte, ziemlich eng war, um von Oslo hier rüberzukommen, zumal er ja erst auch noch die Hütte finden musste! Mit Elsa habe ich telefoniert, bei ihr war er nicht. Aber das muss nichts bedeuten, er kann einfach irgendjemanden im Dorf gefragt haben. Flemming und Dörte wussten, dass wir auf eine Hütte wollten und dass die Hütte Elsa gehört, das reicht.«

»Hast du Flemming und Dörte angerufen?«, fragte Merette. »Ich meine, weißt du, dass es so war, oder …«

»Sie sind nicht da! Ich habe nur mit ihrer Putzfrau gesprochen, die sich um die Katze und die Rosen im Garten kümmert. Flemming und Dörte sind zwei Tage nach uns nach Spanien geflogen, weil da irgendwas mit ihrem Sohn ist. Ich habe die Frau nicht genau verstanden, und Flemming besitzt kein Handy, wie du weißt. Außerdem haben wir keinen Namen und keine Anschrift von dem Sohn, aber die Kollegen sind dabei, das rauszufinden. Im Moment können wir nur davon ausgehen, dass Aksel Elsas Adresse von ihnen hat.«

»Bleibt immer noch die Frage, wie er gleichzeitig rausgefunden haben kann, wo eure Tochter und ihre Freundin sind«, sagte Kristina. »Und da haben wir keinen Ansatzpunkt – außer einem weiteren Hinweis aus Oslo, und zwar vom Busbahnhof, an dem die Kollegen die Angestellten befragt haben«, informierte sie Merette. »Vom Zeitpunkt her ist es fast schon ein zu großer Zufall, aber es könnte zumindest sein, dass er zur selben Zeit am Busbahnhof gewesen ist, zu der eure Tochter und ihre Freundin von dort mit unbekanntem Ziel aufgebrochen sind. Die Frau am Schalter hat sich erinnert, dass da ein junger Mann war, auf den Aksels Beschreibung passt und der sie gefragt hat, wo zwei junge Frauen hinwollten, denen sie gerade eine Fahrkarte verkauft hatte. Angeblich seine Schwestern! Sie hat es ihm nicht gesagt, obwohl er ziemlich aggressiv geworden sein soll. Leider erinnert sie sich weder an das Aussehen der beiden Frauen noch an den Zielort. Es ist alles sehr vage. Vielleicht können wir versuchen, andere Fahrgäste aufzutreiben, die zur gleichen Zeit am Busbahnhof waren, aber ich bin mir nicht sicher, ob das wirklich etwas bringt. Außerdem müssten wir dazu die Zeitungen einschalten, und damit würde er wissen, dass du dich nicht an seine Forderungen gehalten hast! Könnte vielleicht einer von Julias Freunden etwas wissen?«

»Wir kennen nur ein paar Vornamen«, antwortete Merette. »Wir müssten es über die Uni versuchen, dass sie uns die vollständigen Namen und Telefonnummern sagen …«

»Was ist?«, fragte Jan-Ole irritiert, als Merette aufsprang und mit zwei Schritten hinter dem Schreibtisch und am Computer war.

»Ich brauche die Telefonnummer von Maries Mutter«,

stieß sie atemlos hervor, während sie bereits den Namen in die erstbeste Suchmaschine eingab.

»Warum? Das hilft uns nicht weiter! Sie weiß genauso wenig wie wir, wo die Mädchen sind. Für Marie gilt dasselbe wie für Julia – kein Kontakt!«

Merette schüttelte unwillig den Kopf. »Brenne, Anne-Elisabeth«, murmelte sie halblaut vor sich hin, ohne den Blick vom Bildschirm zu wenden. »Hier, Solveien in Oslo, das ist sie.«

Erst als sie schon die Nummer ins Telefon getippt hatte und auf den Anschluss wartete, sah sie hoch, um Jan-Ole zu antworten.

»Du hast mich durch den Anruf von Aksel darauf gebracht! Wenn es so war, wie du denkst, und er hat Flemming und Dörte angerufen, dann kann er auch versucht haben, von Maries Mutter zu erfahren, wo Julia und Marie sind. – Warte!«, stoppte sie Jan-Ole, als er etwas einwenden wollte. »Ich weiß, was du sagen willst, aber mir geht es um etwas anderes. Ich überlege schon die ganze Zeit, wie er sich so sicher sein kann, dass wir keinen Kontakt zu Julia haben! Ich meine, wenn er wirklich blufft, dann würde das nur funktionieren, wenn …« Sie hob erneut die Hand, um zu signalisieren, dass sie eine Verbindung hatte. »Anne-Elisabeth, bist du das? – Ja, gut, hier ist Merette. Leg bitte nicht gleich wieder auf, ich habe nur eine kurze Frage an dich …«

Merettes Verhältnis zu Maries Mutter war schwierig, schon während der gemeinsamen Schulzeit der Mädchen hatten sich die Mütter nicht sonderlich gut verstanden – und als sie sich dann bei der Gerichtsverhandlung gegen Aksel wiedergesehen hatten, hatte Anne-Elisabeth Merette die Schuld daran gegeben, was mit Marie passiert war. Auch jetzt gab sie ihr nur zu deutlich zu verstehen, dass sie nichts von Merette hören wollte.

»Es ist wirklich wichtig, Anne-Elisabeth, glaub mir!«, versuchte Merette alle Überzeugungskraft in ihre Stimme zu legen, zu der sie fähig war, ohne allzu panisch zu klingen. Als Jan-Ole erst auf die Tastatur des Telefons und dann auf seine Ohren zeigte, schaltete sie den Lautsprecher ein, so dass er und Kristina mithören konnten. »Ich muss von dir nur wissen, ob du irgendwas von Marie gehört hast.«

»Willst du mich jetzt auch noch kontrollieren?«, kam prompt die Antwort von Maries Mutter. »Ich halte mich an die Absprachen, auch wenn es mir nicht passt! Also, was willst du jetzt schon wieder von uns? Reicht es nicht, dass meine Tochter wahrscheinlich für den Rest ihres Lebens …«

»Bitte, Anne-Elisabeth, lass uns das mal eben für einen Moment aussparen. Und nein, ich will dich nicht kontrollieren, und ich weiß genau, wie es dir geht …«

»Ach ja, richtig, du bist ja Psychologin! Wie konnte ich das vergessen? Du weißt ja alles, vor allem wenn es um andere geht.«

»Das bringt uns nicht weiter, wenn du mir nur wieder das vorwirfst, woran wir beide nichts mehr ändern können. Und ich hätte dich auch nicht angerufen, wenn …«

»Ist irgendwas mit Marie? Ist schon wieder etwas passiert? Stimmt etwas nicht?« Anne-Elisabeths Stimme hatte plötzlich einen ängstlichen Unterton, der Merette heftig schlucken ließ, bevor sie antwortete: »Nein, beruhige dich«, log sie und hoffte, dass das leichte Zittern in ihrer Stimme sie nicht verriet. »Du hast also nichts von ihr gehört, schon klar. Und solange sie sich nicht melden, heißt das ja auch, dass alles okay ist mit den beiden. Aber hat außer mir in den letzten Tagen vielleicht schon mal jemand nach Marie gefragt? Also ich meine, hat sich irgendjemand bei dir gemeldet, der wissen wollte …«

»Und selbst wenn«, unterbrach Anne-Elisabeth sie, »was hätte ich dem Typ denn deiner Meinung nach sagen können, außer dass ich nichts weiß?«

Aus den Augenwinkeln sah Merette, wie Jan-Oles Kopf hochruckte. Aber sie hatte es selbst schon bemerkt.

»Dem Typ?«, hakte sie nach.

»Was?«

»Du hast eben ›dem Typ‹ gesagt, aber ich hatte nichts davon erwähnt, ob dich ein Mann oder eine Frau angerufen hat.«

»Spielst du jetzt auch noch Polizei, oder was? – Ja, okay, da war so jemand am Telefon, aus Maries Schulzeiten, an den Namen konnte ich mich sogar noch erinnern …«

»Wann?«, formte Jan-Ole tonlos mit den Lippen.

»Wann war das?«, fragte Merette.

»Vor zwei oder drei Tagen, aber was soll das? Er wollte Marie zu irgendeinem Klassentreffen einladen, das war alles.«

»Und?«

»Wie und? Ich habe ihm nur erzählt, dass Marie erst in zwei Wochen wieder erreichbar ist. Weil sie eine Therapie macht und irgendein superschlauer Psychologe sich ausgedacht hat, dass es wichtig für sie ist, eine Zeitlang ohne Verbindung zu ihren Eltern zu sein. Der junge Mann wusste übrigens noch nicht mal, was passiert war, und er war wirklich entsetzt! Er hat sehr höflich gefragt, ob er sich dann noch mal melden darf, um Marie persönlich einzuladen.«

Damit war Merettes Frage geklärt. Aksel hatte sich also als alter Schulfreund ausgegeben. Den Namen konnte er sich aus dem Netz gesucht haben, aus der Abiturzeitung oder woher auch immer. Auf jeden Fall wusste er, dass es keinen Kontakt zwischen Marie und ihren Eltern gab – und nachdem ihm Anne-Elisabeth die Geschichte mit der Therapie erzählt hatte, konnte er sich leicht zusammenreimen, dass für Julia und Merette dasselbe galt.

»Bist du noch da, Merette?«, unterbrach Anne-Elisabeths Stimme ihre Gedanken. »Jetzt hör mir mal zu, das ist nicht mehr witzig, warum interessiert dich das überhaupt?«

»Du weißt wirklich nicht, wo sie sind, oder?«, fragte Merette anstelle einer Antwort. »Ich meine, du hast nicht vielleicht doch irgendeine Idee …«

»Du sagst mir jetzt bitte sofort, was los ist, hörst du?«

Merette blickte hilfesuchend zu Jan-Ole, der nur den Kopf schüttelte und die Arme in einer hilflosen Geste ausbreitete.

Aber im gleichen Moment zeigte Kristina auf seinen Kopfverband und flüsterte Merette zu: »Unfall! Krankenhaus!«

Merette reagierte, fast ohne zu zögern.

»Vergiss das mit dem Schulfreund, das ist unwichtig. Ich bin nur völlig durcheinander, entschuldige bitte. Aber ich muss dringend Julia erreichen, auch wenn es gegen die Absprachen ist. Jan-Ole hatte einen Unfall, er ist im Krankenhaus, auf der Intensivstation, und … sag mir bitte, wenn du irgendeinen Hinweis hast, wo ich Julia finden kann. Sie wollte mit Marie zum Camping, glaube ich jedenfalls.«

Einen Moment blieb es still in der Leitung. Als Anne-Elisabeth antwortete, war ihre Stimme fast mitfühlend.

»Ich verstehe zwar immer noch nicht, warum du dann unbedingt wissen wolltest, ob hier jemand angerufen hat, aber wenn sie wirklich Camping machen, dann sind sie vielleicht bei Maries Patenonkel. Der hat zumindest einen Campingplatz, wo Marie als Kind ein paar Mal alleine Ferien gemacht hat. Wir haben kaum noch Kontakt, nur zu Weihnachten oder zum Geburtstag mal, aber Knut würde alles für Marie tun. Wenn sie ihn gebeten hat, uns nichts zu sagen, dann hält er sich auch daran. Und du versprichst mir jetzt bitte noch mal, dass es nur um deine Tochter und deinen Mann geht und nichts weiter mit Marie zu tun hat!«

»Ich verspreche es. Gibst du mir die Adresse?«

»Hast du was zu schreiben? Die Anschrift habe ich im Kopf, nach der Telefonnummer müsste ich eben suchen ...«

»Die Anschrift reicht mir.«

»Knut Olsson, Vammerviken, Gustavsfors. Das ist bei Årjäng, in diesem Kanugebiet am Dalsland-Kanal ...«

»Aber das ist in Schweden!«, rief Merette unwillkürlich. »Wieso Schweden?«

Auch Jan-Ole und Kristina blickten irritiert zu ihr herüber.

»Wieso nicht?«, wollte Anne-Elisabeth wissen. »Knut ist ja wohl nicht der erste Norweger, der nach Schweden ausgewandert ist. Warum findest du das so merkwürdig?«

»Ich weiß auch nicht, ich hatte nur nicht damit gerechnet«, erklärte Merette schnell, während sie in Großbuchstaben SCHWEDEN hinter die Adresse schrieb und das Wort mehrmals umkringelte. »Ich danke dir, Anne-Elisabeth. Vielleicht hilft mir das ja weiter. Und entschuldige noch mal meine ganze Fragerei zwischendurch. Das war blöd von mir, aber ich bin wirklich nicht ganz bei mir im Moment und klammere mich an jeden Strohhalm, der mir vielleicht weiterhelfen könnte.«

»Ich hoffe, dass du Glück hast. Und ich wünsche deinem Mann alles Gute.«

»Danke«, wiederholte Merette, bevor sie den Hörer auflegte.

»Schweden«, sagte sie frustriert zu Jan-Ole und Kristina. »Das passt überhaupt nicht, oder?«

»Zumindest würde es alles in Frage stellen, was wir uns bisher zusammengereimt haben«, antwortete Jan-Ole. »Wenn er in Schweden ist oder war, dann kann er unmöglich …«

»Ruf diesen Kanutypen an«, sagte Kristina zu Merette. »Anders werden wir es nicht herausfinden.«

Merette gab den Namen und die Adresse ein. VAMMERVIKEN CAMPING hatte eine eigene Homepage. Als Merette sich auf die Kontaktseite klickte, erschien über der Telefonnummer ein Foto von der Rezeption des Platzes.

Merette hielt unwillkürlich die Luft an, als sie die rotgestrichene Hütte mit den Blumenkästen vor dem Fenster erkannte.

# JULIA

Als Knut sie zum Telefon geholt hatte und sie die Stimme ihrer Mutter hörte, war Julias erste Reaktion gewesen, gleich wieder aufzulegen. Für einen Moment hatte sie tatsächlich gedacht, dass Merette nur anrufen würde, weil sie es nicht mehr ausgehalten hatte, nichts von Julia zu hören. Und als der unbedingte Kontrollfreak, der ihre Mutter schon berufsbedingt nun mal war, konnte sie diesen Zustand offensichtlich nicht länger ertragen. Sie hatte es also irgendwie geschafft, Julias Aufenthaltsort ausfindig zu machen, und wollte sich jetzt vergewissern, dass alles in Ordnung war. Merettes erste Sätze hatten diesen Verdacht nur bestärkt.

»Julia! Du glaubst ja gar nicht, wie froh ich bin, dass ich dich endlich erreicht habe! Krieg keinen Schreck, aber ich musste einfach wissen, wie es dir geht. Bist du gesund? Ist alles okay bei euch?«

»Mama, du benimmst dich vollkommen unmöglich, das ist dir doch wohl hoffentlich klar! Nur zu deiner Erinnerung: Wir haben eine Verabredung, dass wir uns gegenseitig in Ruhe lassen. Und ich weiß beim besten Willen nicht, warum du dich nicht wenigstens einmal an irgendeine Absprache halten kannst! Absprachen sind dafür da, dass man sie einhält. Deine Worte, nicht meine. Das hast du mir oft genug gepredigt, wenn du das Gefühl hattest, dass ich mich nicht an deine Regeln halten würde …«

»Julia, bitte, warte einen Moment! Lass mich das kurz erklären!«

»Nein, Merette, sorry, aber ich habe keine Lust auf deine Erklärungen! Außerdem ist es gerade ganz schlecht. Ich stehe hier im Büro vom Campingplatz und dauernd kommen irgendwelche Leute vorbei, ich kann jetzt nicht reden.«

»Julia, hör mir zu! Es ist nicht so, wie du denkst …«

»Es geht mir gut, Mama, danke. Und bis eben waren es auch schöne Ferien, bis du angerufen hast!«, hatte Julia es nicht lassen können, ihre Mutter wieder zu unterbrechen.

Aber dann war Merette unvermittelt laut geworden und hatte mit sich überschlagender Stimme in den Hörer gerufen: »Es ist etwas passiert, Julia! Und wir müssen miteinander reden! Jetzt! Sofort! Deshalb rufe ich an.«

Erst da war Julia der Verdacht gekommen, dass sie völlig falsch lag mit ihrer Annahme. Ihre Mutter klang, als könnte sie nur mit Mühe ihre Reaktionen kontrollieren – und das war ein sicheres Zeichen dafür, dass etwas nicht stimmte.

»Was ist los, Mama? Was ist passiert? Ist etwas mit dir oder mit Jan-Ole?«

»Nein, nicht so, wie du denkst … kein Unfall oder so was.« Merette zögerte, bevor sie weitersprach. »Wir sind in Kristiansand, Jan-Ole sitzt neben mir, er will gleich auch noch selbst mit dir sprechen. Aber es kann sein, dass du in Gefahr bist! Es geht um Aksel! Er ist aus der Forensischen Psychiatrie ausgebrochen, und zwar schon vor einigen Tagen. Und es sieht so aus, als würde er sich jetzt rächen wollen.«

»Was?« Julia musste sich an die Wand lehnen, ihre Beine fühlten sich plötzlich an wie aus Gummi, sie hatte das Gefühl, keine Luft mehr zu bekommen. »Aber wieso … ich meine, er weiß doch gar nicht, wo wir sind«, stammelte sie dann. »Wieso sollten wir in Gefahr sein? Wir sind in Schweden, und niemand …«

»Ich habe euch auch gefunden, oder? Und es kommt noch schlimmer. Wir wissen, dass er da irgendwo bei euch sein muss, wenn nicht auf dem Campingplatz, dann zumindest in der Nähe. Er beobachtet euch und …«

»Aber das ist doch Quatsch! Wie kommst du darauf? Dann hätten wir ihn längst sehen müssen! Das ist hier ein winziger Platz, da gibt es keine Möglichkeit, sich irgendwo zu verstecken.«

Trotzdem blickte sie unwillkürlich aus dem Fenster und über die Wiese, als könnte Aksel tatsächlich jeden Moment hinter einem der wenigen Zelte oder Wohnwagen hervortreten, die noch auf dem Platz standen. Aber außer ein paar kreischenden Kindern am Toilettenhäuschen war nichts zu sehen. Die meisten Erwachsenen waren schon an dem Grillplatz unten am Ufer, wo auch Marie auf sie wartete.

Gleich darauf erinnerte sie sich an den vergangenen Abend, als sie mit Marie auf dem Steg gesessen hatte – und plötzlich dieser Typ mit dem Kanu direkt vor ihnen aufgetaucht war, während sie gerade ihren Joint rauchten. Im gleichen Moment war auch das unangenehme Gefühl wieder da gewesen, das sie beide gehabt hatten. Als würde irgendeine Bedrohung von dem Typen ausgehen. Als würden sie ihn sogar kennen!

Aber sie waren längst zu bekifft gewesen, um irgendeinen klaren Gedanken fassen zu können – und dann war der Typ ja auch schon wieder in der Dämmerung verschwunden.

»Mama«, sagte Julia leise, während sie sich auf den Stuhl an Knuts Schreibtisch setzte und merkte, wie ihr der Schweiß ausbrach, »da war tatsächlich etwas, was irgendwie komisch war, gestern Abend. Aber ich weiß nicht …«

»Warte, ich geb dir Jan-Ole«, drang Merettes Stimme leicht verzerrt an ihr Ohr. »Er ist besser darin, die richtigen Fragen zu stellen.«

Julia hörte, wie Jan-Ole den Hörer übernahm. »Julia? Der Lautsprecher ist eingeschaltet, ich habe gehört, was du gerade gesagt hast. Was war da gestern Abend?«

Julia gab kurz die Situation am Steg wieder, allerdings ohne den Joint zu erwähnen.

»Mehr war da eigentlich nicht, außer dass Marie und ich den Typen eben irgendwie komisch fanden. Vielleicht haben wir uns auch nur erschrocken, weil wir gar nicht gesehen hatten, wo er überhaupt hergekommen war.«

»Okay, lassen wir das mal kurz beiseite. Gibt es sonst noch irgendetwas, was dir aufgefallen ist? Überleg bitte noch mal ganz genau, du weißt ja jetzt, worum es geht.«

»Nein, nichts. Es war alles ganz normal.«

»Verkauft dieser Knut da an der Rezeption eigentlich Waffeln?«, wollte Jan-Ole dann wissen.

»Nein. Wieso? Ich meine, was hat das jetzt mit …« Sie merkte, dass sich irgendetwas in ihr dagegen sträubte, Aksels Namen auszusprechen, »… mit dem Typen zu tun?«, fragte sie irritiert.

Jan-Oles nächste Frage verstärkte ihre Irritation nur noch.

»Wo wart ihr dann in den letzten Tagen, um warme Waffeln zu essen?«

»Nirgends! Aber ich verstehe überhaupt nicht ... Doch, stimmt, einmal gab es hier Waffeln, gleich am ersten Tag, als wir angekommen waren. Da haben Knut und seine Frau so eine Art Sommerfest für die letzten Gäste gemacht.«

»Waren da nur Leute vom Campingplatz oder auch noch andere?«

»Eine ganze Menge Leute vom Dorf, es war ziemlich voll. Knuts Band hat gespielt, es war ein richtiges Fest.«

Julia meinte fast Jan-Ole bei ihrer Antwort nicken zu sehen und mit der für ihn typischen Handbewegung den Gummizug an seinem grauen Zopf straff zu ziehen. Das Bild vermittelte ihr irgendein unklares Gefühl von ... Sicherheit. Egal, was er fragte, er war dabei, sich über irgendetwas Klarheit zu verschaffen.

Gleich darauf schoss ihr ein Gedanke durch den Kopf. Sie ahnte jetzt, worauf er hinauswollte.

»Meinst du, dass ...«

»Ja, meine ich. Es passt. Aber ich habe noch eine Frage – hast du dir aus irgendeinem Grund die Haare geschnitten? Weil du vielleicht irgendetwas Neues ausprobieren wolltest, eine neue Frisur, irgendwie so was?«

Julia merkte, wie ihr schwindlig wurde. »Wie kommst du darauf? Da war tatsächlich was mit meinen Haaren! Völlig blöd, aber ich habe mich total geärgert ...«

»Erzähl es mir.«

»Marie und ich haben nachmittags an dem kleinen Strand gelegen und uns gesonnt. Weil wir keine Lust hatten, Kanu zu fahren, und es war auch niemand weiter da, wir hatten den Strand für uns ganz alleine. Und irgendwie sind wir in der Sonne weggedöst, weil es so ruhig war und friedlich und so …«

»Und?«

»Ich bin wachgeworden, als mir so ein kleiner Rotzlöffel eine Haarsträhne abgeschnitten hat! Richtig mit Schere und allem! Er muss sich angeschlichen haben, und ich habe es erst gemerkt, als ich die Schere gehört habe – und dann war er auch schon fast wieder weg. Ich wollte noch hinter ihm her, aber er ist gerannt wie verrückt, und Marie hat sich halb kaputtgelacht, weil ich völlig bescheuert ausgesehen haben muss. Sehe ich übrigens immer noch ein bisschen wie ein gerupftes Huhn aus!«

»Der Typ, dieser Rotzlöffel, wie du sagst – wie sah der aus? Wer war das? Hast du ihn erkannt?«

»Einfach irgendein Junge, zehn vielleicht, oder zwölf, mit einer Badehose. So wie sie hier alle rumrennen.«

»Dick, dünn? Haarfarbe?«

»Ganz normal. Und blonde Haare, glaube ich jedenfalls«, antwortete Julia jetzt fast genervt.

»Und du hast ihn nicht noch mal gesehen?«

»Nein, dann hätte er auch nichts zu lachen gehabt! Aber wie gesagt, es gibt jede Menge von diesen nervtötenden Kindern hier. Und ich habe ihn ja auch nur noch von hinten gesehen. Marie meint, dass es wahrscheinlich irgendeine Mutprobe war. Einfach nur saublöd und echt dreist, um vor seinen Kumpels anzugeben oder so was. Aber das ist nichts, womit du irgendwas anfangen kannst, oder? Ich meine, da gibt es keinen Zusammenhang zu …«

Wieder zögerte sie bei dem Namen.

»Damit kann ich sogar sehr viel anfangen, aber es dauert zu lange, um dir das jetzt zu erklären. Pass auf, Julia, ich will dich nicht in Panik versetzen, aber du musst genau machen, was ich dir sage. – Und das Gleiche gilt für Marie«, setzte er dann hinzu. »Aksel ist irgendwo in eurer Nähe. Ich weiß nicht, was er genau vorhat, aber wir müssen mit allem rechnen.«

Obwohl Jan-Oles Stimme mehr als dringlich klang, hörte Julia nur halb hin. Ihr Blick war auf das Fenster in der Tür gerichtet. Vor zwei oder drei Tagen hatte es nachts einen Einbruch gegeben, Knut hatte das Loch in der Scheibe notdürftig mit einem Stück Pappe und Klebeband geflickt.

»Jan-Ole«, flüsterte Julia in den Hörer, »ich habe keine Ahnung, ob es wichtig ist, aber hier ist eingebrochen worden, in der Nacht nach dem Fest. Es fällt mir erst jetzt wieder ein, weil ich gerade …«

»Wo? In der Rezeption?«

»Ja! Aber Knut hat gesagt, es ist nichts geklaut worden, sogar das Bargeld war noch da!«

Sie hörte, wie Jan-Ole scharf die Luft einzog, bevor er sagte: »Wenn ich mich richtig erinnere, gibt es auf Campingplätzen meistens so eine Art Übersichtsplan, auf dem die einzelnen Zeltplätze markiert sind. Stehen da auch die Namen der Camper?«

»Ja, hängt hier an der Wand. Eine Stecktafel mit den Campingausweisen.«

»Unter welchem Namen habt ihr eingecheckt?«

»Unter Maries. Knut hat ihr extra einen neuen Ausweis ausgestellt, weil es ohne nicht ging.«

»Bingo«, bemerkte Jan-Ole mehr zu sich selbst. »Damit musste er also noch nicht mal mehr über den Platz laufen, um euch ausfindig zu machen. Ich nehme an, dass es auch einen Computer in der Rezeption gibt? Und WLAN?«

»Beides. Knut ist ziemlich stolz darauf, wie modern hier alles ist.«

»Und Aksel wird sich gefreut haben, wie einfach Knut es ihm gemacht hat. – Gut, Julia, das ändert nichts an dem, was ich dir gerade erklären wollte. Ich möchte, dass ihr da verschwindet, und zwar so schnell wie möglich und ohne dass Aksel irgendwas davon mitkriegt.«

»Aber …«

»Warte! Ich möchte euch aus der Schusslinie haben, weil ich glaube, dass ihr wirklich in Gefahr seid. Das Problem ist, dass ich keine Chance habe, heute Abend noch die schwedische Polizei einzuschalten. Das sind zwei verschiedene Länder und damit müssen wir einen offiziellen Antrag auf Amtshilfe stellen, bevor überhaupt irgendwas passiert. Hinzu kommt, dass wir nichts in der Hand haben außer ein paar Hypothesen, die jeder Staatsanwalt erst einmal in der Luft zerpflücken wird. Und niemand weiß, wo Aksel sich aufhält. Um ihn zu finden, brauchten wir wahrscheinlich ein Großaufgebot der Polizei, das die gesamte Gegend durchkämmt, deshalb muss uns eine andere Lösung einfallen. Also, wir können davon ausgehen, dass er euch beobachtet, aber er ist auf keinen Fall bei euch auf dem Platz, sondern in irgendeinem Versteck, von dem aus er es nur ab und zu riskiert, in eure direkte Nähe zu kommen. So wie gestern Abend mit dem Boot! Das gibt uns die Chance, dass ihr heimlich verschwindet. Und das Zelt lasst ihr stehen, damit er keinen Verdacht schöpft. Er muss sich sicher sein, dass ihr noch da seid. Hängt ein nasses Handtuch auf die Leine, und eure Badeklamotten, stellt den Campingkocher vors Zelt, irgend so etwas. Wir haben es jetzt schon kurz nach 22 Uhr, wann war das gestern mit dem Boot?«

»Ungefähr um diese Zeit.«

»Dann setzt ihr euch bitte auch heute noch mal auf den Steg.«

»Und dann? Ich bleibe ganz bestimmt keine Nacht mehr mit Marie in dem Zelt!«

»Dreh jetzt nicht durch, Julia! Ich weiß, dass das viel verlangt ist, aber du brauchst einen klaren Kopf. Panik nützt jetzt gar nichts – ich glaube nicht, dass heute Nacht irgendwas passiert, aber du hast recht, am besten wäre es, wenn ihr bei Knut im Haus schlafen würdet. Und er euch morgen früh … wie heißt der nächste Ort, in dem es eine größere Busstation gibt?«

»Årjäng.«

»Das ist an der Straße von Oslo nach Stockholm, richtig?«

»Ja, ich glaube schon.«

»Dann soll er euch da hinbringen. Nein, lieber noch einen Ort weiter, am besten gleich zu einem Bahnhof, von wo es einen Zug nach Stockholm gibt.«

»Stockholm?«

»Warte, ich hab hier gerade eine Karte vor mir! Ihr steigt schon vorher wieder aus, ich will, dass ihr von Örebro den Bus nach Motala nehmt! Ich habe da einen alten Freund, den ich gleich anrufen werde.«

»Aber warum können wir nicht einfach zu euch kommen, zurück nach Norwegen?«

»Weil ich euch irgendwo haben will, wo es für ihn keine Möglichkeit gibt, einen Zusammenhang herzustellen! Glaub mir, es ist am sichersten so, alles andere würde nur ein neues Risiko bedeuten. Kannst du das Marie irgendwie erklären, ohne dass sie Panik bekommt und durchdreht?

Und vor allem wäre es wichtig, dass sie weiterhin ihren Eltern nichts sagt. Sie wissen nichts, und ich möchte, dass das auch so bleibt.«

»Ich versteh schon. Ich versuche es zumindest.«

»Soll ich dann eben mit Knut reden? Vielleicht ist es einfacher, wenn ich …«

»Nein, das schaffe ich schon.«

»Gut, und denk dran, auch bei Knut gilt, je weniger er weiß, umso besser. Lass ihn in dem Glauben, dass ihr nur einen Tagesausflug nach Stockholm machen wollt. Überzeug ihn irgendwie, dass er euch nach Kongsberg zum Bahnhof bringt, weil ihr dann nicht erst noch den Bus nehmen müsst. Es sind nur knapp vierzig Kilometer bis Kongsberg. Spielt ein bisschen verwöhnte Prinzessinnen, die es möglichst bequem haben wollen. – Wobei ich keine Idee habe, wie ihr ihm erklärt, warum ihr heute Nacht nicht im Zelt bleiben wollt«, setzte er nach einer kleinen Pause hinzu.

»Weil Marie immer wieder Alpträume hat«, schlug Julia spontan vor. »Und das ist noch nicht mal gelogen, hat sie wirklich!«

»Gut. Ich verlass mich auf dich«, sagte Jan-Ole. »Ich telefoniere jetzt mit dem Freund in Motala – und ich schicke dir gleich morgen früh eine SMS mit der Adresse, und auch noch mal mit den Orten, in denen ihr umsteigen müsst. Ich liebe dich, Kleine, es tut mir leid, dass das jetzt alles … so ein Chaos ist, aber wir dürfen kein Risiko eingehen!«

»Und ich muss mir keine Sorgen um euch machen?«, fragte Julia und merkte, wie ihr die Tränen in die Augen schossen. »Ich meine, wegen Merette und dir und … Aksel! Wieso seid ihr überhaupt in Kristiansand? Was macht ihr da? Ich dachte, ihr wolltet auf irgendeine Hütte!«

»Stimmt ja auch. Und die Hütte ist hier in der Nähe. Aber dann kam die Nachricht, dass Aksel ausgebrochen ist. Und gleichzeitig die Information, dass er vielleicht in eurer Nähe sein könnte. Jetzt wissen wir, dass es genauso ist. Deshalb müsst ihr da weg! Alles Weitere ist eine Sache für die Polizei. Wenn wir jetzt erst mal den ganzen Apparat in Bewegung gesetzt haben, wird er sich nicht mehr lange verstecken können. Wir kriegen ihn! Aber darüber solltest du dir im Moment nicht den Kopf zerbrechen. Sowie ihr in Sicherheit seid, sind wir ihm einen Schritt voraus. Konzentrier dich nur auf das, was wir eben abgesprochen haben, okay?«

»Okay. Gib Mama einen Kuss.«

»Soll ich dir von ihr auch sagen. Und sowie irgendwas ist, was dir komisch vorkommt, rufst du an! Und lass bitte dein Handy eingeschaltet, damit wir dich erreichen können.«

»Ist klar. Passt auf euch auf.«

»Hej hej.«

Nachdem Julia aufgelegt hatte, stand sie für einen Moment wie betäubt in der Hütte und starrte nur auf die Wand, ohne zu einer Bewegung fähig zu sein.

Erst als Knut zur Tür hereinkam und sie fragend anblickte, riss sie sich zusammen.

»Kann ich kurz mit dir reden, Knut? Wir haben ein Problem, es geht um Marie, aber du musst mir versprechen, dass du ihr nichts von dem sagst, was ich dir jetzt erzähle.«

Knut nickte und zog die Tür hinter sich zu, bevor er sich dann mit verschränkten Armen an die Tiefkühltruhe lehnte. Julia war ihm dankbar, dass er sie nicht direkt anblickte, auch wenn sie mutmaßte, dass es eher etwas mit der Unsicherheit zu tun hatte, die er ihr gegenüber schon von Anfang an zeigte. Sie hatten ihm nur das Notwendigste erzählt, als sie unangemeldet bei ihm aufgetaucht waren, aber er wusste zumindest, dass ihre Ferien etwas mit der Therapie zu tun hatten, in der sich Marie befand. Von Julia wusste er nichts, außer dass sie Maries Freundin war.

»Das war gerade meine Mutter am Telefon«, erklärte Julia jetzt. »Sie ist Psychologin und … na ja, es ist einfach so, dass es Marie schlechter geht, als wir alle erwartet hatten. Und es wäre vielleicht ganz gut, wenn ich mit ihr mal einen kleinen Ausflug machen würde, damit sie abgelenkt wird.« Je länger Julia redete, umso leichter kamen ihr die Notlügen über die Lippen. »Ich hatte an Stockholm gedacht, nur für ein oder zwei Tage. Das Zelt lassen wir hier, wir kommen ja wieder zurück. Von Kongsberg gibt es eine Zugverbindung, aber ich möchte eigentlich nicht erst mit dem Bus dahin fahren müssen, am einfachsten wäre es …«

»Ich kann euch bringen«, sagte Knut. »Ich muss morgen früh sowieso nach Glaskogen, da spielt der Umweg keine große Rolle.«

»Danke«, strahlte Julia ihn an. Um gleich darauf zögernd hinzuzusetzen: »Da ist noch was, Knut. Marie hatte letzte Nacht einen echt fiesen Alptraum. Ich weiß nicht genau, aber ich glaube, es hatte etwas damit zu tun, dass sie auch ein bisschen Angst hat im Zelt. Wegen der Geräusche, die man nachts hört und so. Glaubst du, es wäre möglich, dass wir heute vielleicht ausnahmsweise bei euch im Haus schlafen könnten?«

»Natürlich. Ich sage Line Bescheid, dass sie das Gästezimmer vorbereitet. Kein Problem!«

Julia musste sich eingestehen, dass Knuts Reaktion ihr zumindest komisch vorkam – er hatte nicht eine einzige

Frage gestellt, als würden ihn Marie oder ihre Probleme eigentlich gar nicht interessieren. Sie hatte den gleichen Gedanken schon mal zu Beginn gehabt, als Knut nur wortlos Maries Bitte akzeptiert hatte, sich nicht bei ihrer Mutter zu melden. Sie hatte auch mit Marie darüber geredet, und sie waren zu dem Schluss gelangt, dass Maries Patenonkel offensichtlich zu den Leuten gehörte, die ohnehin nicht viel Worte machten, sondern einfach nur da waren, wenn man sie brauchte – und sich nicht weiter einmischten, solange sie nur ihre Ruhe hatten.

Dass sie damit nicht ganz richtig lag, wurde ihr klar, als Knut sich jetzt räusperte und – immer noch ohne sie anzublicken – fragte: »Kann ich sonst noch irgendwas für euch tun? Ich meine, ich weiß, dass es mich nichts angeht, ihr seid erwachsen. Und ich habe ja auch keine Ahnung von diesem ganzen Psychokram, aber wenn du oder Marie jemanden zum Reden braucht – ich bin da.«

»Danke, Knut. Im Moment ist es einfach ein bisschen schwierig, und ich kann dir auch nicht viel mehr erzählen, weil ... das eigentlich Maries Sache ist.«

»Versteh schon. Ich wollte es nur noch mal gesagt haben.«

»Du hilfst uns schon sehr, wenn du uns da morgen einfach hinfährst. Ich rede jetzt mit Marie und dann kommen wir später zum Haus.«

»Das Zimmer ist im ersten Stock, gleich wenn ihr die Treppe hochkommt – nur für den Fall, dass wir schon schlafen. Und die Haustür ist sowieso offen, aber der Schlüssel steckt, ihr könnt also auch abschließen, wenn Marie sich dann sicherer fühlt.«

Sie verabredeten, dass Knut oder seine Frau sie spätestens um sieben zum Frühstück wecken würden. Knut wollte so früh wie möglich aufbrechen, weil er viel zu erledigen hatte. Das passte zu den Überlegungen, die Jan-Ole vorhin gemacht hatte, um Aksel zu täuschen. Julia und Marie würden längst verschwunden sein, bevor er eine Chance hatte, sich zu fragen, ob sie wirklich nur mit dem Kanu unterwegs wären.

Als Julia über den Schotterweg zum Ufer lief, war der Himmel bewölkt und die untergehende Sonne nur als schwacher Widerschein hinter der Insel auf dem See auszumachen. Fledermäuse schossen zwischen den Bäumen hin und her. Am Strand flackerte ein hohes Feuer, Marie saß als einsamer Schatten ganz vorne auf dem Steg.

Julia fühlte sich immer noch, als wäre sie in einem Film gelandet und würde sich selbst beobachten können, wie sie jetzt plötzlich ihre Schritte verlangsamte und dann mitten auf dem Weg stehen blieb, als wollte sie den Zeitpunkt hinauszögern, an dem sie mit Marie reden musste.

Aber es war nicht die Unsicherheit vor diesem Gespräch, die ihr einen leichten Schauer über den Rücken jagte und sie unwillkürlich die Schultern hochziehen ließ. Unbewusst registrierte sie, dass sie auch keinerlei Angst mehr hatte. Stattdessen spürte sie, wie ein ganz neues Gefühl von ihr Besitz ergriff, eine Mischung aus Trotz und – Wut!

Sie brauchte einen Moment, bis sie sich über ihre Reaktion im Klaren war. Wenn sie jetzt mit Marie wieder davonlaufen würde, dachte sie, dann würde das überhaupt nichts ändern. Aksel würde nur weiterhin versuchen, sie zu verfolgen – und sie konnten sich nicht für den Rest ihres Lebens verstecken, irgendwann würde er sie finden. Selbst wenn die Polizei schneller wäre, hatte er es ja offensichtlich schon einmal geschafft zu fliehen. Es gab keine Sicherheit für sie und Marie! Jedenfalls nicht, solange er am Leben war …

Die Konsequenz ihrer Gedanken ließ sie erschreckt den Atem anhalten. Sie spürte, wie ihr eine Gänsehaut über Arme und Beine kroch und sie sich am liebsten geschüttelt hätte, wie ein nasser Hund, der sich nach einem unfreiwilligen Bad das Wasser aus dem Fell schleuderte. Dennoch zwang sie sich, ihren Gedanken bis zum Ende zu verfolgen: Aksel wusste, wo sie waren. Und er ging davon aus, dass er sie in der Hand hatte. Es war ihm schon einmal fast gelungen, sie waren ihm nur durch einen Zufall entkommen. Er musste überzeugt davon sein, dass allein diese Erinnerung schon reichen würde, um sie in eine solche Panik zu versetzen, dass sie ihm willenlos ausgeliefert waren.

Aber er würde nicht damit rechnen, dass sie sich wehren könnten. Ihm eine Falle stellen! Der Überraschungseffekt würde ihnen einen Vorteil verschaffen. Und sie waren zu zweit. Es ging nur darum, sich über die eigenen Ängste hinwegzusetzen. Zu begreifen, dass ihnen keine andere Wahl blieb.

Julia wusste nicht, wie sie Marie davon überzeugen konnte, dass sie es zumindest versuchen mussten. Aber sie würde auch nicht mehr davonlaufen. Nie wieder! Und wenn Marie Skrupel hätte, dann … musste sie es eben alleine tun.

## MERETTE

Die Idee war von Kristina gekommen, gleich nach Jan-Oles Telefonat mit Julia. Und die junge Polizistin hatte ihre Argumente klar und präzise formuliert.

»Ich weiß, dass wir uns damit außerhalb der Vorschriften bewegen, vom Dienstweg mal ganz zu schweigen, aber ich übernehme die volle Verantwortung dafür. Und der Leiter der kleinen Sondereinheit, die wir hier haben, ist mir noch einen Gefallen schuldig. Seine Leute sind gut, sie sind zwar eher auf den Einsatz im Hafen spezialisiert, aber ich glaube nicht, dass das ein Problem sein wird. Was ich sagen will: Wir wissen nicht, wie lange es dauern wird, bis wir die Schweden überzeugt haben, dass sie offiziell eingreifen. Wir sollten also lieber gleich versuchen, das ohne fremde Hilfe zu lösen.«

»Mit Bordmitteln sozusagen«, hatte Jan-Ole als Anspielung auf die Einsatztruppe aus dem Hafen gesagt. Sein Tonfall hatte keinen Zweifel daran gelassen, dass er den Plan der Polizistin längst akzeptierte. »Und du kannst dich allemal darauf berufen, dass es sich um einen klaren Fall von Gefahr im Verzug gehandelt hat!«

»Außerdem holen wir Aksel damit von eurer Tochter weg, falls irgendetwas mit deinem Plan wider Erwarten doch nicht klappen sollte!«

»Was wir nicht hoffen wollen, aber es stimmt schon. Und je schneller wir jetzt reagieren, umso besser. Wir setzen ihn unter Zeitdruck, wir hetzen ihn so, dass er gar nicht mehr dazu kommt, sich noch irgendwelche Fragen zu stellen. Das heißt, die Anzeige muss morgen schon in der Zeitung sein, mit einem Termin für morgen Abend, am besten direkt in der Pathologie. Er wird wissen, dass ich hier im Krankenhaus liege, er hat mich ja schließlich selber niedergeschlagen. – Nein, wartet! Ich bin mir völlig im Klaren darüber, dass das, was Julia gerade bestätigt hat, eine Menge an Fragen aufwirft, die wir noch nicht geklärt haben. Vor allem die Tatsache, dass sie in Schweden ist, macht mich unsicher. Wir müssten das eigentlich alles noch mal überprüfen, wie er es überhaupt geschafft haben kann, mir bei der Hütte aufzulauern und trotzdem Julia und Marie zu verfolgen, ein paar Stunden Fahrzeit von hier entfernt! Plus dieses kleine Zwischenspiel, als er noch mal hier war und Merette an der Brücke da oben überrascht hat. Aber für den Moment sollten wir das außer Acht lassen und uns auf das konzentrieren, was wir konkret wissen, sonst verlieren wir zu viel Zeit, die wir nicht haben. Also noch mal: Er hat mich niedergeschlagen, er weiß, dass ich im Krankenhaus bin. Vielleicht weiß er sogar, dass ich fast zwei Tage lang immer wieder mehr oder weniger bewusstlos war, woher auch immer, von einer Schwester vielleicht! Aber ich glaube nicht, dass er mitbekommen haben kann, wie es mir inzwischen geht, also wäre es nur logisch für ihn, wenn Merette die Gelegenheit nutzt und … irgendeinen Stecker zieht, der mich am Leben erhält, irgendwie so etwas. Sie hätte sogar die Chance, damit durchzukommen, wenn sie es so anstellt, als wäre es ein … unglücklicher Zufall gewesen, ein Versehen, das sie nicht rechtzeitig bemerkt hat. Es müsste ihn also überzeugen, dass es jetzt und hier passiert ist. So was wie ein Wink des Schicksals für Merette, der ihr die Entscheidung abgenommen hat! – Merette, was sagst du?«

»Ich weiß nicht wirklich, ja, vielleicht denkt er so. Und in der Nachricht an ihn habe ich auch so was gesagt! Dass ich es tun werde, solange du noch im Krankenhaus bist. Aber …«

»Ja?«

»Ich frage mich schon die ganze Zeit, warum er sich darauf einlassen sollte, wirklich hierherzukommen. Muss er nicht davon ausgehen, dass das Ganze eine Falle ist?«

»Die Frage kannst du leichter beantworten als wir, du bist die Psychologin! Aber vergiss nicht, er hat dir eine Haarsträhne präsentiert, die tatsächlich von Julia ist, wie wir jetzt wissen. Er ist also überzeugt davon, dass wir denken, er hätte Julia in seiner Gewalt. Und natürlich auch Marie, sonst wäre sie ja längst zur Polizei gelaufen! Aber Marie ist nebensächlich, in dem Machtspiel mit dir geht es zunächst mal ausschließlich um Julia. Und damit glaubt er ein Druckmittel zu haben – wir können ihm nichts tun, solange wir Julia nicht gefährden wollen!«

»Und ich habe ihm mit meiner Antwort deutlich zu verstehen gegeben, dass er gewonnen hat«, hatte Merette weiter überlegt. »Es muss ihm einen regelrechten Kick verschafft haben, alles läuft so, wie er es geplant hat, er ist der Größte! Und es geht ihm jetzt gar nicht so sehr darum, dass er einen Beweis dafür will, dass ich dich wirklich umgebracht habe, davon können wir ihn spätestens mit der Anzeige deutlich überzeugen, wir müssen das nur geschickt genug formulieren …«

Jan-Ole hatte sie irritiert angeblickt, bevor er ihren Arm packte. Er drückte so fest zu, dass Merette kurz aufschrie.

»Was willst du sagen?«, hatte Jan-Ole hervorgestoßen und gleich darauf gerufen: »Natürlich! Es geht um dich! Dich will er sehen, nicht mich. Meine Leiche ist nicht wirklich wichtig für ihn, aber er will in deinen Augen sehen, dass er dich … zerstört hat. Das ist es!«

»Erst dann hat er tatsächlich gewonnen«, hatte Merette bestätigend genickt.

»Gut. Wir machen das also so. Fangen wir mit der Anzeige an. Das ist dein Job, Merette.«

Jan-Ole hatte auf die Uhr geblickt und sich zu Kristina gewandt. »Ruf die Zeitung in Oslo an, dass sie noch eine Anzeige reinkriegen. Mach es am besten ganz offiziell, lass dir irgendwas einfallen, wie du sie überzeugst!«

»Das sollte kein Problem sein, wenn ich direkt mit dem zuständigen Leiter aus der Herstellung spreche. Zur Not müssen sie den Druck ein paar Minuten hinauszögern, das wird schon irgendwie gehen.«

Tatsächlich hatten sie die Anzeige noch rechtzeitig vor Drucklegung nach Oslo gemailt. Und genau wie Kristina es unter dem Hinweis auf eine offizielle und äußerst dringliche polizeiliche Ermittlung verlangt hatte, war der Text gleich oben auf der ersten Seite mit den Kleinanzeigen erschienen, neben einer Anzeige für eine Zwölf-Meter-Yacht mit Liegeplatz im Oslofjord und der Werbung für eine Baufirma, die schlüsselfertige Sommerhäuser mit Meeresblick an der Küste bei Moss anbot:

DER TOD MEINES GELIEBTEN MANNES IST FRÜHER EINGETRETEN ALS ERWARTET. ICH BITTE UM VERSTÄNDNIS DAFÜR, DASS

AUFGRUND DER BESONDEREN UMSTÄNDE EIN PERSÖNLICHER ABSCHIED NUR HEUTE ABEND UM 22 UHR IN DER PATHOLOGIE IM KRANKENHAUS VON KRISTIANSAND MÖGLICH IST. IN TIEFER TRAUER, MERETTE.

Jetzt saß Merette alleine bei Jerzy im Arztzimmer und telefonierte mit Julia. Es war kurz vor ein Uhr mittags, bis eben hatten sie mit Jerzy den Ablauf der geplanten Aktion besprochen. Das Gespräch war eher unerfreulich verlaufen. Jerzy hatte sich die Mittagspause als Bedenkzeit ausgebeten, bevor er ihnen seine endgültige Entscheidung mitteilen wollte. Er war wütend, das war deutlich zu spüren gewesen. Er fühlte sich übergangen, weil sie ihn mehr oder weniger vor vollendete Tatsachen gestellt hatten. Seine Reaktion, Jan-Ole zu einer weiteren Untersuchung zu schicken, war schließlich der leicht durchschaubare Versuch gewesen, wenigstens sein Gesicht zu wahren.

»Ich will in jedem Fall erst noch mal ein CT, um alle Anzeichen einer möglichen subduralen Hirnblutung definitiv auszuschließen.«

Jan-Ole hatte sich widerspruchslos gefügt, er wusste genau, dass jede weitere Diskussion im Moment eher kontraproduktiv gewesen wäre. Allerdings war auch nicht zu übersehen gewesen, dass er noch lange nicht so fit war, wie er allen weismachen wollte. Als die Schwester kam, um ihn abzuholen, hatte er sogar wieder den Rollstuhl akzeptiert, wenn auch mit dem genuschelten Hinweis, dass »das dauernde Getue« um ihn völlig übertrieben wäre.

Kristina war eher weniger diplomatisch gewesen und hatte Jerzy unmissverständlich erklärt, dass sie unter allen Umständen an ihrem Plan festhalten würde. Und damit war der Schwarze Peter bei Merette gelandet – sie würde Jerzy irgendwie überzeugen müssen! Das Problem war nur, dass sie selbst Zweifel hatte, ob sie nicht gerade etwas völlig Idiotisches vorhatten, ohne sich über die möglichen Konsequenzen auch nur ansatzweise im Klaren zu sein. Nach Merettes Einschätzung gab es viel zu viele Unwägbarkeiten. Das Risiko war groß, dass irgendetwas passierte, was sie die Kontrolle über die Geschehnisse verlieren ließ.

Sie war dankbar für den kurzen Augenblick der Ruhe, nachdem alle das Zimmer verlassen hatten und sie sich nur auf Julias Stimme konzentrieren konnte. Aber schon nach den ersten Sätzen merkte sie, wie sie kurz davor war, den Faden zu verlieren. Sie hatte sich eigentlich nur vergewissern wollen, dass Julia und Marie unterwegs waren, aber Julias Antworten blieben merkwürdig ungenau.

»Ja, ja, Knut hat uns zum Bahnhof nach Kongsberg gebracht. Gleich heute Morgen.«

»Und seid ihr jetzt noch im Zug oder …«

»Nein, so lange dauert die Fahrt ja nun auch nicht. Aber wir haben den Bus verpasst, das ist ein bisschen blöd. Und ich kann jetzt auch nicht so richtig gut telefonieren, weil ich mich um Marie kümmern muss. Kann ich dich nicht später noch mal anrufen? Ich melde mich, versprochen!«

»Ist irgendwas mit Marie? Julia, hörst du mich noch?«

»Es ist echt schlecht gerade, glaub mir. Marie ist ziemlich nervös nach dem, was ich ihr erzählt habe. Ist ja auch klar! Aber ihr müsst euch keine Sorgen machen, wir kriegen das schon irgendwie hin.«

»Julia! Wo seid ihr genau? Seid ihr noch in dem Ort, wo

ihr umsteigen müsst? Ich komme gerade nicht auf den Namen …«

»Nein. Oder doch, ja. Echt, Mama, du machst mich ganz verrückt! Ich hab doch gesagt, wir haben den Bus verpasst. Aber das ist kein Problem, wir haben schon eine andere Verbindung rausgesucht. – Und bei euch? Ist mit euch alles in Ordnung? Ich meine, was passiert jetzt, wegen … Aksel und so?«

»Die Polizei ist eingeschaltet, aber das weißt du ja, das hat dir Jan-Ole gestern schon erzählt. Jetzt können wir nur noch abwarten und hoffen, dass sie ihn möglichst schnell kriegen. Aber ich muss mir sicher sein, dass bei euch nicht irgendwas schiefläuft! Kannst du mir das versprechen?«

Merette meinte, ein unterdrücktes Schluchzen zu hören, das nicht von Julia kam, aber irgendwo ganz aus ihrer Nähe. Ein Wimmern, wie von jemandem, der starke Schmerzen hatte. Sie konnte nicht entscheiden, ob es ein Mann oder eine Frau war. Und gleich darauf knackte und raschelte es, als hätte Julia ihr Handy abgedeckt. Verzerrt und wie aus weiter Ferne hörte sie Julia sagen. »Gleich, ich komme ja schon. Es ist alles gut!«

»Julia! Was ist da los bei euch?«

»Nichts, Mama!« Julias Stimme kam jetzt wieder klar und deutlich aus dem Handy. »Hier ist nur … so ein Typ, dem es nicht gut geht. An der Bushaltestelle. Aber das hat nichts mit uns zu tun. Ich ruf dich an, sowie wir bei Jan-Oles Freund sind! Ich liebe dich, passt auf euch auf!«

»Ich liebe dich auch«, sagte Merette noch, bevor sie registrierte, dass die Verbindung bereits unterbrochen war.

Einen Moment starrte sie auf das Handy und konnte nur mit Mühe den Impuls unterdrücken, Julia sofort wieder anzurufen. Sie hatte keine Ahnung, wie sie das Gespräch deuten sollte, aber sie war sich fast sicher, dass Julia gelogen hatte. Irgendetwas stimmte nicht. Aber zumindest waren die beiden Mädchen unterwegs, versuchte sie sich selbst zu beruhigen. Julia war außerhalb von Aksels Reichweite, das war im Moment das Wichtigste. Was auch immer für Probleme es gerade gab, Julia musste damit alleine zurechtkommen, Merette konnte nichts tun, um ihr zu helfen. Unwillkürlich biss sie sich auf die Unterlippe und versuchte, ihren Puls unter Kontrolle zu bringen. Es sind zu viele Lügen, dachte sie, das gilt für mich genauso wie für Julia. Wir versuchen, uns gegenseitig zu schützen, und machen damit womöglich alles noch schlimmer!

Merette blickte auf ihre Uhr. Jan-Oles Untersuchung würde noch eine Weile dauern, wenn sie überhaupt schon mit den Tests angefangen hatten und er nicht noch auf einem der Gänge saß und wartete. Am liebsten hätte sie ihn gesucht, um ihm von dem Telefonat mit Julia zu erzählen. Sie wusste, dass er wie kaum ein anderer in der Lage war, selbst aus noch so bruchstückhaften Informationen plausible Schlussfolgerungen zu ziehen. Vielleicht wünschte sie sich auch nur, dass er sie einfach in den Arm nahm und sie beruhigte. Andererseits machte er sich ohnehin schon genug Sorgen um Julia und sie wollte ihn nicht noch mehr belasten.

Sie schob ihr Handy zurück in die Tasche und stand auf. Erst als sie schon auf dem Gang war, war plötzlich auch die Angst um Jan-Ole wieder da, die sie die ganze Zeit über verdrängt hatte. Vor zwei Tagen war er noch kaum ansprechbar gewesen und hatte wirres Zeug geredet, Jerzys Bedenken, ihn für wieder gesund oder zumindest einsatzfähig zu erklären, waren ganz sicher nicht grundlos. Sie ertappte sich dabei, wie sie die Daumen zwischen die geballten Fäuste drückte und flüsterte: »Es ist okay. Er schafft das. Und die Untersuchung wird gut ausgehen! Wenn wir das hier alles hinter uns haben, dann machen wir wirklich Urlaub. Ich verspreche es!«

Das Versprechen ergab keinen Sinn, aber es beruhigte sie für den Moment.

Als sie die Cafeteria betrat, winkte ihr Jerzy von einem der Tische am Fenster zu. Sie holte sich einen Obstsalat, der hauptsächlich aus einem Berg gewürfelter Ananas und einer Maraschino-Kirsche bestand, und setzte sich zu ihm. Vor seinem Platz waren drei leere Kaffeetassen übereinandergestapelt, die vierte, in der noch eine bräunliche Pfütze schwappte, schob er angewidert beiseite, als Merette ihm zur Begrüßung zunickte.

»Was mir nicht gefällt«, erklärte er ansatzlos, »ist die Tatsache, dass ich keine Ahnung habe, was hier eigentlich läuft. Ich bin Arzt, und ich habe einen Eid geschworen, dass ich Leben rette. Aber jetzt reden wir von etwas, was damit nichts mehr zu tun hat. Ich fühle mich benutzt von euch.«

»Das verstehe ich«, erwiderte Merette, während sie die Maraschino-Kirsche an den Tellerrand schob und ein Stück Ananas aufpickte. »Und ich fürchte, es ist genauso, wie du sagst.«

»Und warum sollte ich mich dann darauf einlassen?«

»Weil es die einzige Möglichkeit ist, die wir im Moment haben«, sagte Merette leise und merkte selbst, wie hohl ihr Satz klang. »Nein«, korrigierte sie sich, »du hast wahrscheinlich recht, es ist nicht die einzige Möglichkeit. Aber für alles andere fehlt uns die Zeit! Ich bin selbst nicht überzeugt davon, nicht wirklich. Ich denke nur, dass wir handeln müssen. Und dazu brauchen wir deine Hilfe, es geht nicht anders. Kristina hat es ja vorhin erklärt, wir können das Ganze nicht als offizielle Aktion durchziehen. In dem Moment, in dem mehr Leute darüber Bescheid wissen, besteht sofort das Risiko, dass irgendetwas durchsickert. Wir haben es mit jemandem zu tun, der die unbedingte Kontrolle über alles haben will, und deshalb können wir es uns nicht leisten, dass er Verdacht schöpft! Ich weiß genau, dass du damit deine Karriere hier im Krankenhaus aufs Spiel setzt.«

»Und du glaubst, darum geht es?« Jerzys Stimme schwankte zwischen Irritation und Empörung. »Ich bin aus Polen, Merette!«

»Ich verstehe nicht …«

»Ich habe keine Bedenken, mich über irgendwelche Vorschriften hinwegzusetzen! Ich brauche niemanden, der mich absichert oder mir sagt, was ich tun darf oder nicht. Ich kann selbst denken! Aber ich möchte auch selbst entscheiden, was richtig und was falsch ist. Und was ihr da plant, erscheint mir wie ein Szenario aus einem schlechten Hollywoodfilm. Das schmeckt mir nicht, verstehst du? Was ist, wenn es nicht so läuft, wie ihr es euch vorstellt?«

»Keine Ahnung«, antwortete Merette ehrlich. »Aber mal anders gefragt: Ist Jan-Ole überhaupt in der Lage …«

Jerzy machte eine Handbewegung, die andeuten sollte, dass er längst resigniert hatte. »Er ist für sich selbst verantwortlich. Und er wird doch sowieso tun, was er will, das wissen wir, das brauchen wir nicht zu diskutieren! Und, ja, die Tests, die ich heute Morgen mit ihm gemacht habe, waren gut, erstaunlich gut sogar. Er zeigt weder irgendwelche Auffälligkeiten der Hirnnerven noch Einschränkungen in der Bewegungsfähigkeit und Sensibilität. Und wenn auch das CT jetzt keine Anzeichen für Blutungen oder Gewebeschäden ergibt, könnte ich ihn theoretisch tatsächlich entlassen. Aber ich habe euch bereits erklärt, dass nach wie vor ein Risiko besteht. Die neurologische Reha wäre jetzt der richtige Weg. Und es bleibt natürlich dabei, dass er sich schonen sollte, aber wie gesagt, es ist seine Entscheidung.«

Merette holte tief Luft. »Und deine Entscheidung, Jerzy?«

»Wenn ich es mache, dann nur, weil …« Er blickte Merette direkt in die Augen, bevor er nach ihrer Hand griff und mit dem Zeigefinger über ihren Daumen strich. Merette fürchtete sich vor dem, was jetzt kommen würde. Aber sie war auch nicht in der Lage, ihre Hand wegzuziehen. Vielleicht wollte sie es auch gar nicht. Die Spannung zwischen ihnen war so deutlich zu spüren, dass sie am liebsten laut aufgeschrien hätte.

»Entschuldigung«, sagte Jerzy gleich darauf leise und senkte den Blick. »Du hast einen völlig unmöglichen Beruf, weißt du das eigentlich?«, wechselte er unvermittelt das Thema, als wollte er die Situation unter allen Umständen entschärfen. »Es kann nicht gesund sein, sich immer nur mit den Macken anderer Leute zu beschäftigen.«

Für einen Moment war Merette irritiert, dann nickte sie zum Zeichen, dass sie die Wendung des Gesprächs akzeptierte.

»Vielleicht hast du recht«, sagte sie und versuchte, einen möglichst leichten Ton anzuschlagen. »Aber wir haben auch bestimmte Möglichkeiten, um uns zu schützen. Die Supervision bei einem Kollegen ist eine dieser Sicherungen, die uns helfen, die nötige Distanz zu behalten.«

»Und das reicht?«

»Nicht immer«, gab Merette zu. »Manchmal gibt es Fälle, die uns ganz deutlich die Grenzen unseres Berufs aufzeigen, und dann wird es schwierig, an irgendeinen Sinn von dem zu glauben, was wir tun. Wir versuchen nur, die Schäden zu reparieren, die andere angerichtet haben, und dabei gibt es keinerlei Gewissheit, was richtig oder falsch ist. Bei aller Professionalität können wir trotzdem mit unserer Einschätzung völlig danebenliegen.«

Erst als Jerzy fragend die Augenbrauen hochzog, wurde ihr klar, dass er dachte, sie würde von Aksel sprechen, und jetzt mehr wissen wollte. Aber sie hatte eher ein allgemeines Bild ihres Berufs zeichnen wollen, Aksel war nicht das Thema, über das sie ausgerechnet jetzt mit Jerzy ausführlicher reden wollte. Als wäre sie ihm dennoch ein Beispiel schuldig, schilderte sie kurz den Fall einer Kollegin, der genau das passiert war, wovor sich alle Psychologen fürchteten.

Es war noch nicht lange her, die Kollegin hatte einen Polizisten betreut, der sich beim Reinigen seiner Dienstwaffe in den Bauch geschossen hatte. Nachdem der Polizist auch psychisch wieder so weit zu sein schien, dass er in den aktiven Dienst zurückkehren konnte, hatten sie abschließend die Situation noch einmal zusammen wiederholt, um das Trauma endgültig zu löschen. Der Polizist hatte also im Beisein der Psychologin wieder die Waffe gereinigt – und sich dann plötzlich vor ihren Augen den Revolver in den Mund geschoben und abgedrückt.

»Die Kollegin war sich ihrer Sache sicher gewesen, es hatte keinerlei Anzeichen für eine solche Reaktion gegeben. Aber doch ist ein Mensch gestorben, für den sie die Verantwortung hatte. So etwas meine ich, es ist dieses Gefühl von Ohnmacht, das schlimmer ist als alles andere, verstehst du?«

»Und was ist jetzt mit ihr?«

»Sie hat den Beruf aufgegeben. Und sie hat es bis heute nicht geschafft, von ihren Selbstvorwürfen loszukommen, sie ist immer noch in Behandlung. Ich besuche sie von Zeit zu Zeit, aber es macht mir jedes Mal Angst.«

»Ein problematischer Beruf, sage ich doch«, stellte Jerzy kopfschüttelnd fest.

»Meine Tochter bezeichnet ihn als schlichtweg bescheuert.«

»Womit wir wieder beim Thema wären! – Es ist okay, ich mache es. Also nein, es ist nicht okay, aber ich mache es trotzdem!«

Jerzys Zustimmung kam so unerwartet, dass Merette Mühe hatte, seinen Erklärungen zu folgen.

»Ich zeige dir nachher den Weg in die Pathologie, den du mit Jan-Ole nehmen kannst, ohne dass euch alle möglichen Leute sehen. Und ich gebe euch meinen Schlüssel, mit dem ihr hier durch alle Türen kommt. Der Pathologe ist normalerweise um sieben verschwunden, aber um ganz sicherzugehen, lade ich ihn für heute Abend auf ein Bier in die Stadt ein. Wollten wir sowieso schon längst mal tun. Dann habt ihr die Abteilung im Keller praktisch für euch alleine, der Schlüssel passt auch für den Zugang an der Rückseite. Wie ihr das dann mit den Polizisten macht, ist eure Sache.«

»Mach dir deshalb keine Gedanken«, sagte Merette schnell. »Und, Jerzy …«

»Ja?«

»Unter anderen Umständen …«

»Ich weiß. Manchmal passt alles und … passt dann doch wieder nicht.«

Jerzy setzte noch irgendetwas auf Polnisch hinzu, bevor er seinen Stuhl zurückschob und grußlos ging.

Merette war sich klar darüber, dass sie soeben einen Freund verloren hatte.

Der Rest des Nachmittags zog sich scheinbar endlos dahin. Wie Jerzy vorausgesagt hatte, war Jan-Oles Untersuchung ohne einen negativen Befund. Jan-Ole tat das Ergebnis mit einem Achselzucken ab, als wäre es ohnehin klar gewesen. Dennoch erkannte Merette an verschiedenen Kleinigkeiten, wie erleichtert er war.

Kristina rief noch zweimal an, zunächst um sich nach Jerzys Entscheidung zu erkundigen, dann um das weitere Vorgehen mit ihnen abzusprechen. Merette konnte sich unschwer ausrechnen, dass sie genau wusste, was ein Scheitern der Aktion für sie bedeuten würde. Aber sie ließ sich keinerlei Nervosität anmerken, geschweige denn irgendeinen Zweifel am Erfolg des Plans. Im Stillen bewunderte Merette sie dafür, gleichzeitig fragte sie sich nicht zum ersten Mal, ob es genau das war, was gute Polizisten auszeichnete – dass sie sich voll und ganz immer nur auf den jeweils nächsten Schritt konzentrieren konnten und dabei jeden Gedanken an mögliche Fehler einfach ausblendeten. Jan-Ole zeigte exakt das gleiche Verhalten, wenn er sich für ein bestimmtes Vorgehen entschieden hatte.

Julia ließ nichts von sich hören, auch als sie bereits in der Pathologie waren, hatte sie sich noch nicht wieder gemeldet.

Es war jetzt kurz nach acht, der Leiter der kleinen Sondereinheit, der Kristina noch einen Gefallen schuldete, hatte seine Männer in den angrenzenden Räumen positioniert, sie würden sofort eingreifen können, sowie Aksel auftauchte. Sie waren durch die Zufahrt für die Leichenwagen in die Pathologie gelangt. Das rückwärtige Gelände des Krankenhauses bestand aus der tristen Ansammlung von nicht mehr benutzten Gebäuden, behelfsmäßigen Garagen und einer langen Reihe von Müllcontainern. Weder der Pförtner noch das wenige Personal der Nachtschicht hatte die Ankunft der Sondereinheit beobachtet. Den unscheinbaren Lieferwagen mit der verblichenen Aufschrift eines Fischgeschäfts hatten sie ein ganzes Stück entfernt am Straßenrand geparkt. Kameras gab es in diesem Bereich nicht, Merette würde mit Aksel den gleichen Weg nehmen.

Noch einmal versuchte sie jetzt, Jan-Ole zu überzeugen, Aksel bereits in dem Moment zu überwältigen, in dem sie mit ihm über die Zufahrt kam.

»Wir haben ihn hierhergelockt, weil es die schnellste Möglichkeit zu sein scheint, ihn zu kriegen. Nur darum geht es! Ich weiß nicht, warum wir erst noch dieses Risiko eingehen sollen, ihn überhaupt in deine Nähe zu lassen. Das ist vollkommen unnötig und …«

Aber wie schon zuvor beharrte Jan-Ole kategorisch auf seinen Absichten.

»Noch mal, Merette«, erklärte er deutlich gereizt, »erstens, auf dem Gelände hinter dem Krankenhaus wird er noch damit rechnen, dass ihm eine Falle gestellt wird. Und das Risiko besteht, dass er dich spontan als Geisel nimmt, sowie die Kollegen auftauchen. Das müssen wir vermeiden, erst wenn er hier in der Pathologie ist, wird er so abgelenkt sein, dass wir problemlos zugreifen können.« Er blickte zu Kristina. »Du stimmst mir da nach wie vor zu, hoffe ich?«

Kristina nickte.

»Und zweitens, Merette«, redete Jan-Ole weiter, »wir waren uns darüber einig, dass er sich auf das Ganze nur einlässt, weil er die Genugtuung haben will, in deinen Augen zu sehen, wie … etwas in dir zerbrochen ist. Nenn es, wie du willst, aber jetzt bin ich derjenige, der ihm in der Sekunde ins Gesicht sehen will, in der er begreift, dass er sich verkalkuliert hat. Das ist meine Art von Genugtuung.«

»Das ist albern! So kenne ich dich nicht. Du kommst mir vor wie …«

»Nenn es, wie du willst«, wiederholte Jan-Ole. »Aber denk daran, was er dir bereits angetan hat – und vorhat, noch weiter anzutun! Von mir und Julia ganz zu schweigen. Kristina?«, wendete er sich wieder an die Polizistin.

»Für mich ist das okay«, erwiderte Kristina auf seine unausgesprochene Frage. »Wir warten, bis du uns ein Zeichen gibst, dann sind wir da.«

»Gut«, sagte Jan-Ole. Während er die einzelnen Schritte rekapitulierte, vermied er jeden Blickkontakt mit Merette. Natürlich wusste er, dass er Merette gerade behandelte wie jemanden, dessen Meinung nicht zählte – oder zumindest im Moment nicht in sein Denkschema passte! Aber Merette war zu erschöpft, um sich auf eine weitere Konfrontation einzulassen …

»Du wartest auf ihn an dem Wegweiser zur Pathologie. Du rauchst die ganze Zeit Kette, falls er dich beobachtet, muss er den Eindruck bekommen, dass du völlig fertig bist. Du nickst ihm zur Begrüßung nur zu, falls er irgendwelche Fragen stellt, gibst du ihm keine Antwort. Er ist dein Feind! Er hat dich zu etwas getrieben, was du selbst von dir nie erwartet hättest – und du hast immer noch Angst um Julia. Jetzt willst du das Ganze nur schnell hinter dich bringen, damit er Julia laufen lässt. Du gehst mit ihm zur Rückseite des Krankenhauses, bis zu dem Kellereingang. Ihm wird klar sein, dass ihr nicht am Pförtner vorbeikönnt, wenn er trotzdem fragt, sag ihm genau das. Und sei dabei so aggressiv wie irgend möglich! Das Gleiche gilt, wenn er sich wundern sollte, woher du den Schlüssel hast. Mach ihm klar, dass ihn das nichts angeht, es darf keinen Moment so aussehen, als wolltest du ihm erzählen, wie du es gemacht hast. Das ist einzig und allein deine Sache – und das letzte bisschen Selbstachtung, das dir noch bleibt. Ihr geht also durch die Tür und den Gang runter bis hierher in den Obduktionsraum. Du schaltest das Licht ein. Wir werden gleich noch die Neonröhre über dem Tisch so präparieren, dass sie flackert, als ob sie kaputt wäre. Das muss reichen, um ihn zu täuschen, falls ich den Atem nicht lange genug anhalten kann. An meinem Fuß hängt der übliche Zettel mit den Patientendaten, so dass er meinen Namen lesen kann. Aber du gehst sofort zum Kopfende und ziehst mir das Tuch vom Gesicht. Und dann trittst du so weit wie möglich zurück! Tu einfach so, als könntest du meinen Anblick nicht ertragen, das muss auch für ihn eine logische Reaktion sein. Versuch, den zweiten Tisch hier zwischen dich und ihn zu bringen, damit er keine Chance hat, dich eventuell doch noch zu greifen. Für den Fall, dass … vergiss es, so weit wird es ohnehin nicht kommen«, sagte Jan-

Ole abschließend und blickte auf seine Uhr. »Es ist Zeit für dich, auf deinen Platz vorm Krankenhaus zu gehen. Wir wissen nicht, wie lange vorher er vielleicht schon da sein wird. Hast du Zigaretten?«

Merette nickte. Ab jetzt würde jeder Schritt unweigerlich zum nächsten führen, wie bei einer Kettenreaktion, die nicht mehr zu stoppen war. Und dass Kristina im gleichen Moment eine mattschwarz glänzende Waffe mit einem auffällig kurzen Lauf hervorzog und Jan-Ole zuschob, hinterließ ein beklemmendes Gefühl bei Merette, das ihr wie eine schlechte Vorahnung erschien.

»Ganz ruhig, Merette«, hörte sie Jan-Ole wie aus weiter Entfernung sagen. »Es ist jetzt unser Spiel, nicht mehr seins. Und du weißt, dass Kristina ein paar Männer am Eingang hat, die dir jederzeit zu Hilfe kommen können! Mach alles so, wie wir verabredet haben, dann wird auch nichts schiefgehen. Ich bitte dich darum, auch wenn mir vollkommen klar ist, was ich da von dir verlange.« In einer fast hilflosen Geste hob er beide Hände, bevor er hinzusetzte: »Wir haben es bald hinter uns, lass uns dann reden, okay?«

Fünf Minuten später stand Merette an der Infotafel vor dem Krankenhaus. Sie war weniger nervös als vielmehr wütend auf Jan-Ole und seine anmaßende Polizistenattitüde. Auf Kristina, die offensichtlich bemüht war, Jan-Ole einfach machen zu lassen, obwohl sie diejenige war, die die Aktion leitete und zu verantworten hatte. Nein, dachte sie, vor allem war sie wütend auf sich selbst, auf ihre Unfähigkeit gerade eben, Jan-Ole Paroli zu bieten!

Während sie sich die erste Zigarette anzündete, versuchte sie unauffällig, die Polizisten ausfindig zu machen, die zur Einsatzgruppe gehörten. Auf der Treppe verabschiedete sich ein pickliger Junge, der den Arm in Gips hatte, von seiner Freundin. Ein Stück entfernt stand eine Krankenschwester, die mit ihrem Handy telefonierte. Ein Mann im Rollstuhl und mit tätowierten Armen und langen blonden Haaren unter dem Kopfverband fuhr ohne Pause um das Blumenbeet, ein Alter in Filzpantoffeln und Bademantel saß mit dem fahrbaren Gestell für den Tropf neben sich auf der Bank, ohne etwas von seiner Umgebung wahrzunehmen.

Erst bei einem Blick zur Straße hinüber entdeckte Merette den Typen mit der auffälligen Halsmanschette, der sich mit einem Taxifahrer unterhielt. Sie tippte auf den Rollstuhlfahrer und den Typen mit dem vorgeblichen Schleudertrauma, war sich aber nicht sicher. Ebenso gut konnte auch der Taxifahrer zu Kristinas Leuten gehören.

Auch nach der dritten Zigarette war von Aksel noch nichts zu sehen. Merette rechnete damit, dass er sich erneut verkleidet hätte, aber die Szenerie vor dem Krankenhaus blieb unverändert, nur der Junge und das Mädchen hatten sich nach langer Knutscherei endlich getrennt. Kurz nach ihnen war auch die Schwester wieder verschwunden.

Zum wiederholten Mal checkte Merette ihr Handy, ob eine Nachricht eingegangen war. Nichts, kein verpasster Anruf, keine SMS, deren Eingang sie aus welchen Gründen auch immer nicht gehört hatte – und auch immer noch keine Nachricht von Julia!

Merette war kurz davor, sich über alle Bedenken hinwegzusetzen und selbst noch mal anzurufen. Nur der Gedanke, dass genau in dem Moment, in dem sie mit Julia sprach, Aksel hinzukommen könnte, hielt sie davon ab, Julias Nummer zu wählen.

Es war jetzt Punkt zweiundzwanzig Uhr, Merette erinnerte sich daran, wie Aksel ihr in Oslo auf die Sekunde genau seine Nachricht geschickt hatte – aber diesmal blieb das Handy stumm. Und es kam auch niemand wie zufällig über den Weg geschlendert, um sich ihr gegenüber als Aksel zu erkennen zu geben.

Merette suchte in ihrer Tasche nach dem Päckchen mit den Kaugummis, aber auch der scharfe Pfefferminzgeschmack konnte das pelzige Gefühl in ihrem Mund nicht überdecken.

Sie steuerte die Bank mit dem alten Mann an.

»Darf ich?«, fragte sie und deutete auf den freien Platz neben ihm.

Anstelle einer Antwort stand er wortlos auf und schlurfte in seinen Pantoffeln zur Eingangstreppe hinüber, bei jeder Stufe musste er mühsam das Gestell mit dem Tropf nachziehen.

Merette unterdrückte den Impuls, einfach hinzugehen und ihm zu helfen, nicht jetzt, dachte sie und blickte schon wieder auf ihre Uhr. Es passte nicht zu Aksel, dass er sich verspätete! Vielleicht war etwas passiert. Vielleicht hatte er den Bus verpasst, so wie Julia ja auch!

Nein, Aksel würde nicht mit dem Bus kommen, er musste motorisiert sein. Aber er konnte natürlich einen Unfall gehabt haben! Oder er war doch längst hier und beobachtete sie, so wie in Oslo. So wie er auch die ganze Zeit über Julia und Marie beobachtet haben musste, ohne dass sie ihn bemerkt hatten. Aber wo sollte er dann sein?

Der Rollstuhlfahrer drehte nach wie vor seine Runden, wenn auch langsamer als zu Beginn. Die Taxis waren bis auf den einen Wagen verschwunden, in dem der Typ mit der Halsmanschette jetzt bei geöffneter Tür auf dem Beifahrersitz hockte und rauchte. Der Fahrer saß neben ihm und schien zu schlafen. Eine Frau zog ihren kläffenden Hund an der Leine hinter sich her, sonst war niemand zu sehen. Und es gab auch weit und breit kein Versteck, das in Frage kam.

Merettes Gedanken schweiften zurück zu Julia und ließen sie wieder fröstelnd die Schultern hochziehen. Irgendetwas war nicht in Ordnung, davon war sie mittlerweile überzeugt. Und wenn es einen Zusammenhang gab, dachte sie, wenn die Tatsache, dass Julia sich nicht meldete, etwas damit zu tun hatte, dass Aksel nicht kam?

Jetzt rief sie doch Julias Nummer an. Aber sie wusste es schon, noch bevor sie die automatische Ansage hörte: Julias Handy war wieder ausgeschaltet!

Eine Ärztin in grüner OP-Kleidung und mit weißen Cloggs kam die Stufen vom Eingang herunter und setzte sich neben sie. Erst als sie leise zu sprechen begann, erkannte Merette, dass es Kristina war.

»Es sieht so aus, als würde es nicht so laufen, wie wir uns das vorgestellt haben. Was meinst du, besteht noch eine Chance, dass er kommt?«

»Ich weiß es nicht«, brachte Merette mit Mühe heraus. »Keine Ahnung.«

»Wir warten noch eine halbe Stunde, dann blase ich die Aktion ab«, erklärte Kristina. »Länger kann ich die Leute vom Einsatzkommando nicht hierbehalten, der ganze Einsatz geht ohnehin schon von ihrer freien Zeit ab. Was ist mit dir?«, setzte sie dann hinzu. »Ist alles in Ordnung?«

»Nichts ist in Ordnung.«

»Ja, ich weiß, Entschuldigung. Es war eine dumme Frage von mir. Um Punkt elf machen wir Schluss. Wenn er bis dahin nicht gekommen ist, haben wir Pech gehabt. Dann bleibt uns nichts, als doch den Polizeiapparat in Gang zu setzen, ganz offiziell!«

Als Kristina aufstand und zurück zum Eingang lief, sah Merette, wie sie ihren Leuten mit der rechten Hand ein Zeichen gab. Der Typ im Rollstuhl stieß einen Laut aus, der nicht zu interpretieren war, bevor er seine nächste Runde um das Blumenbeet startete. Der Mann im Taxi zeigte keine weitere Reaktion, außer dass er sich eine neue Zigarette anzündete.

Merette wusste, dass alles umsonst gewesen war. Aksel würde nicht mehr kommen. Und er war auch nie da gewesen! Ihre einzige Hoffnung war jetzt, dass er vielleicht die Anzeige in der Zeitung gar nicht gesehen hatte. Vielleicht waren sie zu schnell gewesen, als sie ihn so unter Zeitdruck setzen wollten, dass er keinen Einfluss mehr auf den Ablauf ihres Plans nehmen konnte – und er rechnete erst am nächsten Tag mit einer Nachricht von ihr. Möglich wäre es, dachte sie. Wobei dann immer noch die Frage blieb, was mit Julia und Marie los war.

Wenige Minuten nach dreiundzwanzig Uhr erschien Kristina wieder, diesmal in Cargohosen und ihrer üblichen Jeansjacke. Sie wechselte ein paar Worte mit dem Rollstuhlfahrer. Er klappte den Rollstuhl zusammen und stellte ihn neben dem Eingang ab. Als er an Merette vorüber zum Taxi ging, nickte er ihr flüchtig zu. Kurz darauf startete der Fahrer den Motor und das Taxi mit den drei Männern verschwand in der Dämmerung. In einigen Krankenzimmern war noch Licht, an einem der Fenster konnte Merette einen Arzt im weißen Kittel sehen, der grüßend die Hand hob, als er ihrem Blick begegnete. Irgendwo bellte wieder ein Hund.

Merette folgte Kristina zum Hintereingang der Pathologie. Auch die anderen Männer des Einsatzkommandos hatten sich schon verabschiedet. Jan-Ole saß auf einem Plastikstuhl, über der Lehne hing das zusammengeknüllte Leichentuch, unter dem er auf Aksel hatte warten wollen.

Er hatte sein Handy in der Hand und starrte auf das Display. Sein Blick war vollkommen leer. Auch als Merette ihm die Hand auf die Schulter legte, sah er nicht auf.

»Jan-Ole?«

Seine Stimme war so leise, dass Merette sich vorbeugen musste, um ihn zu verstehen.

»Bernt hat gerade angerufen.«

»Wer?«

»Mein Freund aus Motala. Er wollte wissen, wo Julia und Marie bleiben. Sie sind immer noch nicht da und sie haben sich auch nicht bei ihm gemeldet. Aber der letzte Bus für heute ist bereits vor über einer Stunde gekommen. Und Julias Handy …«

»Ist ausgeschaltet, ich wollte es dir gerade erzählen«, sagte Merette. Das Schwindelgefühl kam so plötzlich, dass Kristina sie gerade noch halten und ihr einen Schemel unterschieben konnte, bevor ihr die Beine wegknickten.

Wie durch einen Schleier nahm sie wahr, dass die Polizistin ihr einen Plastikbecher mit Leitungswasser an die Lippen drückte. Jan-Ole stand auf und trat neben sie. Während Merette hastig trank, strich er ihr in einer hilflosen Geste immer wieder über die Haare.

Als Kristina anfing zu reden, brauchte Merette einen Moment, bis sie den Zusammenhang verstand.

»Ich will nicht für noch mehr Unruhe sorgen, Jan-Ole. Und wahrscheinlich ist es auch der denkbar ungünstigste Augenblick, um jetzt damit anzufangen. Aber es gibt da etwas, worüber ich eigentlich schon länger mit dir reden wollte! Vielleicht hat es nichts damit zu tun, was in den letzten Tagen passiert ist, trotzdem meine ich, dass wir es nicht außer Acht lassen können.«

Merette spürte, wie sich Jan-Oles Hand in ihrem Nacken verkrampfte, als er antwortete.

»Ich weiß nicht, wovon du redest. Wir müssen Aksel aufspüren – und die beiden Mädchen! Nur darum geht es jetzt!«

»Das ist mir klar. Aber das heißt vielleicht auch, dass wir noch mal ganz von vorne anfangen müssen mit unseren Überlegungen. Wir können uns keine Fehleinschätzungen mehr leisten, dafür ist die Situation schon zu weit eskaliert.«

»Jetzt sag endlich, worauf du hinauswillst!«

»Auf die simple Tatsache, dass du bislang nicht alles erzählt hast, was du weißt. Ich habe ein bisschen recherchiert, das gehört nun mal zu meinem Beruf, auch wenn du vielleicht immer noch glaubst, dass wir hier unten in Kristiansand keine Ahnung von Polizeiarbeit haben …«

Als Kristina einen Moment nach den richtigen Worten suchte, hielt Merette unwillkürlich den Atem an.

»Ohne lange drum rumzureden, du warst schon mal hier, Jan-Ole, vor zehn Jahren, und zwar im Zusammenhang mit einem Mord in Myglevatn, genau da, wo jetzt mit dem Überfall auf dich alles angefangen hat!«

# ZWEITES BUCH

We made a mess of this paradise
(Dance with a Stranger)

# 10 Jahre vorher

## 1.

Jan-Ole war als leitender Beamter bei einer Sonderkommission, die im Zusammenhang mit verschiedenen Fällen von Kindesentführung ermittelte. Dabei gerieten sie auf die Spur einer Firma mit dem klangvollen Namen ›International Child Rescue Service‹, die ihren Sitz in Schweden hatte und Hilfe bei internationalen Sorgerechtskonflikten und Vermisstenfällen anbot. Es wurde schnell klar, dass es sich um eine Tarnorganisation handelte. Dahinter verbarg sich eine kriminelle Vereinigung, die Menschenhandel, Kidnapping und Kindesentzug im großen Stil betrieb und mit Hilfe von geschulten Spezialkräften aus ehemaligen Militärkreisen operierte. Dabei wurden offensichtlich auch gezielt Kinder zahlungskräftiger Eltern erst entführt, um sie dann in spektakulären Aktionen wieder zu »befreien«.

Es gelang der Sonderkommission, zwei Norwegern und einem Schweden die Beteiligung an der »Rückholaktion« eines Kindes nachzuweisen, das von Tunesien über Sizilien nach Norwegen gebracht worden war – gegen die Summe von 250 000 Euro, die die Eltern für den an einen Actionfilm erinnernden Einsatz von diversen Hubschraubern und Schnellbooten bezahlt hatten.

Aber kaum waren die Haftbefehle erlassen, wurde die Arbeit der Sonderkommission eingestellt – obwohl sich deutliche Parallelen zu weiteren Fällen abgezeichnet hatten und es nahelag, die Ermittlungen entsprechend fortzusetzen.

Und dann klingelte eines Abends das Telefon und eine unbekannte Männerstimme, die sich als »Beamter im Auftrag der Regierung« vorstellte, beorderte Jan-Ole für den folgenden Morgen zu einem »kurzen Gespräch« in das Museumshaus des norwegischen Komponisten Edvard Grieg in Troldhaugen. Jan-Ole sollte sich der ersten Touristenführung anschließen und abwarten, bis der unbekannte Anrufer Kontakt aufnehmen würde.

Tatsächlich kam es dann erst gegen Ende der Führung zu einer Begegnung, als Jan-Ole bereits versucht war, das Ganze als einen dummen Streich anzusehen, den ihm womöglich seine Kollegen gespielt hatten. Aber der relativ junge und unscheinbare Mann, der ihn schließlich von einer Parkbank vor dem kleinen Konzertpavillon aus nach Feuer für seine Zigarette fragte, war alles andere als ein zufälliger Besucher, der sein Wissen über Grieg auffrischen wollte. Und keine halbe Stunde später war Jan-Ole bestens informiert über die Arbeit der »Beredskapstroppen«, einer Spezialeinheit der norwegischen Polizei, die für das ganze Land zuständig und auf Geiselbefreiung, sogenannte »hochriskante Festnahmen« und Terrorabwehr im In- und Ausland spezialisiert war.

Der junge Mann berichtete sachlich und ungeschönt über die Aufgaben und vor allem die gesellschaftliche Verantwortung dieser Einheit, zu Jan-Oles Verblüffung schien er darüber hinaus nicht nur interne Kenntnisse über Jan-

Oles bisherige Polizeilaufbahn, sondern auch über seine privaten Verhältnisse zu haben. Er wusste sowohl um die Schwierigkeiten, die Jan-Oles teilweise unorthodoxen Ermittlungsmethoden im Laufe der Zeit mit sich gebracht hatten, als vor allem auch um seine privaten Probleme mit Merette.

Es war genau zu der Zeit, in der Julia erfahren hatte, dass Jan-Ole nicht ihr leiblicher Vater war, und von einem Tag auf den nächsten nichts mehr mit ihm zu tun haben, geschweige denn ihn noch länger als »Papa« akzeptieren wollte. Und Merette reagierte, indem sie sich aus Hilflosigkeit oder Schuldgefühl voll und ganz auf die Seite ihrer Tochter stellte – gerade erst hatte sie Jan-Ole gegenüber geäußert, dass sie eher das Ende ihrer Beziehung riskieren würde, als Julia im Stich zu lassen. Natürlich war das Ganze nur der Auslöser, der die ohnehin angespannte Situation zwischen Jan-Ole und Merette unvermittelt eskalieren ließ. Viel zu lange schon hatten sie sich immer mehr voneinander entfernt, ohne es wirklich wahrhaben zu wollen. Sicherlich spielten dabei auch ihre Berufe eine Rolle, die gegensätzlicher kaum sein konnten. Und so hatten sie sich jeder in seiner Arbeit vergraben, bis sie kaum noch wussten, was den anderen eigentlich beschäftigte, welche Probleme er hatte, wovon er träumte, was er vermisste.

Kurz: Ihre Beziehung war am Ende, und wahrscheinlich hatten sie nur Julia zuliebe noch den Anschein einer ehelichen Partnerschaft aufrechterhalten. Jetzt gab es kaum noch einen Anlass dazu, dieses Spiel weiterzuspielen.

Somit kam also das unverblümt vorgetragene Angebot, das der junge Mann Jan-Ole auf der Parkbank unterbreitete, zwar vollkommen überraschend, ließ Jan-Ole aber kaum mehr als eine Zigarettenlänge zögern, bevor er zusagte. Und damit war er angeworben – und plötzlich Mitglied einer fast militärisch organisierten Einheit von knapp siebzig hochspezialisierten Polizisten, für die er als Sonderermittler arbeiten sollte!

Die nächsten Wochen vergingen mit endlos erscheinenden Gesprächen mit anderen nicht mehr ganz so jungen und auch nicht mehr ganz so unscheinbaren neuen Kollegen. Dabei wurde auch Jan-Oles offizieller Ausstieg aus dem Polizeidienst vorbereitet. Dass er tatsächlich ein künstlerisches Talent hatte und länger schon von einem zweiten Leben als Kunstmaler träumte, passte perfekt zu der Tarnung, die jetzt für ihn erfunden wurde: der Expolizist, der sich als Künstler auf eine Hütte in den Schären zurückgezogen hatte und ganz für seine Kunst lebte.

Allerdings hatte Jan-Ole zunächst Schwierigkeiten damit, dass er auch Merette gegenüber absolutes Stillschweigen über seine zukünftige Undercovertätigkeit bewahren sollte. Aber die Anweisungen waren nicht nur unbedingt verpflichtend, sondern auch sinnvoll. Nur wenn Merette nicht eingeweiht war, konnte sie auch nicht zum Schwachpunkt von Jan-Ole werden, und je weniger sie wusste, umso geschützter war sie.

Merettes Reaktion auf seine vorgebliche Entscheidung, den Polizeidienst zu quittieren und sich als Künstler zu verwirklichen, bestand aus nicht viel mehr als einem ungläubig-fragenden Blick und einem Schulterzucken. Vielleicht war es gerade dieses fast zu eindeutig demonstrierte Desinteresse Merettes, das für Jan-Ole gleichbedeutend mit dem definitiven Ende ihrer Beziehung war. Im Übrigen war er sich ohnehin sicher, dass Merette seine Entscheidung, in einer Terrorabwehrgruppe zu arbeiten, grundsätzlich abgelehnt hätte. Das machte es einfacher, das frühere Vertrauen zwischen ihnen so deutlich zu verletzen.

Gemeinsam standen sie noch die Pressekonferenz durch, bei der Jan-Oles Ausstieg bekanntgegeben wurde und er selbst seine zukünftige Karriere als die »lang ersehnte Erfüllung eines Lebenstraums« formulierte.

Nachdem Jan-Ole dann auf die Hütte in den Schären gezogen war, beschränkte sich sein Kontakt mit Merette auf ein paar kurze Telefonate, in denen sie hauptsächlich mehr oder weniger freundliche Belanglosigkeiten austauschten und Merette ihn über Julias Fortschritte oder Probleme in der Schule informierte.

Warum sie sich nicht scheiden ließen, wusste eigentlich keiner von ihnen, aber es schien nach wie vor eine Art unsichtbares Band zwischen ihnen zu bestehen – und als sie später erste Schritte unternahmen, sich wieder näherzukommen, waren sie beide froh, den endgültigen Bruch vermieden zu haben.

Das war allerdings erst lange nach der Geschichte in Telemark, und weder damals noch später erwähnte Jan-Ole Merette gegenüber, was da in der Wildnis Südnorwegens passiert war. Obwohl er nicht aktiv bei der Eingreiftruppe, sondern nur als verdeckter Ermittler eingesetzt werden sollte, musste er dennoch das für den Einstieg in die Beredskapstroppen obligatorische Trainingsprogramm absolvieren. Zur Grundausbildung gehörten dabei physische und psychologische Tests, vor allem aber ein zweimonatiger Kurs in der Terrorismusbekämpfung, der auf einer Militärbasis nahe dem stillgelegten Bergbaugebiet Knaben Gruver abgehalten wurde. Der Abschluss des Kurses bestand in einem einwöchigen Orientierungsmarsch, bei dem innerhalb bestimmter Zeiten verschiedene Kontrollpunkte angelaufen werden mussten, ansonsten war jeder Teilnehmer vollkommen auf sich allein gestellt.

Die vorgeschriebene Ausrüstung umfasste weder Lebensmittel noch Reservekleidung, sondern nur den Kampfanzug mit der schusssicheren Weste sowie Nachtsichtgerät, Kompass, Schweizer Militärmesser und eine modifizierte Heckler & Koch MP5 der regulären Polizeikräfte in Norwegen. Mit anderen Worten: eine eher fragwürdige Kombination, die nur bedingt wildnistauglich war.

Aber Jan-Ole war schon als Kind manchmal tagelang mit seinem Vater durch die Wälder gestreift und hatte gelernt, welche Beeren und Wurzeln essbar waren, wie man Forellen mit der Hand fing, ohne Zündhölzer Feuer machte oder auch bei Dauerregen einen trockenen Unterstand aus Kiefernästen, Moos und Birkenrinde baute. Fast kam ihm der Marsch wie eine Erinnerung an seine Kindheit vor. Er hatte keine Mühe, die verschiedenen Kontrollpunkte abzuhaken, und als er am letzten Tag schließlich deutlich vor der Zeit das Zielgebiet erreichte, gönnte er sich ein ausgiebiges Bad in einem der glasklaren Bergseen und lag dann lange auf einem Felsen in der Sonne, während hoch über ihm ein Adler seine Kreise drehte.

»Indianerland« war seine Assoziation zu der scheinbar unberührten Natur um ihn herum, die ihn staunend feststellen ließ, dass er plötzlich einfach nur glücklich war, von einer Art innerem Frieden erfüllt und weit weg von jedem Gedanken an Terror, Krieg, Gewalt.

Umso größer war der Schock, als er dann unvermittelt mit allem konfrontiert wurde, was er gerade eben noch vollständig verdrängt hatte. Es musste bereits gegen Mitternacht sein, als er die bewaldete Halbinsel passierte, von der aus ein schmaler Trampelpfad am Seeufer entlang zu dem Kanuverleih führte, der als letztes Ziel zu erreichen war.

Zuerst roch er den Qualm eines Lagerfeuers. Kurz darauf meinte er in dem mittsommernächtlichen Dämmerlicht weit draußen auf dem See ein Kanu auszumachen, das sich zum gegenüberliegenden Ufer hinbewegte. Sein erster Gedanke war, dass irgendwelche Sommerurlauber auf der Halbinsel ein Feuer gemacht hatten und jetzt zum Campingplatz zurückpaddelten. Und auf den Gedanken folgte fast automatisch der nächste Schritt – wie jeder Norweger wusste Jan-Ole um den Leichtsinn von Touristen, die ihre Feuerstellen nicht richtig löschten und so das Risiko eines Waldbrandes heraufbeschworen.

Er verließ den Trampelpfad und kletterte über Felsbrocken und Wurzelwerk bis zu dem schmalen, halbmondförmigen Sandstrand, der sich an der äußeren Spitze der Halbinsel hinzog, gut versteckt unter den bis aufs Wasser hinausreichenden Ästen der Kiefern, die wie schwarze Spinnenarme in den Nachthimmel ragten.

Tatsächlich glommen zwischen ein paar notdürftig aufgeschichteten Steinen noch die Reste eines Feuers, aber ein weiteres Kanu, das am Rand des Uferschilfs lag, ließ Jan-Ole zögern. Offensichtlich war die Feuerstelle doch nicht verlassen, dazu passten auch die zum Trocknen aufgehängten Handtücher an einem der Bäume – ebenso wie die beiden Schlafsäcke, die in sicherer Entfernung zum Feuer ausgebreitet waren. Undeutlich erkannte er verschiedene Kleidungsstücke, die wahllos verstreut auf dem Sand lagen, auch einen rußgeschwärzten Grillrost konnte er ausmachen, auf dem noch die Reste eines großen Fischs lagen. Eine Gabel oder ein Löffel reflektierte das Mondlicht, gleich daneben lag eine umgestürzte Weinflasche. Der Boden um sie herum war dunkel eingefärbt, die beachtliche Anzahl leerer Bierdosen ließ Jan-Ole irritiert die Augenbrauen zusammenziehen.

Immer noch zögerte er, unter den Bäumen hervorzutreten, obwohl ihm längst klar war, dass hier irgendetwas ganz und gar nicht stimmen konnte. Jetzt registrierte er auch den von Stiefelabdrücken zerwühlten Sand, gleich darauf dann die Schleifspur, die bei den Schlafsäcken begann und sich unter den Bäumen in der Dunkelheit verlor.

Jan-Ole löste das Nachtsichtgerät vom Koppel seines Kampfanzuges und justierte es. Der Effekt ließ ihn jedes Mal aufs Neue für einen kurzen Moment fast schwindlig werden, wenn sich alle Einzelheiten mit scharf umrissenen Konturen in dem grünlichen Licht abzeichneten wie eine Szene aus einem Science-Fiction-Film.

Er streifte die Heckler & Koch vom Rücken, ließ die Waffe allerdings gesichert. Vorsichtig bewegte er sich von einem Stamm zum nächsten, sorgsam darauf achtend, dass er nicht auf einen morschen Ast trat oder gegen einen losen Stein stieß. Irgendwo über dem See schrie ein Wasservogel, einmal nur, dann herrschte wieder eine unnatürliche Stille, in der das vereinzelte Glucksen des Wassers zwischen den Ufersteinen nur umso lauter wirkte.

Jan-Ole hatte jetzt die Stelle erreicht, an der die Schleifspur vom Strand in den Wald führte. Ein paar Meter weiter wurde der Boden felsig und stieg leicht an, bevor ohne Übergang die Felskante kam.

Die junge Frau lag mit verdrehtem Kopf und unnatürlich abgespreizten Armen und Beinen unterhalb des Felsens. Bis auf das zerrissene T-Shirt, das nur noch eine Brust bedeckte, war sie nackt. Die rechte Hälfte ihres Gesichts war zerschmettert, Knochensplitter und Hautfetzen umrahmten die blutige Höhle, die einmal ihr Auge gewesen war. Die blonden Haare waren von Sand und Dreck verklebt, direkt über der linken Schläfe war ein kahler Fleck, als hätte ihr jemand mit Gewalt ein Büschel Haare ausgerissen.

Automatisch sicherte Jan-Ole mit einer schnellen Bewegung des Kopfes die nähere Umgebung. Zwischen zwei Kiefernstämmen hindurch hatte er freien Blick auf den See, das Kanu, das er vorhin noch gesehen hatte, war verschwunden.

Mit einem Sprung landete er neben dem leblosen Körper. Als er sich vorbeugte, um mit zwei Fingern nach der Halsschlagader zu tasten, schrie wieder der Wasservogel. Diesmal antwortete irgendein anderes Tier mit einem heiseren Laut, der abrupt endete. Gleich darauf ließ ihn der flüchtige Schatten einer Eule, die lautlos dicht über ihm zwischen den Bäumen hindurchstrich, unwillkürlich zusammenzucken.

Er konnte keinen Puls fühlen, aber die Haut der jungen Frau war noch warm. Für einen Moment hockte Jan-Ole einfach nur so da, während er versuchte, sich alle Einzelheiten, die sein Blick erfasste, einzuprägen und einen logischen Zusammenhang zu finden.

Zwei Leute waren mit dem Kanu zur Halbinsel gepaddelt und hatten ein Lagerfeuer gemacht. Den Schlafsäcken und dem Campinggeschirr am Strand nach zu urteilen, wollten sie über Nacht bleiben. Vielleicht hatten sie in der

Dämmerung noch gebadet, das würde die nassen Handtücher erklären. Ein junges Liebespaar vielleicht, das die Nacht ungestört unter freiem Himmel verbringen wollte, dachte Jan-Ole, bevor er sich korrigierte: Die junge Frau vor ihm war eher noch ein Mädchen, die Figur war fast knabenhaft, am Handgelenk trug sie eine Reihe bunter Freundschaftsbänder, der Ring an ihrem rechten Daumen sah aus wie aus einem Kaugummiautomaten. Sechzehn, dachte Jan-Ole, vielleicht auch erst fünfzehn. Vielleicht waren es nicht ein Junge und ein Mädchen gewesen, sondern zwei Mädchen. Die zu irgendeiner Jugendgruppe gehörten, die mit Kanus unterwegs war. Oder die mit ihren Eltern auf dem Campingplatz waren, den er gegen Mittag passiert hatte. Und die Aufschrift auf dem T-Shirt schien ihm recht zu geben. Als er den Baumwollstoff vorsichtig glatt zog, konnte er deutlich die drei Worte ICH WILL SPASS lesen. Also womöglich zwei Mädchen aus Deutschland. Und eine Nacht alleine in der Wildnis als Mutprobe und großes Abenteuer.

Aber dann war etwas passiert, was nicht geplant war. Zumindest das Mädchen vor ihm war mit ziemlicher Sicherheit vergewaltigt worden, die Hämatome am Bauch und an den Oberschenkeln sprachen eine deutliche Sprache, die Schamhaare waren krustig verklebt von Blut und wahrscheinlich Sperma, auch zwischen den Beinen war Blut zu erkennen.

Jan-Ole ließ seinen Blick über den Sandboden wandern, die Abdrücke, die er bereits vorher entdeckt hatte, stammten von Männerstiefeln, Größe 45, dachte Jan-Ole, mindestens. Gummistiefel mit stark ausgeprägten Plastiksohlen. Und: Zwei verschiedene Muster, also zwei Männer. Die das

Lagerfeuer gesehen hatten, mit ihrem Kanu gekommen waren und die ahnungslosen Mädchen überrascht hatten. Die vielleicht erst nur ein bisschen quatschen wollten, ein oder zwei Bier mit den Mädchen trinken, sich wichtigmachen, als Beschützer aufspielen, vielleicht auch Spaß daran gehabt hatten, den Mädchen Angst zu machen. Die sich aufführten, als würde der See ihnen gehören, die einfach nicht verschwanden, auch nicht, als die Mädchen deutlich zu verstehen gaben, dass sie sich gestört fühlten, dass sie alleine sein wollten. Und die dann irgendwann dachten: Warum eigentlich nicht? Lass uns den beiden jungen Dingern doch mal zeigen, wie man richtig Spaß haben kann. Sie wollen es ja nicht anders, dass sie sich so prüde geben, ist nur Show.

Die Gummistiefel deuteten auf zwei Männer hin, keine Jugendlichen. Jugendliche wären barfuß gewesen oder hätten Sneakers getragen. Zwei Angler, dachte Jan-Ole, entweder ebenfalls Touristen oder Norweger aus Oslo oder Kristiansand, die hier irgendwo ihr Sommerhaus hatten. Vielleicht auch Männer aus dem nächsten Dorf.

Sie machten sich also über die Mädchen her, aber die Mädchen wehrten sich, deshalb konzentrierten sie sich zunächst auf eins der beiden. Sie warfen sie zu Boden, ein Mann hielt sie fest und spreizte ihre Beine, der andere …

So könnte es gewesen sein, dachte Jan-Ole, und dem zweiten Mädchen war es vielleicht gelungen, zu entkommen. Aber wo war sie? Oder lag sie hier ebenfalls irgendwo, vergewaltigt, misshandelt, tot? Und was hatten die Schleifspuren zu bedeuten? Er war sich fast sicher, dass die Vergewaltigung am Strand stattgefunden hatte, erst danach mussten sie das Mädchen zum Wald geschleift haben. Und dann? Hatten sie sie von dem Felsen gestoßen? War sie gestürzt? Hatte sie sich vielleicht noch befreien können und war auf der Flucht in der Dunkelheit über die Kante gestolpert? Oder war sie schon vorher tot gewesen, noch am Strand mit einem Stein erschlagen, als sie sich gewehrt hatte – und die Männer hatten das Ganze dann wie einen Unfall aussehen lassen wollen? Aber warum waren sie verschwunden, ohne sich auch nur ansatzweise die Mühe zu machen, ihre Spuren zu verwischen? Waren sie gestört worden? Und wenn ja, von wem?

Jan-Ole hätte fast wetten können, dass es einen Zusammenhang zu dem Kanu gab, das über den See verschwunden war. Entweder waren es die Angler selbst gewesen oder …

Er wusste es nicht. Und er konnte nicht riskieren, das Gelände nach weiteren Spuren abzusuchen, ohne dabei den Tatort zu kontaminieren. Es gab im Moment nur eine Möglichkeit. Er musste zum Kanuverleih und schnellstens die zuständige Polizeidienststelle informieren, alles Weitere wäre dann erst mal Sache der Kollegen von der Spurensicherung. Und sie mussten einen Suchtrupp organisieren, der das zweite Mädchen aufspüren sollte!

Jan-Ole richtete sich auf. Sein Blick fiel auf eine Halskette, die ein paar Schritte entfernt halb verborgen unter den trockenen Kiefernnadeln lag. Eine billige Kette mit einem glänzenden Herzen aus rotem Glas, die ihn unwillkürlich an Autoscooter und Zuckerwatte denken ließ, während er sich bereits bückte und die Kette aus einem Impuls heraus in die Knietasche seines Kampfanzuges gleiten ließ. Als wäre sie ein Indiz für die Unschuld des ermordeten Mädchens, das er genauso in Erinnerung behalten wollte – wie sie mit ihren Freundinnen auf irgendeinem Rummelplatz stand und sich über die grellbunten Horrorfratzen der Geisterbahn lustig machte! Erst Tage später sollte er sich fragen, ob es nicht vielleicht irgendeine Vorahnung gewesen war, die ihn die Halskette hatte einstecken lassen.

Noch einmal ging er den Waldrand ab, um zumindest sicher zu sein, dass das zweite Mädchen hier nicht ebenfalls irgendwo lag. Nachdem er nichts weiter entdeckt hatte als die Knochen und Federn einer Möwe, die von einem Raubvogel geschlagen worden war, murmelte er halblaut vor sich hin: »Lass sie entkommen sein, lass sie ein Versteck gefunden haben, lass sie noch am Leben sein.« Er hatte keine Ahnung, an wen genau er seine Bitte richtete, aber vielleicht ließ sich das Schicksal auf diese Weise irgendwie beschwören. Vielleicht würde es bei der einen Leiche bleiben, deren geschundener Körper sich wie festgebrannt auf seiner Netzhaut abzeichnete.

Als er wieder auf dem Trampelpfad war, hörte er in der Ferne den Donner grollen. Blitze zuckten über den Horizont. Wenig später setzte der Regen ein. Wie eine Wand aus Wasser, die unablässig vom Himmel rauschte.

Soviel zu der Idee, dass die Spurensicherung hoffentlich verwendbare Hinweise am Tatort findet, dachte Jan-Ole, während er keuchend in eine Art Dauerlauf fiel und die Tränen, die ihm über das Gesicht liefen, sich mit dem Regen vermischten.

Die Spurensicherung aus Kristiansand rückte noch in derselben Nacht an. Allerdings hatte der Gewitterregen kaum noch brauchbare Spuren hinterlassen. Vor allem die Stiefelabdrücke im Sand waren fast gänzlich verwischt. Dafür fanden die Kollegen im seichten Uferwasser einen metallenen Köderfisch sowie nahe der Feuerstelle eine Schnupftabakdose mit den eingravierten Initialen C. N. Ob die Dose einen ersten Hinweis auf die Täter liefern konnte, war ungewiss, umso sicherer schien es, dass sie nicht von den Opfern stammte.

Im Morgengrauen spürte die angeforderte Hundestaffel dann das zweite Mädchen auf. Das Mädchen lebte und war bis auf ein paar Hautabschürfungen unverletzt, stand allerdings unter Schock, war stark unterkühlt und nicht ansprechbar. Die Höhle, in der das Mädchen kauerte, als die Hunde anschlugen, war fast zwei Kilometer vom Tatort entfernt. Sie musste auf ihrer Flucht ziellos durch den Wald geirrt sein. Die Polizisten hatten Mühe, sie aus dem Erdloch zu ziehen, ohne ihr dabei unnötig wehzutun, sie schrie und schlug um sich. Ebenso wie ihre ermordete Freundin trug sie ein T-Shirt mit einer Aufschrift in deutscher Sprache. Weder bei ihr noch bei der Leiche konnten die Polizisten irgendwelche Ausweispapiere finden. Und das Kanu, das im Schilf lag, hatte keine Registrierungsnummer. Es gehörte also nicht zum Campingplatz oder zum örtlichen Kanuverleih, sondern war ein Privatboot. Ein norwegisches Fabrikat, wie es die meisten Leute in der Gegend hatten. Einer der Schlafsäcke hingegen trug den Aufnäher eines Outdoorladens in Berlin.

Die Identität der beiden Mädchen klärte sich erst am Mittag des nächsten Tages auf, als die Vermieterin eines Sommerhauses bei der Polizei erschien – mit einem völlig aufgelösten deutschen Elternpaar, das seine 16-jährige Tochter und deren 15-jährige Freundin als vermisst melden wollte. Die Mädchen hatten angeblich so lange gedrängelt, bis die

Eltern endlich nachgaben und sie mit dem zum Sommerhaus gehörenden Kanu zu einem Picknick und einer Nacht unter freiem Himmel aufgebrochen waren. Allerdings hatten sie sich nicht an die Absprachen gehalten, sondern waren offensichtlich statt zu der kleinen Insel unweit des Sommerhauses auf den nächstgrößeren See hinausgepaddelt, wo sie dann den kleinen Sandstrand für sich entdeckt haben mussten. Ihre Handys hatten sie – ebenfalls entgegen der Absprache – in der Hütte gelassen, wahrscheinlich weil sie auf keinen Fall erreichbar sein wollten.

Schon in der Nacht mit dem Gewitter hatten die Eltern sich ernsthaft Sorgen gemacht. Als die Mädchen dann am nächsten Morgen nicht zurückkamen, waren sie endgültig in Panik geraten. Ein zweites Kanu gab es nicht und somit auch keine Chance, zu der Insel hinüberzurudern, um die Mädchen zu suchen.

Also waren die Eltern zu der Vermieterin gefahren – da sie selbst nur Deutsch sprachen, schien das naheliegend, sie brauchten jemanden, der mit ihnen zur Polizei ging, um möglichst schnell die Suche nach den Mädchen einzuleiten. Natürlich hatten sie die ganze Zeit gehofft, dass sich alles als »falscher Alarm« herausstellen würde, dass die Mädchen sich vielleicht nur in der Zeit vertan hatten und über kurz oder lang wieder bei der Hütte auftauchen würden. Oder sich schlimmstenfalls verirrt hatten und eben die Polizei sie aufspüren würde, verängstigt vielleicht, hungrig und bis auf die Haut durchnässt, aber ansonsten wohlbehalten.

»Sie haben auch ihre Schwimmwesten angehabt, das weiß ich genau«, übersetzte die Vermieterin das hilflose Gestammel der Mutter, »und sie sind auch nicht leichtsinnig oder so, sie sind ja auch schon keine Kinder mehr, da können wir ihnen nicht alles verbieten. Sie müssen doch lernen, auf sich selbst aufzupassen!«

Die Tochter hieß Pia, hatte lange blonde Haare und trug ein T-Shirt mit der Aufschrift ICH WILL SPASS, außerdem eine Reihe bunter Freundschaftsbänder am Handgelenk, versuchte der Vater sein Bestes, um eine Beschreibung abzugeben.

»Und ihre Freundin Lena ist dunkelhaarig und fast einen Kopf größer als Pia, obwohl sie jünger ist. Und sie sprechen beide ganz gut Englisch! Ich hatte extra ein Buch mit in den Urlaub genommen, so eine Art Anleitung zum Überleben in der Wildnis, das haben sie sich in den letzten Tagen immer wieder angesehen, vielleicht wollten sie auch deshalb unbedingt alleine los. Ich weiß es wirklich nicht, ich habe keine Ahnung, was manchmal so in ihren Köpfen vorgeht. Aber es gab keinen Streit und nichts, sie wollten bestimmt nicht abhauen, sie fanden es schön hier. Irgendetwas muss passiert sein, sonst wären sie längst zurück.«

Eine eilig hinzugeholte Polizeipsychologin übernahm die undankbare Aufgabe, den Eltern mitzuteilen, dass ihre Tochter Pia tot aufgefunden worden war. Vergewaltigt und wahrscheinlich ermordet. Während die Freundin mit dem Leben davongekommen war, aber unter Schock stand und zur Beobachtung in die nächstgelegene Klinik eingeliefert worden war.

Pias Mutter hatte noch auf dem Polizeirevier einen Kreislaufzusammenbruch und musste von einem Notarzt versorgt werden. Der Vater schien wie versteinert, als wollte er die Wahrheit nicht an sich heranlassen. Wortlos folgte er den Polizisten zu dem Leichenwagen, um noch an Ort und Stelle seine Tochter zu identifizieren, bevor sie in die Pathologie nach Kristiansand gebracht werden sollte. Der ältere Kommissar, der den Reißverschluss des Leichensacks aufzog, war bemüht, die schwere Kopfwunde möglichst verdeckt zu lassen und Pias Vater nur die rechte Gesichtshälfte zu zeigen.

Für einen Moment reagierte der Vater gar nicht, dann nickte er. Gleich darauf stieß er den Polizisten zur Seite und stolperte mit unsicheren Schritten zur Straße, wo er sich hilflos umblickte, um dann plötzlich mitten auf der Fahrbahn zum Dorf hinaus zu rennen. Immer schneller, als gäbe es noch eine Chance, seinem Schicksal zu entkommen. Hinter den letzten Häusern fing er an zu schreien. Ohne dass er dabei stehen blieb oder auch nur langsamer wurde, er schrie und rannte, schrie und rannte.

Die Polizisten, die ihm schließlich mit dem Streifenwagen folgten, gaben später zu Protokoll, dass er sich plötzlich umgedreht hatte und ihnen in vollem Lauf entgegengekommen war, um sich vor die Kühlerhaube zu werfen. Sie hatten im letzten Moment noch bremsen können, sonst hätte er sein Ziel erreicht. Wegen akuter Suizidgefahr wurde Pias Vater umgehend in die Psychiatrie eingeliefert.

Jan-Ole hatte also mit seinen ersten Schlussfolgerungen am Tatort mehr oder weniger richtiggelegen. Zwei Mädchen, die als Sommerurlauber auf einer Hütte gewesen waren und nichts weiter wollten, als ein kleines Abenteuer zu erleben. Ein Abenteuer, das Pia mit ihrem Leben bezahlen musste, während es ihrer Freundin, wie auch immer, gelungen war zu fliehen. Und jetzt hing alles davon ab, dass

Lena möglichst schnell vernommen werden konnte. Ihre Aussage würde hoffentlich dazu beitragen, Klarheit darüber zu bekommen, was in der Nacht auf der Halbinsel passiert war.

Da Jan-Ole der Einzige war, der den Tatort gesehen hatte, bevor das Gewitter nahezu alle brauchbaren Spuren verwischte, schien es nur folgerichtig, dass er jetzt darum bat, dem Ermittlungsteam zugeteilt zu werden. Er wurde also von Beredskapstroppen freigestellt und fungierte die nächsten Wochen bis zur Lösung des Falls ganz offiziell als Sonderermittler. Damit hatte er die Möglichkeit, die Zusammenarbeit mit dem Team auf den notwendigen Austausch von Informationen zu beschränken und ansonsten als einsamer Wolf seine Arbeit zu machen – so wie er es schon immer am besten gekonnt hatte.

Jan-Ole mietete sich in einem »Vandrerhjem« ganz in der Nähe ein, noch am selben Abend fuhr ein neutraler Mercedes G-Klasse vor, der seine Tasche mit der Zivilkleidung aus dem Ausbildungslager brachte.

Den größten Teil der Nacht verbrachte Jan-Ole damit, die Einzelheiten, an die er sich erinnerte, zu Papier zu bringen und mögliche Verknüpfungen herzustellen. Nach wie vor ging er davon aus, dass es sich bei den Tätern um zwei Angler handelte, die irgendjemandem aufgefallen sein mussten. Wenn es Touristen waren, hatten sie irgendwo im näheren Umkreis eine Angelkarte gekauft, wahrscheinlich auch Köder. Eventuell hatten sie sogar eine vollständige Angelausrüstung geliehen. Und sie mussten ein Kanu gemietet haben! Außerdem mussten sie irgendwo wohnen, Jan-Ole tippte eher auf eines der Sommerhäuser als auf den Campingplatz.

Wenn sie allerdings Wochenendausflügler aus Oslo waren, konnte es ohne weiteres sein, dass sie hier eine private Hütte hatten, das würden die Kollegen möglichst schnell herausfinden müssen. Ebenso wie sie die nächstgelegenen Tankstellen überprüfen mussten, ob dort noch in der Tatnacht oder am folgenden Morgen ein Fahrzeug mit zwei Männern gesichtet worden war.

Wenn die Täter aus dem Dorf oder einem der verstreuten Bauernhäuser kamen, würde es schwieriger werden, weil sie sicher weder Kanu noch Anglerbedarf hatten mieten müssen. Andererseits würden sie dann aller Wahrscheinlichkeit nach immer noch vor Ort sein.

Der erste Durchbruch gelang dem Team am Vormittag des nächsten Tages. Lena war ansprechbar und konnte mit Zustimmung der Ärzte im Krankenhaus vernommen werden. Jan-Ole entschied, diese erste Vernehmung den Kollegen in Kristiansand zu überlassen, um nicht unnötig Zeit zu vergeuden. Direkt im Anschluss ließ er sich das Ergebnis durchgeben. Lenas Erinnerungen waren bruchstückhaft und geprägt von immer wieder aufflackernder Panik, ergaben aber dennoch ein recht deutliches Bild des Geschehens.

Sie hatte mit Pia in der Abenddämmerung im See gebadet, danach hatten sie eine Feuerstelle gebaut und angespülte Holzstücke vom Strand gesammelt. Sie hatten Mühe gehabt, das feuchte Holz zum Brennen zu bekommen, der Qualm zog in dichten Schwaden auf den See hinaus. Sie wussten, dass offenes Feuer um diese Jahreszeit verboten war, und als plötzlich das Kanu an ihrer Lagerstelle auftauchte, waren sie überzeugt, dass die beiden Männer Ranger oder zumindest Forstarbeiter waren, die ihnen jetzt Ärger machen und ihr Picknick gründlich verderben würden.

»Zwei Männer«, berichtete der Polizist aus Kristiansand, »ungefähr so alt wie Pias Vater. Und beide mit komischen Hüten auf dem Kopf, sagt sie, also wahrscheinlich Anglerhüte, und mit Tarnfleckhosen und Westen mit Taschen überall und irgendeinem Abzeichen auf der Brust, das sie aber nicht näher beschreiben kann. Außerdem hatten die Männer Gummistiefel an. Grüne Gummistiefel, glaubt sie, die man bis übers Knie hochziehen kann.«

Aber die beiden Männer hatten keinerlei Anstalten gemacht, die verängstigten Mädchen zur Rechenschaft zu ziehen. Stattdessen hatten sie eher mitleidig die Köpfe geschüttelt und begonnen, trockene Äste und Zweige aus dem Wald zu holen, um das Feuer in Gang zu bringen. Bis die Flammen hell aufloderten und eine angenehme Wärme verbreiteten. Dann hatten sie zu den Würstchen, die die Mädchen grillen wollten, sogar noch einen frisch gefangenen Fisch aus ihrem Boot beigesteuert.

»Und Bier. Viel Bier! Sie hätten eine ganze Palette dabeigehabt, und sie sollen die ganze Zeit über getrunken haben. Dabei haben sie die Mädchen auf Englisch ausgefragt, wo sie herkämen und ob sie keine Angst hätten, so ganz alleine in der Wildnis. Und irgendwann haben sie angefangen, ihnen schweinische Witze zu erzählen. Die Mädchen haben nicht alles verstanden, aber Lena glaubt, es waren ziemlich fiese Witze. Und als Pia dann wohl nach einem Wort gefragt hat, das sie nicht kannten, ist der eine von ihnen aufgestanden und hat … also er hat sich seine Hose aufgeknöpft und ihnen sein Ding gezeigt. Und der andere hat gelacht und dann haben sie beide ins Feuer gepinkelt und schließlich verlangt, dass die Mädchen das Gleiche tun! Aber sie wollten natürlich nicht. Sie wollten nach Hause, weil die Typen ihnen eklig waren und zunehmend Angst machten. Dann soll Pia noch versucht haben, sie zu überreden, sie einfach wieder gehen zu lassen.«

Aber da war es längst zu spät. Wahrscheinlich hatte es ohnehin niemals eine Chance gegeben, das fast Unvermeidliche noch zu verhindern, nachdem die Männer die beiden Mädchen entdeckt hatten. Wahrscheinlich war das bereits der Zeitpunkt gewesen, von dem an alles unwiderruflich auf die Katastrophe zusteuerte.

Nach Lenas Aussage hatten die Männer Pia gepackt und zu Boden geworfen. Pia hatte geschrien, sich mit Händen und Füßen gewehrt, um sich geschlagen und versucht, ihre Peiniger zu beißen, aber einer der Männer hatte ihren Kopf in den Sand gedrückt, bis sie nur noch erstickt wimmern konnte und jede Gegenwehr aufgab, während der zweite Mann ihr den Slip von den Beinen zerrte und über sie herfiel.

Erst als er sich keuchend zu Lena umdrehte und ihr zwischen zwei Stößen seines Unterleibs entgegenschleuderte »you'll be next«, hatte sie das maßlose Entsetzen überwunden, das sie wie erstarrt an ihrem Platz neben dem Feuer festgehalten hatte. Sie war aufgesprungen und in den Wald gerannt, immer weiter in die Dunkelheit hinein – und immer in der Angst, dass einer der Männer ihr folgen würde.

Als sie schließlich über eine Wurzel stolperte und sich die Knie auf dem felsigen Untergrund aufschlug, war sie wimmernd liegen geblieben, bis sie endlich begriff, dass sie alleine war. Aber ihre Kraft reichte nur noch, um zu dem Loch zu kriechen, dass der Wurzelballen eines umgestürzten Baumes hinterlassen hatte, zitternd hatte sie sich in die dunkle Höhle unter dem Stamm gedrückt.

»Sie weiß nicht mehr, wie lange sie da überhaupt gelegen hat«, berichtete der Kollege weiter, »sie kann sich auch an das Gewitter und den Regen nicht mehr erinnern. Und als schließlich die Hunde auftauchten, hat sie im ersten Moment an wilde Tiere gedacht, die sie zerfleischen würden! Sie hat immer noch Angst und steht unter dem Einfluss von Beruhigungsmitteln«, brachte er seinen Bericht zu Ende, bevor er nach einer kurzen Pause eine Information hinzusetzte, die Jan-Ole den Atem anhalten ließ: »Ganz zum Schluss ist ihr noch etwas eingefallen, was uns vielleicht weiterbringt. Sie glaubt nämlich, dass sie die beiden Männer erkannt hat! Sie sagt, Pia und sie hätten in einem Lanthandel noch Schokolade gekauft, bevor sie weiter zu der Halbinsel gepaddelt sind. Und da wären plötzlich zwei Männer am Anleger gewesen, die irgendetwas hinter ihnen hergerufen haben, als sie ihr Kanu ins Wasser schoben. Zwei Männer, die vielleicht vorher auch schon in dem Laden gewesen waren, da ist sie sich nicht ganz sicher, aber sie glaubt, es könnten dieselben sein, die sie dann überfallen haben. Der Lanthandel ist nicht weit entfernt von dem Kanuverleih, wenn du von der Tankstelle an der Straße den schmalen Teerweg zum See nimmst.«

»Ich weiß«, sagte Jan-Ole, »ich hab mich vorhin schon ein bisschen im Ort umgesehen. Ich kümmere mich darum. Und wenn es irgendwie möglich ist, versucht bitte, eine Phantomskizze machen zu lassen! Sagt mir Bescheid, wenn ihr noch etwas Neues erfahrt.«

Die Mädchen hatten nie eine Chance, dachte er, während er sein Handy in die Tasche schob. Sie waren ihren Peinigern schon im Landhandel aufgefallen, als sie sich kichernd und voller Vorfreude auf ihr Picknick mit Schokolade versorgt hatten. Zwei Mädchen, die noch weit davon entfernt waren, wirklich erwachsen zu sein. Aber die unter ihren T-Shirts doch bereits frauliche Rundungen ahnen ließen, das und zwei Paar lange nackte Beine, das reichte schon, um die kranke Phantasie irgendwelcher vom Leben gelangweilter Bürohengste freizusetzen.

Es ist immer wieder dasselbe, dachte Jan-Ole. Nach ein paar Flaschen Bier wird der brave Bürger plötzlich zum wilden Tier! Er erinnerte sich an eine Statistik, die er gerade erst irgendwo gesehen hatte und der zufolge fast die Hälfte aller Morde eines gesamten Jahres in der Mittsommernacht begangen wurde, wenn genug Alkohol im Spiel war, um dem verhassten Nachbarn endlich mal die Meinung zu sagen – was der sich leider nicht immer einfach so gefallen ließ! Aber hier war es anders, korrigierte er sich gleich darauf, hier ging es nicht um betrunkene Raufbolde, die aufeinander einschlugen, bis einer von ihnen liegen blieb, und kein noch so wildes Tier würde jemals auf den Gedanken verfallen, nur aus perverser Freude heraus einem wehrlosen Opfer Gewalt anzutun …

Dass die beiden Männer tatsächlich die Täter waren, stellte sich noch am gleichen Tag heraus. Zwar behauptete der Besitzer des Ladens, sich weder an die beiden Mädchen noch an die zwei Männer in Anglerkleidung erinnern zu können, die bei ihm im Laden gewesen waren, präsentierte Jan-Ole nach einigem Hin und Her aber schließlich die Liste der Namen, an die er in den letzten Tagen eine Angelkarte verkauft hatte. Die meisten von ihnen kamen vom Campingplatz – und waren wahrscheinlich Hobbyangler, die Stunde um Stunde auf irgendeinem Felsen am Ufer hockten und auf den dicken Fisch warteten, während ihre Frauen im Wohnwagen schon mal die tiefgefrorenen Schollenfilets auftauten, die sie vorsorglich im Supermarkt gekauft hatten.

Unter zwei Namen allerdings fand sich die Adresse eines Sommerhauses an der gegenüberliegenden Seite des Sees. Als die Polizei eintraf, waren beide Männer mehr oder weniger im Vollrausch. Schon auf die ersten Fragen der Polizisten hin gaben sie zu, in der Nacht zuvor »ein bisschen Spaß mit ein paar Frauen« gehabt zu haben. Wirklich brauchbare Aussagen bekam Jan-Ole erst, als die Männer zur Polizeistation in Bjelland gebracht worden waren und nach zwei Kannen eines Gebräus, das eher an flüssigen Teer als an schwarzen Kaffee denken ließ, wieder halbwegs nüchtern schienen.

Die Polizeistation bestand nur aus einem einzigen Büroraum im Souterrain eines gelbgestrichenen Holzhauses mit gestreiften Sonnenmarkisen vor den Fenstern. Jan-Ole vernahm die beiden Männer in der Küche des Revierleiters, direkt unter dem mächtigen Elchschädel an der Wand.

Fredrik Hansen und Carl Nyberg waren 52 und 53 Jahre alt und kannten sich schon seit der gemeinsamen Schulzeit. Beide arbeiteten als Software-Entwickler in der selben Computerfirma, beide waren verheiratet und hatten Kinder, die von Hansen waren noch im Grundschulalter, Nybergs Tochter war so alt wie Pia. Mehrmals im Jahr nutzten Hansen und Nyberg die Wochenenden, um in der immer gleichen Hütte »ein paar Tage auszuspannen«.

»So ein Männerding«, sagte Hansen, »ohne dass die Frauen ständig hinter einem herräumen.«

»Bisschen angeln und den lieben Gott einen guten Mann sein lassen«, ergänzte Nyberg.

Jan-Ole war in Gedanken noch mit der Information beschäftigt, dass sie immer dieselbe Hütte mieteten, der Besitzer des Lanthandels sie also mit Sicherheit kannte und sich demzufolge auch daran hätte erinnern müssen, dass sie am Tag des Mordes in seinem Laden gewesen waren.

Die Stimme des älteren Revierleiters, der die Vernehmung begleitete, riss ihn aus seinen Überlegungen.

»Den lieben Gott einen guten Mann sein lassen, ja?«, wiederholte er mit kaum unterdrückter Wut den letzten Satz von Nyberg. »Was soll das? Ihr wisst doch genau, warum ihr hier sitzt! Tut doch wenigstens nicht so, als wärt ihr nur zwei harmlose Angelfreunde, die im Urlaub ab und an mal ein paar Bier zu viel trinken. Jetzt kommt schon, reden wir endlich über euer ›Männerding‹, wie ihr es nennt. Ihr habt zwei hilflose Mädchen überfallen, fast noch Kinder, und ihr habt eins von ihnen brutal vergewaltigt und wahrscheinlich umgebracht, ihr seid nichts als zwei ganz erbärmliche Dreckschweine!«

Seine Stimme war immer lauter geworden, er beugte sich weit über den Küchentisch und schien kurz davor aufzuspringen. Seine Fäuste waren geballt, die Fingerknöchel leuchteten weiß unter der Haut. Jan-Ole legte ihm die Hand auf den Arm und drückte ihn zurück auf seinen Stuhl.

»Ganz ruhig«, sagte er. »Wir können das auch ohne körperliche Gewalt lösen. Obwohl ich zugeben muss, dass auch ich keine Lust habe, mir hier irgendwelche dummen Sprüche servieren zu lassen.« Er fixierte Hansen und Nyberg mit einem Blick, der deutlich machte, dass seine Geduld am Ende war. »Der Kollege hat vollkommen recht. Wir reden von schwerer Vergewaltigung und Totschlag. Also, das sind die Fakten, jetzt sind Sie dran. Ich höre!«

Die Polizisten, die Nyberg und Hansen von der Hütte zum Revier gebracht hatten, hatten sich offensichtlich an die strikte Anweisung gehalten, nichts darüber zu sagen, dass Pia tot war.

Nyberg und Hansen reagierten prompt. Ihre Reaktion schien echt.

»Was?«, keuchte Hansen. »Wieso Totschlag? Wir haben doch überhaupt nichts weiter gemacht, wir haben ...«

»Wir haben sie nicht umgebracht!«, unterbrach ihn Nyberg. »Wir sind doch keine Mörder! Wir haben nur ... ein bisschen Spaß gehabt. Haben wir ja schon zugegeben. Okay, das Ganze ist uns vielleicht irgendwie aus dem Ruder gelaufen, sozusagen, wir hatten ja auch schon ganz schön einen im Kahn.«

Er grinste zufrieden, als wäre ihm gerade ein durchaus witziges Wortspiel gelungen.

Jan-Ole warf dem Revierleiter einen warnenden Blick zu.

»Mann, Sie wissen doch selbst, wie das manchmal so ist«, mischte sich Hansen wieder ein. »Mit so jungen Mädchen, meine ich!«

»Nein, weiß ich nicht«, sagte Jan-Ole. »Erklären Sie es mir.«

»Na ja, die haben doch so gut wie nichts angehabt, nur diese billigen Fetzen, durch die man alles sehen konnte. Und die waren auch nicht abgeneigt, im Gegenteil! Die sind doch alle scharf darauf, ein paar Erfahrungen zu machen, die ihnen ihre gleichaltrigen Kumpels aus der Schule nicht bieten können.« Er lachte. »Jetzt mal ehrlich, ist doch auch nichts weiter dabei, das alte Rein-Raus-Spiel hat schließlich noch keinem geschadet.«

Der Polizist neben Jan-Ole stieß seinen Stuhl zurück und verließ wortlos den Raum.

»Sie verarschen uns doch nur, oder?«, fragte Nyberg. »Das stimmt alles nicht, sie ist nicht tot, richtig?«

Jan-Ole hatte das deutliche Gefühl, dass Nyberg erst jetzt klargeworden war, worum es eigentlich ging. Er räusperte sich, bevor er antwortete.

»Pia Sommerfeld, 16 Jahre, aus Berlin, Deutschland, liegt in der Pathologie des Krankenhauses von Kristiansand. Nach dem vorläufigen Stand der Untersuchungen wurde sie mehrfach brutal vergewaltigt. Auf die Ergebnisse, die genau zu ihrem Tod geführt haben, warten wir noch.«

Hansen und Nyberg blickten sich an.

»Als wir abgehauen sind, hat sie noch gelebt«, sagte Hansen.

»Natürlich hat sie gelebt!« Nyberg drehte sich zu Jan-Ole. »Wir haben sie nicht umgebracht.«

»Und trotzdem ist sie tot.«

»Aber wir waren es nicht!« Nyberg hatte den letzten Satz fast geschrien. Als er weitersprach, zitterte seine Stimme. »Das müssen Sie uns glauben, wir haben sie ziemlich rangenommen, stimmt schon, aber wir haben sie nicht umgebracht.«

»Da war noch jemand«, kam es gleich darauf von Hansen. »Wir haben ihn nicht wirklich gesehen, nur so einen Schatten zwischen den Bäumen, aber da war jemand.«

»Stimmt!«, stieß Nyberg hervor. »Da war jemand. Deshalb sind wir dann auch abgehauen, obwohl Freddy noch nicht mal fertig war. Aber wir hatten keinen Bock, dass uns hinterher vielleicht irgendjemand erkennt. Wir wussten ja auch nicht, was das überhaupt für ein Typ war, der da rumgeschlichen ist, wir haben ihn wirklich nur ganz kurz gesehen, und dann sind wir weg.«

»Das fällt euch ja früh ein«, stellte Jan-Ole fest und lehnte sich mit verschränkten Armen zurück. Er starrte an die Decke und holte tief Luft, um deutlich zu machen, dass er ihnen ihre Geschichte nicht abnahm. Aber gleich darauf schoss ihm der Gedanke durch den Kopf, dass es tatsächlich passen konnte. Zumindest würde die Anwesenheit einer dritten Person eine vage Erklärung dafür bieten, dass Nyberg und Hansen nicht in derselben Nacht noch aus der Hütte verschwunden und zurück nach Oslo gefahren waren. Wenn Pia noch gelebt hatte, als sie von ihr abließen, dachte Jan-Ole, dann hatten sie auch keinen Anlass zur Panik gesehen. Zumal sie ja bis zum jetzigen Zeitpunkt die Vergewaltigung immer noch eher als eine Art Kavaliersdelikt sahen. Sie hatten zu viel getrunken, die Mädchen hatten sie provoziert, das war nichts, was in ihren Augen ein Verbrechen darstellte. Wenn allerdings tatsächlich eine weitere Person am Tatort aufgetaucht war, dann musste ihnen selbst in ihren alkoholumnebelten Köpfen im gleichen Moment, in dem sie den Schatten zwischen den Bäumen sahen, klargeworden sein, dass sie keinen Zeugen gebrauchen konnten.

Sie hatten Pia also da liegen lassen und waren zu ihrem Kanu gerannt, dabei hatte Nyberg wahrscheinlich seine Schnupftabakdose verloren. Dann waren sie über den See davongepaddelt – und als sie wieder in der Hütte waren, hatten sie sich volllaufen lassen, um ihr glücklich überstandenes Abenteuer gebührend zu feiern. Sie hatten sich als ganze Männer erwiesen, die Mädchen würden keine brauchbaren Aussagen machen können, es gab viele Angler, die abends auf dem See unterwegs waren, und womöglich waren sie schlau genug gewesen, noch nicht mal ihre Namen zu verraten. Oder hatten falsche Namen benutzt! Lena hatte bei ihrer Vernehmung nichts davon gesagt, wenn er sich richtig erinnerte, aber es spielte auch keine Rolle. Nyberg und Hansen hatten wahrscheinlich darauf spekuliert, dass die Mädchen noch nicht mal eine Anzeige machen würden! Schließlich hatten sie keinerlei Beweise dafür, dass der Sex nicht einvernehmlich gewesen war. Es hätte Aussage gegen Aussage gestanden. Blieb also nur der mögliche Zeuge, der sie beobachtet hatte. Aber auch der würde keine brauchbare Personenbeschreibung liefern können – außerdem würde er sich hüten, von sich aus zur Polizei zu gehen, weil er sich damit nur selbst verdächtig machen würde! Die Polizei würde ihm kaum abnehmen, dass er zwar da gewesen war, aber nicht eingegriffen hatte.

Jan-Ole war sich im Klaren darüber, dass seine Überlegungen kaum zu beweisen waren. Außerdem ging er bei seiner Hypothese davon aus, dass es diesen dritten Mann tatsächlich gegeben hatte.

Nyberg und Hansen beharrten auch weiterhin auf ihrer Aussage von dem Unbekannten, den sie gesehen haben wollten – und Jan-Ole war geneigt, ihnen zu glauben. Natürlich sprach alles dafür, dass sie nur versuchten, ihren Kopf aus der Schlinge zu ziehen, aber ihre Geschichte schien so dürftig und leicht durchschaubar, dass sie vielleicht schlicht und einfach der Wahrheit entsprach. Jan-Ole erinnerte sich an den Moment, als er das Feuer gerochen und gleich darauf weit draußen auf dem See das Kanu entdeckt hatte – er konnte es im Nachhinein nicht beschwören, meinte aber, dass da nur eine Person in dem Boot gewesen war. Zeitlich würde es zu der Geschichte mit dem Unbekannten passen. Nyberg und Hansen waren längst verschwunden gewesen und der Unbekannte hatte das Mädchen getötet. Aber warum? Weil sie ihn erkannt hatte? Hatte er sie vorher ebenfalls noch vergewaltigt? Oder war es doch ein Unfall gewesen, hatte sie sich befreien können und versucht zu fliehen, war dann über die Kante gestürzt und so unglücklich aufgeschlagen, dass sie sofort tot war?

Die rechtsmedizinische Untersuchung ergab mit an Sicherheit grenzender Wahrscheinlichkeit, dass tatsächlich der Sturz für Pias Tod verantwortlich war. Sie war nicht erschlagen worden, sondern mit dem Kopf auf einen Stein geprallt, der das Schläfenbein zertrümmert hatte. Die Spurensicherung fand auch bei einer nochmaligen Untersuchung des Tatorts keinerlei Hinweise, dass es anders gewesen sein könnte. Pia war entweder gestoßen worden oder von alleine gestürzt.

Es gab allerdings auch keine Hinweise auf einen dritten Vergewaltiger, die DNA-Spuren stimmten mit Nybergs und Hansens genetischem Fingerabdruck überein, weitere DNA-Spuren konnte der Pathologe nicht finden. Pia hatte Hautreste und Stofffusseln unter den Fingernägeln, die sich ebenfalls ausnahmslos Nyberg und Hansen zuordnen ließen. Alle anderen Spuren am Tatort waren durch den Gewitterregen unbrauchbar geworden.

Nachdem die Staatsanwaltschaft Anklage erhoben hatte, versuchte die Verteidigung noch einmal, den unbekannten dritten Mann ins Spiel zu bringen. Jan-Ole wurde als Zeuge vernommen, konnte aber auch nicht mehr beitragen als die detaillierte Beschreibung der Spuren am Tatort, bevor der Regen gekommen war. Seine Aussage über das Kanu, in dem nach seiner Erinnerung nur eine einzelne Person gewesen war, wurde als »Mutmaßung« aus dem Protokoll gestrichen.

Eine Staatsanwältin, die keinen Hehl aus ihrem Abscheu gegen Nyberg und Hansen machte, plädierte auf schwere Vergewaltigung und Totschlag. Der Richter verurteilte Nyberg und Hansen schließlich wegen Vergewaltigung mit anschließender Todesfolge. Dass die ursächlichen Bedingungen für Pias Tod nicht eindeutig zu klären waren, ließ das Strafmaß geringer ausfallen, als es bei Totschlag der Fall gewesen wäre. Nyberg und Hansen wurden zu je vier Jahren Sicherheitsverwahrung ohne Bewährung verurteilt, bei guter Führung und entsprechend positiver Sozialprognose würden beide nach knapp drei Jahren ihre Strafe verbüßt haben und entlassen werden.

Die Untersuchung wurde geschlossen, der Fall als geklärt zu den Akten gelegt.

Aber Jan-Ole war nicht glücklich mit dem Ergebnis. Er fand das Strafmaß in keinem Fall der Brutalität der Vergewaltigung angemessen, von der selbstgefälligen und so unglaublich menschenverachtenden Haltung, die die beiden Täter gezeigt hatten, ganz zu schweigen. Aber vor allem ließ ihn der Gedanke nicht los, dass es diesen dritten Mann vielleicht wirklich gegeben hatte! Es ging nicht darum, dass Nyberg und Hansen – bezogen auf die Todesfolge – womöglich für etwas verurteilt worden waren, was sie nicht alleine zu verantworten hatten, sondern dass es da noch jemanden gab, der in irgendeiner Form beteiligt gewesen war. Einen Typen, der bei einer Vergewaltigung zugesehen hatte, ohne auch nur den Versuch zu machen, das Geschehen zu stoppen, und der als Einziger wissen konnte, was wirklich passiert war. Wenn er nicht sogar selbst derjenige war, der Pia auf dem Gewissen hatte.

2.

Jan-Ole ließ sich für zwei Wochen krankschreiben. Der Kommandeur der Beredskapstroppen erklärte zwar unmissverständlich, dass er niemanden in seiner Truppe gebrauchen konnte, der nicht rund um die Uhr einsatzfähig war, aber es gelang Jan-Ole, das Ergebnis der ärztlichen Untersuchung mit einem billigen Trick, den er noch aus seiner Zeit bei der Armee kannte, so zu verfälschen, dass alles auf eine schwere Infektion hindeutete, die unbedingt ausgeheilt werden musste, um mögliche Folgeschäden zu vermeiden.

Noch am selben Tag fuhr er nach Myglevatn, diesmal mit seinem eigenen Camper. Aber er wollte bei dem, was er vorhatte, so ungestört wie nur möglich sein, der Campingplatz kam also nicht in Frage. Andererseits wollte er sich mit dem auffälligen Campingwagen auch nicht einfach an irgendeinen Waldweg stellen, das Risiko, damit unnötige Aufmerksamkeit bei den Leuten aus dem Dorf zu erregen, schien ihm zu groß. Kurzentschlossen fuhr er zu der Besitzerin der Hütte, die wieder leerstand, seit Pias Eltern mit dem Sarg ihrer Tochter zurück nach Deutschland gereist waren.

Er musste sich nicht lange vorstellen. Elsa Hellum, die Besitzerin, erinnerte sich an ihn. Sie war zunächst wenig begeistert, ihn wiederzusehen, auch schien sie ihm seine Geschichte, dass er krankgeschrieben war und dringend Urlaub brauchte, nicht ohne weiteres abzunehmen. Erst nachdem er eine Weile von der Landschaft geschwärmt hatte, die ihn an die Ferien seiner Kindheit erinnern würde, vereinbarte sie schließlich einen Mietpreis mit ihm und beschrieb ihm den Weg. Irgendwann in nächster Zeit würde sie vorbeikommen, um nach dem Rechten zu sehen. Noch am ersten Abend entsorgte Jan-Ole die ungeöffnete Packung des Antibiotikums, das der Arzt ihm verschrieben hatte, in die Abfalltonne draußen vor der Tür, dann räumte er den Tisch im Wohnraum frei und breitete seine Notizen aus, mit deren Hilfe er sein weiteres Vorgehen planen wollte.

Elsa erschien bereits am folgenden Tag. Jan-Ole saß gerade auf einem Klappstuhl in der Sonne am Seeufer und war kurz davor wegzudämmern, nachdem er die halbe Nacht über seinen Zetteln gebrütet hatte. Erst hörte er nur den Motor eines Autos, das den schmalen Schotterweg heraufgekrochen kam und vor der Hütte hielt, dann klappte eine Tür. Jan-Ole rappelte sich hoch und fuhr sich müde über die Augen, bevor er realisierte, dass er nur eine Unterhose und ein T-Shirt trug. Er hatte nicht mit Besuch gerechnet, noch nicht. Mit zwei schnellen Schritten verschwand er durch die Terrassentür in der Hütte und zerrte sich seine Jeans über die Beine. Barfuß tapste er zur Vordertür, neben seinem Camper stand Elsas Pick-up.

Als er ihren Namen rief, war sie bereits außen ums Haus herum zur Terrasse gegangen.

»Willst du einen Kaffee?«, fragte Jan-Ole, nachdem er sie begrüßt hatte.

»Nur wenn du Zeit hast.«

»Natürlich, kein Problem. Aber ich habe keine Milch. Und auch keinen Zucker.«

Elsa nickte und ging wortlos zurück zum Pick-up. Im ersten Moment dachte Jan-Ole tatsächlich, sie würde wieder fahren, aber dann brachte sie nur ein paar bunt verpackte Zuckerwürfel aus dem Wagen, die sie für solche Fälle offensichtlich in irgendeinem Café eingesteckt hatte.

Jan-Ole rückte einen zweiten Stuhl für sie zurecht und beeilte sich, den Kaffee aufzusetzen. Als er fünf Minuten später mit der Kanne und zwei angeschlagenen Bechern wieder vor die Tür trat, lag gut sichtbar die Arzneimittelpackung auf dem wackligen Terrassentisch, die er am Abend zuvor in den Abfall entsorgt hatte.

»Du bist nicht krank«, eröffnete Elsa das Gespräch. »Sonst hättest du die Arznei nicht weggeworfen. Was willst du hier?«

»Durchwühlst du immer den Abfall deiner Feriengäste?«, fragte Jan-Ole zurück und goss den Kaffee in die Becher.

»Nur wenn ich wissen will, mit wem ich es zu tun habe.«

»Und?«

»Ein Polizist, der plötzlich alleine wieder auftaucht, nachdem der Fall gelöst ist und alle anderen weg sind. Was soll ich da denken?«

»Vielleicht, dass der Polizist wirklich nur ausspannen will«, spielte Jan-Ole das Spiel mit, von dem er noch nicht wusste, wo es hinführen würde. Er hockte sich rittlings auf seinen Stuhl und blies über seinen Kaffee. »Vielleicht hat er sich auch wirklich in die Natur hier verliebt. Du weißt wahrscheinlich, dass deine Hütte auf einem ganz besonderen Fleckchen Erde steht, selbst für Norwegen. Vielleicht will der Polizist also nur seine Ruhe haben.«

Für einen kurzen Moment fixierte Elsa seinen Blick, bevor sie ein Päckchen Drehtabak aus der Brusttasche ihrer Jacke zog. Petterøes No 3, die gleiche Sorte, die auch Jan-Ole rauchte. Während sie sich ihre Zigarette drehte, schien sie in ihren Gedanken plötzlich weit weg zu sein, nur auf das Papier und den Tabak konzentriert.

Jan-Ole musterte sie unauffällig. Er schätzte sie auf höchstens Mitte vierzig, sie war mindestens so groß wie er, das hatte er schon bemerkt, als er den Schlüssel geholt hatte. Außerdem hatte sie die breiten Schultern einer Schwimmerin, dennoch würde sie ohne Frage als attraktive Frau durchgehen, wenn sie sich ein bisschen zurechtmachte. Nicht schön im herkömmlichen Sinn, aber spannend, weil man ihr ansah, dass sie in ihrem Leben schon einiges durchgemacht hatte. Auf eine gewisse Weise erinnerte sie ihn an Merette, auch wenn die beiden Frauen unterschiedlicher nicht sein konnten. Aber auch Elsa war mit Sicherheit niemand, der auf die Hilfe anderer angewiesen war. Davon abgesehen faszinierten ihn ihre Augen, die bei den wenigen direkten Blickkontakten, die sie bislang ausgetauscht hatten, von einem durchdringenden und leuchtenden Blau gewesen waren, wie er es noch bei kaum einem Menschen gesehen hatte. Und selbst ihre momentane Verkleidung mit den schweren Stiefeln, der verwaschenen Cargohose und der tarngefleckten Militärjacke konnte kaum die weiblichen Formen verbergen, die sich darunter befanden.

Als sie sich jetzt vorbeugte, um ihm ihr Tabakpäckchen über den Tisch zu schieben, klaffte für einen Moment die

Jacke auseinander, ein weit ausgeschnittenes Top ließ deutlich zwei wohlgeformte Brustansätze erkennen.

»Genug gesehen?«, fragte Elsa spöttisch, als Jan-Ole seinen Blick nicht schnell genug abwenden konnte.

Er griff nach dem Tabak und räusperte sich.

»Sorry«, sagte er entschuldigend. »Ist mir peinlich, aber …«

»Aber was?«

»Du hast eine gute Figur, das weißt du sicher selbst. Und der Blick da eben ließ sich nicht vermeiden. Außerdem lebe ich seit einiger Zeit getrennt, falls du das als Entschuldigung gelten lässt.«

»Gut, dass wir darüber geredet haben.«

Elsa zog die Jacke über ihrem Dekolleté zusammen und legte den Kopf in den Nacken, während sie den Rauch ausstieß. Jan-Ole wusste nicht, was er von ihr halten sollte. Aber irgendwie schien sie seine Gedanken lesen zu können.

»Nein«, sagte sie mit gegen die Sonne zusammengekniffenen Augen, »ich bin nicht verheiratet, falls du das wissen wolltest. Es hat nie gepasst. Ich habe auch keine Kinder. Und es gibt keinen festen Partner in meinem Leben, im Moment jedenfalls nicht. Aber das bedeutet nicht, dass ich interessiert wäre, du brauchst dir also keine falschen Hoffnungen zu machen. Sonst noch was, Herr Polizist?«

»Ich bin nicht hier, um mir eine neue Frau zu suchen.«

Mit einem Ruck setzte Elsa sich aufrecht hin.

»Womit wir wieder bei meiner Anfangsfrage wären. Was willst du wirklich hier? Und spar dir bitte irgendwelche Geschichten von der schönen Natur, die dich so begeistert, das glaube ich dir einfach nicht. Du bist nicht überzeugt davon, dass der Fall wirklich gelöst ist, richtig? Du suchst immer noch nach irgendwelchen Spuren, die ihr vielleicht übersehen habt. Geht es darum?«

Jan-Ole wartete mit seiner Antwort, bis er seine Zigarette fertig gedreht und angezündet hatte. Elsa bot ihm die Chance, etwas über die Leute hier in Erfahrung zu bringen, was sie ihm als Fremden sonst freiwillig kaum erzählen würden. Sie war hier wahrscheinlich geboren und kannte jedes schmutzige Geheimnis, sie würde ihm also auch Informationen geben können, die nur ein Insider wissen konnte. Aber damit sie ihm vertraute, musste er eine Gegenleistung liefern.

Noch während er überlegte, wie viel er von seiner Theorie preisgeben sollte, war ihm unbewusst klar, dass er sich gerade auf ein gefährliches Spiel einließ – es ging nicht nur um mögliche Informationen, sondern er wollte Elsa beeindrucken! Und das hatte ganz sicher nichts mehr mit professioneller Ermittlungsarbeit zu tun.

Nach kurzem Zögern setzte er sich schließlich über alle Bedenken hinweg.

»Mich lässt der Gedanke nicht los, dass es diesen dritten Mann, den Nyberg und Hansen gesehen haben wollen, wirklich gegeben hat«, sagte er und registrierte im gleichen Moment, wie Elsa sich fast unmerklich versteifte. »Versteh mich nicht falsch«, setzte er schnell hinzu, »aber die Anwesenheit einer weiteren Person würde ein paar Fragen klären, die bislang nicht beantwortet sind, nur darum geht es mir. Ich mag keine offenen Fragen, das ist alles. Aber ich war der Erste, der den Tatort gesehen hat, und außer den Stiefelabdrücken der beiden Männer gab es keine Spuren, die auf einen Dritten schließen ließen, da bin ich mir absolut sicher. Und das hat mich die ganze Zeit irritiert! Erst heute Nacht bin ich vielleicht auf die Lösung gekommen. Da war diese Schleifspur im Sand, Pia ist von der Feuerstelle zum Waldrand gezerrt worden. Und der Pathologe hat an der Leiche Fingerabdrücke unter den Achseln und am Schulteransatz gefunden, die darauf hindeuten, dass sie nicht von zwei Männern über den Strand gezogen wurde, sondern nur von einer Person, die von hinten zugepackt hat, also rückwärtsgegangen sein muss. Pass auf, ich zeig dir, was ich meine!« Jan-Ole schob den Stuhl zurück und stand auf. »Komm, ich brauche deine Hilfe.«

Er sprang von der Terrasse auf den kleinen Sandfleck am Ufer.

Elsa folgte ihm. Gleich darauf legte sie ihm die Hand auf den Arm und sagte: »Ich hab's schon kapiert, du musst es mir nicht demonstrieren. Und ich spiele auch nicht die Leiche für dich.«

»Sie war noch nicht tot, als sie über den Sand gezerrt wurde«, korrigierte Jan-Ole. »Aber dann machen wir es eben umgekehrt«, beharrte er auf seiner Idee, »ich will sehen, ob ich wirklich recht habe.«

Er ließ sich rückwärts zu Boden gleiten und blieb dann mit ausgestreckten Armen liegen.

Elsa beugte sich von hinten über ihn. Für einen kurzen Moment konnte er deutlich ihre frei schwingenden Brüste unter dem Top und der unförmigen Militärjacke erkennen, dann spürte er den Griff ihrer Finger in den Achselhöhlen. Als sie anfing zu ziehen, drückten sich ihre Daumen schmerzhaft in die Haut neben den Schulterknochen.

Jan-Ole war überrascht, mit welcher Leichtigkeit ihn Elsa über den Sand zog. Sie hatte mehr Kraft, als er erwartet hatte.

Als sie ihn losließ, setzte er sich aufrecht hin. Die Schleifspur, die sein Körper im Sand hinterlassen hatte, hatte die Abdrücke von Elsas Stiefeln fast vollständig ausgelöscht.

»Plus der Gewitterregen, der dann den Rest erledigt hat«, sagte Jan-Ole. »Und damit besteht zumindest die Möglichkeit, dass es einen dritten Mann gab, der sie zum Waldrand gezerrt hat. Was immer er vorher oder nachher noch mit ihr angestellt hat.«

»Und jetzt willst du diesen Mann natürlich finden«, sagte Elsa. Ihre Stimme klang spöttisch, fast so, als würde sie sich lustig über ihn machen. »Du bist ja Polizist. Und du magst keine offenen Fragen.«

»Richtig. Aber was findest du daran merkwürdig? Oder falsch? Bist du anderer Meinung? Hältst du das Ganze für ...«

»Ja«, unterbrach ihn Elsa. »Ich finde es tatsächlich falsch. Warum? Warum willst du alles noch mal neu aufrollen? Das Mädchen ist tot, daran änderst du nichts mehr. Und die beiden Typen aus Oslo haben ihre Strafe bekommen, belass es dabei. Das, was passiert ist, war schlimm genug. Aber es war nicht unsere Schuld. Und deshalb möchten wir das auch möglichst schnell wieder vergessen.«

»Was meinst du damit, dass es nicht *unsere* Schuld war? Redest du von euch allen hier? Willst du sagen, dass ihr nichts damit zu tun habt?«

Elsa drehte sich abrupt um und stieg wieder auf die Terrasse hinauf. Sie nahm den Tabaksbeutel vom Tisch und schob ihn in ihre Jacke.

»He!«, rief Jan-Ole. »Jetzt warte doch mal, was soll das plötzlich?« Er sprang auf und wollte hinter ihr her.

Sie stoppte ihn mit einer unwirschen Handbewegung.

»Ich habe dir erklärt, was ich davon halte. Mehr gibt es dazu nicht zu sagen. Du weißt, wo du mich findest, wenn du bezahlen und abreisen willst. Hej hej.«

Keine Minute später hatte sie den Wagen gestartet. Sie wendete und fuhr davon, ohne noch einmal zurückzublicken.

Jan-Ole musste sich eingestehen, dass ihre Reaktion ihn zunächst weniger irritierte, als vor allem enttäuschte. Er hatte fest damit gerechnet, dass sie der kleinen Demonstration seiner kriminalistischen Fähigkeiten Beifall zollen würde, stattdessen schien sie ihn plötzlich eher als eine Art Bedrohung anzusehen. Als jemanden, der sich ungefragt in etwas einmischte, was ihn nichts anging. Er war sich nicht sicher, ob er daraus den Rückschluss ziehen sollte, dass Elsa womöglich etwas zu verbergen hatte. Dass sie vielleicht mehr wusste, als sie zugeben wollte. Oder ging es wirklich nur darum, dass sie ihn als Eindringling sah, der die Ruhe und den Frieden des Dorfes stören würde? Dass sie von »wir« gesprochen hatte, war deutlich genug und bedeutete wahrscheinlich, dass er überall gegen unsichtbare Wände rennen würde! Auf jeden Fall war seine Hoffnung, über Elsa an brauchbare Informationen zu gelangen, gründlich fehlgeschlagen.

Schon der erste Besuch, den er wenig später dem Dorf abstattete, bestätigte seine Vermutung. Erschwerend kam hinzu, dass die meisten sich augenblicklich an ihn als den Polizisten erinnerten, der bereits vor einiger Zeit unangenehme Fragen gestellt hatte. Aber nicht nur der Besitzer des Lanthandels reagierte mit deutlicher Ablehnung, auch die anderen Dorfbewohner waren gerade so eben nicht unhöflich zu ihm, als er an der Tankstelle einen Automatenkaffee trank und beim Kanuverleih ein kurzes Gespräch übers Wetter und die weiteren Aussichten für die Sommersaison zu beginnen versuchte. Die Antworten, die er bekam, waren einsilbig und schienen dem allgemeinen Vorurteil insbesondere der Bergener Stadtbevölkerung zu entsprechen, dass das südliche Norwegen ganz einfach zurückgeblieben war, »Bunde-Norge« eben, Bauernland.

Erst als Jan-Ole den Souvenirladen an der Hauptstraße betrat, begann sich das Blatt zu wenden. Die Verkäuferin hinter dem mit Trollpuppen in allen Größen überladenen Tresen kam ebenfalls aus Bergen und sah damit in Jan-Ole so etwas wie einen Vertrauten aus der alten Heimat. Nur zu gern war sie bereit, ihm augenblicklich ihr Leid zu klagen. Sie führte den Laden bereits im dritten Sommer und war mit einem der Söhne des Campingplatzbesitzers verheiratet, für die Leute im Dorf aber galt sie nach wie vor als »Fremde«.

»Es ist schön hier«, sagte sie ungefragt, »wunderschön sogar, wenn man auf unberührte Natur und so was steht, auf den Elch im Vorgarten und den Fuchs an der Hintertür. Aber auf Dauer ist das nicht mein Ding, das kannst du mir glauben. Und manchmal möchte ich einfach nur zurück in die Stadt! Nein, nicht manchmal, eigentlich warte ich die ganze Zeit darauf, meine Sachen packen zu können und einfach zu verschwinden. Du machst dir keine Vorstellung davon, wie es hier wirklich ist. Die Leute sind so was von engstirnig! Das Einzige, was sie interessiert, sind Autos, Jagdgewehre und bestenfalls noch die neueste DVD mit Bruce Willis. Aber wenn du nicht zu ihnen gehörst, reden sie sowieso nicht mit dir. Bei mir hat es Monate gedauert, bis sie über etwas anderes als das Wetter gesprochen haben. Und dann ging es darum, an welchen geheimen Plätzen man wann die besten Pfifferlinge finden würde.«

Sie lachte. Es war kein fröhliches Lachen.

»Klingt nicht gut«, stimmte Jan-Ole ihr zu.

»Myglevatn ist nichts als ein gottverlassenes Nest von Eigenbrötlern, die genug zu verbergen haben, um jeden Fremden für ihren Feind zu halten, der ihnen irgendwas am Zeug flicken will.«

Jan-Ole war schlagartig hellhörig geworden.

»Wie meinst du das, dass sie etwas zu verbergen hätten?«

»So wie ich es sage! Sie haben alle irgendwie Dreck am Stecken.«

»Erklär mir das ein bisschen genauer.«

Sie blickte sich um, als könnte eine der Trollpuppen ein heimlicher Lauscher sein. Dann beugte sie sich weit über den Tresen und senkte ihre Stimme.

»Ich weiß, dass du einer von den Polizisten bist, die wegen des toten Mädchens hier waren. Ich habe dich gleich wiedererkannt.«

Jan-Ole zuckte mit den Schultern.

»Erklär es mir trotzdem. Ich bin nicht im Dienst. Ich mache nur Ferien hier und bin ein bisschen neugierig, wahrscheinlich eine Art Berufskrankheit.«

»Du wohnst bei Elsa in der Hütte, richtig?«

»Du bist gut informiert.«

Die junge Frau machte eine wegwerfende Handbewegung.

»Elsa ist okay. Sie ist anders als die anderen. Hat sie dir erzählt, dass sie eine Zeitlang in Oslo gelebt hat? Und dass sie sogar mal ziemlich berühmt war? Sie war Wettkampfschwimmerin in der Olympiamannschaft der Frauen, und sie hat jede Menge Medaillen zu Hause und ...«

Die Verkäuferin brach mitten im Satz ab, als sie sah, wie Jan-Ole die Augenbrauen zusammenzog.

»Sie hat dir nichts davon gesagt«, stellte sie fest. »Passt zu ihr. Sie will nicht, dass irgendjemand denken könnte, sie würde damit angeben. Manchmal glaube ich, es ist ihr fast peinlich, dass sie wenigstens eine Zeitlang mal aus dem Kaff hier rausgekommen ist.«

»Aber das war jetzt nicht das, was du mir eigentlich erzählen wolltest, oder?«, hakte Jan-Ole nach, während er gleichzeitig dachte, dass er also mit seiner Assoziation richtiggelegen hatte, als ihn Elsas Figur an eine Schwimmerin erinnerte. Auch ihre Kraft, die ihn verblüfft hatte, war damit erklärt.

Als die Verkäuferin weitersprach, brauchte er einen Moment, bis er den Zusammenhang wiederhergestellt hatte.

»Aber du hast es nicht von mir, das musst du schwören«, flüsterte sie und griff nach einer der Trollpuppen auf dem Tresen. Sie hielt sich den kleinen Kerl mit den spitzen Ohren und dem goldenen Ohrring vor die Brust und strich ihm mit der freien Hand über das Fell.

»Was?«, fragte Jan-Ole irritiert.

»Schwöre es!«, ließ die Verkäuferin den Troll mit verstellter Stimme sagen.

»Ich schwöre.«

»Gut.« Der Troll nickte mit dem Kopf. »Der Typ von der Tankstelle hier dealt mit geklauten Autos. Sein Bruder hat eine Lachsfarm ein Stück seeaufwärts und füttert die Lachse mit irgendeinem Mittel, das sie dreimal so schnell wachsen lässt, wie es erlaubt ist. Sein Schwager, der den

Kanuverleih hat, geht mit zahlungskräftigen Hobbyjägern auf die Elchjagd, auch wenn gerade Schonzeit ist. Lennart vom Lanthandel ist ein Spanner. Er hat schon so gut wie bei jedem hier mit offener Hose vorm Schlafzimmerfenster gestanden. Und dann gibt es noch Helge von der Viking-Station, der mit seinem Abschlepplaster letztes Jahr in der Mittsommernacht stockbesoffen das Haus seines Nachbarn plattgemacht hat, weil er glaubte, dass der Nachbar seinen Hund vergiftet hätte. Einen karelischen Wolfshund oder so was, den er darauf trainiert hatte, dass er ohne Vorwarnung …«

»Warte mal«, unterbrach Jan-Ole den Troll. »Dieser Lennart interessiert mich. Du sagst, hier wissen alle, dass er ein Spanner ist?«

Der Troll kicherte.

»Er hat schon öfter Prügel bezogen, aber er macht es trotzdem immer wieder.«

»Aber angezeigt worden ist er deshalb noch nicht?«

»Doch, letzten Sommer, da hat ihn ein Pärchen aus Holland auf einer der kleinen Inseln im See erwischt, als die Holländer dachten, sie wären ganz alleine und gerade … na, du weißt schon.« Der Troll machte eine unanständige Handbewegung. »Aber unser Polizist hier ist ein Freund von Lennart, außerdem angeln sie ja auch zusammen und Lennart räuchert ihm seine Fische und verkauft sie für ihn an die Touristen. So funktioniert das hier nämlich, sie stecken alle unter einer Decke. Da können die Holländer noch froh sein, dass einfach gar nichts passiert ist und sie nicht noch selbst eine Anzeige bekommen haben!«

»Aber er guckt immer nur zu, das habe ich richtig verstanden, ja? Dieser Lennart, meine ich. Er ist nicht vielleicht schon mal … weitergegangen? Dass er versucht hätte, jemanden zu vergewaltigen zum Beispiel?«

»Nein, nie. Oder wenn, dann weiß ich nichts davon. Aber soll ich dir noch was anderes verraten?«

Als Jan-Ole nickte, griff der Troll nach seinem langen Schwanz und versteckte sein Gesicht hinter dem buschigen Ende.

»Es ist mir ein bisschen peinlich …«, sagte die Verkäuferin so leise, dass Jan-Ole sie kaum verstand. »Und du erzählst es wirklich nicht weiter?«

»Großes Troll-Ehrenwort!«

»Ich glaube, dass die Männer Lennart nie wirklich verprügelt haben. Sie haben ihn immer nur ein bisschen hin und her geschubst, damit es so aussah, als ob.«

Jan-Ole flüsterte jetzt auch.

»Und warum sollten sie das so gemacht haben?«

»Weil Lennart ihnen beim Angeln ganz genau beschrieben hat, was er durch die Fenster gesehen hat. Jedes Detail und so, wer hier was mit seiner Frau macht. Oder seine Frau mit ihm, verstehst du? Das ist der Deal, sie lassen ihn zugucken und dafür erzählt er ihnen dann was.«

Als Jan-Ole aufblickte, war das Gesicht der Verkäuferin gerötet. Sie wandte schnell den Blick ab. Jan-Ole hatte Mühe, sein Grinsen zu verbergen – der Mann der Verkäuferin musste entweder irgendwann mal geplaudert haben oder sie nutzten die Geschichten, die Lennart erzählte, als kleines Stimulanzmittel für ihr eigenes Sexleben.

Jan-Ole griff nach dem Troll und nahm ihn der jungen Frau vorsichtig aus der Hand.

»Du hast mir sehr geholfen, Kleiner. Ich danke dir.«

»Du kannst ihn haben«, sagte die Verkäuferin, jetzt wieder mit ihrer normalen Stimme, allerdings immer noch, ohne Jan-Ole anzusehen. »Ich schenke ihn dir, als Glücksbringer.«

Jan-Ole bedankte sich. Als er schon an der Tür war, drehte er sich noch einmal um: »Weißt du, was für ein Boot dieser Lennart hat?«

»Ein Kanu natürlich, so wie alle hier. Liegt wahrscheinlich unten beim Verleih, gleich neben den Trailern für die Touristenboote.«

»Kann ich irgendwie erkennen, welches Boot es genau ist?«

»Es hat eine Werbeaufschrift vom Lanthandel auf der Seite. Warum willst du das wissen?«

»Nur so«, sagte Jan-Ole. »Aus alter Gewohnheit. Du weißt ja, jeder Hinweis kann wichtig sein«, versuchte er, seine Antwort ins Lächerliche zu ziehen.

Er schob den Troll in seine Jackentasche und schlug den Weg zum See ein. Er hatte keine Ahnung, warum er unbedingt das Kanu sehen wollte, er folgte nur einem Impuls, den er nicht in Worte fassen konnte.

Der lange Schwanz der Trollpuppe hing aus der Jacke und schlug bei jedem Schritt mit dem buschigen Ende gegen Jan-Oles Oberschenkel. Als er ein paar Jugendliche überholte, hörte er, wie sie hinter ihm anfingen zu kichern.

Der Himmel über dem See war fast wolkenlos, die Sonne glitzerte auf dem Wasser, ein plötzlicher Windstoß trieb eine Dieselwolke vom Anleger herüber. Ein Mann in einem ölverschmierten Overall und mit einer spiegelnden Glatze bediente einhändig die Motorwinde, mit deren armdickem Stahlseil er ein goldfarbenes Saab-Cabrio auf die Ladefläche seines Lasters zog. Jan-Ole hatte keinen Zweifel, wen er da vor sich hatte. In der freien Hand hielt Helge eine Dose Bier, aus der er in regelmäßigen Abständen einen langen Schluck nahm. Ringnes Pilsener, erkannte Jan-Ole den typischen Schriftzug. Das Cabrio hatte schwedische Kennzeichen und war offensichtlich im Halteverbot geparkt gewesen.

Jan-Ole stand rauchend am Anleger und starrte auf den See hinaus, während er versuchte, seine Gedanken zu sortieren. Aus den Augenwinkeln hatte er längst das silberne Kanu mit der Aufschrift MYGLEVATN BUTTIK entdeckt, das ein Stück abseits auf dem Uferkies lag. Aber er wusste im Moment noch weniger als zuvor, was ihm das eigentlich nützen sollte.

Hinter sich hörte er Helge jetzt lautstark mit den Besitzern des Saabs diskutieren. Er konnte sich unschwer ausmalen, dass ihre Argumente vergeblich waren – ihr Auto würden sie erst wiederbekommen, nachdem sie Helges Einsatz bezahlt hatten.

Jan-Ole merkte plötzlich, dass er Hunger hatte. Ein Stück Käse war alles, was er gegessen hatte, bevor er ins Dorf gefahren war. Und der Kaffee, den er mit Elsa getrunken hatte, war viel zu stark gewesen, er schluckte mehrmals, ohne dass das Sodbrennen nachließ.

Kurze Zeit später drängten sich kichernd die Jugendlichen an ihm vorbei auf den Anleger, die er vorhin auf dem Weg überholt hatte. Zwei Jungen und zwei Mädchen, wie er jetzt feststellte. Er schätzte sie auf vierzehn, höchstens fünfzehn, wenn sie sich auch alle Mühe gaben, älter zu wirken. Sie mussten aus dem Dorf sein, ihr Dialekt war nur schwer zu verstehen, zumal sie jeden Satz mit englischen

Brocken mischten. Es gibt eindeutig zu viele »Gangsta«-Filme im Fernsehen, dachte Jan-Ole unbewusst, während er beobachtete, wie einer der Jungen eine kleine Schachtel aus der Tasche zog, die sie dann kichernd begutachteten.

»Black Nero, mit Noppen!«, hörte er den Jungen sagen. »Ist geil!«

Jan-Ole erinnerte sich, wie er selbst als Jugendlicher sein erstes Päckchen Kondome gekauft hatte. In einer Apotheke am Hafen, wo ihn niemand kannte, und wie er dann die Gummis an die kichernden Kumpel verteilt hatte, die in einer engen Gasse auf ihn warteten. Die Szenerie war nicht wesentlich anders gewesen als jetzt das aufgeregte Getue vor ihm, allerdings hatten sie keine Mädchen dabeigehabt. Das hätten sie sich zu seiner Zeit gar nicht getraut, dachte er.

Er räusperte sich. Als die Köpfe der Jugendlichen zu ihm herumfuhren, fragte er: »Wo kriegt man so was hier?«

»Wieso? Warum willst du das wissen? Ist doch nicht verboten!«

Dass die pampige Antwort von einem der Mädchen kam, ließ Jan-Ole einen Moment zögern, bevor er sagte: »Vielleicht hab ich selber Bedarf.«

»Bist du nicht ein bisschen zu alt dafür?«, grinste das Mädchen ihn spöttisch an.

Wieder kicherten alle vier.

Ganz kurz war Jan-Ole versucht, seinen Ausweis zu zeigen. Nur um sich für den Kommentar von eben zu rächen und ihnen einen Schrecken einzujagen. Aber dann entschied er sich dafür, es einfach gut sein zu lassen.

Er wollte sich gerade abwenden, als einer der Jungen hinter ihm herrief: »Warte mal! Meinst du das ernst, dass du die Gummis haben willst? So was kriegst du hier nämlich nicht, Black Nero, mit Noppen und so. Jedenfalls nicht, wenn du nicht weißt, wen du fragen musst.«

»Aber ihr wisst es natürlich?«

»Logo. Siehst du ja. Und wir verkaufen sie dir. Hundert Kronen! Ist nicht zu viel für ein bisschen Spaß. Du musst nur noch eine Frau finden, aber das ist dein Problem. Also, was ist?«

»Hör mal, Kleiner, jetzt gib mal nicht ganz so an«, sagte Jan-Ole und riskierte einen Schuss ins Blaue. »Ich brauche doch nur zum Lanthandel zu gehen und Lennart zu fragen. Der hat die Dinger doch unterm Ladentisch.«

»Was?«, machte der Junge verblüfft. »Woher weißt du das? Kennst du Lennart etwa?«

»Noch nicht gut genug, wie es scheint«, erwiderte Jan-Ole. »Aber ich habe gerade vor, das nachzuholen. Und ihr solltet vielleicht besser noch ein, zwei Jahre warten, bis ihr die Dinger benutzt. Hier, spielt solange damit!«

Er zog die Trollpuppe aus seiner Jackentasche. Dabei hörte er ein leises Klingeln, als etwas zu Boden fiel. Die Halskette von Pia, die er am Tatort eingesteckt und später irgendwann in der Jacke verstaut hatte, ohne zu wissen, was er damit wollte. Er bückte sich hastig, um die Kette aufzuheben, und streckte die Trollpuppe einem der Mädchen hin, das ihn vage an Julia erinnerte. Das Mädchen war so verdutzt, dass es die Puppe tatsächlich nahm.

»Süß!«, rief ihre Freundin.

»Du spinnst doch, Alter!«, regte sich der Junge auf. »Was soll das denn jetzt?«

Jan-Ole hob nur kurz die Hand zum Abschied und nickte. Erst als er bereits ein ganzes Stück am Seeufer entlanggelaufen war, blickte er sich wieder um. Die Jugendlichen waren verschwunden. Auch der Abschlepplaster stand nicht mehr auf dem Parkplatz. Bis auf ein paar Möwen, die den übervollen Papierkorb plünderten, lagen der Anleger und die Boote verlassen in der Nachmittagssonne.

Jan-Ole hockte sich auf einen Stein und fühlte nach der Kette in seiner Tasche, bevor er sich eine Zigarette drehte.

Pia war von Nyberg und Hansen vergewaltigt worden, das war durch die DNA-Spuren belegt. Auch das war ein Grund dafür gewesen, nicht weiter nach einem dritten Mann zu suchen und die Geschichte von Nyberg und Hansen als reine Schutzbehauptung abzutun. Allerdings war auch keiner der Ermittler auf die Idee gekommen, dass der mögliche Dritte vielleicht ein Kondom benutzt hatte. Was wiederum erklären würde, warum der Pathologe keine weitere DNA gefunden hatte, selbst wenn der ominöse Unbekannte tatsächlich beteiligt gewesen war!

Jan-Ole schnippte die halbgerauchte Kippe ins Wasser und machte sich auf den Rückweg. Als er vor dem silbernen Kanu stand, blickte er sich um. Der Platz war immer noch menschenleer, auch die Möwen waren ärgerlich kreischend aufgeflogen, als er sich näherte.

Jan-Ole bückte sich. Auf dem Boden des Kanus lag ein bisschen grobkörniger Sand, in der Mitte hatte sich Wasser gesammelt und spiegelte das Sonnenlicht. Ein paar Gummistiefel waren achtlos unter die hintere Ruderbank geschoben. Sonst gab es nichts, was ihm auffiel. Er öffnete die Klappe zum vorderen Stauraum. Sofort schlug ihm ein durchdringender Geruch nach gammligem Fisch entgegen, aber außer einem Stück zerfasertem Tau und einer leeren Blechdose war die Kammer leer.

Mit einer schnellen Bewegung zog er die Halskette aus der Jacke und ließ sie in die Blechdose fallen. Dann schloss er die Klappe und richtete sich auf. Ihm war schwindlig. Und das Sodbrennen war einer Art Übelkeit gewichen, die ihn mehrmals tief durchatmen ließ. Ganz kurz zögerte er noch und hatte schon die Hand wieder an der Klappe, dann schüttelte er unwillig den Kopf, als wollte er sich selbst davon überzeugen, dass er das Richtige tat.

Auf dem Weg zum Lanthandel ertappte er sich dabei, wie er mantragleich vor sich hin murmelte: »Es ist nur ein Bluff, das ist okay, anders bekommst du nie eine Aussage. Es ist nur ein Bluff, mach dir keine unnötigen Gedanken deshalb …«

Lennart war gerade dabei, die Tiefkühltruhe aufzufüllen. Neben ihm stand ein Einkaufswagen, in dem Pizzakartons und Pølser-Packungen gestapelt waren. Lennart hatte den Oberkörper über die Truhe gebeugt, sein T-Shirt war aus der Jeans gerutscht und gab den Blick auf den Ansatz einer karierten Unterhose frei. Als Jan-Ole ihm von hinten auf die Schulter tippte, schreckte er hoch und rammte sich den Kopf am Deckel der Truhe.

»Hej«, sagte Jan-Ole.

»Ich hab geschlossen«, informierte ihn Lennart verärgert.

»Aber die Ladentür war offen.«

»Trotzdem geschlossen.«

Jan-Ole griff an ihm vorbei und zog den Deckel zu. »Geschlossen«, grinste er.

»Hä? Was soll das, Mann?«

Aus der Nähe sah Jan-Ole, dass Lennart deutlich jünger war, als er ihn bei ihren ersten Begegnungen eingeschätzt hatte. Er versuchte offensichtlich, sich einen Vollbart wachsen zu lassen, aber die Stoppeln konnten seine fast mädchenhaften Gesichtszüge kaum verbergen.

»War irgendwas nicht in Ordnung mit den Sachen, die du heute Vormittag gekauft hast? Oder weshalb bist du noch mal hier?«, fragte Lennart, während er sich die Hände an seinem T-Shirt abwischte. Das Hemd war von einem leuchtenden Blau und trug quer über der Brust das Logo der Supermarktkette, zu der der Lanthandel gehörte.

»Schön, dass du dich ausnahmsweise mal an deine Kunden erinnern kannst«, sagte Jan-Ole. »Obwohl das ja ansonsten leider nicht unbedingt deine Stärke zu sein scheint.«

Lennart zuckte mit der Schulter, als hätte er Jan-Oles Anspielung nicht verstanden.

»Eine Dose Kjøttbøller, eine Packung Weißbrot, zwei Tafeln Schokolade, zwei Flaschen Mineralwasser, einen Sixpack Mack …«

»Nicht schlecht. Aber ich hab leider was vergessen bei meinem Einkauf.« Jan-Ole beugte sich vor, bis er das süßliche Rasierwasser riechen konnte, das Lennart benutzte. Er senkte seine Stimme zu einem vertraulichen Flüstern. »Ich hab da was vor heute Abend, hab eine Frau kennengelernt. Nur für den Fall, dass da noch mehr draus wird nach dem Essen, na, du weißt schon, ich brauche eine Packung Kondome!«

»Hab ich nicht.«

»Jetzt komm, lass mich nicht hängen! Ist ja klar, dass du das hier nicht zwischen den Lakritzbonbons liegen hast, aber irgendwo …«

»Nein.«

»Schade eigentlich. Und so ganz privat, ich meine, nur für dich?«

»Das geht dich nichts an, oder?«

»Dann frage ich dich etwas anderes, was mich sehr wohl angeht. Am 6. Juni abends beziehungsweise nachts, wo warst du da?«

»Ich wusste es, dass du nicht einfach nur so wieder hier aufgetaucht bist! Aber das haben mich die anderen Bullen schon gefragt! Und außerdem ist die Untersuchung längst abgeschlossen. Da muss ich gar nichts mehr sagen.«

»Falsch. Ich hab die Untersuchung gerade wieder aufgenommen. Und da du ja so genau weißt, um welche Nacht es geht, wirst du mir meine Frage sicher auch noch mal beantworten können. Also, ich höre.«

»Ich war angeln. Habe ich alles schon gesagt.«

»Mit dem Boot?«

»Natürlich, wie sonst? Glaubst du, ich könnte übers Wasser laufen, ja? Seh ich aus wie Jesus?«

»Nicht wirklich, der hatte mehr Bart«, konnte Jan-Ole es nicht lassen zu kontern. »Also, weiter! Wo genau warst du mit deinem Kanu?«

»Mal hier, mal da. Meistens drüben auf der anderen Seite vom See. Jedenfalls nicht an der Halbinsel, wo ihr das Mädchen gefunden habt, falls du das wissen willst.«

»Und du hast das Mädchen und ihre Freundin auch vorher nicht gesehen? Hier, bei dir im Laden, zum Beispiel?«

»Hab ich auch schon gesagt, nein.«

»Stimmt, so stand es zumindest im Protokoll. Du hast das Mädchen also weder lebend noch tot gesehen.«

»So ist es, Meister. Und jetzt lass mich in Ruhe, ich muss arbeiten.« Er machte eine Handbewegung zu dem Einkaufswagen mit den Tiefkühlpackungen.

»Nur eine letzte Frage noch«, sagte Jan-Ole. »Kannst du mir erklären, wie die Halskette des toten Mädchens in dein Boot kommt?«

Lennarts Reaktion kam völlig unerwartet. Er stierte Jan-Ole für zwei oder drei Sekunden mit flackernden Augenlidern an, dann rammte er ansatzlos den Kopf nach vorne und erwischte Jan-Ole unter dem Kinn. Jan-Ole spürte, wie seine Lippe aufplatzte, die Wucht des Stoßes ließ ihn zurücktaumeln, verzweifelt war er bemüht, das Gleichgewicht zu halten, als er über einen Kasten Mineralwasser stolperte, ging er schließlich doch zu Boden.

Lennart war schon an der Hintertür, die scheppernd gegen die Wand knallte, als er sie aufriss und zum Parkplatz rannte. Gleich darauf hörte Jan-Ole, wie der Lieferwagen gestartet wurde und dann mit quietschenden Reifen auf die Straße einbog.

Er war plötzlich ganz ruhig. Sein Kinn schmerzte, mit dem Handrücken wischte er sich das Blut von der Lippe. Noch während er von seinem Handy aus die Polizeistation in Bjelland anrief und auf den Anschluss wartete, zog er die Schublade unter dem Ladentisch auf. Die Packungen mit den Kondomen lagen unter einem Stapel von Comicheften, erst beim zweiten Hinsehen erkannte Jan-Ole, dass es sich um Mangas handelte. Nach den Titeln und den Bildern auf den Covern zu urteilen, waren auch die Hefte ganz sicher nicht für den freien Verkauf gedacht …

Nicht mal eine Stunde später wurde Lennart von einer Polizeistreife gesichtet, als er scheinbar ziellos über die kleinen Straßen in der Gegend von Åseral kurvte. Er versuchte noch, zu Fuß ins Fjell hinauf zu flüchten, ließ sich aber widerstandslos festnehmen, nachdem direkt über ihn ein Militärhubschrauber hinweggeflogen war. Der Hubschrauber gehörte zum Ausbildungslager der Beredskappstroppen und hatte mit der Fahndung nichts weiter zu tun gehabt.

Gleichzeitig hatte der Revierleiter aus Bjelland auf Jan-Oles Beschreibung hin die Halskette aus Lennarts Kanu gesichert. Die Kette kam zur kriminaltechnischen Untersuchung nach Kristiansand, wo Lennart bereits auf seine Vernehmung wartete.

Jan-Ole war als Beobachter bei der Vernehmung dabei, er selbst durfte keine Fragen stellen, musste aber zugeben, dass die Kollegen der Kriminalpolizei ihren Job verstanden und seine Hilfe nicht nötig hatten.

Lennart verwickelte sich in einen Widerspruch nach dem anderen. Mehrmals schien er kurz davor, ein umfassendes Geständnis abzulegen, wurde dann aber unvermittelt aggressiv und beschimpfte die Polizisten, dass sie ihn hereinlegen wollten. Als Beispiel dafür führte er die Halskette an, die er zwar gesehen, aber auf gar keinen Fall an sich genommen und in seinem Boot versteckt haben wollte. Einen Anwalt lehnte er ab, unter Tränen behauptete er: »Wozu? Ich hab ja nichts weiter gemacht. Ich bin unschuldig!«

Das Vernehmungsprotokoll, das er schließlich unterzeichnete, enthielt im Wesentlichen seine Aussagen zum Ablauf des Geschehens bis zu dem Zeitpunkt, an dem er angeblich die Halbinsel wieder verlassen hatte. Auch er beharrte darauf, dass Pia da noch gelebt hatte.

Die Mädchen waren in seinem Laden gewesen, ebenso wie Nyberg und Hansen. Eher zufällig hatte Lennart ein paar Sätze mitbekommen, die Nyberg und Hansen kurz darauf auf dem Parkplatz vor der offenen Tür miteinander wechselten.

»Die beiden Pussys wissen doch auch schon verdammt genau, wozu ihre Dinger da sind, was meinst du?«, hatte Hansen nach Lennarts Erinnerung gesagt. »Und wenn nicht, wird es höchste Zeit, dass es ihnen mal jemand richtig besorgt«, sollte Nyberg erwidert haben.

Als sie dann zum Anleger gingen, war Lennart ihnen gefolgt.

»Ich hab den Laden zugemacht und bin hinter ihnen her. Nur so, weil ich wissen wollte, was sie vorhatten.«

Die Mädchen waren mit ihrem Kanu bereits wieder auf dem See. Nyberg und Hansen luden ihre Einkäufe ins Boot und paddelten ebenfalls los. Wieder folgte ihnen Lennart, allerdings hielt er dabei einen so großen Abstand, dass er sie für kurze Zeit aus den Augen verlor, als sie hinter einer Insel die Richtung gewechselt hatten. Als er sie wiederfand, ließen sie ihr Boot scheinbar ziellos auf dem Wasser treiben, als würden sie auf irgendwas warten.

Die Mädchen konnte Lennart nirgends entdecken. Erst als von der Halbinsel der Qualm des Feuers über den See wehte, steuerten Nyberg und Hansen den schmalen Strand hinter dem Schilfgürtel an. Lennart wartete noch einen Moment, bevor er zur bewaldeten Rückseite paddelte und sein Kanu unter einem Felsvorsprung versteckte. Inzwischen war es dämmrig, der kleine Strand lag im Schatten, Lennart fand ohne größere Mühe einen Felsen zwischen den Bäumen, von dem aus er freie Sicht hatte, ohne selbst gesehen zu werden. Er beobachtete, wie Nyberg und Hansen mit den Mädchen Bier tranken, wie zunächst noch alles nach einem harmlosen Geplänkel aussah, wie die Situation sich dann aber veränderte, als Hansen plötzlich aufstand und ins Feuer pinkelte.

Dann kam die Vergewaltigung. Nyberg drückte Pia zu Boden, während sich Hansen über sie hermachte. Das zweite Mädchen rannte in den Wald. Pia wehrte sich und schrie um Hilfe, hatte aber keine Chance gegen die beiden Männer. Als Hansen seinen Platz für Nyberg freimachte, verließ Lennart den Felsen, um näher an das Feuer zu kommen.

»Um besser sehen zu können, sag es doch einfach!«, hatte einer der vernehmenden Beamten eingehakt. »Du stehst auf Zugucken, das ist bekannt!«

»Wer behauptet das?«, wollte Lennart wissen. »Das stimmt nicht. Das ist ... üble Nachrede ist das, das könnt ihr auch gar nicht beweisen!«

»Da wäre ich mir an deiner Stelle nicht so sicher, es gibt immer einen Zeugen. Also, jetzt mal Klartext: Du bist da zwischen den Bäumen rumgeschlichen, um dich aufzugeilen. Und es hat dich noch nicht mal irritiert, dass direkt vor deinen Augen etwas passierte, was nichts mehr mit den kleinen Sexspielchen deiner Nachbarn zu tun hatte, die du dir sonst reinziehst. Aber du wolltest nur deinen Kick, und dafür kam dir die Situation gerade recht. Das war doch mal was anderes als immer nur hausgemachter Blümchensex.«

»Mann, nein, so war es doch gar nicht!«

»Wie war es dann?«

»Das weiß ich eben auch nicht mehr so genau. Und dann haben sie mich ja auch gesehen und sind weg. Was sollte ich denn machen? Die Typen waren weg, und das Mädchen lag da immer noch und ...«

»Genau, was solltest du da machen? Und dann hattest du die Idee, dass die Gelegenheit gerade günstig war, um dich selbst über sie herzumachen, war es so?«

Lennart hatte einen Moment mit seiner Antwort gezögert. Als er weitersprach, war er erstaunlich gelassen.

»Wenn es so gewesen wäre, hättet ihr irgendwelche DNA-Spuren finden müssen. Habt ihr aber nicht, richtig? Weil ich nämlich nichts mit ihr gemacht habe, so einfach ist das. Ich hab sie nur vom Feuer weggezogen, wegen der Funken und so.«

»Das Feuer war doch so gut wie gelöscht, da gab es keine Funken mehr.«

»Gelöscht? Nur weil zwei Typen draufgepinkelt haben? Nee, da war immer noch genug Glut! Und außerdem lag das Mädchen auf dem kalten Sand. Es war ja Nacht, und sie war fast nackt. Deshalb wollte ich sie auf den Waldboden ziehen.«

»Logisch. Nett von dir, wirklich. War sie ansprechbar? Oder hast du gar nicht erst den Versuch gemacht ...«

»Sie hat die ganze Zeit nur so vor sich hin gewimmert. Wie ein kleines Kind.«

»Hat sie sich gewehrt, als du sie über den Sand geschleift hast?«

»Nee, eigentlich nicht. Das könnte ich nicht behaupten.«

»So, das könntest du also nicht behaupten. Und wann hast du ihr die Kette vom Hals gerissen, um sie als kleine Erinnerung an dein Abenteuer einzustecken?«

»Vielleicht ist die Kette kaputtgegangen, als ich das Mädchen an der Schulter gepackt habe, was weiß ich. Aber ich hab sie nicht eingesteckt, ich kann mich noch nicht mal wirklich an die Kette erinnern! Oder es ist passiert, als sie plötzlich aufgesprungen und abgehauen ist. Hier, ich kann es beweisen, den blauen Fleck am Bein habe ich immer noch, da hat sie mich mit dem Fuß erwischt!«

Pia hatte sich also angeblich losgerissen. Und war im Wald verschwunden. Lennart schwor, dass er sie nicht verfolgt hatte.

Der Felsen, über dessen Kante sie womöglich ohne sein Zutun gestürzt war, lag höchstens zehn Meter vom Waldrand entfernt. Aber Lennart wollte auch weder einen Schrei noch einen Aufprall gehört haben. Er war nur in sein Kanu gestiegen und auf den See hinausgepaddelt, in Richtung auf das gegenüberliegende Ufer, falls Pia ihn noch beobachten würde. Damit sie keinen Anhaltspunkt hatte, wo er eigentlich herkam.

Bei der kriminaltechnischen Untersuchung der Halskette wurden verschiedene Fingerabdrücke gefunden, darunter eindeutig die eines Mannes, die sich aber weder Nyberg noch Hansen zuordnen ließen. Ein leicht verwischter Abdruck dagegen stimmte mit Lennarts Daumen überein.

Jan-Ole nahm das Ergebnis achselzuckend zur Kenntnis, ohne sich größere Gedanken darüber zu machen. Niemand würde auf die Idee kommen, jetzt noch nach einer weiteren Person zu suchen. Sein Bluff hatte besser funktioniert, als er zu hoffen gewagt hatte. Und das Risiko, das er eingegangen war, als er die Kette nicht abgewischt hatte, hatte zu einem zusätzlichen Indiz geführt, das gegen Lennart sprach.

Dennoch entschied die Staatsanwaltschaft, dass die Beweise nicht ausreichten, um Anklage wegen Vergewaltigung oder Totschlag zu erheben. Was immer zu Pias Tod geführt hatte, blieb weiterhin im Unklaren, vielleicht war es tatsächlich ein Unglücksfall gewesen. Und Jan-Oles Hinweis auf die Möglichkeit, dass Lennart Pia durchaus ebenfalls vergewaltigt haben könnte, falls er ein Kondom benutzt hatte, ließ den Staatsanwalt nur knapp erwidern: »Liefern Sie mir das Kondom, vorher kann und werde ich gar nichts machen.«

Immerhin stellte die Polizei selbst eine Anzeige wegen unterlassener Hilfeleistung, aber auch unter Berücksichtigung der besonderen Schwere des Falles würde dabei kaum mehr als eine Bewährungsstrafe für Lennart herauskommen.

## 3.

An dem Tag, an dem Lennart aus der Untersuchungshaft entlassen wurde, parkte Jan-Ole mit seinem Wagen auf der gegenüberliegenden Straßenseite. Er folgte Lennart im Schritttempo, immer auf den größtmöglichen Abstand bedacht, um nicht dessen Aufmerksamkeit auf sich zu ziehen. Als Lennart in die Fußgängerzone einbog, verlor er ihn kurz aus den Augen. Auf gut Glück fuhr er einmal um den Block und kam gerade rechtzeitig, um zu sehen, wie Lennart die Kirkegata überquerte und dann am Busbahnhof den Fahrplan studierte. Anschließend führte er ein kurzes Telefonat von dem öffentlichen Fernsprecher neben der Pølserbude.

Eine halbe Stunde später stieg er in den Bus nach Åseral. In Bjelland verließ er den Bus und verschwand in der Polizeiwache. Kurz darauf erschien er in Begleitung einer Polizistin, die ihm die Schranke zum Parkplatz öffnete und die Schlüssel für seinen Lieferwagen aushändigte. Als er auf die 455 nach Norden einbog, statt die Abzweigung nach Myglevatn zu nehmen, war Jan-Ole zum ersten Mal irritiert. Er ließ zwei oder drei Autos passieren, bis er sich hinter ein Wohnwagengespann klemmte. Lennart fuhr zügig, achtete aber darauf, nicht die vorgeschriebene Geschwindigkeit zu übertreten.

In Sveindal bog er nach rechts in Richtung Evje ab. Kurz hinter Björndalen hielt er am Straßenrand, um zu pinkeln. Jan-Ole passierte ihn in der Schlange der anderen Fahrzeuge, ohne dass Lennart sich auch nur umgeblickt hätte, und nahm bei Tveit die Zufahrt zu einem Campingplatz, um nach wenigen Metern rückwärts in einen Waldweg zu setzen und die Straße zu beobachten. Diesmal ließ er einem Tanklastzug den Vorrang, bevor er Lennarts Lieferwagen erneut folgte.

Am Ortseingang von Evje hielt Lennart vor einem rosa gestrichenen Haus mit dem Schriftzug DISCO-CLUB über der Eingangstür und stieg aus.

Jan-Ole parkte ein Stück weiter vor dem örtlichen Supermarkt.

Erst als er zu Fuß auf der gegenüberliegenden Straßenseite zurücklief, entdeckte er das blinkende rote Herz aus Neonröhren hinter einem der Fenster im ersten Stock des Clubs. Lennart war nirgends mehr zu sehen.

Jan-Ole blickte sich auf der Suche nach einem Platz um, von dem aus er den Lieferwagen unauffällig beobachten konnte. Vor einem flachen, langgestreckten Bungalow aus den siebziger Jahren standen ein paar Bänke direkt am Straßenrand. Ein Hinweisschild trug den klangvollen Namen FUGLESÄNG, kleiner darunter stand GAMLEHJEM, Altersheim. Auf einer der Bänke saß ein alter Mann, der das Kinn auf die knotigen Hände gestützt hatte, die über dem Griff eines Gehstocks gefaltet waren.

Jan-Ole nickte dem Alten freundlich zu und setzte sich neben ihn. Der Alte zeigte mit keiner Regung, ob er Jan-Ole überhaupt zur Kenntnis nahm, sondern starrte weiter auf die Straße. Nach wenigen Minuten wurde der Gestank nach Pisse und Altmännerschweiß so unerträglich, dass Jan-Ole bis ans äußerste Ende der Bank rückte.

Er drehte sich eine Zigarette und ließ sein Zippo aufflammen. Als der Alte etwas sagte, verstand er ihn im ersten Moment nicht.

»Wie bitte?«, fragte er vorsichtig, weil er sich noch nicht mal sicher war, ob er überhaupt gemeint war.

»Wartest du auf Olga oder auf Minhlan?«, wiederholte der Alte. Um gleich darauf hinzuzusetzen: »Olga ist krank, auf die brauchst du nicht zu warten. Und Minhlan bedient gerade einen Kunden. Da, der Lieferwagen, siehst du? Der Typ kommt jede Woche. Aber eigentlich immer montags. Und heute ist …«

»Mittwoch«, antwortete Jan-Ole.

»Schon Mittwoch?« Der Alte schüttelte den Kopf. »Komisch. Mittwochs war er noch nie da. Er kommt sonst immer montags.«

»Am Montag konnte er diesmal nicht«, erklärte Jan-Ole. »Da war er verhindert. – Und Minhlan ist …?«

»Aus Vietnam«, gab der Alte bereitwillig Auskunft. »Aber sie macht es nur mit Gummi. Hat sie selbst erzählt. Es ist lustig, wenn sie redet. Sie kann noch nicht so viel Norwegisch, nur ein paar Wörter, die sie für ihren Beruf braucht. Gummi, zum Beispiel. Olga macht es ohne, sagt Minhlan, aber das ist nicht gut.«

Jetzt blickte er Jan-Ole direkt ins Gesicht. Seine Augen tränten und waren von einem leichten Schleier überzogen. Jan-Ole wunderte sich, wie er überhaupt erkennen konnte, was auf der anderen Straßenseite passierte.

»Dich habe ich noch nie gesehen hier«, stellte der Alte fest. »Aber du musst freundlich zu Minhlan sein. Du darfst ihr nicht wehtun. Es gibt Männer, die wissen das nicht. Die denken, nur weil sie sich verkauft, können sie mit ihr machen, was sie wollen. Dann kommt Minhlan zu mir und weint.«

»Der mit dem Lieferwagen, tut der ihr auch weh?«

»Nein, der nicht. Minhlan sagt nur, dass er so viel redet, was sie nicht versteht. Und sie muss ihn immer mit einem anderen Namen ansprechen, jedes Mal mit einem anderen Namen. Das ist schwierig für sie.«

»Was für Namen?«

»Norwegische Namen. Sehr schwierig für jemanden aus Vietnam.«

»Helge?«, fragte Jan-Ole aus einem plötzlichen Gedanken heraus. Und der Tankstellenbesitzer aus Myglevatn hieß Erling … »Oder Erling vielleicht?«

»Erling, ja. Ich glaube, letzten Montag war er Erling. Aber mein Gedächtnis ist nicht mehr so gut, ich kann mich irren. Da, siehst du? Er ist schon wieder fertig, jetzt bist du dran!«

Lennart stieg gerade in den Lieferwagen und ließ den Motor an. Als sich eine Lücke im Verkehr auftat, wendete er mit quietschenden Reifen und fuhr in die Richtung davon, aus der sie gekommen waren.

Jan-Ole trat seine Zigarette aus und stand auf. Er streckte dem Alten die Hand hin. »Es war schön, sich mit dir zu unterhalten.« Der Händedruck des Alten war erstaunlich kräftig. Er winkte, dass Jan-Ole sich zu ihm beugen sollte.

»Ich kann dir noch was verraten«, flüsterte er, als wollte er ihm ein Geheimnis anvertrauen. »Ich nenne Minhlan manchmal ›Ingwerstäbchen‹, das mag sie!«

»Danke, ich werde es mir merken«, erwiderte Jan-Ole so

ernst wie möglich, während er irritiert zusah, wie sich im Schritt des Alten ein nasser Fleck auf der Hose ausbreitete.

»Wie heißt du überhaupt?«, rief der Alte noch hinter ihm her, als Jan-Ole bereits ein paar Schritte entfernt war.

»Jan-Ole!«

»Auch nicht leicht«, kam prompt die Antwort. »Aber sei nett zu ihr, das musst du versprechen.«

Jan-Ole hob bestätigend die Hand, dann wechselte er kurzentschlossen die Richtung und kam zurück. Im Vorbeigehen drückte er dem Alten die Schulter und lief die Stufen zum Eingang hinauf.

Eine Pflegerin schob einen Rollstuhl über den Flur. Die Frau im Rollstuhl lächelte selig, als sie Jan-Ole sah, und streckte die Hände nach ihm aus wie nach dem lange vermissten Sohn. Die Pflegerin musterte ihn skeptisch mit zusammengekniffenen Lippen.

»Der alte Mann draußen auf der Bank hat sich nass gemacht. Und ich glaube, nicht zum ersten Mal heute«, beeilte sich Jan-Ole zu sagen.

»Sie sind alle alt, und sie machen sich alle nass. Ich hab auch nur zwei Hände.«

»Aber Sie können ihn ganz sicher waschen und ihm eine trockene Hose anziehen. So viel Zeit wird schon sein. Ich komme nachher noch mal vorbei, dann möchte ich ihn nicht mehr so vorfinden wie jetzt.«

»Und Sie sind wer?«

Jan-Ole zückte seinen Polizeiausweis.

Die Pflegerin starrte mit offenem Mund hinter ihm her, als er ohne ein weiteres Wort das Gebäude verließ.

Der Alte hatte wieder seine katatonische Haltung eingenommen. Nichts ließ darauf schließen, dass sie sich eben noch unterhalten hatten.

Jan-Ole überquerte die Straße und stand einen Moment unschlüssig vor dem angeblichen Diskoclub. Er erinnerte sich daran, dass es in seiner Kindheit noch »Tanzcafés« gegeben hatte. Mehr als einmal hatte er sich samstagnachmittags mit seinen Kumpels die Nasen an den Fenstern platt gedrückt und fasziniert die Pärchen auf der Tanzfläche beobachtet. Und immer hatte es eine Kapelle gegeben, die Livemusik spielte, meistens Walzer, manchmal auch Elvis oder die Beatles, »Love me tender« und »Yesterday«.

Er fragte sich, ob diese Tanzcafés wohl auch irgendwelche Hinterzimmer gehabt hatten und mehr gewesen waren als die Treffpunkte einsamer Herzen für nachmittägliche Schwof-Veranstaltungen. Eher nicht, dachte er, obwohl er sich deutlich erinnerte, wie sich seine Mutter mehrmals abfällig über die alleinstehende Nachbarin geäußert hatte, die offensichtlich häufiger solche Tanzveranstaltungen besuchte. Trotzdem, wer nach dem Schwof mehr wollte, hatte mit Sicherheit in eins der einschlägigen Hotels in den Gassen hinter Bryggen gehen müssen. Die Tanzcafés hatten höchstens dazu gedient, eine entsprechende Bekanntschaft zu machen, mehr nicht. Und es hatte auch noch keine Olgas gegeben, und auch keine Minhlans aus Vietnam. Oder vielleicht doch? Bergen war schließlich eine Hafenstadt und hatte also auch immer ein entsprechendes Rotlichtmilieu gehabt, nur ihn hatte das nie interessiert.

Die Informationen, die der alte Mann ihm gegeben hatte, fast ohne dass er nachfragen musste, passten in das Bild, das er immer noch versuchte, sich von Lennart zu machen. Andererseits ergaben sie kein Indiz, das wirklich auf Lennart als möglichen Vergewaltiger hindeutete, und der Tick mit den verschiedenen Namen, die sich Lennart von den anderen Männern im Dorf ausborgte, war wahrscheinlich nicht mehr als irgendein kleines, privates Spiel, das ihn anmachte.

Jan-Ole schüttelte unwillig den Kopf und beschloss, es dabei zu belassen. Minhlan würde ihm wohl auch kaum mehr berichten können als das, was er von dem Alten ohnehin schon wusste. Mit anderen Worten: Er musste sich eingestehen, dass er sich mit der Idee, Lennart zu verfolgen, grundsätzlich verrannt hatte und sowieso schon längst viel zu weit gegangen war! Lennart würde also mit der Anzeige wegen unterlassener Hilfeleistung davonkommen, auch wenn Jan-Ole den Gedanken frustrierend fand und sich ein anderes Ergebnis gewünscht hätte.

Seine Haltung war nicht professionell, das wusste er, aber Lennart war für ihn jemand, den er fast noch mehr verabscheute als Nyberg und Hansen, ohne dass er den genauen Grund dafür benennen konnte. Vielleicht war es die Heimtücke, die er bei Lennart mutmaßte, diese Mischung aus Voyeurismus und … dem Ignorieren sämtlicher Tabus! Was ihn nach Jan-Oles Meinung durchaus dazu gebracht haben konnte, sich die Situation zunutze zu machen und Pia nicht nur selbst noch zu vergewaltigen, sondern sie schließlich halb bewusstlos in den Wald zu schleifen und über die Kante zu stoßen, um das Ganze wie einen Unfall aussehen zu lassen und jeden Beweis für seine Tat zu vernichten.

Als er gerade zurück zu seinem Auto wollte, fiel sein Blick eher zufällig in den schmalen Durchgang neben dem Club, der zu einer Seitentür führte. Nach den zwei rostigen Gartenstühlen und dem von Zigarettenkippen überquellenden Standaschenbecher zu urteilen, nutzten die Frauen den Durchgang offensichtlich für ihre Rauchpausen. Wie auf das Stichwort hin wurde im gleichen Moment die Tür geöffnet und eine dunkelhaarige, nur mit einem Kimono bekleidete junge Frau trat ins Freie. Sie hatte eine Zigarette zwischen den Lippen, die sie sich noch im Gehen anzündete, bevor sie einen kleinen Mülleimer aus Plastik in den Abfallcontainer neben den Gartenstühlen leerte. Als sie Jan-Ole sah, hob sie die Hand, Jan-Ole nickte zurück und ging schnell weiter, um von Minhlan nicht für einen möglichen Kunden gehalten zu werden.

Nach ein paar Schritten zögerte er. Ein Gedanke schoss ihm durch den Kopf, der so absurd war, dass er für einen Moment an seinem eigenen Geisteszustand zweifelte.

Als er wieder in dem Durchgang stand, war Minhlan verschwunden. Jan-Ole schob den Deckel des Abfallcontainers zurück. Gleich obenauf lagen benutzte Papiertücher und eine Bananenschale. Das Kondom klebte an dem zerknüllten Werbezettel eines Pizza-Bringdienstes. Jan-Ole zog ein Taschentuch aus seiner Jacke und fasste mit spitzen Fingern nach dem feuchtglänzenden Gummi. Sorgfältig wickelte er es ein und schob es in seine rechte Tasche, keine fünf Minuten später hatte er den Wagen gewendet und war auf dem Rückweg nach Myglevatn.

Am darauffolgenden Tag war es dann nicht Jan-Ole selbst, der das Kondom am Strand der Halbinsel fand, sondern der ältere Polizist aus Bjelland. Jan-Ole hatte ihn zu einem Bier auf Elsas Hütte eingeladen. Natürlich blieb es nicht bei diesem einen Bier, und irgendwann hatte Rune angefangen, vom Angeln zu schwärmen.

»Ich war bisher immer nur am Meer angeln«, hatte Jan-Ole seinem neuen Freund gestanden. »Seen sind nicht so mein Ding, ohne das Rauschen der Brandung in den Schären und ohne Strömungen und Wellen stelle ich mir das eigentlich ziemlich langweilig vor.«

»Dann wird es höchste Zeit, dass wir dich vom Gegenteil überzeugen!«

Rune hatte sein Angelzeug im Auto, eine zweite Rute lehnte bei Elsa im Schuppen. Sie nahmen Elsas Boot und paddelten weit auf den See hinaus, es dauerte keine Stunde, bis sie jeder einen ansehnlichen Fisch im Eimer hatten.

»Ich weiß ja nicht, wie es dir geht«, hatte Jan-Ole gesagt, »aber ich hab Hunger. Und bevor wir jetzt zurückpaddeln, könnten wir doch auch gleich hier irgendwo ein Feuer machen. Oder hast du Sorge, dass wir vielleicht Ärger mit einem Ranger bekommen?«

»Es gibt hier gar keinen Ranger. Und ich bin der Polizist, der seinem Kollegen aus der Stadt mal etwas bieten will. So was fällt unter Gastfreundschaft, das setzt alle Verbote außer Kraft.«

»Gut, das gefällt mir. Was meinst du, sollen wir zur Halbinsel rüberfahren? Da ist immer noch die Feuerstelle von den Mädchen, und den Tatort können wir ja nicht mehr kontaminieren, der Fall ist abgeschlossen.«

Rune hatte Jan-Ole ganz kurz gemustert, als wäre er sich nicht sicher, was er von dem Vorschlag halten sollte. Aber dann hatte er nur mit den Schultern gezuckt und erklärt: »Perfekt. So machen wir das!«

Sie hatten das Kanu auf den Sand gezogen und ihre Fische zum Lagerplatz getragen. Als Rune damit begann, die Steine um die Feuerstelle neu aufzuschichten, war Jan-Ole zwischen den Bäumen verschwunden, um nach Holz zu suchen. Wenig später hörte er Rune rufen.

Als der Polizist mit einem verkohlten Zweig das Kondom aus dem Sand pickte, zeigte Jan-Ole sich ebenso ungläubig überrascht wie auch Rune. Bereits bei den ersten Schlussfolgerungen, die sie aus dem zufälligen Fund zogen, waren sich beide einig darüber gewesen, dass die Kollegen von der Spurensicherung aus Kristiansand in einem Maße geschlampt hatten, das kaum noch vorstellbar war.

Rune hatte sich dann um alles Weitere gekümmert, Jan-Ole hatte am nächsten Tag nur noch ein Protokoll unterzeichnet. Als er die Schlüssel von der Hütte zurückbringen wollte, war Elsa nicht zu Hause. Er bedauerte es, sich nicht persönlich verabschieden zu können, und warf ihr einen Zettel mit seiner Adresse in Bergen in den Postkasten, damit sie ihm ihre Kontonummer mitteilen konnte. Die Rechnung, die sie ihm nach ein paar Wochen schickte, war deutlich niedriger, als er erwartet hatte. Er bedankte sich mit einer Ansichtskarte, auf der eines seiner ersten »Dead Beats and Old Rockers«-Motive zu sehen war, die er inzwischen malte. Er hoffte, dass er mit dem Porträt von John Lennon nicht ganz falschlag, was ihren Musikgeschmack anging.

Zu diesem Zeitpunkt war das Verfahren gegen Lennart aufgrund der neuen Beweislage bereits wiederaufgenommen worden. Kurz darauf verurteilte ihn das Gericht wegen der besonders verabscheuungswürdigen Umstände der durch das Kondom erwiesenen Vergewaltigung in Tateinheit mit unterlassener Hilfeleistung zu fünf Jahren Haft ohne Bewährung. Ob oder inwieweit Lennart auch für den Tod des Mädchens verantwortlich war, ließ sich nach wie vor nicht mit Sicherheit klären. Er blieb bei seiner Version, dass sie ihn weggestoßen hatte und davongelaufen war.

Die Richterin ließ keine Revision zu. Da das psychologische Gutachten jedoch deutliche Anzeichen für eine psychische Deformation sah, wurde Lennart direkt vom Untersuchungsgefängnis in die Forensische Psychiatrie in Oslo überführt.

# DRITTES BUCH

They say I'm winning, but it feels like I'll loose
(Dance with a Stranger)

## MERETTE

Merette blickte Jan-Ole lange an, ohne etwas zu sagen. Bis er aufstand und anfing, seine Sachen zusammenzusuchen.

»Ich wusste, dass du so reagieren würdest«, murmelte er halblaut vor sich hin. »Das war einer der Gründe, weshalb ich es dir nie erzählt habe.«

Seine Stimme klang resigniert. Enttäuscht. Gleichzeitig meinte Merette, auch eine Art von trotziger Rechtfertigung herauszuhören.

»Wie reagiere ich denn deiner Meinung nach?«, fragte sie unerwartet scharf. Er blieb mitten im Zimmer stehen, in der einen Hand hielt er die geöffnete Reisetasche, in der anderen den Pullover, den er eben ungeschickt versucht hatte zusammenzulegen.

»Du glaubst, dass ich eine Grenze überschritten habe, als ich die Beweise manipuliert habe. Und dass ich damit nicht besser bin als ...«

»Die erste Grenze hast du bereits überschritten, als du zu dieser Beredskapstroppen gegangen bist. Und mich dann die ganze Zeit über belogen hast! Du hast zwar gesagt, dass du immer noch als Sonderermittler bei der Polizei bist, aber kein Wort davon, dass es dabei um eine Einheit geht, die darauf trainiert ist, gezielt zu töten!«, unterbrach ihn

Merette. »Wie kommt man auf so was? Das verstehe ich nicht.«

»Ich fand es spannend. Es war etwas anderes, und es schien mir sinnvoll! Nicht zu töten natürlich, das weißt du genau, aber es war eine Möglichkeit, gegen eine Form von Verbrechen vorzugehen, bei der der regulären Polizei die Hände gebunden sind, was ich ja oft genug erlebt hatte, wenn wir plötzlich zurückgepfiffen worden sind. Wir reden dabei von internationalen Verbrecherkartellen, die ihre Finger in jedem schmutzigen Spiel haben, von Geldwäsche im ganz großen Stil, von Waffenschmuggel, Menschenhandel, Terroranschlägen. Ebenso übrigens wie von bestimmten Situationen, in denen es nur noch darum geht, schnell und präzise einzugreifen, um Schlimmeres zu verhindern.«

»Falls du jetzt auf Utøja anspielst, war der Erfolg ja eher nicht so überzeugend«, konnte Merette es nicht lassen anzubringen. »Achtzehn Jugendliche, die gestorben sind, bevor ihr ›schnell und präzise‹ eingegriffen habt. Deine Worte, nicht meine.«

»Jetzt wirst du unfair, Merette! – Aber nur noch mal fürs Protokoll«, setzte Jan-Ole hinzu, während er den Pullover als wirres Knäuel in die Reisetasche stopfte, »ich bin da als Sonderermittler. Das ist auch genau das, was du schon längst weißt, und selbst das ist eigentlich schon zu viel! Ich habe eine Abmachung unterschrieben, gerade um auch Angehörige zu schützen, du dürftest also eigentlich gar nichts wissen. Und zu welcher übergeordneten Abteilung ich gehöre, spielt letztendlich ohnehin keine Rolle, nicht wirklich jedenfalls. Ich bin nicht in der aktiven Eingreiftruppe, dafür bin ich auch längst viel zu alt. Ich habe damals zwar die Grundausbildung absolvieren müssen, war aber immer nur für kleinere Undercoveraktionen eingesetzt. Ansonsten ist es eher ein Schreibtischjob als alles andere, manchmal auch Täterprofile, aber meistens nur endlose Diskussionen über die Vorgehensweise bei bestimmten Aktionen, so was.« Er ließ die Reisetasche vor seine Füße fallen und hob die Hände in einer Geste, die Merette unwillkürlich an einen Wildwestfilm erinnerte. »Das soll keine Entschuldigung sein, nur eine Erklärung. Und das gilt ebenso für diese andere Sache – ich weiß genau, was ich getan habe, indem ich damals die Beweise manipuliert habe! Es war nicht okay, und ich bin nicht sonderlich stolz darauf, eher im Gegenteil. Daran ändert auch die Tatsache nichts, dass ich im Ergebnis recht behalten habe – dieser Lennart war beteiligt, und selbst wenn er das Mädchen nicht vergewaltigt oder von dem Felsen gestoßen hat, war er direkt oder indirekt für ihren Tod verantwortlich. Er hätte das alles stoppen können, aber stattdessen hat er zugesehen und sich daran aufgegeilt, was auch immer danach dann geschehen ist, Pia hätte nicht sterben müssen! Und aus dieser Verantwortung wollte ich ihn nicht entlassen, nur darum ging es! Verstehst du das nicht? Er wäre einfach so davongekommen, wenn ich nicht …«

»Hör auf, Jan-Ole!«, bat Merette leise. Sie fühlte sich vollkommen hilflos. Es war klar, dass Jan-Ole eine Stellungnahme von ihr erwartete. Er hoffte darauf, dass sie seine Erklärung zumindest akzeptieren würde, auch wenn sie sein Verhalten nicht guthieß. Und ganz offensichtlich war er ja selbst unsicher, inwieweit seine Argumente überhaupt als Rechtfertigung dienen konnten. Davon abgesehen war sie nun wirklich die Letzte, die sich anmaßen durfte, ihn zu verurteilen – nicht nach dem, was auf der Brücke passiert war!

»Vielleicht reden wir ein anderes Mal darüber«, sagte sie und schaffte es nur mit Mühe, das leichte Zittern in ihrer Stimme zu unterdrücken.

Es war zwei Uhr nachts. Merette konnte sich kaum noch auf den Beinen halten, geschweige denn irgendeine Entscheidung treffen. Plötzlich wünschte sie sich Kristina zurück – oder irgendjemand anderen, der ihr durch ein Wort, eine Geste, ein Mienenspiel einen Hinweis geben würde, ob sie übertrieb, ob sie sich gerade zu einer Moralwächterin aufspielte – oder ob sie vielleicht sogar noch viel weiter gehen müsste in ihrer Empörung!

Aber die Polizistin war verschwunden, kurz nachdem sie ihre provokante Frage an Jan-Ole gestellt und mit zusammengekniffenen Lippen einen dünnen Schnellhefter über den Tisch geschoben hatte, der das Ergebnis ihrer Recherche beinhaltete. Und der sie alle zwang, mit ihren Überlegungen ganz von vorn zu beginnen! Dass sie dabei Jan-Ole die Entscheidung überlassen hatte, wie es konkret weitergehen sollte, passte nur zu gut zu dem Eindruck, den Merette ohnehin von ihr hatte: Kristina bewunderte Jan-Ole auf irgendeine Weise und war bereit, sich ihm unterzuordnen – zumindest solange er ihr weiterhin den Eindruck vermittelte, dass er sie als gleichberechtigte Partnerin akzeptierte. Es war einer dieser Tricks, die Jan-Ole perfekt beherrschte, andere zu manipulieren und für seine Pläne einzuspannen, indem er ihnen das Gefühl gab, wichtig zu sein. Aber letzten Endes ging es immer nur darum, welches Ziel er selbst verfolgte! Und Kristina war für ihn einzig und allein von Interesse, weil er sich gerade außerhalb aller Vorschriften bewegte und bei seinem Alleingang jemanden brauchte, der ihm den Rücken freihielt.

Merette rieb sich mit den Fingern über die Schläfen.

»Ich weiß nicht mehr, was ich denken oder fühlen soll, Jan-Ole. Aber es macht auch keinen Sinn, wenn du jetzt einfach verschwindest«, setzte sie mit einem Blick auf die Reisetasche hinzu. »Wenn der Überfall auf dich etwas mit dieser Geschichte von damals zu tun hat, dann ist alles, was wir bisher überlegt haben, hinfällig. Dann geht es um zwei völlig verschiedene Dinge! Das eine ist Aksel, das andere womöglich …«

»Lennart«, brachte Jan-Ole ihren Satz zu Ende und schien deutlich erleichtert, das Gespräch jetzt auf die nächsten Schritte lenken zu können, die sie unternehmen mussten. Er tippte auf den Schnellhefter, der geöffnet auf dem Tisch lag. »Es tut mir leid, wenn ich dich da in etwas reingezogen habe, womit ich selber nicht gerechnet habe. Also, fassen wir zusammen: Nach einer entsprechenden Resozialisierungsprognose ist Lennart zwar aus der Forensischen Psychiatrie entlassen worden, hat dann aber offensichtlich noch ein paar weitere Jahre in einer anderen Klinik verbracht, bevor er vor einigen Monaten zurück nach Myglevatn gegangen ist. Nur dass er da nicht mehr ist und Kristina auch bislang nichts über seinen jetzigen Aufenthaltsort herausgefunden hat! Wir müssen das heute früh als Erstes überprüfen, aber ich möchte Kristina dabei gerne außen vor lassen, du weißt, weshalb. Auch wenn das jetzt so aussieht, als ob ich nicht zu meiner Verantwortung stehe, aber ich möchte die ganze Sache nicht unnötig kompliziert machen. Es ist deine Entscheidung, ob du das für den Moment so akzeptieren kannst oder nicht. Ehrlich gesagt, wäre es mir am liebsten, wenn ich dich irgendwo weit weg wüsste. Auch Aksel ist nach wie vor irgendwo da draußen, das dürfen wir nicht vergessen! Und so, wie wir fürs Erste seinen Plan mit Julia durchkreuzt haben, sollten wir auch dich außer Reichweite für ihn bringen.«

Merette schloss die Augen und schüttelte fast unmerklich den Kopf. Es stimmte, was Jan-Ole sagte. Sie wussten nicht, wo Aksel war oder was er als Nächstes vorhatte. Und tatsächlich hofften sie nur, dass er Julias Aufenthaltsort nicht doch noch irgendwie ausfindig machen konnte, bevor die Polizei ihn zu fassen bekam. Die Fahndung würde ab dem kommenden Vormittag auch auf Schweden ausgeweitet sein, und im Moment war Julia in Sicherheit, aber …

Julias Anruf war um kurz vor Mitternacht gekommen, als Jan-Ole gerade erst begonnen hatte, seine Geschichte zu erzählen, die Merette von Anfang an wie eine viel zu lange hinausgezögerte Beichte vorkam.

Schon nach den ersten Sätzen von Julia hatte Merette Mühe gehabt, die Tränen zurückzuhalten, kaum dass sie wusste, dass es Julia gut ging. Sie hatte das Handy auf laut geschaltet, so dass Jan-Ole das Gespräch mithören konnte.

Julia und Marie waren wie verabredet mit Knut nach Karlstad gefahren. Im Zug musste Marie plötzlich eine Art Panikanfall bekommen haben und hatte sich mit den Beruhigungstabletten zugedröhnt, die sie während ihrer Therapie erhalten hatte – allerdings mit der strikten Anweisung, höchstens eine Tablette am Tag zu nehmen und nicht gleich mehrere auf einmal. Der Busfahrer in Örebro hatte sich dann auch prompt geweigert, Marie in ihrem fast schon an Bewusstlosigkeit grenzenden Zustand mitzunehmen. Und als sie endlich zwei oder drei Stunden später, nachdem Marie wieder halbwegs ansprechbar war, doch in einem Bus nach Motala saßen, war während der Fahrt Maries Kreislauf zusammengebrochen. Der Bus musste auf freier Strecke anhalten, der Fahrer hatte über Funk einen Rettungswagen gerufen, Marie war als akuter Notfall ins Krankenhaus in Norrköping eingeliefert worden.

»Und die Untersuchungen haben endlos gedauert, obwohl Marie eigentlich schon wieder okay war«, hatte Julia erzählt. »Ich denke, sie hätten sie trotzdem dabehalten, wenn sie ein Bett freigehabt hätten. Hatten sie aber nicht. Deshalb durfte ich sie dann auch wieder mitnehmen. Wir sind mit dem Taxi zu Jan-Oles Freund nach Motala. Das ist ein Riesenhaus hier, ein bisschen außerhalb, der Taxifahrer hätte die Adresse fast nicht gefunden. Aber dieser Bernt scheint echt nett zu sein, und er ist ja auch Arzt, davon hatte Jan-Ole gar nichts gesagt! Ich glaube jedenfalls, zusammen kriegen wir das mit Marie wieder in den Griff. Sie schläft schon, und die restlichen Tavor, die sie noch hatte, habe ich sicherheitshalber eingesteckt. Tut mir leid, dass ich mich jetzt erst melde, entschuldigt bitte, aber ich wusste einfach nicht, was ich euch erzählen sollte!«

»Denk nicht mehr darüber nach«, hatte sich Jan-Ole eingeschaltet, »du hast alles vollkommen richtig gemacht! Ihr bleibt da jetzt bei Bernt, da seid ihr erst mal sicher. Aber es ist noch nicht vorbei, Julia! Noch haben sie Aksel nicht. Und deshalb möchte ich euch auch bitten, dass ihr möglichst nicht …«

»… in die Stadt fahrt, schon klar. Ich hab's kapiert, Jan-Ole.«

»Wir melden uns, sowie es etwas Neues gibt. Es kann nicht mehr lange dauern, Julia, glaub mir!«

»Und was sagst du, Merette? Ist mit dir alles okay? Du hast vorhin geweint, ich hab's gehört.«

»Es ist alles ein bisschen viel im Moment. Und ich hab mir solche Sorgen um dich gemacht! Aber … ich küsse dich, Kleine!«

»Kuss zurück! Passt auf euch auf, ich liebe euch.«

Nachdem das Gespräch beendet war, hatte Jan-Ole vor sich hin gestarrt – als gäbe es noch etwas, wovon er nicht wusste, wie er es formulieren sollte. Aber auf Merettes Nachfrage hatte er nur abgewinkt.

»Was ist?«, hatte Merette gefragt. »Irgendwas stimmt doch nicht. Worüber denkst du gerade nach?«

»Nichts«, hatte er abgelenkt, »vergiss es. Ich weiß auch nicht, was mit mir los ist. Wahrscheinlich bin ich doch noch nicht so fit, wie ich gehofft habe. Was ja vielleicht auch kein Wunder ist.«

Er hatte sich kurz an den Kopfverband getippt und ein Grinsen versucht, das eher kläglich ausgefallen war. Und dann war es die nächsten Stunden nur um diese Geschichte von damals gegangen, von der Merette beim besten Willen nicht wusste, wie sie anders darauf hätte reagieren sollen, als jede Diskussion auf später zu verschieben.

Aber gerade jetzt kam Jan-Ole nochmals auf diesen kurzen Moment nach dem Telefonat zurück.

»Wir wissen, dass Julia bei Bernt ist. Und die Sache mit Marie wird auch stimmen. Es wird so gewesen sein, wie sie erzählt hat. Aber trotzdem, für einen Augenblick hatte ich vorhin das Gefühl, dass sie uns etwas vormacht. Vielleicht weil sie nur von der Fahrt erzählt hat! Und kein Wort darüber, was vorher gewesen ist. Gestern Abend, nein, vorgestern Abend. Wie Marie die ganze Sache überhaupt aufgenommen hat, als Julia sie damit konfrontiert hat, dass Aksel ausgebrochen ist und sich irgendwo in ihrer Nähe befindet. Ich meine, das kann sie ja kaum einfach so weggesteckt haben! Warum soll der Zusammenbruch erst im Zug passiert sein?«

»Du hast doch auch gar nicht danach gefragt!«, warf Merette ein. »Und alles andere war wichtiger, weil es die Erklärung dafür war, warum sie sich nicht gemeldet hatte. Worauf willst du hinaus, Jan-Ole?«

»Das weiß ich ja selber nicht! Ich suche immer noch nach einem Zusammenhang, warum Aksel gestern nicht aufgetaucht ist. – Aber du hast recht, das bringt uns jetzt nicht weiter. Wir müssen uns auf die Kollegen verlassen, dass sie ihn ausfindig machen. Und wir verabschieden uns jetzt hier. Lass uns ein Stück aus der Stadt rausfahren und auf irgendeinem Waldweg noch ein paar Stunden schlafen. Ich will möglichst früh in Myglevatn sein, um mit dem alten Polizisten zu reden, mit dem ich damals zusammen unterwegs war, als wir … Du weißt schon, der dann das Beweisstück gefunden hat. Ich hoffe, dass er vielleicht ein paar Informationen über Lennart hat, die uns weiterhelfen. Und ich will das hinter mich bringen, bevor Kristina auf die Idee kommt, von sich aus zu ermitteln. Sie soll sich um Aksel kümmern. Aber falls es wirklich Lennart war, der mich überfallen hat, dann ist das eine Sache, die nur mich und ihn etwas angeht.«

»Du spinnst, Jan-Ole! Hör endlich auf, den einsamen Wolf zu spielen, der sich …«

»Ich bin der einsame Wolf!«, unterbrach sie Jan-Ole. »Nein, Merette, ganz im Ernst: Wir wissen, dass ich damals Scheiße gebaut habe, deshalb will ich das alleine klären. Ich bin verantwortlich für alles, was passiert ist, das kann mir niemand abnehmen. Aber solange gleichzeitig Aksel da noch irgendwo rumläuft …« Jan-Ole zögerte, als würde er davor zurückschrecken, den Satz zu Ende zu bringen.

»Bin ich am sichersten, wenn wir zusammenbleiben. Wolltest du das sagen?«

»So ungefähr, ja. Es gefällt mir nicht, aber ich weiß auch keine Alternative.«

»Fahren wir«, sagte Merette nur. »Ich schreibe eine kurze Nachricht für Jerzy und behaupte, dass wir zurück nach Bergen sind. Irgendwas wird mir schon einfallen, warum wir mitten in der Nacht verschwinden. Dann können wir los! Ich weiß nicht, warum ich das tue«, setzte sie hinzu, während sie bereits nach einem Notizblock mit der Aufschrift eines Pharma-Unternehmens griff, »aber glaub bitte nicht, damit wäre jetzt alles geklärt! Ich bin alles andere als überzeugt, nur dass du das weißt. Weder von deinen halbherzigen Rechtfertigungen noch von dem, was du jetzt vorhast. Und wir werden darüber reden müssen, sowie wir die Möglichkeit dazu haben.«

»Das ist mir klar. Trotzdem danke.«

Vielleicht tue ich es für uns, dachte Merette. Vielleicht ist es die einzige Möglichkeit, die wir im Moment haben.

Merette fühlte sich nicht in der Lage zu fahren und überließ Jan-Ole das Lenkrad, obwohl ihr klar war, dass auch er hoffnungslos übermüdet sein musste. Aber sie kannte ihn gut genug, um zu wissen, dass er auf seinem Entschluss, die Stadt so schnell wie möglich zu verlassen, unbedingt beharren würde. Allerdings hatte er sich offensichtlich überschätzt, kurz hinter Nodeland bog er auf einen Seitenweg ein, der direkt zum Fluss führte. Jan-Ole parkte den Camper neben einem Ruderboot, das kieloben am Ufer lag. Ein handgemaltes Schild zeigte einen durchkreuzten Wohnwagen, unter dem in Großbuchstaben stand: CAMPING FORBUDT.

Als Merette im Schatten eines Angelstegs gepinkelt hatte und zurück zum Wagen kam, war Jan-Ole bereits in seinen Schlafsack gekrochen und schlief. Er atmete unruhig und zuckte immer wieder zusammen, nach einer Weile zog Merette seinen Arm unter ihren Kopf und verschränkte ihre Finger mit seinen, einen Moment lag sie noch wach und horchte auf das Rauschen des Flusses. Einmal meinte sie, Schritte zu hören, aber es war nur das Knacken des Motors, der langsam abkühlte.

Als sie von dem lauten Rattern eines Zuges geweckt wurde, brauchte sie einen Moment, bis sie begriff, dass auf der anderen Flussseite die Bahnlinie nach Kristiansand entlangführte. Ihre Uhr stand auf kurz nach sechs – und Jan-Oles Bett war leer! Aber sie hörte ihn draußen vor dem Camper reden, er lehnte an der Kühlerhaube und telefonierte.

Schon nach wenigen Sätzen war Merette klar, dass er mit Kristina sprechen musste.

»Ich habe dir alles gesagt, was ich im Moment weiß. Aber ich brauche mehr Zeit! Wenn ihr jetzt anfangt, der Sache offiziell nachzugehen, dann … Ja, ich weiß, dass ich dich damit unter Druck setze! Natürlich musst du einen Bericht schreiben, das ist mir vollkommen klar. Ich könnte allerdings meine Anzeige wegen des Überfalls zurückziehen! Ich mache eine neue Aussage, dass ich das alles nur erfunden habe, weil ich in Wirklichkeit stockbetrunken war! Ich bin nachts in der Gegend rumgestolpert, ohne überhaupt zu wissen, was ich tue. Und dabei muss ich unglücklich gestürzt sein und das war's. – Stimmt, du hast recht, besonders glaubwürdig ist das nicht. Aber wenn du den Bericht so lange zurückhältst, bis ich … Nein, warte, wir machen das anders. Wir bleiben bei der offiziellen Version, dass es Aksel war, der mich niedergeschlagen hat. Und damit ist es nur logisch, wenn du dich ganz auf die Fahndung nach ihm konzentrierst und alles andere erst einmal ignorierst. Erst mal, Kristina! Gib mir zwei Tage, mehr will ich nicht. Ich bitte dich als Kollegin! Das ist eine Ermittlung, die sich auf den Fall von damals bezieht, in den ich involviert war, wie du ja aus den Akten weißt. Aber ich möchte vermeiden, das jetzt an die große Glocke zu hängen, je weniger Leute informiert sind, umso größer ist die Chance, dass wir das zügig abschließen können, nur darum geht es. Zwei Tage, Kristina! Und tatsächlich brauche ich dich vor allem, um Aksel aufzuspüren! Ich muss wissen, dass da jemand ist, auf den ich mich verlassen kann. Eine Fahndung über Ländergrenzen hinweg beinhaltet immer auch das Risiko, dass es mit der Koordination nicht reibungslos läuft. Häng dich da rein! Solange Aksel frei rumläuft … Was? Nein, hör mir zu! Ich habe das nicht geplant, und ich habe auch die Waffe nicht vorsätzlich mitgehen lassen. Ich hab in der Pathologie einfach nur vergessen, sie dir zurückzugeben. Und jetzt hätte ich sie ja wohl kaum im Krankenhaus liegenlassen können! Ich werde sie nicht benutzen, ich lasse sie im Wagen, versprochen. – Okay, danke, Kristina. Du hast was gut bei mir, ich werde es nicht vergessen!«

Jan-Ole hatte das Gespräch beendet und Merette kurz in den Arm genommen.

»Du hast es ja mitgekriegt, wir haben zwei Tage, mehr nicht. Und deshalb sollten wir keine Zeit verlieren! Je eher wir jetzt mit Rune sprechen, umso besser. Aber vorher brauche ich unbedingt einen Kaffee, und du wahrscheinlich auch!«

»Die Gasflasche ist leer. Tut mir leid, Jan-Ole, ich hab vergessen, es dir zu sagen.«

»Dann bleibt uns nur irgendeine Tankstelle, die hoffentlich schon geöffnet hat. Da können wir dann auch eine neue Flasche mitnehmen.«

Als Jan-Ole bereits hinter dem Lenkrad saß, riss er plötzlich mehrmals hintereinander die Augen auf, als hätte er Schwierigkeiten, klar zu sehen.

»Was ist?«, fragte Merette besorgt.

»Ich weiß auch nicht. Es ist, als würde ich alles durch einen Schleier sehen. Und eben hatte ich so was wie Lichtblitze im rechten Auge, aber es ist schon wieder vorbei, mach dir keine Gedanken. Jerzy hat mich gewarnt, es kann sein, dass durch den Schlag meine Netzhaut geprellt ist. Das kann noch ein paar Tage dauern, ist aber weiter kein Problem.«

Er zog ein kleines Fläschchen aus der Jackentasche und träufelte sich eine klare Flüssigkeit ins Auge. »Sag jetzt nichts, ich wollte dich nicht beunruhigen, das ist alles.«

»Rück rüber«, entschied Merette, »ich fahre.«

Sie wechselten die Plätze. Bevor Merette den Motor startete, zögerte sie kurz. Jan-Ole blinzelte immer noch heftig, um die Flüssigkeit in seinem Auge zu verteilen, aber als er ihren Blick bemerkte, sagte er nur: »Jetzt fahr schon. Es ist gleich wieder in Ordnung.«

Sie waren gerade erst ein paar Kilometer unterwegs, als

Jan-Ole sich vorbeugte und unruhig in den Rückspiegel sah.

»Nimm mal kurz den Fuß vom Gas«, forderte er sie auf. »Geh runter bis auf fünfzig, ja, genau so. Und jetzt bleib bei dem Tempo. – Das gefällt mir nicht«, erklärte er dann, »siehst du das Auto hinter uns? Warum überholt der Fahrer jetzt nicht, was soll das?«

Die Scheiben der Hecktüren waren so verschmutzt, dass Merette den Wagen, der ihnen folgte, nur als undeutlichen Schatten ausmachen konnte. Erst nachdem sie den Scheibenwischer eingeschaltet hatte, wurde die Sicht besser.

Ein mattschwarzer Volvo-Kombi, ein altes Modell mit einer ganzen Batterie von Nebelscheinwerfern auf der Stoßstange.

»Noch langsamer«, sagte Jan-Ole. Um gleich darauf festzustellen: »Nichts! Er hat gebremst und hält den gleichen Abstand. Kannst du das Kennzeichen erkennen?«

»Nicht gut, aber ich glaube, es ist zumindest nicht von hier.«

»Könnte es ein schwedisches Nummernschild sein?«

Merette nickte nur, im gleichen Moment brüllte Jan-Ole: »Vollgas!«

Merette stemmte den Fuß aufs Gaspedal, der Motor heulte auf, das Automatikgetriebe des Campers schaltete sich ruckend durch die Gänge. Als sie auf den Tacho blickte, bewegte sich die Nadel bereits zitternd über die Hundert-Stundenkilometer-Marke hinweg.

»Weiter! Nicht aufhören jetzt! Bleib auf dem Gas!«

Ein kurzer Blick zurück zeigte Merette, dass der Volvo ihnen mühelos folgte. Die Sonne blendete sie, sie konnte nicht entscheiden, wie viele Personen in dem Wagen saßen.

Als sie sich einer schmalen Brücke näherten, kam ihnen von der anderen Seite ein Sattelschlepper mit aufgeblendeten Scheinwerfern entgegen. Jan-Ole fluchte laut, Merette stieg mit aller Kraft in die Bremse und zwang den Camper auf die Grasnarbe am Fahrbahnrand, schlingernd kamen sie zum Stehen – und Merette rechnete jeden Moment damit, dass der Volvo sie einfach rammen würde! Gleich darauf hatte der Sattelschlepper sie passiert, Merette quälte den Camper mit durchdrehenden Reifen zurück auf die Straße. Sie handelte jetzt, ohne zu überlegen, ihr Herz raste, sie hatte nur noch einen Gedanken: Sie mussten ihren Verfolgern entkommen! Gleichzeitig wusste sie, dass es ihnen nicht gelingen würde. Der Volvo war schon wieder so dicht hinter ihnen, dass er an ihrer Stoßstange zu kleben schien.

Kaum hatten sie die Brücke überquert, sah Merette die Tankstelle. Ohne zu blinken, bog sie in die Einfahrt – und der Volvo schoss hupend auf der Straße an ihnen vorbei! Für den Bruchteil einer Sekunde konnte Merette undeutlich die vier Jugendlichen im Wageninnern erkennen, der Beifahrer zeigte ihnen den ausgestreckten Mittelfinger, aus dem hinteren Seitenfenster flog eine leere Bierdose und rollte scheppernd über die Fahrbahn.

»Scheiße! Fuck!«, war alles, was Jan-Ole sagte, als Merette mit zitternden Fingern den Motor ausstellte und ein paar Mal tief Luft holte, bis sie merkte, wie die Panik langsam nachließ.

»Sorry, Merette«, hörte sie Jan-Oles Stimme wie aus weiter Ferne, »ich hab falsch reagiert! Ich weiß auch nicht, was mit mir los war, aber für einen Moment dachte ich … vergiss es. Wir hätten einfach nur anhalten müssen und uns gar nicht erst auf ihr Katz-und-Maus-Spiel einlassen dürfen. Wahrscheinlich haben sie gedacht, wir wären ein älteres Ehepaar auf Campingurlaub, das sie mal ordentlich aufmischen können. Ein paar hirnlose Scheißkerle, sonst nichts. Aber das sind genau die Typen, von denen es immer mehr gibt, in Schweden wie in Dänemark oder auch bei uns. Und das Schlimme ist nicht, dass sie auf Randale aus sind, sondern dass sie keine Angst haben. Noch nicht mal mehr um ihr eigenes Leben, es ist ihnen egal, was passiert, du hast es ja eben selbst gesehen. Sie haben eine vollkommen abartige Vorstellung von Spaß, sie sind süchtig nach … Kicks! Und sie halten sich für unbesiegbar, als würden sie nur zu Hause an ihrer Spielkonsole sitzen. Aber genau das ist es, was sie so gefährlich macht!«

Merette legte ihm die Hand auf den Arm, ohne etwas zu sagen. Er hatte natürlich recht, auch wenn sie fand, dass seine Erklärung zu kurz griff. Es waren nicht nur irgendwelche Videospiele, um die es hier ging, und es waren auch schon lange nicht mehr nur Jugendliche, die sich über alle Tabus hinwegsetzten. Die ganze Gesellschaft hatte sich verändert, dachte sie, es war die zunehmende Sinnentleerung, die Perspektivlosigkeit, die die Menschen abstumpfen und nach einem Kitzel suchen ließ, der ihnen die einzige Möglichkeit zu sein schien, um zu spüren, dass sie überhaupt am Leben waren.

Als Jan-Ole sich plötzlich zu ihr beugte und gleich darauf seinen Mund auf ihre Lippen presste, war sie so verblüfft, dass sie seinen Kuss unwillkürlich erwiderte.

Sie küssten sich so heftig, dass ihre Zähne gegeneinanderschlugen und Merette meinte, kaum noch genug Luft zum Atmen zu bekommen, aber es tat ihr gut, seine Zunge zu spüren, seine Bartstoppeln auf ihrer Haut, seine Hände, die über ihren Körper wanderten. Erst als er dabei war, ihren BH aufzuhaken, schob sie ihn zurück.

»He, wir stehen genau vor dem Fenster, der Typ da drin kann alles sehen! Hör auf, Jan-Ole, lass uns das auf später verschieben.«

Jan-Ole rieb sich mit der Hand über die Augen und die Stirn, als müsste er erst wieder zu sich kommen.

»Ich erinnere dich daran«, sagte er.

»Darum wollte ich auch gebeten haben«, erwiderte Merette.

Sein Grinsen ließ sie fast vergessen, dass sie nicht hier waren, weil sie Urlaub machten und sich alles nur um sie beide drehte.

Sie schob ihren BH zurecht und klappte die Sonnenblende herunter, um ihren Lippenstift nachzuziehen.

Der Kaffee aus dem Automaten schmeckte erstaunlich gut. Jan-Ole tauschte die leere Gasflasche aus, dann besorgten sie noch ein paar Lebensmittel, Brot, Käse, Bananen, eine Tafel Keksschokolade, zwei Flaschen Wasser.

Nachdem sie bezahlt hatten, wollte Jan-Ole wieder selbst fahren. Merette hatte den Eindruck, dass er ihren Fahrkünsten nach dem Zwischenfall mit dem Volvo nicht so ganz vertraute, sagte aber nichts, er würde es ohnehin abstreiten.

Eine halbe Stunde später waren sie an der Kreuzung, an der die Straße nach Myglevatn abzweigte.

»Vielleicht sollten wir kurz bei Elsa halten«, schlug Jan-Ole wie nebenbei vor. »Nur um ihr zu sagen, dass ich nicht mehr im Krankenhaus bin. Wirklich nur kurz, damit sie sich keine Sorgen mehr um mich macht. Ist das okay für dich?«

Merette war sich fast sicher, dass ihm diese Idee nicht eben erst gekommen war.

»Natürlich ist das okay«, antwortete sie mit einem Schulterzucken. »Obwohl ich beim letzten Mal nicht unbedingt den Eindruck hatte, dass sie sich besonders viele Gedanken um dich macht. Sie schien mir eher froh zu sein, dass sie uns wieder los war und ihre Ruhe hatte.«

»Ich denke, da täuschst du dich. Sie ist einfach nur jemand, der nicht gleich seine Gefühle zeigt. Glaub mir, ich kenne sie ein bisschen besser als du!«

Elsas Pick-up stand in der Einfahrt. Aber die Haustür war verschlossen, und auch als Jan-Ole klopfte, rührte sich nichts im Haus. Merette war überzeugt davon, dass Elsa dennoch da war, Jan-Ole schien es ähnlich zu gehen, er blickte sich noch mehrmals um, bevor sie wieder in den Camper stiegen und weiterfuhren.

»Schade«, sagte er mit einem Achselzucken. »Aber vielleicht ergibt sich ja noch mal eine Gelegenheit, um sie zu treffen.«

Als hätte er ihr damit das Stichwort geliefert, auf das sie nur gewartet hatte, platzte Merette mit der Frage raus, die ihr schon länger durch den Kopf ging.

»Mal ehrlich, Jan-Ole, als du damals in Myglevatn warst und Elsa bei deinen Ermittlungen kennengelernt hast, habt ihr da …«

»Ja?«

»Ach, vergiss es. Es ist albern. Und es interessiert mich auch nicht wirklich.«

»Du meinst, ob ich irgendwas mit ihr hatte?«

»Ich sag doch, ich will es eigentlich gar nicht wissen.«

»Doch, das willst du!«

Jan-Ole schob eine CD in den Player, Dance with a Stranger, drehte die Lautstärke aber schon nach den ersten Zeilen des Refrains herunter, als hätte er bemerkt, wie unpassend der Song gerade jetzt schien, »stop looking for love, thru blue, blue eyes ...«

»Würdest du es mir denn überhaupt sagen?«, fragte Merette nun doch noch zurück.

Jan-Ole grinste wieder, ohne den Blick von der Straße zu nehmen.

»Nein, ich hatte nichts mit ihr. Ich gebe zu, dass ich daran gedacht habe, und mehr als nur einmal, aber ... irgendwas passte nicht. Ich hatte das Gefühl, dass ich mich bei einer Affäre mit ihr auf etwas einlassen würde, das ich nicht mehr kontrollieren könnte. Nicht so was wie Angst, dass sie vielleicht eine dauerhafte Beziehung wollte, das war es nicht, eher ... ich weiß nicht, ich kann es nicht beschreiben.«

»Es sind ihre Augen«, griff Merette Jan-Oles Gedanken auf und hoffte, dass er nicht merken würde, wie erleichtert sie war.

»Wie meinst du das?«

»Sie hat so ziemlich die faszinierendsten Augen, die ich je bei irgendjemandem gesehen habe. Und ich glaube, allein wegen dieser Augen hätte ich mir gut vorstellen können, dass du ... etwas mit ihr angefangen hast. Aber da ist auch noch irgendwas anderes in ihrem Blick, das ich nicht einordnen kann. Und ich schätze, das ist auch genau das, was du meinst.«

»Mag sein, ja.«

Ein paar Minuten fuhren sie, ohne ein Wort zu sagen, während Elg von Dance with a Stranger sang: »I got you in my vein, as I walk through the pouring rain, I'm afraid I'm gonna go insane the moment you leave me …«

Als sie sich Myglevatn näherten, fragte Merette unvermittelt: »Wie um alles in der Welt bist du eigentlich auf die Idee gekommen, ausgerechnet diese Hütte von Elsa für uns zu mieten? Ich meine, das grenzt ja schon fast an Schizophrenie! Du hast keinerlei Bedenken gehabt, mit mir Urlaub in einer Hütte zu machen, von der du genau wusstest, dass sie etwas mit einem fürchterlichen Verbrechen zu tun hatte.«

»Pia ist unten am See ermordet worden, nicht in der Hütte.«

»Trotzdem, Jan-Ole! Und wenn es nicht so ganz anders gekommen wäre, als du erwartet hattest, dann hätten wir da einfach nur eine schöne Zeit miteinander verbracht, oder wie hast du dir das vorgestellt? Morgens lange schlafen, schwimmen gehen, uns in der Sonne auf dem Felsen lieben und abends zusammen betrinken, bis wir …«

»Ich hatte es dir sagen wollen«, unterbrach Jan-Ole sie unerwartet. »Die ganze Scheißgeschichte von damals. Deshalb bin ich mit dir in Elsas Hütte gefahren. Ich wollte dir endlich alles erzählen und reinen Tisch machen zwischen uns, wirklich, so war es! Aber ich wollte mir erst ganz sicher sein können, dass wir unsere alte Nähe wiedergefunden haben, bevor …«

Er brach mitten im Satz ab und zog sich die Straßenkarte aufs Lenkrad, auf der auch die verschiedenen Privatwege eingezeichnet waren, die zu den Sommerhäusern am Seeufer führten.

»Das haut mich jetzt tatsächlich um«, sagte Merette leise und merkte, wie ihre Stimme zwischen Empörung und Unsicherheit schwankte.

Es war erst kurz nach acht, als Jan-Ole Runes Hütte wiedergefunden hatte.

Alles deutete darauf hin, dass es ein warmer Tag werden würde. Zu warm für die Jahreszeit. Die Blätter der Birken bedeckten bereits die Wiese neben dem Bootsschuppen, wie ein gelber Teppich, der bei jedem Schritt raschelte.

Rune saß auf der Terrasse beim Frühstück. Er schien nicht sonderlich überrascht, Jan-Ole zu sehen.

*Als er das Pflaster löste, war der Mullverband gelblich verklebt. Die Wunde nässte wieder und eiterte leicht, die umliegende Haut war rot und spannte. Er fluchte leise vor sich hin, während er den Verband wechselte. Der Bluterguss an seiner Hüfte, wo ihn der Kotflügel des Wagens erwischt hatte, war immer noch druckempfindlich, veränderte aber bereits die Farbe und würde in ein oder zwei Wochen verschwunden sein. Aber am Bein würde er eine hässliche Narbe zurückbehalten – und die Narbe würde ihn immer daran erinnern, dass er einen Fehler gemacht hatte. Zwei Fehler, um genau zu sein! Und so kurz hintereinander, dass er manchmal schon fast Mühe hatte, die beiden Situationen klar voneinander zu trennen. Aber das änderte nichts daran, dass er in beiden Fällen die Kontrolle verloren hatte.*

*Er hätte es schon beim ersten Mal zu Ende bringen müssen und nicht im letzten Moment noch zögern, als wäre er sich seiner Sache nicht sicher gewesen. Ein Kampf war nichts weiter als eine Frage des Willens – und er hatte die besten Voraussetzungen gehabt, um zu gewinnen, es hatte keinen Grund gegeben, kurz vor der Ziellinie aufzugeben. Obwohl er genau wusste, dass es immer nur diese letzten Meter waren, auf die es wirklich ankam. Bei denen sich zeigte, ob jemand zum Sieger taugte oder alle Hoffnungen umsonst waren.*

*Und dabei hätte er nur noch einmal zuschlagen müssen. Ein einziges Mal! Mit aller Kraft, zu der er fähig war. Die er ja auch bereits beim ersten Schlag schon eingesetzt hatte, nur dass der Bulle ihm ausgewichen war. Wie eine verdammte Katze, die unbewusst die Gefahr spürte! In letzter Sekunde war es ihm gelungen, sich zu ducken und damit die Wucht des Aufpralls zu vermindern. Aber der Schlag hatte immer noch gereicht, um ihn bewusstlos zu Boden stürzen zu lassen.*

*Er wusste nicht, was dann eigentlich genau passiert war. Es gab keine Erklärung für sein Handeln. Und es war weder Mitleid gewesen noch die Angst vor Konsequenzen. Aber er hatte sich von einem Augenblick auf den nächsten wie willenlos gefühlt – und die Entscheidung an irgendeine höhere Macht abgegeben. Er erinnerte sich noch, dass er in dem Moment, in dem er sich über ihn beugte und die klaffende Wunde an seinem Hinterkopf sah, gedacht hatte: Wenn er das überlebt, ist es eben so. Ich habe getan, was ich tun musste. Jetzt soll jemand anderes die Verantwortung dafür übernehmen, wie es ausgeht.*

*Es war falsch gewesen, das wusste er jetzt. Der Bulle hatte es nicht verdient, dass er weiterlebte. Das war nicht gerecht! Es war kein Zufall gewesen, dass er nach all den Jahren plötzlich wieder hier aufgetaucht war. Als hätte es nicht genügend andere Orte gegeben, an denen er Ferien machen konnte. Irgendwo weit weg von allem, was mit seiner Vergangenheit zu tun hatte. Aber er war ausgerechnet nach Myglevatn zurückgekommen! Und wenn es so etwas wie Schicksal gab, dann war das genau der Wink gewesen, der nur eines bedeuten konnte: die Chance, endlich eine Art von ausgleichender Gerechtigkeit herzustellen! Und diese Chance hatte er unwiderruflich vertan!*

*Nein, falsch, er hatte einen Fehler gemacht, nicht mehr und nicht weniger. Und Fehler waren dazu da, um sie zu korrigie-*

*ren. Wobei es natürlich vollkommen idiotisch gewesen war, dann ein paar Tage später dieser Frau aufzulauern, die der Bulle mit angeschleppt hatte. Eine dumme Kurzschlussreaktion, die alles erst recht ins Ungleichgewicht brachte. Und das nur, weil er plötzlich die vage Idee hatte, dass das Schicksal ihm vielleicht gerade eine zweite Chance bot – ohne die notwendige Zeit, sich vorbereiten zu können. Schlimmer noch, ohne überhaupt ein Ziel vor Augen zu haben, ohne jeden Plan!*

*Umso größer war der Schock gewesen, den ihre Reaktion bei ihm ausgelöst hatte. Er hatte nicht damit rechnen können, dass sie es darauf anlegen würde, ihn zu töten! Erst als das Wasser über ihm zusammenschlug und ein scharfkantiger Uferfelsen ihm das Bein aufriss, hatte er wieder klar denken können. Jeder andere hätte in diesem Moment aufgegeben, aber er hatte es bis zum See geschafft und war entkommen. Er hatte den Schmerz ignoriert und sich ausschließlich darauf konzentriert, seinen Atem zu kontrollieren, seinen Rhythmus zu finden, seine Kräfte richtig einzuteilen. Als er dann mit gleichmäßigen Zügen parallel zum Ufer geschwommen war, hatte er plötzlich gemeint, die Stimme seiner Mutter zu hören: »Fehler sind dazu da, dass man aus ihnen lernt. Ein zweites Mal passiert dir das nicht, das ist alles, woran du jetzt denken darfst.« Es war, als würde allein ihre Stimme ihn über Wasser halten, mit jedem Schwimmzug vorantreiben, bis er den kleinen Strand zwischen den Felsen erreicht hatte und vor Erschöpfung zitternd auf dem Sand zusammensackte, während ihm unaufhörlich die Tränen über das Gesicht liefen.*

*Er merkte, wie er in der Erinnerung daran plötzlich wütend wurde. Seine Mutter! Die nie für ihn da gewesen war, wenn er sie wirklich brauchte. Die ihn verleugnet hatte. Die ihn seine ganze Kindheit hindurch in dem Glauben gelassen hatte, dass sie nur seine Tante war. Und mit der er kaum etwas anzufangen wusste, wenn sie ihn einmal im Jahr mit sich in das Museum von Thor Heyerdahl schleppte und er sich ihre Lebensweisheiten anhören musste, während er auf das Schilffloß starrte und sich weit weg wünschte. »Es gibt immer eine Möglichkeit, seine Grenzen zu überwinden und über sich selbst hinauszuwachsen. Es liegt an dir, was du aus deinem Leben machst, und an niemandem sonst.«*

*Aber das stimmte nicht. Er hatte es ja versucht, immer wieder aufs Neue. Er hatte sogar versucht, seine Mutter aufrichtig zu lieben, nachdem er endlich durch einen dummen Zufall erfahren hatte, wer »die Tante« wirklich war. Und bei allem, was er getan hatte, war es eigentlich immer nur darum gegangen, dass sie stolz auf ihn sein sollte. Damit sie endlich aufhören würde, ihn wie jemanden zu behandeln, der nichts in ihrem Leben zu suchen hatte. Lange Zeit hatte er gedacht, wenn nur alle erfahren würden, dass sie zusammengehörten, würde auch alles gut werden und seine Einsamkeit hätte endlich ein Ende. Nur deshalb hatte er überhaupt die Schule als Klassenbester abgeschlossen, eine Ausbildung gemacht, versucht, sein Leben in den Griff zu bekommen. Er hatte ihr immer nur zeigen wollen, dass er kein Loser war, dass er es genau wie sie ganz allein, ohne jede Hilfe, schaffen würde!*

*Er hatte nie wirklich kapiert, dass ihre scheinbare Stärke nur eine Fassade gewesen war, hinter der sie sich versteckte, sondern sie stattdessen für ihre Selbstständigkeit bewundert und erst viel zu spät gemerkt, was sie ihm eigentlich angetan hatte. Und immer noch antat, mit jedem Tag, den sie ihn weiterhin auf Distanz hielt und keine Nähe zwischen ihnen zuließ. Vielleicht war auch sein Problem mit Frauen, das er ganz eindeutig hatte, einzig und allein ihre Schuld! Und vielleicht musste er sich erst von ihr befreien, bevor er ihre Liebe verdiente! Aber vielleicht war es noch nicht zu spät. Vielleicht gab es trotz allem gerade jetzt die Möglichkeit, ihr zu beweisen, dass er nicht so schwach war, wie sie glaubte. Dass er sich nicht von allen möglichen Leuten herumschubsen ließ – und dass man ihn auch nicht einfach so austricksen konnte, ohne dass er sich zur Wehr setzte.*

*Er hatte Fehler gemacht, aber seine Mutter hatte recht: Er hatte daraus gelernt, und er wusste genau, was er jetzt zu tun hatte. Es ging nur noch darum, den richtigen Zeitpunkt abzupassen. Dann würde er seine Falle stellen, den Gegner in einen Hinterhalt locken, aus dem es kein Entkommen mehr gab. Und zu Ende bringen, was schon viel zu lange gedauert hatte. Ohne Zögern. Ohne Erbarmen. Nur mit dem Ziel, zu töten, um endlich für Gerechtigkeit zu sorgen. Auf die letzten Meter kam es an, alles andere war nur … ein Vorspiel gewesen!*

## MERETTE

»Nur die Toten kehren nicht zurück«, sagte Rune, während er von seinem Toastbrot abbiss und mit der anderen Hand eine einladende Geste machte: »Setzt euch. Kaffee?« Ohne eine Antwort abzuwarten, stand er auf und verschwand in der Hütte.

Er trug nur einen Bademantel, seine Haare waren nass, er musste gerade erst schwimmen gewesen sein. Merette schätzte ihn auf Ende sechzig, Anfang siebzig. Aber er bewegte sich trotz seines massigen Körpers mit einer verblüffenden Leichtigkeit.

Der Tisch war noch für eine weitere Person gedeckt, es gab also wahrscheinlich auch eine Ehefrau. Alle Fenster der Hütte waren weit geöffnet, aus der Küche konnte Merette deutlich das Klappern von Geschirr hören.

Jan-Ole nickte ihr beruhigend zu, als hätte er ihre Gedanken gelesen. »Lass ihn mal machen, das ist okay, auch wenn wir nicht angemeldet sind. Ich hoffe nur, er kommt nicht auf die Idee, unser Wiedersehen mit Bier begießen zu wollen.«

Sie setzten sich auf zwei sich gegenüberstehende Stühle, als sich ihre Füße unter dem Tisch berührten, hatte Merette für einen kurzen Moment wieder das Gefühl, einfach nur im Urlaub zu sein. Dazu passte auch der Krabbensalat mit den hartgekochten Eiern und den Zwiebelringen, den Rune kurze Zeit später aus der Hütte brachte. Allerdings standen auf dem Tablett neben den Tellern und der Kaffeekanne auch tatsächlich drei Flaschen Bier, die so kalt waren, dass das Glas vom Schwitzwasser beschlagen war.

Jan-Ole zwinkerte Merette zu.

»Was ist?«, fragte Rune sofort. »Stimmt was nicht? Ach so, du meinst, weil ich nur drei Flaschen gebracht habe!« Er zuckte mit den Schultern. »Karin mag kein Bier. Aber sie kommt gleich. Sie macht sich nur noch ein bisschen schick für euch. Passiert ja nicht so oft, dass wir Frühstücksgäste haben.«

Jan-Ole stellte Merette vor, dann entschuldigte er sich dafür, dass sie einfach so aufgetaucht waren, ohne vorher wenigstens angerufen zu haben.

»Kein Ding, ich freu mich!« Merette sah, wie sein Blick Jan-Oles Kopfverband streifte. Gleich darauf hielt er sich die Hand vor den Mund und fing an zu lachen. »'tschuldigung«, stieß er prustend hervor, »aber mir ist gerade wieder ein alter Witz eingefallen: Wisst ihr, was in Norwegen laut Statistik der Beruf mit den meisten tödlichen Unfällen ist?«

Jan-Ole blickte irritiert hoch. »Wahrscheinlich nicht Polizist …«

»Stimmt!« Rune konnte sich jetzt kaum noch halten vor Lachen. »Nicht Polizist, nein, sondern Biber!«, brüllte er los, »Biber, die von dem Baum erschlagen worden sind, den sie gerade erst abgenagt haben! Ist doch gut, oder? Okay, ich seh schon, ist vielleicht doch nicht so gut, entschuldigt, streichen wir das.« Er griff nach einer Serviette und tupfte sich den Mund ab, bevor er Jan-Ole mit hochgezogenen

Augenbrauen anblickte. »Also, dann mal Spaß beiseite, ich hab von dem Überfall gehört! Ich wusste allerdings nicht, dass es dabei um dich ging. Im Dorf haben sie nur etwas von einem Touristen gesagt, der Elsas Hütte gemietet hätte. Mehr nicht. Ich bin jetzt schon seit fast fünf Jahren pensioniert«, setzte er nach einer kurzen Pause hinzu, »ich krieg nicht mehr viel mit. Und die jungen Kollegen in Bjelland sind keine Angler, verstehst du?«

Er grinste Jan-Ole an, als wollte er ihn daran erinnern, dass sie etwas gemeinsam hatten, was sie verband.

Jan-Ole nickte nur und verstrich sorgfältig die selbstgemachte Moltebeerenmarmelade auf seinem Toast, als wäre das das Einzige, was im Moment von Interesse war.

Rune kombinierte schnell, dachte Merette, und er weiß irgendwas, womit er nicht rausrücken will, solange nicht geklärt ist, ob er in meinem Beisein offen reden kann. Sie wollte gerade vorschlagen, dass sie ein paar Schritte am See entlanglaufen könnte, als Jan-Ole über den Tisch hinweg nach ihrer Hand griff und zu Rune sagte: »Merette weiß Bescheid. Und wir sind hier, weil ich gehofft habe, dass du mir vielleicht weiterhelfen kannst. Es geht mir vor allem um …«

»Lennart«, sagte Rune wie selbstverständlich. »Natürlich, das wäre naheliegend. Er hat mitgekriegt, dass du hier bist – und da müssen bei ihm die Sicherungen durchgeknallt sein. Du bist es gewesen, der damals nicht nachgelassen hat, bis wir ihn endlich drangekriegt haben. Er hätte also zumindest ein Motiv gehabt. Rache! Nicht das schlechteste Motiv …«

Rune griff nach seiner Flasche Bier und drehte sie zwischen den Händen hin und her, ohne sie zu öffnen.

»Aber?«, fragte Jan-Ole.

»Aber …«

Runes Frau kam auf die Terrasse. Was immer Rune damit gemeint hatte, dass sie sich noch »schick« für ihre Gäste machen würde, war nicht ganz klar. Sie hatte einen verblichenen Jogginganzug an, der ihr eindeutig zu groß war, quer über der Brust war noch die Aufschrift POLITI zu lesen. Erst als sie Merette zur Begrüßung die Hand hinstreckte, sah sie, dass Karin sich offensichtlich gerade erst die Fingernägel manikürt hatte. Außerdem war sie sorgfältig geschminkt und trug glitzernde Ohrstecker in Form kleiner Elche. Ihre Sonnenbrille hatte sie sich hoch in die Stirn geschoben, die fast weißen Haare waren zu einem Knoten im Nacken geschlungen, aus dem sich bereits schon wieder ein paar Strähnen gelöst hatten.

Merette mochte sie auf Anhieb. Und ebenso wie ihr Mann schien Karin in der Lage zu sein, eine Situation mit wenigen Blicken zu erfassen und ihre Schlüsse daraus zu ziehen.

Kaum hatte Rune ihr Jan-Ole als »alten Kollegen aus Bergen« vorgestellt, sagte sie: »Dann lasse ich euch doch lieber mal einen Moment alleine, bis ihr das geklärt habt, worum es eben ging. – Nein«, wehrte sie Jan-Oles Erwiderung ab, »das ist völlig in Ordnung! Ich bin mit einem ehemaligen Polizisten verheiratet und weiß genau, wann ich störe. Ruft mich, wenn ihr fertig seid, ich bin im Haus.« Sie zögerte, bevor sie Jan-Ole leicht die Hand auf den Arm legte. »Versteh mich nicht falsch, aber falls ihr vorhabt, nach eurer Besprechung gleich wieder zu verschwinden, will ich mir erst noch deinen Verband ansehen! Ich stell auch keine dummen Fragen, versprochen, aber mit Kopfverletzungen ist nicht zu spaßen.«

»Karin war Krankenschwester«, warf Rune ein. »Und sie war gut, und das ist sie auch immer noch.«

Jan-Ole versprach, Karin vor ihrer Abfahrt Bescheid zu sagen, als sie wieder im Haus verschwunden war, wiederholte er seine Frage von vorhin. »Aber?«

»Du weißt offensichtlich, dass Lennart schon seit einiger Zeit wieder auf freiem Fuß ist, sonst wärst du nicht auf ihn gekommen.«

»Ja, aber ich habe es erst gestern erfahren, und ehrlich gesagt, hatte ich auch nicht vorgehabt, mich um ihn zu kümmern …«

»Stopp! Du entschuldigst, wenn ich dir das nicht ganz glaube. Du hast einen Grund gehabt, hierher zurückzukommen, das wissen wir beide nur zu gut!«

Wieder warf er einen fragenden Blick zu Merette.

Im gleichen Moment wurde Merette klar, dass Jan-Ole sich geirrt hatte, als er glaubte, Rune hätte nichts von seiner Manipulation der Beweise geahnt. Rune hat es die ganze Zeit gewusst, dachte sie, oder es sich zumindest im Nachhinein zusammengereimt!

»Ich kenne die Geschichte«, sagte Merette leise. »Die ganze Geschichte.«

Jan-Ole zog die Augenbrauen zusammen und schüttelte warnend den Kopf.

Rune öffnete die Flasche Bier, die er immer noch in den Händen hielt, und schob sie zu Jan-Ole hinüber, bevor er sich schwer atmend zurücklehnte und den Kopf in den Nacken legte.

»Reden wir Klartext!«, sagte er in den blauen Himmel hinein. »Wir sind beide Polizisten. Wir leben in einem Rechtsstaat, dessen Gesetze besser sind als in vielen anderen Ländern, und wir sind diejenigen, die dafür sorgen, dass diese Gesetze auch eingehalten werden. Aber wir haben leider immer wieder die Erfahrung gemacht, dass es Grauzonen gibt, in denen uns die Hände gebunden sind oder wir direkt vor die nächste Wand laufen. Und damit meine ich nicht nur irgendwelche findigen Anwälte, die wider besseres Wissen versuchen, unsere Ermittlungsarbeit zunichtezumachen, indem sie uns oder dem Gericht womöglich formale Fehler nachweisen, die dann letztlich zu einem verminderten Strafmaß, wenn nicht sogar zum Freispruch führen! Nein, ich rede vor allem auch von Fällen wie dem von Lennart, bei denen du von vornherein weißt, dass der Täter davonkommen wird, weil die Indizien nicht ausreichen oder was auch immer. Und bei Lennart warst du genauso wie ich fest davon überzeugt, dass er schuldig war! Ich bin es übrigens immer noch, falls dich das beruhigen sollte.«

»Ab wann hast du es gewusst? Ich meine, dass ich …«

»Die Sache mit der Halskette in seinem Boot! Das kam mir fast schon zu schön vor, um wahr zu sein. Verstehst du, ich kannte Lennart, ich war nie davon überzeugt, dass er nur ein harmloser Spanner war! Oder, anders formuliert, ich hatte immer das Gefühl, dass es ihm irgendwann nicht mehr reichen würde, nur zuzusehen. Und dann war ja auch kurz davor erst diese Geschichte mit dem Liebespärchen auf der Insel passiert! Aber es ging um Touristen. Und es war ja auch nicht wirklich etwas passiert, außerdem gibt es in einem Dorf wie Myglevatn bestimmte Muster, an die man sich tunlichst halten sollte, wenn man hier in Frieden leben will. Man kennt sich, man weiß, dass auch der andere weiß, welche Leichen man im Keller hat, also hält man den Ball schön flach, so läuft das nun mal. Und ich muss dir wahrscheinlich nicht erklären, dass das auch für die Kollegen hier gilt, mich nicht ausgenommen, als ich noch dabei war. Eine Hand wäscht die andere und so weiter. Lieber mal ein Auge zudrücken, als den Kumpel dranhängen, mit dem du am Hafen dein Bier trinkst oder der der Erste ist, der ungefragt ankommt, um dir zu helfen, wenn der Sturm im Winter das halbe Dach weggerissen hat …«

Rune öffnete sich jetzt selbst eine Flasche Bier und trank ein paar lange Schlucke, bevor er sich mit dem Handrücken über den Mund wischte und sich mit den Ellbogen auf die Tischplatte stützte. Jan-Oles Flasche stand unberührt vor ihm, er blickte Rune abwartend an.

»Entschuldigung, ich bin ein bisschen vom Thema abgekommen. Also zurück zu Lennart. Ich hatte keinen Zweifel daran, dass er im Fall von Pia eine Grenze überschritten hatte. Und die Halskette stellte zumindest die Verbindung her, die notwendig war, um ihn unter Druck zu setzen. Das Ergebnis ist bekannt, er fing an zu reden, er verwickelte sich in Widersprüche, aber er war da gewesen, am Tatort – und selbst jemand mit nur halb so viel Erfahrung wie du oder ich musste sich sicher sein, dass wir hier einen dritten Täter hatten, in welcher Form auch immer. Nur dass das alles reine Spekulation blieb und die Indizien nicht ausreichten, um ihm mehr als unterlassene Hilfeleistung anzuhängen. Na ja, was soll ich noch groß sagen? Es war wieder mal genau die Situation, die ich in meinem Beruf am meisten gehasst habe! Aber plötzlich tauchst du wieder auf, obwohl die Verhandlung längst abgeschlossen ist, und ziehst hier eine Nummer ab, die schon ziemlich leicht zu durchschauen war, das ist dir ja wohl hoffentlich klar. Will sagen, du hättest damit kaum irgendjemanden überzeugen können, der nicht das gleiche Motiv gehabt hätte wie du!«

Jan-Ole sagte immer noch nichts, aber Merette sah, wie sich seine Schultern verspannten und sein Knie nervös auf und ab wippte.

Rune nahm einen weiteren Schluck Bier.

»Aber wenn wir gerade schon mal dabei sind – wie bist du damals eigentlich an das Kondom gekommen? Das würde mich ja nun doch interessieren.«

»Das willst du gar nicht wissen, glaub mir«, stieß Jan-Ole fast tonlos hervor.

Rune lachte.

»Schade. Ich hatte mir schon so einiges dazu überlegt, aber fand keine meiner Ideen wirklich überzeugend.«

Jan-Ole machte eine Handbewegung, deren Bedeutung unklar blieb.

Rune lachte erneut und zwinkerte ihm zu.

Merette kam sich plötzlich vor, als würde sie mit zwei selbsternannten Richtern am Tisch sitzen, die sie bis eben als stumme Zeugin ihrer Rechtfertigungsversuche benutzt hatten und jetzt versuchten, das Ganze als nebensächlich und nicht der Rede wert abzutun.

Ihre Stimme klang gepresst, als sie sagte: »Bevor ihr gleich anfangt, euch gegenseitig irgendwelche schmierigen Anekdoten zu erzählen, möchte ich euch vielleicht daran erinnern, dass ihr hier über etwas redet, was …«

»Warte, Merette«, unterbrach Jan-Ole sie. »Ich wollte es gerade selber sagen.« Er holte tief Luft, dann drehte er sich zu Rune. »Nur dass das klar ist, Rune, was ich damals gemacht habe, war falsch. Darüber kann es keine Diskussion geben, fürchte ich. Und …«

Er brach ab, als Rune mit der Faust auf den Tisch schlug. Sein Lachen war wie weggewischt, als er brüllte: »Sag es ruhig! Sag ruhig wir! Was wir gemacht haben, war falsch. Glaubst du, das weiß ich nicht? Ich hatte genug Zeit, darüber nachzudenken. Vor allem nach dem, was dann passiert ist, als Lennart hier wieder auftauchte! Was glaubst du, wie es mir da ging?«

»Das verstehe ich nicht. Wovon redest du?«

»Das kannst du ja auch nicht verstehen, du warst ja nicht dabei!« Runes Stimme war immer noch laut, unwillig schüttelte er den Kopf. »Entschuldigung«, sagte er zu Merette, »tut mir leid. Aber um euch auf den letzten Stand zu bringen: Lennart ist also irgendwann entlassen worden und nach Myglevatn zurückgekommen. Wir wissen, dass es bei so was gewisse Auflagen gibt, du musst einen festen Wohnsitz nachweisen, irgendeine Struktur, wie du deinen Alltag bewältigen willst. Außerdem musst du dich regelmäßig zu den Gesprächen mit dem Therapeuten melden, der dich auch nach der Entlassung weiter betreut. So ähnlich, als ob du auf Bewährung draußen wärst ...«

»Und?«, kam es von Jan-Ole.

»Und? Nichts und! Nur dass diese Dorfstrukturen, die normalerweise alles unter den Teppich kehren, was nicht sein soll oder darf, auch ins Gegenteil umschlagen können. Und genau das ist passiert. Lennart war jetzt der Vergewaltiger, der Mädchenmörder, der mit dem Sprung in der Schüssel, der irre Triebtäter, der für immer in eine geschlossene Anstalt gehörte, aber auf keinen Fall ins idyllische Myglevatn. Sie wollten ihn hier nicht mehr haben, sie hatten Angst vor ihm, er sollte so schnell wie möglich wieder verschwinden. Sie haben ihm ›Kinderficker‹ auf die Hauswand gesprüht, ihm die Reifen zerstochen, ihm das Schaufenster vom Laden eingeworfen, ihn auf offener Straße beschimpft und was weiß ich noch alles. Und ihre Sachen haben sie nicht mehr bei ihm, sondern im Supermarkt in Bjelland gekauft. Mal ganz abgesehen davon, dass er ohnehin niemanden gefunden hat, der ihm die Scheiben repariert hätte! Versteht ihr?« Rune blickte zu Merette. »Das kann nicht sein, so was darf nicht passieren! Er ist in einer ordentlichen Gerichtsverhandlung verurteilt worden, er war jahrelang in der Psychiatrie. Als sie ihn entlassen haben, hat es irgendein Gutachten gegeben …«

Merette nickte bestätigend.

»Eine Resozialisierungsprognose, die eine Wiedereingliederung in die Gesellschaft nicht nur für möglich, sondern vor allem für sinnvoll hielt.«

»Richtig. Aber dazu hätte er hier eine Chance haben müssen – und die haben sie ihm nicht gegeben.«

»Aber was heißt das?«, hakte Merette jetzt nach. »Von der Polizei in Kristiansand wissen wir, dass sein jetziger Aufenthaltsort unbekannt ist.«

Rune nickte.

»Vor ungefähr zwei Monaten ist er verschwunden. Über Nacht. Ohne etwas anderes mitzunehmen als ein paar Klamotten und seinen Lieferwagen.«

»Und wo ist er hin?«, fragte Jan-Ole. »Weißt du das?«

»Nicht offiziell. Aber ein Angelfreund von mir hat ihn gesehen, als er in den Ferien oben am Femundsee war. In Femundsvika. So wie es aussieht, arbeitet Lennart da jetzt in einer Cafeteria oder Bar oder so etwas.«

»Das sind gut sieben oder acht Stunden Fahrt bis hier runter«, überlegte Merette laut. »Und wenn es keinen

Kontakt zu den Dorfleuten mehr gibt, woher sollte er dann überhaupt gewusst haben …«

»Dass wir hier sind«, griff Jan-Ole ihren Gedanken auf.

»Das habe ich vorhin sagen wollen«, warf Rune ein. »Auch wenn er ein Motiv hat, aber es klingt eher unwahrscheinlich, dass er es war, der dich niedergeschlagen hat.«

»Aber wer war es dann? Verdammt! Ich war mir meiner Sache fast sicher!«

Merette wusste, was Jan-Ole dachte. Plötzlich bestand auch wieder die Möglichkeit, dass sie Aksel zu früh aus ihren Überlegungen ausgeklammert hatten! Nein, das konnte nicht sein. Sie hatten zusammen mit Kristina nochmals alle Zeiten überprüft, es passte einfach nicht. Und nach allem, was sie jetzt wussten, war es nur zu wahrscheinlich, dass es eben doch Lennart gewesen sein musste, der erst Jan-Ole und dann ihr aufgelauert hatte. Oder es waren zwei verschiedene Personen gewesen, dachte sie gleich darauf, wieso sind wir darauf noch gar nicht gekommen? Lennart hatte Jan-Ole niedergeschlagen, aber der Typ mit dem Parka an der Brücke war Aksel gewesen! Sie brauchte einen Augenblick, bis ihr klar wurde, dass auch das nicht stimmen konnte. Da war immer noch der Schrei, den sie in der ersten Nacht gehört hatte. Und sie war immer noch überzeugt davon, dass der Typ an der Brücke den gleichen Schrei ausgestoßen hatte, kurz bevor …

»Merette?«

Sie blickte hoch. Jan-Ole hatte sie offensichtlich was gefragt.

»Ja?«

»So kommen wir nicht weiter. Es sind zu viele lose Enden. Wir müssen eine Entscheidung treffen! Alles deutet auf Lennart hin, auch wenn die Frage offenbleibt, woher er wusste, dass wir in Elsas Hütte sind. Vielleicht war es auch nur ein Zufall! Er hat uns zufällig gesehen, als er noch mal hier war, um irgendetwas aus seinem Haus zu holen.« Er blickte fragend zu Rune. »Wenn ich mich richtig erinnere, hat er direkt hinter dem Laden gewohnt, oder? Und hinter dem Grundstück fängt gleich der Wald an, aber da gab es doch noch einen Fahrweg oder so etwas?«

»Eine Forststraße«, bestätigte Rune, »die quer über den Berg am Björndalsvatnet vorbei und weiter bis zur Straße von Tonstad nach Evje führt.«

»Auf der wir hierhergekommen sind! – Ich weiß, es ist dürftig. Aber wir gehen mal davon aus, dass er sich auf keinen Fall mehr irgendwo hier in der Nähe befindet, weil er alles tun wird, um zu vermeiden, dass ihn jemand aus dem Dorf sieht. – Wir fahren zum Femund«, setzte er hinzu, während er schon aufstand und den Autoschlüssel aus der Tasche zog. »Und zwar jetzt.«

Im gleichen Moment hob Rune wieder die Hand.

»Wartet mal, mir fällt da gerade noch etwas ein. Es gibt sehr wohl noch eine ganz andere Verbindung zwischen Lennart und den Dorfleuten hier. Ich habe das nur völlig ignoriert, weil es bisher auch keine Rolle gespielt hat. Aber ihr wart in Elsas Hütte, und da besteht womöglich doch ein Zusammenhang!«

»Nämlich?«

»Elsa ist … Lennarts Tante! – Warte! Das heißt erst mal noch gar nichts. Schon bevor Lennart eingewiesen worden ist, gab es keinen Kontakt zwischen den beiden. Wenn sie jemals mehr Worte als ›Guten Tag‹ und ›Guten Weg‹ miteinander gewechselt haben, sollte mich das sehr wundern.

Elsa hat ja noch nicht mal bei ihm im Laden eingekauft! Er ist der Sohn ihrer Schwester, die in Oslo lebt. Und irgendwas muss zwischen den beiden vorgefallen sein, weshalb Elsa jede verwandtschaftliche Beziehung zu Lennart verleugnet hat. Das war auch nicht anders, nachdem er dann zurückgekommen ist. Deshalb habe ich nie weiter darüber nachgedacht, aber jetzt …«

Rune zuckte mit den Schultern, als würde sich jedes weitere Wort erübrigen.

»Das ist doch alles nicht mehr wahr!« Jan-Ole packte Rune am Arm. »Kann ich dich um einen Gefallen bitten?«

»Kannst du, musst du aber nicht. Ihr fahrt zum Femund, um Lennart zu suchen. Und ich gehe zu Elsa und sehe mal, ob ich was rauskriegen kann. Wir bleiben über Handy in Verbindung, wer zuerst etwas Neues weiß, informiert den anderen. Und, Jan-Ole? Passt auf euch auf, wir arbeiten ohne jede Rückendeckung, denk daran.«

Merette hörte kaum noch zu, was die Männer verabredeten. Ihre Gedanken überschlugen sich, sie wünschte sich weit weg, irgendwohin, wo niemand redete und nicht jeder neue Satz eine weitere Tür öffnete, die besser für immer geschlossen geblieben wäre.

Ein plötzlicher Windstoß ließ einen der Fensterläden an Runes Hütte krachend zuschlagen, von der Birke neben dem Bootsschuppen wirbelten wieder gelbe Blätter über die Terrasse.

Merette starrte auf einen dunklen Fleck weit draußen auf dem See, der schnell näher kam. Erst als das Motorboot mit gischtender Bugwelle kurz vor dem Ufer abdrehte und wieder aufs freie Wasser hinaussteuerte, nahm sie auch den Lärm des Außenbordmotors wahr. Und Jan-Oles Stimme, die fragte: »Hast du gehört, Merette? Wir versuchen, Lennart aufzuspüren, und Rune macht sich auf den Weg zu Elsa. Ich denke, das ist im Moment die beste Lösung.«

*Er ärgerte sich. Er hatte den alten Bullen unterschätzt, Rune war kein Freund. Und er war auch nie ein Freund gewesen. Schon damals nicht, als er ihm regelmäßig seine Fische zum Räuchern brachte und sich ohne zu fragen ein Bier aus dem Kühlschrank nahm, um über die besten Angelgründe zu reden.*

*Aber er war ihm immer wieder auf den Leim gegangen, ohne zu kapieren, dass Rune sich nur sein Vertrauen erschleichen wollte, um ihn auszuhorchen. Er wusste bis heute nicht, warum Rune ihn dann zwei- oder dreimal gedeckt hatte, als er wegen des bisschen Zuguckens angezeigt worden war, aber spätestens bei der Verhandlung wegen des toten Mädchens hätte er es ahnen müssen.*

*Es war fast so gewesen, als hätte Rune die ganze Zeit nur auf die Gelegenheit gewartet, ihm endlich etwas anhängen zu können, was sich nicht mehr einfach so wie sonst aus der Welt schaffen ließ. Nicht nur der fremde Bulle aus Bergen war damals sein Feind gewesen, sondern ebenso Rune. Allein hätte der Fremde gar keine Chance gehabt, Rune musste ihm geholfen haben. Vielleicht war es sogar Rune gewesen, der hinter dem Plan steckte, mit dem sie ihn schließlich reingelegt hatten! Was nicht hieß, dass der andere Bulle keine Bestrafung verdient hätte, im Gegenteil! Er würde nicht davonkommen, auch wenn er bisher mehr Glück gehabt hatte, als irgendjemandem zustand.*

*Aber es gab immer ein zweites Mal, um wieder zurechtzurücken, was schiefgelaufen war. Und er hatte seiner Mutter ein stilles Versprechen gegeben, das er unbedingt halten würde. Das war er sich und ihr schuldig!*

*Aber erst mal musste er jetzt sehen, wie er die Angelegenheit mit Rune aus der Welt schaffte. Vor allem durfte er sich nicht noch mal von ihm täuschen lassen – Rune war gefährlich, das wusste er inzwischen. Auch wenn er gerade wieder so tat, als wäre nie etwas zwischen ihnen vorgefallen. Fast schon väterlich! Als wäre er tatsächlich aufrichtig besorgt und nur vorbeigekommen, um sich zu vergewissern, dass alles in Ordnung war.*

*Aber den ersten Fehler hatte er schon gemacht, als er, ohne zu klopfen, ins Haus kam. Und dann plötzlich hinter ihm in der Küche stand und sich aufführte, als wäre er zu Hause. Das tut man einfach nicht. Man schleicht sich nicht heimlich an und überrascht die Leute. Und man nimmt sich auch nicht ohne Aufforderung einen Stuhl, setzt sich an den Tisch, streckt die Beine aus und sagt: »Wir müssen reden.«*

*Er hatte gerade noch das Fotoalbum in den Schrank schieben können, das aufgeschlagen auf dem Tisch gelegen hatte, war sich aber sicher, dass Rune die Bilder von seiner Mutter schon beim Reinkommen bemerkt haben musste.*

*Zuerst hatte er noch gedacht, er könnte ihn nach einem Becher Kaffee und einer Zimtschnecke wieder hinauskomplimentieren. Aber je länger Rune sich in der Küche rumdrückte, desto klarer wurde ihm, dass er wesentlich mehr ahnte, als er vorgab. Und dann fragte er plötzlich mit vollem Mund und eher wie nebenbei, was eigentlich damals in Oslo passiert wäre. Aber wie sollte er das wissen? Da gab es ihn ja noch gar nicht! Und später war er nur ein Kind gewesen, das für all das nichts gekonnt hatte. Es war unfair, ihn jetzt nach etwas zu fragen, was nur ihn und seine Mutter anging. Als ob Rune nicht ganz genau gewusst hätte, dass sie nichts miteinander zu tun hatten. Aber dass er seine Mutter auch nicht verraten würde. Nie! Er würde, ohne zu zögern, sein Leben für sie aufs Spiel setzen, wenn es sein musste, aber er würde nie etwas von dem Geheimnis preisgeben, das sie miteinander teilten.*

*Wie er auf die Idee mit der Hütte gekommen war, konnte er hinterher nicht mehr sagen. Aber es schien ihm das Naheliegendste zu sein, um Rune zumindest für den Moment aus dem Verkehr zu ziehen. Bis ihm etwas eingefallen war, wie er das Problem lösen konnte. Und Rune schöpfte noch nicht mal Verdacht! Er musste nur so tun, als hätte er plötzlich entschieden, ihn doch ins Vertrauen zu ziehen. Als hätte er jeden Widerstand aufgegeben, weil er nicht mehr weiterwusste – und ausgerechnet Rune um Hilfe gebeten!*

*Sie fuhren hintereinander her auf den Berg, jeder mit seinem eigenen Auto. Trotzdem war ihm vollkommen klar, dass er keine Chance hatte zu flüchten. Aber er wollte auch gar nicht mehr wegrennen. Er wollte es endlich zu Ende bringen. Und er hatte wie immer sein Jagdgewehr im Auto, in der Halterung hinter dem Fahrersitz. Wenn es sein musste, würde er nicht zögern, es zu benutzen. Rune war ein unerwarteter Gegner, der plötzlich auf der Bahn neben ihm aufgetaucht war und ihm für einen Moment ein paar Züge voraus zu sein schien. Aber er würde nicht bis zur Ziellinie durchhalten, dafür fehlte ihm die Entschlossenheit, der unbedingte Wille zu siegen.*

*Er hatte Glück, es goss in Strömen, die Straße nach Myglevatn war menschenleer. Es würde also auch keine Zuschauer geben, die sich hinterher an irgendetwas erinnern konnten. Und Rune tappte in die Falle wie ein blutiger Anfänger.*

*Der Rest war fast schon zu einfach, genauso, wie er es sich gedacht hatte. Rune war letztendlich doch nur ein alter Mann, der sich zu viel darauf einbildete, immer noch fit zu sein.*

# MERETTE

Sie hatten über zehn Stunden für die Strecke zum Femundsee gebraucht, obwohl sie kaum größere Pausen gemacht und die Geschwindigkeitsbegrenzungen missachtet hatten, wann immer die Straße es zuließ. Bis Hamar hatten sie jede Stunde den Platz hinterm Lenkrad getauscht. Wenn Jan-Ole fuhr, erzählte er ohne Pause von früher, von seiner Kindheit, vor allem von seinem Vater. Als wollte er sich selbst unbedingt von dem ablenken, was vor ihm lag.

Jan-Oles Vater war Sprengmeister gewesen, ein Beruf, der gerade in Norwegen hochgeschätzt war. »Für jede Straße, die in den Fjordtälern oder auf dem Fjell gebaut wurde, mussten Felsen gesprengt werden, erinnere dich an die vielen Tunnelstrecken, die wir hier haben. Und das war damals alles noch viel gefährlicher als heute. Ich schätze, das war auch der Grund, warum mein Vater so viel getrunken hat. Du glaubst gar nicht, wie oft ich ihn stockbesoffen erlebt habe! Aber meine Mutter und ich wussten, dass alles in Ordnung war, wenn er rückwärts und laut singend vom Stammtisch nach Hause kam, dann war er glücklich und fiel fast augenblicklich mit allen Klamotten aufs Bett, um bis zum nächsten Mittag wie ein Stein zu schlafen. Schlimm wurde es nur, wenn er nicht genug getrunken hatte, wenn er kerzengerade in die Wohnung kam und kein Wort redete, sondern anfing, die Möbel kurz und klein zu schlagen. Er hat sich nie an mir oder meiner Mutter vergriffen, aber frag nicht, wie oft wir damals neue Stühle oder einen neuen Tisch kaufen mussten, von dem Geschirr ganz zu schweigen! Und ich bin mir auch immer noch sicher, dass seine Trinkerei der Hauptgrund für meine Mutter war, zu diesen verdammten Zeugen Jehovas zu gehen und wochenlang einfach zu verschwinden, um irgendwelche Heiden zu bekehren. Wobei mir das fast noch lieber war, als sie unvermutet am Torget zu treffen, wie sie gerade mit seligem Gesichtsausdruck ihre Heftchen verteilte. Es fehlte nur noch der Heiligenschein über ihr!«

Merette kannte ein paar Bruchstücke dieser Geschichten, und wie auch früher schon stellte sie wieder irritiert fest, wie viel Zuneigung bei jedem Satz trotz aller deutlichen Kritik in Jan-Oles Stimme mitschwang. Tatsächlich musste er seine Eltern sehr geliebt haben – und er machte sich immer noch Vorwürfe, dass er bereits mit sechzehn zu Hause ausgezogen war, um jahrelang so gut wie keinen Kontakt zu ihnen zu haben. Merette hatte nur den Vater noch kennengelernt, als er schon im Altersheim und kaum noch ansprechbar gewesen war. Und nur ganz still nach ihrer Hand gegriffen und sie gedrückt hatte …

Prompt hatte sie dann den nächsten Fahrerwechsel verschlafen – und von ihren eigenen Eltern geträumt. Auch ihr Vater hatte Alzheimer gehabt. Seine letzten Jahre hatte er ohne Kontakt zu jemand anderem als der Mutter und einer Tagespflegerin in dem schmalen Kapitänshaus in Hamburg-Horn verbracht, von wo aus er irgendwelche Reisen in Länder unternahm, von denen nur er ganz allein etwas wusste. Wenn Merette zu Besuch kam, erkannte er sie nicht mehr. Wenn sie ging, rief er jedes Mal hinter ihr her: »Frauen und Kinder zuerst! Der Kapitän geht als Letzter von Bord!«

Merette hatte seine Stimme noch im Ohr, als sie an einer Tankstelle irgendwo im endlosen Nichts der norwegischen Wälder wieder aufwachte.

Jan-Ole stand neben den Zapfsäulen und redete mit einem Mann im Tarnfleckanzug, der am Kotflügel eines schlammbespritzten Geländewagens lehnte. Auf dem Anhänger waren Kanus gestapelt.

»Zufall«, erklärte Jan-Ole, als er wieder einstieg, »der Typ hat ein Kanu-Camp weiter oben am Femund! Er meint, dass es in Femundsvika nur eine Cafeteria gibt, die in Frage kommt. Soll ›Alcatraz‹ heißen, weil das Gebäude auf irgendeinem Felsvorsprung liegt, der in den See hinausragt. Scheint nicht unbedingt den besten Ruf zu haben nach dem, was er gesagt hat. Aber vielleicht ist es auch nur eine Konkurrenz für ihn, weil sie ebenfalls Kanus verleihen.«

Bevor sie weiterfuhren, telefonierte Merette mit Julia. Marie schien es wieder besser zu gehen, Julia erzählte, dass sie angefangen hatten, zusammen eine Schuppenwand bei Bernt zu bemalen. Mit einer exakten Kopie der dahinterliegenden Kuhweide, so dass es zumindest aus einiger Entfernung aussehen würde, als gäbe es den Schuppen nicht.

Auf ihre Frage nach Aksel antwortete Merette so ausweichend wie möglich – nein, es gab nichts Neues, die Fahndung lief auf Hochtouren, Jan-Ole und sie waren bei einem Polizisten zu Gast, den Jan-Ole von früher kannte, mehr nicht.

Allerdings verplapperte sich Julia dann, Marie und sie

waren mit Bernts Auto in Motala gewesen, um die Farben für ihre Malaktion zu besorgen. Die Information irritierte Merette, sie merkte, wie sie augenblicklich wieder beunruhigt war, erst im Nachhinein hatte sie den Verdacht, dass Julia vielleicht nur testen wollte, wie sie reagieren würde – um besser einschätzen zu können, für wie bedrohlich Merette oder Jan-Ole die Situation nach wie vor hielten.

Für den Rest der Strecke übernahm Merette wieder das Lenkrad, während Jan-Ole eine CD nach der anderen in den Player schob, Terje Nielsen und das Voksne Herres Orkester, KIP mit »Coast to Coast«, schließlich eine uralte Aufnahme von den Rolling Stones, »Out of our Heads«. Er schien jetzt ganz auf die Musik konzentriert, als ob er vorher zu viel geredet hätte. Normalerweise sang er gerade bei alten Stones-Songs wie »Mercy, Mercy« oder »Heart of Stone« gerne mit. Wenn Merette seine erstaunlich sichere Stimme hörte, vermittelte er ihr das Gefühl, dass sie ihm restlos vertrauen konnte, dass keine Notwendigkeit bestand, sich ihrer gegenseitigen Nähe durch irgendeine Unterhaltung zu versichern, dass sie sich in einem Kokon befanden, in dem es nur sie beide gab und der sie vollkommen von der Außenwelt abschirmte.

Aber diesmal war es anders, Jan-Ole wirkte angespannt, seine Kieferknochen traten deutlich hervor, die Lippen waren fest aufeinandergepresst. Als er ihren Blick bemerkte, legte er ihr kurz die Hand aufs Knie und lächelte ihr aufmunternd zu. Nur an seinen Augen konnte sie sehen, dass er lieber allein gewesen wäre, um sich ausschließlich auf das zu konzentrieren, was er vorhatte.

Kurz tastete er über die kahlrasierte Stelle an seinem Hinterkopf.

»Sehe ich eigentlich sehr bescheuert aus?«

Runes Frau hatte den Kopfverband durch ein Mullpflaster ersetzt, die Wunde war dabei zu verheilen; in etwa vierzehn Tagen würden auch die Fäden gezogen werden können. Wo immer sie dann sein mochten, dachte Merette, bevor sie auf sein nur allzu leicht durchschaubares Ablenkungsmanöver einging.

»Wenigstens erinnerst du mich jetzt nicht mehr ständig an eine Mumie! Und wenn ich ehrlich sein soll: Die kleine Tonsur steht dir eigentlich ganz gut.«

»Aber es juckt«, beschwerte sich Jan-Ole grinsend und fasste nach Merettes Hand. Als wollte er ihr deutlich machen, dass er trotz allem froh war, sie bei sich zu haben.

Als sie Femundsvika erreichten, hatte es gerade angefangen zu regnen. Der Wind, der vom See herüberwehte, war unangenehm kalt. Die wenigen Häuser lagen am Ende einer Bucht, die durch eine bewaldete Halbinsel geschützt wurde. Weiter draußen war das Wasser aufgewühlt, Schaumkronen tanzten auf den kurzen, steilen Wellen.

Hinter den Regenschleiern wirkte Alcatraz tatsächlich so düster und verlassen wie die Gefängnisfestung, nach der die Cafeteria benannt war. Merette hielt das Gebäude aus grau gestrichenem Beton für eine ehemalige Fabrik oder eine Lagerhalle, die zu einer Art Wanderheim umgebaut war. Auf der sumpfigen Wiese standen mehrere große Militärzelte, eine lange Reihe Kanus lag zwischen dem Granitgeröll auf dem Sandstreifen am Seeufer.

Jan-Ole zeigte auf den rostigen Lieferwagen, der neben zwei Kleinbussen mit deutschen Kennzeichen und einem umgebauten Feuerwehrlaster abgestellt war. Der rechte Hinterreifen war abmontiert, ein Ytongblock diente als

Stütze. Undeutlich ließ sich auf der Schiebetür noch die Aufschrift MYGLEVATN BUTTIK entziffern.

»Es sieht nicht so aus, als ob er mit dem Wagen vor kurzem unterwegs gewesen wäre«, sagte Merette.

Jan-Ole zuckte nur mit den Schultern. Sein Gesicht hatte einen harten Ausdruck, der Merette fast Angst machte. Sie folgte ihm durch das geöffnete Tor in den zugigen Innenhof, zum ersten Mal hörten sie jetzt Stimmen. Ein paar Jugendliche lärmten in den Waschräumen im Untergeschoss, ein Mädchen im Bikini, das sich eine Plastiktüte über den Kopf hielt, rannte grußlos an ihnen vorbei zu den Zelten auf der Wiese.

Die Cafeteria war auf dem Flachdach des Gebäudes, neben der Tür zu den Toiletten führte eine Eisentreppe nach oben. Die Treppe war mit einer Kette versperrt, an der ein Blechschild baumelte: STENGT. Geschlossen. Aber von oben kam ganz eindeutig der Geruch von Frittieröl und Pommes frites, Jan-Ole stieg über die Kette, seine Schritte auf den Eisenstufen hallten laut durch den Hof. Dann zögerte er plötzlich und drehte sich um: »Willst du da wirklich mit rein? Vielleicht ist es besser, wenn du im Auto wartest.«

»Nein«, sagte Merette nur und stieg hinter ihm her die Treppe hinauf.

Die Cafeteria war leer, auf einem der Holztische stand ein aufgerissener Karton mit den üblichen Plastiktütchen für Ketchup und Mayonnaise, der Cola-Automat in der Ecke brummte leise. Die geöffnete Tür hinter der Theke gab den Blick in die Küche frei, neben dem Waschbecken stapelte sich schmutziges Geschirr.

Merette sah, wie Jan-Ole sich noch einmal umblickte, als

wollte er sichergehen, dass es keine weiteren Türen gab, bevor er sich über den Tresen beugte.

»Hallo?«

»Könnt ihr nicht lesen?«, kam prompt die Antwort. »Geschlossen! Ich hab Feierabend! Also verpisst euch gefälligst!«

Eine Frau erschien im Durchgang. Sie trug ein altes Männeroberhemd, das über ihrem gewaltigen Busen spannte, und einen Rock, der so kurz war, dass er kaum bis an ihre Schenkel reichte. In der Hand hielt sie eine brennende Zigarette. Merette schätzte sie auf höchstens Mitte dreißig, obwohl sie mit dem aufgedunsenen Gesicht und den strähnigen Haaren gut zehn Jahre älter wirkte.

»Ups!«, rief sie jetzt überrascht, während sie Jan-Ole und Merette mit zusammengekniffenen Augen musterte. »Ich dachte, ihr seid von der Jugendgruppe. Aber ich hab trotzdem Feierabend. Wenn ihr was zu essen wollt, müsst ihr bis morgen warten. Um zehn mache ich wieder auf. – Rede ich Finnisch oder ist noch irgendwas?«, setzte sie hinzu, als weder Jan-Ole noch Merette Anstalten machten zu gehen.

»Nur eine kurze Frage«, sagte Jan-Ole. »Wir wollen mit Lennart reden. Wo können wir ihn finden?«

»Und wer will das wissen? Seid ihr Bullen oder so was?«

»So was, ja.«

»Dachte ich mir doch fast.« Sie drückte die Kippe in dem überquellenden Aschenbecher auf dem Tresen aus. »Schön, dann könnt ihr ja auch gleich den ganzen Scheiß von ihm mitnehmen. Seh ich nämlich gar nicht ein, dass ich deshalb extra zur Müllkippe fahren soll.«

»Du scheinst mich nicht ganz verstanden zu haben«, sagte Jan-Ole immer noch erstaunlich ruhig.

»Doch, habe ich«, antwortete sie fast trotzig, während sie sich eine neue Zigarette anzündete. »Ihr wollt mit Lennart reden, schon klar.« Sie kicherte. »Aber entweder seid ihr gar keine echten Bullen oder ganz einfach zu doof, um irgendwas zu schnallen.«

Mit einer schnellen Bewegung griff Jan-Ole über den Tresen und hielt ihre Hand mit der Zigarette fest.

»Lennart! Wo ist er?«

Sie machte sich los und trat einen Schritt zurück.

»Sag mal, spinnst du? Ihr kommt zu spät, Mann, kapierst du das nicht?«

»Was heißt das?«, mischte sich jetzt Merette ein. »Geht es vielleicht ein bisschen genauer? Du hast doch eben gesagt, seine Sachen sind noch da! Und wir haben seinen Lieferwagen unten auf dem Parkplatz gesehen.«

Im gleichen Moment ahnte Merette auch schon, wie die Antwort lauten würde. Obwohl die Geste, die die Frau hinter dem Tresen dann machte, ihr für einen Moment den Atem nahm.

Ohne die Zigarette aus dem Mund zu nehmen, hielt sie sich die rechte Hand mit dem Zeigefinger unter das Kinn.

»Bumm. Vor drei Wochen.«

»Er hat sich erschossen?«, fragte Jan-Ole irritiert.

»Sag ich doch. Vor drei Wochen.«

Jan-Ole schluckte heftig, als hätte er Mühe, die Information einzuordnen.

»Bist du dir da ganz sicher, mit der Zeit, meine ich? Es könnte nicht auch erst …«

»Wenn ich drei Wochen sage, meine ich auch drei Wochen. Am Donnerstag. In seinem Zimmer, hinten im Anbau. Und ich darf mir jetzt überlegen, wie ich seinen Scheiß da wegkriege. Als ob ich nicht genug anderes zu tun hätte! Aber die arrogante Ziege, die zu seiner Beerdigung da war, wollte auch nichts davon haben. Und die Bullen haben gesagt, der Fall ist abgeschlossen, Selbstmord, alles andere interessiert sie nicht. Aber wieso fragt ihr überhaupt so bescheuert? Ich meine, das müsst ihr doch alles wissen, wenn ihr …«

»Warte mal«, unterbrach Jan-Ole sie. »Noch mal der Reihe nach, eins nach dem anderen.« Er nestelte seinen Ausweis aus der Jackentasche und schob ihn ihr über den Tresen. »Wir sind wegen einer Ermittlung in einem ganz anderen Fall hier. Und wir wollten mit Lennart reden, weil er eventuell ein Zeuge ist. Wir haben jetzt genau zwei Möglichkeiten, entweder du beantwortest uns ein paar Fragen oder …« Er zuckte mit den Schultern. »Wir müssen dich mitnehmen. Du hast die Wahl, es ist deine Entscheidung!«

»Machst du uns einen Tee?«, fragte Merette, um Jan-Oles Unfreundlichkeit ein wenig abzuschwächen. »Bitte, ja? Wir sind schon den ganzen Tag unterwegs. Und wir haben genauso wie du kein Interesse daran, ein großes Ding daraus zu machen. Es dauert nicht lange, versprochen. Nur ein paar Fragen, dann bist du uns wieder los. Wenn du etwas anderes trinken willst als Tee, bist du selbstverständlich von uns eingeladen. Ich bin übrigens Merette, das ist Jan-Ole.«

»Astrid.«

»Und wenn du mir jetzt noch eine Zigarette gibst, dann … rettest du mir sozusagen das Leben!«

Als Astrid die Luft ausstieß und ihr die Schachtel hinhielt, wusste Merette, dass sie gewonnen hatte. Während sie auf einen der Tische zusteuerten, drückte Jan-Ole kurz ihren Ellbogen.

»Vor drei Wochen«, flüsterte Merette. »Dann kann er es nicht gewesen sein! Dann war es doch …«

Jan-Ole schüttelte den Kopf und zog einen Stuhl für sie heran.

»Wir müssen erst noch mehr wissen. Irgendetwas läuft hier gerade verdammt schief!«

Astrid kam mit einer Kanne heißem Wasser und einer Auswahl an Teebeuteln. Für sich selbst brachte sie eine angebrochene Flasche Weißwein mit. Es war ein deutscher Wein, auf dem Etikett stand in verschnörkelten Buchstaben *EWIG LEBEN*. Merette fragte sich unbewusst, ob Astrid wohl die Bedeutung der Wörter kannte.

Lennart war eines Tages in Alcatraz aufgetaucht und hatte nach einem Job gefragt. Irgendjemand im nächsten Ort hatte ihm erzählt, dass Astrid einen Koch suchte. Allerdings wurde schnell klar, dass er keine Ahnung vom Kochen hatte und selbst an den hauptsächlich aus Pommes, Würstchen und Fischfrikadellen bestehenden Fastfood-Gerichten der Cafeteria scheiterte. Dafür erwies er sich als brauchbarer Handwerker, der nicht nur kaputte Lampen und verstopfte Klos reparieren konnte, sondern auch den alten Feuerwehrlaster wieder zum Laufen bekam und zu einer Art mobiler Versorgungsstation für die mehrtägigen Kanutouren umbaute, die das Alcatraz anbot. Wenn Merette es richtig verstand, hatte er solche Touren öfter auch als Führer begleitet, er konnte mit einem Kanu umgehen und kannte sich in der Wildnis aus. Aber er war verschlossen und ließ niemanden wirklich an sich heran, vor allem redete er nicht über seine Vergangenheit.

»Außerdem hatte er ein deutliches Alkoholproblem«, erklärte Astrid, während sie sich eine neue Zigarette an der Kippe der alten anzündete.

Womit ihr ja dann schon mal zu zweit wart, dachte Merette. Sie war überzeugt, dass da mehr zwischen Astrid und Lennart gewesen war, als sie jetzt zugab, aber es spielte keine Rolle. Viel wichtiger war, dass Lennart nach Astrids Aussagen Alcatraz ausschließlich verlassen hatte, wenn er zum Einkaufen die knapp vierzig Kilometer nach Idre in Schweden fuhr oder eben mit dem Kanu unterwegs war. Seinen Lieferwagen hatte er nicht mehr benutzt, seit er schon bei seiner Ankunft mit kaputter Bremse auf den Hof gerollt war.

»Du hast vorhin etwas von einer Frau erzählt, die zu seiner Beerdigung gekommen wäre«, sagte Jan-Ole. »Weißt du, wer das war? Hat sie sich vorgestellt?«

»Du hörst echt nicht zu, oder?«, fiel Astrid für einen Moment wieder in ihre anfängliche Aggressivität gegenüber Jan-Ole zurück. »Ich hab doch gesagt, sie war eine arrogante Ziege! Sie hat mir noch nicht mal die Hand gegeben. Als ob ich schuld daran gewesen wäre, dass Lennart sich das Licht ausgeblasen hat! Mann, das war voll der Schock für mich! Und dann die Bullen, die mir hier alles auf den Kopf gestellt haben, nicht gut fürs Geschäft, gar nicht gut, das könnt ihr mir aber glauben. Und dann kommt diese Nutte …«

»Nutte?«

»Diese arrogante Ziege! Also, die spricht mir noch nicht mal ihr Beileid aus, und keine Träne, nichts! Die wartet gerade mal so lange, bis der Sarg in der Grube ist, und macht sich schon wieder vom Acker.«

»Kannst du sie beschreiben? Wie alt war sie deiner Meinung nach? Haarfarbe? Größe? Statur …«

»Arrogant! – Jaja, schon okay, ich geb mir ja Mühe, aber ich weiß es echt nicht. Schwarze Trauerklamotten. Hut mit Schleier und so, Haare hochgesteckt, mehr konnte ich nicht sehen. Eher größer als ich und bestimmt auch älter, aber ich bin mir nicht sicher. Jedenfalls keine gramgebeugte Oma oder so was. Vielleicht seine eigene Frau! Obwohl er keinen Ring hatte. Also vielleicht irgendeine andere Alte, die er früher mal genagelt hat.«

»Mit was für einem Auto war sie da?«

»Hab ich nicht gesehen. Sie ist erst dazugekommen, als wir schon hinter dem Sarg her zum Grab gelaufen sind. Und ich hab doch gesagt, dass sie dann auch gleich wieder weg ist.«

Jan-Ole warf Merette einen ratlosen Blick zu.

»War sonst noch jemand bei der Beerdigung?«, fragte Merette.

»Nein, nur ich, der Pfaffe und die Typen, die den Sarg geschleppt haben.«

»Aber irgendjemand muss sie ja darüber informiert haben, dass Lennart … tot war«, wandte Merette ein.

»Die Bullen wahrscheinlich.«

Jan-Ole kratzte sich über die Bartstoppeln an seinem Kinn. »Wahrscheinlich, ja. Wobei ich nicht verstehe, wieso dann nicht auch die Polizei in Bjelland informiert wurde«, überlegte er laut weiter. »Oder sie wurde sehr wohl informiert, nur dass irgendjemand die Nachricht schlichtweg übersehen hat. Wäre nicht das erste Mal, dass so etwas passiert! Aber egal«, wandte er sich wieder an Astrid, »kommen wir noch mal zurück auf die Frau: Da die Kollegen hier bei euch irgendwie an ihre Andresse gekommen sind, muss sie also entweder mit ihm verwandt gewesen sein ...«

»In seinem Zimmer hängen ein paar Fotos. Immer mit derselben Frau, vielleicht war es die ja.«

Jan-Ole sprang so schnell auf, dass sein Stuhl umkippte. »Und das sagst du erst jetzt?«

»Ihr habt mich ja nicht gefragt, oder?«, versuchte Astrid, sich zu verteidigen, als Jan-Ole sie am Arm packte und hochzog. »Wo ist das Zimmer? Los, jetzt komm schon, ich will diese Fotos sehen!«

Im gleichen Moment klingelte Jan-Oles Handy. Kaum dass er das Gespräch angenommen hatte, flüsterte er Merette zu: »Kristina!« Dann drehte er sich zum Fenster, aber schon nach wenigen Augenblicken rief er laut: »Was? Das glaube ich jetzt nicht, sag das noch mal!«

Er winkte Merette mit der Hand, dass sie ihm vor die Tür folgen sollte. Sie merkte, wie ihr plötzlich schwindlig wurde. Irgendetwas musste passiert sein, aus Jan-Oles Gesicht war jede Farbe gewichen.

Auf dem Treppenabsatz legte er den Arm um Merettes Schultern und zog sie an sich, während er in sein Handy sagte: »Einen kleinen Moment, Kristina! Ich geb das eben nur schnell an Merette weiter!«

»Was?«, rief Merette und griff hart nach seiner Hand. »Was ist los? Jetzt sag schon. Ist was mit Julia?«

Jan-Ole legte das Handy auf das Treppengeländer, um dann Merettes Kopf mit beiden Händen zu halten, während er seine Stirn gegen ihre presste: »Es ist alles okay! Es geht nicht um Julia, aber die Schweden haben Aksel gefunden! Gerade eben erst, in einem verlassenen Bauernhaus nicht weit von dem Campingplatz von Maries Patenonkel. Es ist alles gut, Merette!«

Merette musste heftig schlucken, bevor sie einen Ton herausbrachte. »Und sie haben Aksel … Aksel ist …«, stotterte sie.

»Das wirst du mir jetzt nicht glauben, aber …«

»Was?«

»Sie haben ihn durch Zufall gefunden! Oder richtiger, ein Bauer hat ihn entdeckt, als er hinter seinem Hund her ist, der ihm abgehauen und in dem Haus verschwunden war. Aksel hat da wohl schon länger gelegen. Er muss aus dem Obergeschoss die Treppe runtergefallen sein, wie gesagt, ein verlassenes Haus, wahrscheinlich waren die Treppenstufen morsch …«

»Er ist … tot?«, fragte Merette ungläubig.

»Genickbruch. Deshalb ist er auch nie in Kristiansand aufgetaucht. Wahrscheinlich hat er auch die Anzeige in der Zeitung gar nicht mehr gesehen. Auf jeden Fall war er längst tot, als wir auf ihn gewartet haben.«

»Ich bin völlig durcheinander«, stammelte Merette und klammerte sich für einen Moment an Jan-Ole, bevor sie leise fragte: »Was bedeutet das jetzt für uns?«

»Dass wir zuallererst Julia anrufen, sowie ich das Gespräch mit Kristina beendet habe! Ach was, Quatsch, ruf du sie an, jetzt gleich!«

Jan-Ole schien ebenfalls so verwirrt zu sein, dass seine Bewegungen fahrig wirkten, als er nach dem Handy auf dem Treppengeländer griff, aber an seinen Augen konnte Merette deutlich sehen, wie erleichtert er war. Ihr ging es genauso, sie hatte plötzlich das Gefühl, als wäre eine große Last von ihr genommen, selbst die dunklen Regenwolken, die über den See jagten, hatten alles Bedrohliche verloren.

Sie schluchzte fast, als sie Julias Stimme hörte, und musste sich zusammenreißen, um ein paar halbwegs sinnvolle Sätze zu formulieren. Gleichzeitig dachte sie, dass es eigentlich vollkommen egal war, was sie da stammelte.

»Es ist vorbei, Julia, alles ist gut! Die Polizei hat Aksel gefunden. Er war tatsächlich ganz in eurer Nähe, aber er ist tot, ihr müsst keine Angst mehr haben! Es war ein Unfall, er ist eine Treppe runtergefallen, und das war's, verstehst du?«

Jetzt schluchzte sie wirklich. Und natürlich musste sie die Geschichte noch mal wiederholen, weil Julia immer wieder nachfragte, bis es plötzlich ganz still in der Leitung blieb.

»Julia! Bist du noch da?«

»Ja, Mama, ich bin da! Es ist nur irgendwie … ich weiß nicht, ich kann es nicht erklären. Vielleicht brauche ich einfach noch einen Moment, bis ich es wirklich verstanden habe. Vielleicht hat es auch etwas damit zu tun, dass ich die ganze Zeit gedacht habe, es wird nie aufhören! Als Jan-Ole mich in Vammerviken angerufen hat, da habe ich ganz kurz … also ich meine, da war ich fast so weit, dass ich …«

»Was, Julia?«

»Ich hätte ihn am liebsten umgebracht. Nur damit es aufhört.«

»Ich weiß, was du meinst«, erwiderte Merette leise. »Aber es ist gut, dass du es mir gesagt hast. Wir reden darüber, wenn wir uns wiedersehen. Ich kann dir dazu auch noch etwas erzählen, aber das geht nicht am Telefon. Du musst jetzt Marie informieren«, setzte sie dann hinzu. »Versucht das erst mal alles zu vergessen, vielleicht überlegt ihr euch, noch irgendwo anders hinzufahren …«

»Mama! Stop it! Das kriegen wir schon hin. Aber ich möchte euch sehen! Wann fahrt ihr zurück nach Bergen?«

»Ich muss das mit Jan-Ole besprechen«, antwortete Merette ausweichend. »Aber ich freu mich auch auf dich, sehr sogar! Ich umarme dich!«

Sie hatte das Gespräch kaum beendet, als Astrid aus der Tür zur Cafeteria kam. Sie hatte einen Schlüsselbund in der Hand und stieg wortlos die Treppe hinunter, als wollte sie unmissverständlich klarmachen, dass sie keine Lust hatte, noch länger zu warten.

»Ich hab jetzt keine Zeit mehr«, brach Jan-Ole sein Gespräch mit Kristina ab. »Ich melde mich wieder!« Er blickte zu Merette.

»Ist mit Julia alles okay?«

Merette nickte nur und drückte kurz seine Hand, dann beeilten sie sich, Astrid in den Innenhof zu folgen. Wieder lief ein Mädchen im Bikini an ihnen vorbei, das sich eine Plastiktüte über den Kopf hielt. Merette war sich nicht sicher, ob es dasselbe Mädchen wie vorher war.

Und plötzlich war die Anspannung wieder da. Es war noch nicht vorbei, dachte Merette. Wir haben uns die ganze Zeit geirrt, wir haben keine Ahnung, was hier eigentlich gerade passiert! Wir wissen nichts, außer dass es weder Aksel noch Lennart gewesen sein können.

Als Astrid sie zu dem fensterlosen Anbau führte, hatte sie das Gefühl, kaum noch Luft zu bekommen. Astrid schob den Schlüssel ins Schloss und stieß die Tür auf. Ein dumpfer Geruch schlug ihnen entgegen. Jan-Ole beugte sich vor und schaltete das Licht ein, eine Neonröhre begann zu flackern.

Der Raum konnte kaum größer sein als vielleicht zehn Quadratmeter und wirkte erstaunlich gut aufgeräumt. Wie eine Mönchszelle, war Merettes erster Gedanke, das Bett war gemacht, Lennarts Klamotten waren ordentlich in einem offenen Wandregal gestapelt, an einem Haken hing ein frisch gewaschener Overall, davor standen seine Gummistiefel. In einer leeren Weinflasche auf dem Tisch steckte eine Kerze, ein Buch lag verkehrt herum auf den aufgeschlagenen Seiten. Der Titel war so abgegriffen, dass die Schrift nicht mehr zu lesen war, aber das Cover zeigte undeutlich einen Indianer neben einem Kanu. Merette tippte auf »Lederstrumpf«.

Der Stuhl war in der gleichen Farbe gestrichen wie der Feuerwehrlaster draußen auf dem Hof, an der Wand hinter dem Tisch und auf dem Fußboden waren dunkle Flecken zu sehen.

Sie standen immer noch in der Tür, Jan-Ole blickte irritiert zu Astrid.

»Hier ist es passiert?«

»Ich hab versucht, ein bisschen sauber zu machen.« Astrid schluckte schwer. »Es war ja alles voll Blut! Und dann hab ich versucht, seine Sachen wieder so hinzulegen, wie es vorher ausgesehen hat. Nachdem die Bullen hier gewesen waren, 'tschuldigung, eure Kollegen, meine ich, also ... die haben das totale Chaos hier angerichtet! Aber Lennart konnte es nicht ab, wenn irgendwas unordentlich war. Oder nicht mehr da lag, wo er es hingelegt hatte, und deshalb ...«

Merette sah, dass sie mit den Tränen kämpfte. Es gab also noch eine andere Astrid als die unfreundliche und desinteressierte Frau, die sie ihnen in der Cafeteria vorgespielt hatte, dachte Merette. Und sie hatte wahrscheinlich richtiggelegen mit ihrer Annahme, dass Lennart nicht nur eine Hilfskraft für alle möglichen Handwerkerjobs gewesen war.

Sie legte Astrid den Arm um die Schultern.

»Es ist okay. Du hast das völlig richtig gemacht.«

»Aber ihr wolltet ja die Fotos sehen …«

Astrid trat einen Schritt in den Raum und zeigte auf die Wand, die die Tür bislang halb verdeckt hatte. Neben dem gusseisernen Ofen in der Ecke war ein geschnitztes Brett befestigt, auf dem eine Reihe gerahmter Fotos stand. Darüber war ein verblichener Zeitungsartikel mit Heftzwecken festgemacht.

»Lässt du uns einen Moment alleine?«, bat Jan-Ole, während er sich an Merette und Astrid vorbeischob.

»Ich bin oben und trink noch was«, sagte Astrid so leise, dass Merette sie kaum verstand.

Auf einem der Fotos war eindeutig Lennart zu erkennen, wie er einen großen Hecht an eine Messlatte hielt und stolz auf die Einmetermarke zeigte. Das Bild war erst vor kurzem aufgenommen worden. Lennart trug einen Vollbart und den Overall, der an dem Haken neben dem Bett hing, im Hintergrund war der Feuerwehrlaster zu sehen.

Die anderen Fotos zeigten immer wieder die gleiche junge Frau – immer in einem enganliegenden Badeanzug, der ihre breiten Schultern betonte, und mit einer Schwimmkappe, die ihre Haare verbarg. Die Fotos stammten durchweg von irgendwelchen Schwimmwettkämpfen. Einmal stand die Frau auf einem Siegertreppchen und hielt einen Pokal in der Hand, bei einem anderen Bild hatte sie gerade als Erste den Beckenrand erreicht und lächelte erschöpft in die Kamera.

Ein einziges Bild war anders. Es war wieder dieselbe Frau, aber diesmal trug sie ein leichtes Sommerkleid, die langen blonden Haare lagen offen auf ihren Schultern, an der Hand hielt sie einen kleinen Jungen in kurzen Hosen, mit einem Cowboyhut und einer Spielzeugpistole, die er mit ernster Miene auf den Fotografen gerichtet hatte.

Weder Jan-Ole noch Merette sagten ein Wort. Erst als Jan-Ole sich zu dem Zeitungsausschnitt beugte, las er halblaut vor, was in dem Artikel unter der Überschrift ENDE EINER VIELVERSPRECHENDEN SCHWIMMKARRIERE stand.

»›Die Wettkampfschwimmerin Elsa Hellum (22) hat heute bekanntgegeben, dass sie aus persönlichen Gründen ihre Teilnahme an den Europameisterschaften im Freistil absagt. Für weitere Stellungnahmen war sie nicht zu erreichen. Ihr Trainer, Ronny Nessjø, erklärte dieser Zeitung gegenüber, dass Hellum sich entschlossen habe, ihre Schwimmkarriere aufzugeben und sich aus dem Sportgeschehen zurückzuziehen. Nessjø bedauerte diese Entscheidung. Elsa Hellum galt als die große Hoffnung der norwegischen Nationalmannschaft.‹ Und blablabla«, überflog Jan-Ole den Rest des Artikels, »eine Auflistung der Preise, die sie gewonnen hat, und dass sie bereits für die nächste Olympiade qualifiziert war. Punkt, aus. Das war's.«

Er blickte zu Merette, seine Augen wirkten seltsam leer.

»Sag mir bitte, dass ich falschliege. Dass ich mich irre! Dass ich mir gerade etwas zusammenreime, weil mein Kopf sich von dem Schlag noch nicht erholt hat …«

»Nein«, erwiderte Merette leise. »Es ist genau so, wie du denkst. Und du weißt, dass es so ist!«

Bevor sie weitersprach, setzte sie sich auf die äußerste Kante des Bettes und presste die Hände auf ihre Knie, um das Zittern ihrer Beine unter Kontrolle zu bekommen. Aber ihre Stimme war fest, sie hatte keine Mühe, ihre Gedanken präzise zu formulieren.

»Elsa ist nicht Lennarts Tante, sondern seine Mutter. Und ich nehme an, sie ist in Oslo schwanger geworden, aber das sollte niemand erfahren. Wir wissen nichts über ihren Hintergrund, ihre Eltern und so weiter. Aber wir wissen, dass sie aus Myglevatn kam, aus der finstersten Provinz. Sie hatte gerade erst den Ausbruch geschafft und war dabei, berühmt zu werden – ein Kind passte nicht in diesen Plan, noch dazu ein uneheliches! Wie immer sie es dann hingebogen hat, jedenfalls entscheidet sie, ihre Schwimmkarriere von sich aus zu beenden. Sie bekommt das Kind, schiebt es aber an ihre Schwester ab, die offensichtlich ebenfalls in Oslo lebt. Warum? Warum bekennt sie sich nicht zu diesem Kind? Klar, die Eltern sollen nichts von diesem Fehltritt erfahren, die Leute aus dem Dorf, die anderen aus dem Schwimmteam. Aber was ist das für eine Schwester, die sie da in Oslo hat? Und wieso gilt für die Schwester nicht das Gleiche? Das verstehe ich nicht! Und noch weniger verstehe ich, warum Elsa, wenn sie das Kind an ihre Schwester abgibt, dann nicht ihre Schwimmerei fortsetzt. Sie ist gerade erst zweiundzwanzig. Ein Jahr Pause dürfte nicht viel ausmachen, sie könnte ein Comeback versuchen – tut sie aber nicht, sondern geht zurück nach Myglevatn und lehnt jeden Kontakt mit ihrem Sohn ab. Nein, falsch!« Merette zeigte auf das Foto, auf dem Elsa den kleinen Lennart an der Hand hielt. »Solange er ein Kind ist, besucht sie ihn zumindest. Aber später dann, als er erwachsen ist und den Laden in Myglevatn übernimmt … wieso? Wieso taucht er da überhaupt auf? Es muss eine Erklärung dafür geben, wir wissen zu wenig, Jan-Ole, um das nachvollziehen zu können. Wir wissen nur …«

Jan-Ole schlug mit der Faust auf den Zeitungsartikel.

»Natürlich! Eine Schwimmerin! Ich erinnere mich, dass mir schon beim allerersten Mal, als ich sie getroffen habe, ihre Schultern aufgefallen sind. Eine schöne Frau, aber mit einem außergewöhnlichen Körperbau. Ich habe schon damals an eine Schwimmerin gedacht. Und die Frau aus dem Souvenirladen hat es mir ja auch bestätigt, die ganze Geschichte mit der Olympiamannschaft und so weiter! Und sie war kräftig, Merette, auch das ist mir damals schon aufgefallen!«

Merette brauchte einen Moment, bis sie verstand, dass Jan-Ole jetzt wieder von Elsa sprach und ihr im Übrigen auch kaum zugehört hatte. Aber er hatte seine eigene Art, die Puzzleteile zu einem vollständigen Bild zusammenzufügen. Und er war noch dabei, sich über die Zusammenhänge klarzuwerden, die Merette schon längst als gegeben hingenommen hatte.

»Sie war kräftig«, wiederholte er, »und sie weiß immer noch, wie sie ihre Kraft einsetzen muss. Sie war es, die mich niedergeschlagen hat, da bin ich mir sicher! Der Schlag, den sie mir verpasst hat, war genau berechnet – und er wäre tödlich gewesen, wenn ich mich nicht bewegt hätte. Aber diese Kraft war es auch, die mich keinen Moment daran hat zweifeln lassen, dass der Schlag von einem Mann kam!« Er holte tief Luft. »Entschuldige, ich habe mitbekommen, dass du schon weiter warst in deinen Überlegungen. Aber lass mich eben noch eine Sache klären, ich habe gerade eine Idee, die ich überprüfen möchte.«

Jan-Ole beugte sich wieder über den Zeitungsartikel und fuhr mit dem Finger über die Zeilen, bis er gefunden hatte, was er suchte. »Ronny Nessjø«, murmelte er halblaut vor sich hin, während er die Internetfunktion in seinem Smartphone aufrief. Als er sich einwählte, erinnerte sich Merette an den Zettel mit der Codenummer für die WLAN-Verbindung von Alcatraz, der auf dem Tresen in der Cafeteria aufgeklebt gewesen war. Wieder einmal kam es ihr fast unheimlich vor, wie viele scheinbare Nebensächlichkeiten Jan-Ole nicht nur registrierte, sondern auch noch zuverlässig speichern konnte. Gleichzeitig war sie erleichtert, dass er diese Fähigkeiten ganz offensichtlich nicht eingebüßt hatte.

»Ronny Nessjø«, wiederholte er gerade, »und wahrscheinlich doch wohl in Oslo. Hier, das muss er sein! Es gibt nur einen Ronny Nessjø. Hoffen wir mal, dass er sich erinnern kann.«

Er tippte die Nummer ein.

»Ich habe keine Ahnung, was du ihn fragen willst«, setzte Merette an, »aber …«

Jan-Ole hob die Hand zum Zeichen, dass es am anderen Ende der Leitung bereits klingelte.

»Es ist schon kurz vor Mitternacht!«, brachte Merette ihren Satz flüsternd zu Ende.

»Und ich führe eine Ermittlung, bei der ich nicht bis morgen warten kann!«, flüsterte Jan-Ole zurück.

Merette hörte, wie das Gespräch angenommen wurde.

»Ronny Nessjø?«, fragte Jan-Ole. »Sind Sie der Trainer, der früher die Nationalmannschaft der Schwimmerinnen betreut hat? – Gut. Dann habe ich ja Glück gehabt. Jan-Ole Andersen hier, Kripo Bergen«, log er, ohne zu zögern. »Ich weiß, wie spät es ist, und ich entschuldige mich für die Störung. Aber wir sind hier in einer Ermittlung und ich brauche dringend eine Information. Sie müssten mir da weiterhelfen können! Auch wenn Ihnen meine Frage vielleicht komisch vorkommt, aber es ist wichtig. Ich meine, irgendwo mal gehört zu haben, dass Profisportler eine bestimmte Angewohnheit haben, wenn sie beim Start ihre Kräfte mobilisieren wollen, sozusagen als Motivation, um … was? – Eine Art Kampfschrei, ja, genau, darauf wollte ich hinaus. Gilt das auch für Schwimmer? – Ah ja, alles klar. Und fällt Ihnen da auch nach den ganzen Jahren noch eine Schwimmerin aus Ihrer damaligen Mannschaft ein, die … Natürlich? – Weil ihr Schrei so was wie ihr persönliches Markenzeichen war, verstehe. Erinnern Sie sich auch noch an den Namen? – Kein Zweifel? – Ich danke Ihnen, das hilft uns tatsächlich weiter. – Nein, machen Sie sich keine Gedanken deshalb, es war gut, dass Sie mir das erzählt haben. Aber ich kann Ihnen im Moment nicht mehr dazu sagen, solange die Ermittlung noch läuft. Noch mal sorry wegen der nächtlichen Ruhestörung. Hej hej!«

Jan-Ole schob das Handy zurück in die Tasche.

»Kein Zweifel, sagt er. Elsa Hellum war diejenige, deren Schrei so extrem war, dass er sich auch heute noch daran erinnert.« Er lehnte sich schwer atmend gegen die Wand. »Wenn wir deine Fragen mal eben zurückstellen, was haben wir dann? Deine professionelle Einschätzung, Merette, was sagst du als Psychologin dazu?«

Merette stand auf und trat zu dem kleinen Schreibtisch. Sie nahm das abgegriffene Buch in die Hand und hielt es ins Licht, als wäre es von Bedeutung, um was für einen Titel es sich handelte.

»Merette?«

Lederstrumpf, dachte sie, der letzte Mohikaner, dessen Großmut und Treue ihn schließlich in den Tod führten.

Vorsichtig legte sie das Buch zurück, bevor sie Jan-Ole antwortete.

»Lennart hat nach seiner Entlassung aus der Psychiatrie nicht mehr Fuß fassen können. Er zieht hier hoch und bringt sich um. Vielleicht war es eine Kurzschlussreaktion, vielleicht hatte er es auch schon länger geplant, weil er keinen Ausweg mehr wusste. Das passiert keine zwei Wochen, bevor du plötzlich bei Elsa auftauchst und ihre Hütte mietest. Ausgerechnet du! Du warst derjenige, der an allem schuld war, nur wegen dir ist ihr Sohn verurteilt worden.«

»Und sie rächt sich an mir. Es muss ihr vorgekommen sein, als würde ich das Schicksal gewissermaßen herausfordern! Aber trotzdem bleibt die Frage nach dem Warum. Sie wollte nie irgendetwas mit Lennart zu tun haben, sie hat so getan, als gäbe es ihn nicht, warum sollte sie ihn jetzt rächen?«

»Sie hat ein schlechtes Gewissen. Sie fühlt sich ebenfalls schuldig. Sie will nicht wahrhaben, was passiert ist, weil sie es mit zu verantworten hat, dass er mit seinem Leben nicht klarkam. Elsa war immer stark, sie hat Entscheidungen getroffen, an denen sie unverrückbar festhielt – aber Lennart ist ein Schwächling, er ist feige, ein Spanner, einer, der es nicht selbst tut, sondern andere dabei beobachtet. Und als er das Muster endlich durchbricht, macht er sich über ein wehrloses Mädchen her, statt ihr zu helfen! Elsa muss nicht nur maßlos enttäuscht von ihm gewesen sein, sondern sie fand ihn ... widerlich. Er verkörperte nichts von dem, woran sie glaubte. Er hat sich noch nicht mal gewehrt, als sich die Dorfleute gegen ihn gestellt haben, er ist heimlich verschwunden und hat sich eine Kugel in den Kopf gejagt.«

»Worauf willst du hinaus?«

»Ich bin mir nicht sicher, Jan-Ole, ich spekuliere nur. Das hat alles weder Hand noch Fuß, ich weiß es wirklich nicht, aber ...«

»Du meinst, sie blendet aus, was passiert ist, und baut sich eine neue Geschichte zusammen. Lennart lässt sich zwar aus Myglevatn vertreiben, aber als ich dann auftauche, reagiert er endlich so, wie er es schon immer hätte tun sollen. Er kämpft! Er nimmt die Herausforderung an und stellt sich ihr. Er ist nicht länger der ewige Feigling, der alles mit sich machen lässt, sondern er schlägt zurück.«

Merette nickte und stand auf. Sie zog Jan-Ole zu sich, bis sich ihre Körper fast berührten. Als Jan-Ole ihr über die Haare streichen wollte, hielt sie seine Hand fest.

»Nicht Elsa hat dich niedergeschlagen, sondern Lennart! Elsa ist Lennart, sie handelt jetzt an seiner Stelle. Als der Sohn, der seiner Mutter endlich zeigt, dass er sehr wohl etwas wert ist.«

Es war bereits ein Uhr nachts, als sie nach Astrids eher umständlicher Beschreibung den Friedhof gefunden hatten und mit der Taschenlampe den einfachen Stein ableuchteten, auf dem Lennarts Name stand. Nur der Name, das Geburtsdatum und der Tag, an dem er gestorben war. Das Heidekraut, das in der Plastikvase steckte, war frisch und von einem kräftigen Rötlich-Violett. Merette war sich sicher, dass Astrid es gepflückt haben musste.

Es würde nicht lange dauern, bis Lennarts Grabstein von Flechten und Moos überzogen und die Inschrift verblichen war. Und nicht mal jetzt, wo er tot war, wollte Elsa ihren Sohn in ihrer Nähe haben, dachte Merette. Um sich gleich darauf zu korrigieren: Falsch! Sie wollte nicht wahrhaben, dass er tot war. Nur darum ging es, deshalb sollte er so weit weg wie möglich begraben sein.

Der Regen hatte nachgelassen, auch der Wind hatte sich gelegt, nur noch vereinzelte Wellen gluckSten zwischen den Ufersteinen.

Merette hatte keine Ahnung, aus welchem Grund ihr plötzlich wieder einfiel, dass die Gegend um den Femundsee nach der Katastrophe von Tschernobyl eine der am stärksten belasteten Gegenden in Norwegen gewesen war – und für die nächsten sechstausend Jahre auch bleiben würde. Aber es erschien ihr nur folgerichtig, was sie kürzlich erst irgendwo gelesen hatte – dass die wenigen Anwohner hier die Rentierflechten in den Wäldern sammelten, um sie nach Deutschland zu verkaufen, wo sie für die Totenkränze der Friedhofsgärtnereien verwendet wurden. Alles ergibt einen Sinn, dachte sie fast zufrieden und wurde sich im gleichen Moment bewusst, dass sie vollkommen übermüdet war und nur verzweifelt versuchte, ihre Gedanken in eine Richtung zu lenken, die nichts mit Elsa zu tun hatten.

»Lass uns hier übernachten«, schlug Jan-Ole vor, während er die Schiebetür des Campers aufzog und die Innenbeleuchtung einschaltete. »Wir haben alles dabei, was wir brauchen. Lass uns ein paar Stunden schlafen und möglichst früh aufbrechen. Dann sind wir am Nachmittag zurück in Myglevatn.«

Merette merkte, wie ihr Herzschlag für einen Moment aussetzte.

»Wir haben Rune noch nicht informiert«, brachte sie mit Mühe heraus. »Er wollte zu Elsa und …«

»Verdammt«, stieß Jan-Ole zwischen den Zähnen hervor. »Aber es ist mitten in der Nacht! Nein, du hast recht, das ist jetzt völlig egal, wenn wir ihn aus dem Schlaf holen, umso besser! Dann ist wenigstens alles okay …«

Er rief Runes Nummer auf.

Das Handy war ausgeschaltet.

*Er hatte auf dem Bett gesessen und stundenlang vor sich hin gestarrt. Auch als er das Auto draußen hörte, blieb er einfach sitzen.*

*Er hatte das Gefühl, vollkommen kraftlos zu sein. Jede Bewegung schien eine unvorstellbare Anstrengung zu bedeuten, zu der er nicht fähig war. Und jeder Gedanke wurde noch in dem Augenblick, in dem er entstand, schon von einem neuen überlagert, ein Berg von Gedanken, der ihm einfach nur … Angst machte. Fürchterliche Angst.*

*Er wollte nichts mehr sehen, nichts hören, nichts fühlen – und vor allem nichts tun. Er wollte sich nur noch verkriechen, unter dem Bett, in irgendeinem Loch, irgendwo, wo ihn niemand finden würde und wo endlich die Stimmen in seinem Kopf verstummten, die ihn drängten, wenigstens einen Schluck Wasser zu trinken, seine Tabletten zu nehmen. Aber ihm fehlte der Wille, den er gebraucht hätte, um sich zur Küche zu schleppen und den Hahn aufzudrehen.*

*Und dabei war kurz zuvor noch alles in Ordnung gewesen. Er hatte genau gewusst, was er tat, als er Runes Auto in den See rollen ließ. Und auch als ihm einfiel, dass Rune verheiratet war und womöglich seiner Frau erzählt hatte, wo er hinwollte, war er ganz ruhig geblieben. Er hatte Runes Handy genommen und das Display aufgerufen. Die Pin war mit Filzstift auf der*

*Rückseite notiert – Rune war tatsächlich nur ein alter Mann, der schon Schwierigkeiten damit hatte, sich eine vierstellige Nummernfolge zu merken.*

*Die letzte Nachricht, die Rune gesendet hatte, war bereits über eine Woche her. Aber sie war eindeutig an seine Frau gewesen, der Text ließ darauf schließen, dass Rune öfter mal für eine kurze Zeit in der Wildnis verschwand, um seine Ruhe zu haben. Seine Frau würde es also auch nicht weiter ungewöhnlich finden, wenn er ihr jetzt mitteilte, dass er sich spontan zu einem kleinen Angelausflug entschieden hatte, der vielleicht ein oder zwei Tage dauern konnte.*

*Eigentlich hatte er nur den letzten Text nahezu wörtlich kopieren müssen, und als er auf »Senden« drückte, hatte er sich so gut gefühlt wie schon lange nicht mehr. Es war, als ob er gerade die letzte Wende hinter sich gebracht hatte, jetzt ging es nur noch darum, bis zum Ziel durchzuhalten. So wie seine Mutter, die auf den letzten Metern mehr als nur einmal allen gezeigt hatte, was in ihr steckte!*

*Aber dann hatte ihn diese lähmende Müdigkeit überfallen, zusammen mit der Angst, die ihm die Luft abschnürte und ihn abwechselnd vor Kälte mit den Zähnen klappern oder in Schweiß ausbrechen ließ. Das war auch das Erste, was die Frau bemerkte, als sie ihn in der Schlafkammer fand. Sie fühlte nur kurz nach seiner Stirn und verschwand dann noch mal, um ihm ein Glas Wasser zu holen. Und sie stützte ihn auf dem Weg in den Wohnraum hinüber, wo sie ihn auf einen Sessel drückte und ihm die alte Wolldecke umlegte, die seiner Mutter gehörte.*

*Vielleicht war es diese Decke, die ihn für einen Moment glauben ließ, dass seine Mutter da war und sich um ihn kümmerte. Sie setzte sich ihm gegenüber und zündete sich in aller Ruhe eine Zigarette an. Die Zigarette war selbstgedreht, an dem Geruch des Rauchs erkannte er sofort die Sorte: Petterøes No 3, der gleiche Tabak, den seine Mutter rauchte!*

*Genauso hatte er es sich immer vorgestellt – er hatte Mist gebaut, aber seine Mutter schimpfte nicht mit ihm, sondern wartete auf seine Erklärung. Erst dann würde sie ein Urteil abgeben, und egal, wie es ausfallen würde, es würde gerecht sein. Aber selbst wenn sie ihn bestrafen musste, würde er wissen, dass sie es nur für ihn tat. Und dass sie selbst dabei litt!*

*Sie sagte nichts, kein Wort, sondern blickte nur auf einen Punkt irgendwo im Raum. Und plötzlich wusste er auch wieder, wer sie war. Mühsam brachte er die Frage heraus: »Warum bist du gekommen? Warum nicht er? Ich hatte mit ihm gerechnet, nicht mir dir. Was willst du von mir?«*

*»Gut«, antwortete sie, während sie ihre Zigarette ausdrückte. »Du erinnerst dich also. Frage zurück: Warum hast du Jan-Ole niedergeschlagen?«*

*Sie verstand nichts! Es war immer wieder dasselbe – und es war so anstrengend! Aber er musste aufpassen. Es war noch nicht vorbei: Er konnte es sich nicht leisten, jetzt seinen mühsam erkämpften Vorsprung aufs Spiel zu setzen. Und er musste damit rechnen, dass sie nicht alleine gekommen war! Durch das Fenster konnte er ihren Camper vor der Hütte stehen sehen. Sie hatte den Wagen so geparkt, dass er die Ausfahrt blockierte, er glaubte nicht daran, dass es nur ein Zufall war. Aber noch war er nicht in der Lage, eine Entscheidung zu treffen, er musste sie hinhalten, bis er sich sicher sein konnte, dass ihm sein Körper wieder gehorchen würde.*

*»Du hast gehört, was ich gefragt habe, oder? Ich bin hier, weil ich ein paar Antworten von dir haben möchte. Und ich dachte, es wäre vielleicht … leichter für dich, wenn zunächst mal wir*

*beide miteinander reden. Du glaubst, dass Jan-Ole schuld an dem ist, was passiert ist, richtig?«*

*»Er und der andere Bulle. Ich musste sie bestrafen für das, was sie mir angetan haben. Und ich hätte es schon viel eher tun sollen!«*

*Er sah, wie sie einen Moment zögerte, bevor sie sagte: »Das ist mir klar. Aber ich rede nicht von der Geschichte vor zehn Jahren. Ich rede davon, dass sich Lennart umgebracht hat, weil er keinen Ausweg mehr wusste. Lennart, dein Sohn!«*

*Er merkte, wie er unwillkürlich anfing zu zittern. Versuchte sie, ihn gerade in eine Falle zu locken? Was sollte das? Er saß doch hier vor ihr! Lennart. Und er war dabei, jetzt alles in Ordnung zu bringen, was er die ganzen Jahre über immer wieder falsch gemacht hatte. Sein ganzes Leben lang!*

*Fast schien es, als könnte sie seine Gedanken lesen. Als sie in ihre Jacke griff und das Handy herausholte, um ihm ein Foto zu zeigen, war er kurz davor, es ihr aus der Hand zu schlagen. Er konnte sich gerade noch zurückhalten, aber er spürte, dass seine Muskeln wieder auf die Befehle reagierten, die sein Gehirn ihnen gab, er hatte den Punkt überwunden, der über Sieg oder Niederlage entschied. Trotzdem konnte er den Schock nur schwer verbergen, den das Foto in ihm auslöste. Da war sein eigener Grabstein, das Blitzlicht ließ die Inschrift klar und deutlich hervortreten. Seinen Namen. Das Geburtsdatum. Den Tag, an dem er … gestorben war!*

*»Sieh es dir genau an!«, forderte die Frau ihn auf. »Du bist Elsa. Nicht Lennart. Dein Sohn ist tot. Er hat sich umgebracht. Akzeptier das, Elsa! Du kannst es nicht mehr ungeschehen machen.«*

*Sie legte das Handy vor ihm auf den Tisch, als wollte sie ihn zwingen, sich das Foto wieder und wieder anzusehen.*

*Ihre nächsten Fragen trafen ihn vollkommen unvorbereitet. »Deine Depressionen, wann haben die angefangen? – Nein, warte, du brauchst nicht zu antworten. Korrigier mich nur, wenn ich falschliege. Den ersten Schub hast du gehabt, als Lennart geboren war. Er war so klein und unschuldig und vor allem so hilflos! Er brauchte dich, deine Nähe, deine Liebe. Ohne dich war er verloren, ein Kind gehört zu seiner Mutter. Du wusstest, dass du jetzt eine Aufgabe hattest, die dir alles abverlangen würde! Und plötzlich hast du Panik bekommen. Du fühltest dich dieser Aufgabe nicht gewachsen, du warst doch noch so jung und bisher hatten immer andere die Entscheidungen für dich getroffen. Deine Eltern, der Sportlehrer, der als Erster das Potential erkannt hatte, das in dir steckte, dann die verschiedenen Trainer, die dich immer weiter vorwärtstrieben, von Wettkampf zu Wettkampf, und schließlich Ronny, der …«*

*»Ronny hat nichts damit zu tun, lass ihn da raus! Er wusste ja gar nichts davon, dass … Und es wäre auch nicht gegangen, es durfte doch niemals jemand etwas davon erfahren!«*

*»Wovon? Dass er Lennarts Vater war?«*

# MERETTE

Merette wusste nicht, was genau dazu geführt hatte, dass es ihr gelungen war, Elsas Schutzwall zu durchbrechen. Aber es war richtig gewesen, sie alleine zu besuchen! Jan-Ole hätte kaum eine Chance gehabt, irgendetwas von ihrer Geschichte zu erfahren. Ganz abgesehen davon, dass es ihn zumindest im Moment auch gar nicht mehr interessierte. Er war am Ende seiner Kräfte, und er wollte nur noch einen Schlussstrich ziehen.

Ohne jeden Zweifel war Jan-Ole einer der fähigsten Ermittler, die sie sich vorstellen konnte, aber die langen Jahre als Polizist hatten seine Denkstrukturen deutlich geprägt – sein Handeln war vor allem darauf ausgerichtet, die verschiedenen Ansatzpunkte zu einem logischen Ganzen zu verknüpfen, um einen Fall als gelöst erklären zu können. Hintergründe waren für ihn nur so lange interessant, wie sie ihm helfen konnten, das Puzzle zu vervollständigen, und er war in der Lage, dabei alles zu ignorieren, was er als nebensächlich einschätzte. Aber gerade jetzt stand er vor einem Scherbenhaufen, den er mehr oder weniger alleine zu verantworten hatte. Die Dinge waren außer Kontrolle geraten, und Jan-Ole reagierte nur noch in der Hoffnung, keinen weiteren Fehler zu machen.

Sie hatte lange gebraucht, bis sie ihn überzeugt hatte, dass er sie allein in die Hütte gehen ließ. Sie hatte keine Ahnung gehabt, was sie erwarten würde, aber sie hatte unter allen Umständen vermeiden wollen, dass die Situation eskalierte. Auch wenn Elsa ihr an der Brücke aufgelauert hatte, sah sie sich doch eher als neutrale Person, die vielleicht eine Chance hatte, zu Elsa durchzudringen. Und Elsas Zustand hatte kaum Zweifel daran gelassen, dass sie keine Gefahr darstellte, sondern selbst Hilfe brauchte. Im Moment jedenfalls. Merette durfte den Kontakt nicht verlieren, sie musste das Gespräch wenigstens so lange in Gang halten, bis sie die Frage stellen konnte, von der abhing, wie es dann weitergehen würde. Die Frage, was mit Rune passiert war!

Sein Auto hatten sie nirgends sehen können, auch in der Hütte deutete nichts darauf hin, dass er hier gewesen war. Jan-Ole war irgendwo draußen, um die Umgebung nach Spuren abzusuchen. Merette hoffte nur, dass er sich an ihre Absprache halten würde, erst dann einzugreifen, wenn sie das Zeichen dazu gab. Andererseits wusste sie, wie nervös er war, sie würde also nicht mehr viel Zeit haben.

Der Gedanke, dass Elsas Schwimmtrainer der Vater ihres Kindes war, war nichts als ein Schuss ins Blaue gewesen. Aber sie hatte richtiggelegen mit ihrer Vermutung!

Schluchzend versuchte Elsa, ihn zu verteidigen, als wäre sie immer noch diejenige, die ihn unter allen Umständen schützen musste.

»Wenn die Geschichte jemals rausgekommen wäre, hätte er doch seinen Job verloren! Deshalb habe ich nie etwas gesagt. Und auch nicht zu ihm. Ich wollte ihn nicht zu etwas zwingen, das er vielleicht irgendwann bereuen würde.«

Merette verkniff sich zu erwähnen, dass Ronny Nessjø ja immerhin mit Elsa geschlafen hatte und sich vielleicht vorher über mögliche Konsequenzen hätte im Klaren sein sollen. Außerdem glaubte sie nicht daran, dass er nicht zumindest etwas geahnt haben musste – und sie war sich fast sicher, dass Elsa den gleichen Gedanken gehabt hatte, nicht nur damals, sondern jedes Mal, wenn sie die Sportnachrichten im Fernsehen sah und Ronny Nessjø als Trainer seine Mannschaft anfeuerte. Aber Nessjø hatte sich nie wieder bei Elsa gemeldet, nach ihrem Aussteigen aus der Mannschaft existierte sie für ihn nicht mehr. Oder er war froh, dass sich das Problem von ganz alleine gelöst hatte, dachte Merette.

»Du hättest einen Abbruch vornehmen lassen können«, sagte sie leise. »Jedes Krankenhaus hätte dir in deiner Situation geholfen.«

»Aber meine Schwester wollte, dass ich das Kind bekomme!«, stieß Elsa hervor.

Womit wir beim nächsten Punkt angelangt wären, dachte Merette, während sie wie zufällig zum Fenster hinüberblickte. Es regnete wieder, und fast schien es, als würde bereits die Dämmerung einsetzen. Jan-Ole war nirgends zu sehen.

»Erklär mir das mit deiner Schwester, das verstehe ich nicht.«

»Da gibt es nicht viel zu erklären, sie war zwölf Jahre älter als ich und konnte keine Kinder kriegen. Sie hat mich überredet, dass ich das Kind bekomme und sie es als ihr eigenes großzieht. Und sie hatte ja auch einen Mann und ein Haus und das alles, das Kind würde es gut haben bei ihr, hat sie gesagt.«

»Aber als es dann so weit war …«

»Ich will nicht mehr darüber reden, bitte!«

»Du hast gesagt, deine Schwester war zwölf Jahre älter als du?«, fragte Merette mit der Betonung auf ›war‹.

»Sie ist gestorben, kurz bevor Lennart den Laden von unseren Eltern übernommen hat. Ihnen gehörte früher der Lanthandel in Myglevatn.«

»Haben sie gewusst, dass Lennart …«

»Nein. Er war immer das Kind meiner Schwester. Und sie hätten es auch nicht verstanden. Ich habe es ja selbst nicht verstanden«, setzte sie hinzu und stand auf.

Unwillkürlich wich Merette ein Stück zurück, aber Elsa legte nur sorgfältig die Decke zusammen und ging zur Küche hinüber. Als sie den Teekessel mit Wasser füllte, folgte Merette ihr.

»Bist du jemals irgendwo in Behandlung gewesen? Wegen der Depressionen, meine ich?«

»Ich habe Tabletten verschrieben bekommen«, antwortete Elsa ausweichend. »Und es gab auch Zeiten, in denen es etwas besser war. Aber jedes Mal, wenn es wieder losging, dann …«

Sie schüttelte den Kopf, ohne den Satz zu Ende zu bringen.

Merette registrierte eher unbewusst, wie sich Elsa plötzlich verspannte und ihre Hände wieder anfingen zu zittern, so dass sie kaum in der Lage war, die Gasflamme anzuzünden. Sie trat dicht hinter Elsa und wollte ihr die Hand auf die Schulter legen, zögerte aber im letzten Moment. Irgendetwas stimmte nicht! Und dann sah auch sie, was Elsa längst bemerkt haben musste – von dem halbhohen Fenster hinter dem Gaskocher aus hatte man freien Blick auf den See. Ein Stück nach links gab es zwischen den Felsen am Ufer einen grasbewachsenen Erdhügel, knapp mannshoch, eine Art Vorratsbunker, mit einer grobgezimmerten Holztür. Die Tür stand offen, die schwere Eisenkette, mit der sie verschlossen gewesen war, hing nutzlos am Haken. Ohne zu überlegen, wusste Merette, dass sie Runes Versteck entdeckt hatte, Elsa musste ihn überwältigt und in den Erdbunker gesperrt haben – und es gab nur eine Person, die ihn dort gefunden haben konnte! Während sie mit Elsa geredet hatte und …

Der Wasserkessel fing an zu blubbern. Das Geräusch, das von der Terrassentür kam, war kaum zu hören, aber Elsa reagierte so schnell, dass Merette keine Zeit mehr hatte auszuweichen. Der Schlag gegen ihren Hals war präzise und ließ Merette rückwärts gegen die Wand torkeln und zu Boden sacken. Als Jan-Ole in die Hütte stürmte, hatte Elsa bereits das Gewehr in der Hand und drückte Merette den Lauf unters Kinn, während sie sie gleichzeitig hochzerrte und neben sich her in den Wohnraum stieß.

»Mach Platz!«, herrschte sie Jan-Ole an, »sonst drücke ich ab! Und lass die Waffe fallen, sofort! Leg sie da auf den Boden und schieb sie zu mir rüber! Ich meine es ernst, jetzt mach schon!«

Jan-Ole wich zögernd zurück, dann bückte er sich, gleich darauf hörte Merette den Revolver über den Fußboden schurren.

Jan-Ole nahm sie nur als undeutlichen Schatten wahr. Der Schlag hatte sie halb betäubt, vor ihren Augen flimmerte es, grelle Lichtkreise breiteten sich in Wellen aus, verschwanden und kamen wieder.

Mit der freien Hand ließ Elsa den Revolver in die Seitentasche ihres Overalls gleiten und stieß Merette vorwärts. Als sie an der Schwelle zur Terrasse stolperte, riss Elsa sie erneut hoch, der Lauf des Gewehres bohrte sich jetzt schmerzhaft in ihre Nieren.

Irgendwo an einen Baum gelehnt, meinte Merette die massige Gestalt von Rune zu erkennen, aber er schien kaum in der Lage zu sein, sich aufrecht zu halten. Als das Flimmern vor ihren Augen für einen Moment aussetzte, sah sie, dass seine rechte Gesichtshälfte dunkel verfärbt war, ein Auge war zugeschwollen. Er rief etwas, was sie nicht verstand, und gleichzeitig war hinter ihr die Stimme von Jan-Ole, der Elsa beschwor, sie laufenzulassen: »Merette hat nichts mit alldem zu tun, ich bin es, den du haben willst! Verdammt, Elsa, mach es nicht noch schlimmer, wir können über alles reden! Ja, ich habe Lennart auf dem Gewissen, aber zieh da nicht Merette mit rein. Wenn du eine Geisel willst, dann nimm mich! Du hast meinen Revolver, ich bin unbewaffnet, du kannst mir vertrauen.«

Elsas Antwort war kaum mehr als ein heiseres Schluchzen. Sie zerrte Merette weiter mit sich bis zu dem Kanu, das auf den Ufersand gezogen war. Sie war jetzt hinter Merette und rammte ihr den Gewehrlauf in den Rücken.

»Schieb das Boot ins Wasser!«

Merette klammerte sich an das glatte Aluminium, ihre Beine zitterten unkontrolliert, ihre Arme gehorchten ihr nicht mehr. Als es Elsa nicht schnell genug ging, stemmte sie sich selbst mit dem Körper gegen die Bootswand, der Sand knirschte unter dem Rumpf, dann war das Kanu frei.

Ein Schlag in den Magen nahm Merette für einen Moment die Luft und ließ sie vornübertorkeln, Elsa riss ihr die Beine weg und stieß sie ins Boot. Als sie ihr folgte und das Gewehr für einige Sekunden nicht auf Merette gerichtet war, war plötzlich Jan-Ole wieder da! Aber das Boot schwankte so stark, dass er danebengriff, gleich darauf hatte Elsa das Stechpaddel in der Hand und schlug mit der schmalen Seite zu. Im letzten Moment riss Jan-Ole den Arm hoch. Als das Paddel den Schulterknochen traf, ging er vor Schmerzen aufschreiend im seichten Uferwasser in die Knie. Dann war das Boot schon außerhalb seiner Reichweite.

Elsa zog das Paddel mit ruhigen Bewegungen durchs Wasser, aber sie musste gegen ihre verletzte Hüfte gekommen sein, als sie sich über die Bordwand gezogen hatte. Merette konnte sehen, wie sie bei jedem Seitenwechsel das Gesicht verzog.

Das Gewehr lag neben ihr auf der Bank, der Lauf war auf Merettes Kopf gerichtet. Merette zweifelte nicht einen Augenblick daran, dass Elsa bei jedem Versuch, ihr nahe zu kommen, abdrücken würde. Sie hatte nichts mehr zu verlieren. Und sie hatte lange schon alles aufgegeben, was ihr jemals etwas bedeutet hatte, aber Merette hatte keine Ahnung, was sie jetzt vorhatte.

Elsa musste wissen, dass ihre Flucht aussichtslos war – und gerade das machte sie gefährlich! Der kurze Moment in der Hütte, in dem Merette zu ihr durchgedrungen war, war unwiderruflich vorüber. Elsa würde bis zum Schluss kämpfen, und es war ihr vollkommen egal, ob sie diesen Kampf überleben würde oder nicht. Ebenso wie es ihr egal war, was mit Merette passierte, sie brauchte sie nicht mehr, Merette war ein Klotz am Bein, der sie nur noch behinderte. Noch war ihr das nicht klar, dachte Merette, aber es konnte nicht mehr lange dauern, bis Elsa die Notwendigkeit erkannte, sie loszuwerden.

Je weiter sie auf den See hinauskamen, desto windiger wurde es. Es war mittlerweile so dunkel, dass alle Konturen verschwammen. Wie ein schwarzer Fleck zeichnete sich eine Insel auf dem Wasser ab, dann brach plötzlich der Mond zwischen den Wolken hervor und warf seine silbrige Bahn auf den See. Elsas Gesicht wirkte hart und verschlossen. Sie schien voll und ganz darauf konzentriert, die Richtung zu halten, mehrmals korrigierte sie mit zwei oder drei Paddelschlägen auf der gleichen Seite die Fahrt des Bootes.

Trotzdem hatte Merette das deutliche Gefühl, dass Elsa keinen Plan hatte. Es ging ihr nur darum, die Kontrolle zu behalten, es gab kein Ziel, es gab nur das Boot, den Wind und das Wasser. Elsa war allein und kämpfte wieder gegen einen unsichtbaren Gegner, so wie sie es die ganzen Jahre getan hatte.

Merette versuchte, ihre Lage zu verändern, und zog vorsichtig die Beine an. Das taube Gefühl in ihrem Körper war verschwunden, der Schmerz von Elsas Schlag ließ langsam nach. Aber ihr war kalt, die durchnässte Hose klebte unangenehm an ihren Beinen, bei dem Sturz über die Bordwand hatte sie sich die Hand aufgeschürft, ein Holzsplitter hatte sich unter die Haut geschoben, als sie an der Wunde saugte, schmeckte sie Blut und Brackwasser.

Sie trat sich die Turnschuhe von den Füßen, ohne dass Elsa versuchte, sie daran zu hindern. Falls sie schwimmen musste, würde es so leichter sein. Gleichzeitig wusste sie, dass sie Elsa körperlich auf keinen Fall gewachsen war, jeden Zweikampf würde sie verlieren, noch bevor er richtig begonnen hatte. Und da war auch immer noch das Gewehr, obwohl sich Merette inzwischen nicht mehr sicher war, ob Elsa es wirklich gegen sie richten würde oder …

Auch Lennart hatte sich mit einem Gewehr umgebracht! Vielleicht war das der Ausweg, den auch Elsa wählen wollte. Merettes Gedanken überschlugen sich. Aber vielleicht gab es noch eine ganz andere Möglichkeit, die ihr genügend Zeit verschaffen würde, bis Jan-Ole oder die Polizei … Es war nur eine spontane Idee, aber sie hatte keine andere Chance, sie musste es versuchen!

Merettes Stimme klang heiser, als sie sagte: »Etwas verstehe ich noch nicht. Als du mir an der Brücke aufgelauert hast, was wolltest du da von mir? Was hättest du gemacht, wenn ich dich nicht … überfahren hätte?«

Sie sah, wie Elsa ihr einen irritierten Blick zuwarf.

»Du hast Jan-Ole niedergeschlagen, weil du dich an ihm rächen wolltest, das ist klar«, setzte Merette alles auf eine Karte. »Aber was hatte ich damit zu tun? Ich war nicht dabei, als Jan-Ole die Beweise gegen dich gefälscht hat! Warum ich?«

Es dauerte einen Moment, bis Elsa antwortete.

»Es war ein Fehler, das weiß ich. Aber ich hätte dir nichts getan, ich wollte dich nur erschrecken!«

Merette bewegte sich auf dünnem Eis, noch war sie sich nicht sicher, ob Elsa bereits wieder als Lennart dachte. Sie musste sie weiter zurück in ihre Erinnerungen treiben, bevor sie ihr wieder entglitt.

»Das glaube ich dir sogar«, erwiderte sie. »Und so war es auch früher schon, du hast nie jemandem etwas getan. Du wolltest die Liebespaare, die du beobachtet hast, erschrecken, mehr nicht. Und genauso war es mit Pia und ihrer Freundin, das stimmt doch, oder?«

»Was?« Elsas Hände krampften sich um das Paddel. »Nein, das war anders!«

Sie hatte aufgehört zu paddeln. Das Boot trieb ganz langsam an der Insel vorbei, in der Ferne konnte Merette jetzt die Lichter eines Autos sehen, das mit aufgeblendeten Scheinwerfern den See absuchte. Aber die Entfernung war zu groß, um das Boot zu erreichen.

Auch Elsa hatte die Scheinwerfer bemerkt. Sie hielt jetzt mit kräftigen Schlägen auf eine Bucht am Ufer zu, die Merette mehr erahnen als wirklich erkennen konnte. Ein heller Sandstreifen im Mondlicht, mit der dunklen Silhouette des Waldes dahinter. Plötzlich wusste sie, wohin Elsa wollte!

»Versuch, es mir zu erklären«, sagte sie. »Wieso war es anders? Es war nachts, so wie jetzt auch. Du warst allein auf dem See, du wolltest angeln, du kanntest die Stelle, an der …«

»Nein!« Elsas Ausruf war so wütend, dass Merette unwillkürlich zusammenzuckte. »Ich wusste, dass die beiden Männer den Mädchen gefolgt waren! Deshalb bin ich hinter ihnen her!«

Merette wartete. Erst als Elsa ihr einen verstörten Blick zuwarf, sagte sie: »Und du konntest das Lagerfeuer sehen! Du hast die Männer lachen hören, auch die Mädchen haben gelacht. Sie hatten Spaß, sie hatten zu viel getrunken, du warst aufgeregt, weil du dir genau ausrechnen konntest, was gleich passieren würde. Und sie hatten keine Ahnung, dass du in der Nähe warst! Das war das Beste daran, du konntest sie beobachten, ohne dass sie dich entdecken würden, es gab genug Verstecke, du brauchtest noch nicht mal besonders vorsichtig zu sein, du warst vollkommen unsichtbar für sie!« Merette machte eine kurze Pause, bevor sie hinzusetzte: »Aber dann ist etwas passiert, womit du nicht gerechnet hast. Was war das, Lennart, erzähl es mir!«

Elsa gab keine Antwort.

Sie waren jetzt so weit in der Bucht, dass die ersten Schilfhalme kratzend über die Bootswand strichen. Als die Bugspitze hart auf einem flachen Felsen unter Wasser aufsetzte, rutschte das Gewehr von der Ruderbank und fiel polternd auf den Boden des Kanus.

Elsa rührte sich nicht. Sie saß ganz still und starrte Merette mit weit aufgerissenen Augen an, aus denen jedes Leben verschwunden zu sein schien.

Die Wellen drehten das Boot quer zum Ufer.

Merette sprang auf und war schon im Wasser, bevor Elsa reagieren konnte. Sie fühlte den Schlick unter ihren Füßen, der zwischen ihren Zehen emporquoll, ein scharfkantiger Stein zerschnitt ihr die Fußsohle. Dann war da nur noch feuchter Sand, der sich schmerzhaft in die Wunde rieb.

Eine Feuerstelle war nirgends zu sehen, Treibholz und Tang bedeckten den schmalen Uferstreifen, als Merette sich fallen ließ, hoffte sie inständig, dass sie sich nicht geirrt hatte …

Wimmernd blieb sie liegen, bis Elsa sich näherte, dann krümmte sie sich zusammen wie ein ungeborenes Kind und hielt sich schützend die Hände über den Kopf.

»Bitte!«, stieß sie hervor. »Hilf mir! Ich weiß nicht, wer du bist, aber tu mir nichts! Bring mich hier weg, bitte!«

Elsas Griff war härter, als sie erwartet hatte. Schnell hintereinander schlug sie ihr ins Gesicht, dann griff sie mit der Hand in Merettes Nacken und riss ihren Kopf hoch. Sie keuchte, Merette konnte ihren Atem auf ihrer Haut spüren, Speicheltropfen flogen ihr ins Gesicht. Einen kurzen

Moment war sie wie gelähmt vor Angst, vor dem Schrei, der gleich kommen musste – bevor ihr Verstand wieder einsetzte und sie wusste, dass Lennart nie geschrien hatte.

Elsa packte sie jetzt hart unter den Achseln und schleifte sie über den Sand hinauf zum Waldrand und weiter zwischen den Bäumen hindurch, bis der Untergrund felsig wurde. Plötzlich meinte Merette vom See her Motorengeräusch zu hören. Elsa zerrte sie auf die Füße und schlug ihr wieder mit der offenen Hand ins Gesicht, während sie hervorstieß: »Jetzt lauf schon! Renn!«

Merette riss das Knie hoch und rammte es mit aller Kraft gegen Elsas verletzte Hüfte. Elsa schrie auf und torkelte zurück. Merette war schwindlig, ihr Fuß blieb an einem Stein hängen, sie stolperte. Der Motorenlärm war jetzt ganz nah, ein Suchscheinwerfer irrte ziellos über den Strand und die Bäume, bis er Elsa und Merette erfasst hatte. Geblendet nahm Merette die Hände hoch und machte unwillkürlich einen Schritt zurück. Als ihr Fuß ins Leere trat, wusste sie, dass es vorbei war.

Das Letzte, was sie im Fallen hörte, war Elsas Schrei. Aber er hatte nichts Bedrohliches mehr, und vielleicht war es auch gar nicht Elsa, die da schrie, sondern sie selbst.

# Nachspiel

## JULIA

Das langgestreckte dreigeschossige Gebäude lag außerhalb von Farsund, ein Sanatorium aus den zwanziger Jahren, das sich etwas von dem Charme alter Badehotels bewahrt hatte. Die Holzfassade war in blendendem Weiß gestrichen, die umlaufenden Balkone und das Balkenwerk des Dachs waren mit kunstvollen Schnitzereien versehen, die hohen Fenster mit den gelb-weiß gestreiften Sonnenmarkisen blickten ausnahmslos aufs Meer.

Die Idylle schien so perfekt, dass Julia unwillkürlich schluchzen musste, als sie durch den Park zum Wasser lief. Fast dankbar nahm sie erst jetzt das ständige Brummen der Aluminiumfabrik wahr, die als grauer Betonklotz am Rand der Bucht aufragte. Das Leben war nicht perfekt, dachte sie, jede Idylle hatte ihre Kratzer und Risse, vielleicht musste das so sein, um zu begreifen, dass es so was wie eine absolute Sicherheit nicht gab. Und niemals geben würde …

Jan-Ole saß mit dem Rücken zu ihr auf einer Bank, das Meer vor ihm glitzerte im Sonnenlicht, weit draußen zog ein Frachter vorbei, über den Felsen am Ufer kreisten die Möwen.

Julia zögerte einen Moment, bevor sie näher trat und ihm leicht die Hand auf die Schulter legte. Als er aufblickte, hatte er Tränen in den Augen, es war das erste Mal, dass sie ihn weinen sah. Den rechten Arm hatte er in einer Schlinge, er machte keine Anstalten, seine Tränen zu verbergen. Sein Gesicht wirkte eingefallen, aber er war frisch rasiert und trug ein Jackett und ein weißes Hemd zu den üblichen Jeans und den Cowboystiefeln.

Julia hauchte ihm einen Kuss auf die Wange und setzte sich so dicht neben ihn, dass sie ihren Kopf an seine Schulter lehnen konnte.

»Ich bin froh, dass du da bist«, sagte Jan-Ole leise.

»Ich weiß.«

»Ich brauche nämlich jemanden, der mir eine Zigarette dreht.«

Im ersten Moment war Julia irritiert, dann merkte sie, wie sein Satz etwas in ihr auslöste, was sie ... glücklich machte! Sie kannte ihn gut genug, um zu wissen, was er ihr gerade zu verstehen geben wollte: Sie hatte ihn weinen sehen, nichts war mehr so, wie es vorher gewesen war, aber sie würden es schaffen, einen Weg zurück in die Normalität zu finden.

Als er sein Tabakpäckchen aus der Tasche zog und ihr hinhielt, grinste er wie ein Junge, der dabei war, etwas Verbotenes zu tun. Sie boxte ihm mit dem Ellbogen in die Seite und drehte ihm seine Zigarette, als sie ihm Feuer gab, hielt er ganz kurz ihre Hand fest. Die Berührung fühlte sich so vertraut an, dass Julia die Lippen aufeinanderpressen musste, um nicht wieder laut aufzuschluchzen.

»Es war nicht fair, dass ihr mir nichts gesagt habt«, brachte sie mit Mühe hervor. »Ich hatte wirklich geglaubt, dass alles in Ordnung wäre, nachdem sie … Aksel gefunden haben. Ich dachte, ihr wärt längst wieder auf dem Rückweg nach Bergen!«

Jan-Ole hielt ihr die Zigarette hin. Sie zog so heftig, dass sie sich verschluckte und husten musste.

Er wartete einen Moment, bis er antwortete.

»Was hätte es verändert, außer dass du dir Sorgen gemacht hättest?«

»Vielleicht dass ich das Gefühl gehabt hätte, wirklich zu euch zu gehören. Dass wir eine Familie sind, Jan-Ole! Verdammt, es geht doch auch mich etwas an, was bei euch passiert. Keine Ahnung, aber … manchmal habe ich das Gefühl, ihr behandelt mich immer noch wie ein kleines Kind.«

Jan-Ole ließ die Zigarette auf den Kies fallen und drückte sie mit der Stiefelspitze aus.

»Es tut mir leid, wenn das bei dir so angekommen ist. Aber ich fand, es war schon genug, was du durchgemacht hast. – Ich bin übrigens froh, dass du keinen Alleingang versucht hast«, setzte er unvermittelt hinzu. »Mit Aksel, meine ich. Du warst kurz davor, richtig? Du hast gedacht, wenn du dich dieses Mal nicht zur Wehr setzt, dann wird es immer so weitergehen. Und du wirst dir niemals sicher sein können, ob er nicht wieder hinter dir her ist …«

Julia blickte starr aufs Meer hinaus. Als sie antwortete, hatte sie das Gefühl, Jan-Ole sehr nahe zu sein. Sie konnte ihm restlos vertrauen, und es gab keinen Anlass, irgendetwas vor ihm verstecken zu wollen. Ganz davon abgesehen, dass er sie ohnehin durchschaute, als würde er direkt in ihren Kopf blicken und ihre Gedanken lesen können.

»So ungefähr, ja. Aber ich hatte auch Angst davor, dass

ich vielleicht wirklich in der Lage sein könnte, ihn …« Sie zuckte hilflos mit den Schultern. »Du weißt, was ich meine, oder?«

Jan-Ole nickte.

»Ohne diese Angst wären wir alle verloren, Julia! Glaub mir, ich weiß, wovon ich spreche.«

Für einen kurzen Moment hatte Julia den Eindruck, dass er ihr etwas erzählen wollte, worüber er noch nie gesprochen hatte. Aber dann schüttelte er nur unwillig den Kopf und presste die Lippen aufeinander, als wollte er ihr zu verstehen geben, dass der Zeitpunkt nicht passte.

»Da ist noch etwas, Jan-Ole«, sagte Julia, ohne den Blick von seinem Gesicht zu wenden. »Ich weiß, dass es bescheuert ist, aber ich bekomme den Gedanken einfach nicht aus dem Kopf. Können wir uns wirklich absolut sicher sein, dass Aksel … also, ich meine, dass er wirklich tot ist?«

Es kam ihr vor wie eine kleine Ewigkeit, bis Jan-Ole endlich reagierte. Und auch dann blickte er nicht auf oder griff nach ihrer Hand, um ihren Zweifel mit einer beruhigenden Geste zu zerstreuen, wie sie es eigentlich gehofft hatte. Vor allem aber schien er auch nicht sonderlich überrascht von ihrer Frage zu sein, fast so als hätte er sie sich selbst schon gestellt.

»Die Kollegen in Schweden hatten seine Personenbeschreibung und das Fahndungsfoto, außerdem hatte er seinen Ausweis bei sich. Und er war genau dort, wo die Polizei nach ihm gesucht hat, nur ein paar hundert Meter von eurem Campingplatz entfernt – das passt also alles, und deshalb hat es auch niemand für nötig gehalten, einen DNA-Abgleich vorzunehmen. Aber mal weitergedacht, Julia«, setzte er mit veränderter Stimme hinzu und griff jetzt doch nach ihrer Hand, »wenn er trotz allem nicht der Tote gewesen wäre, der mit gebrochenem Genick am Ende der Treppe gelegen hat, dann wäre er am gleichen Abend noch in Kristiansand aufgetaucht, wohin Merette ihn mit der Zeitungsanzeige gelockt hatte. Glaub mir, nichts hätte ihn davon abhalten können, seinen Triumph persönlich zu genießen! Dass er nicht gekommen ist, ist genau der Beweis, nach dem du suchst. Er war verhindert! – And Aksel regrets he's unable to lunch today, Madam ...«, intonierte Jan-Ole fast tonlos die leicht veränderte Textzeile eines alten Cole-Porter-Songs, den Julia sofort erkannte. Merette hatte das Lied eine Zeitlang immer wieder und wieder gehört, Julia erinnerte sich jetzt auch, dass genau dieses Lied das einzige gewesen war, zu dem sie Jan-Ole und Merette jemals hatte miteinander tanzen sehen.

»Yes, Aksel regrets he's unable to lunch today ...«

Das spöttische Funkeln in seinen Augen ließ Julia fast vergessen, wie ernst ihre Frage tatsächlich gemeint gewesen war, und als Jan-Ole sie einen Moment später aufforderte: »So, und jetzt will ich wissen, was mit Marie los ist! Wie geht es ihr?«, war sie nur zu gern bereit, sich auf den Themenwechsel einzulassen.

»Sie hat jemanden kennengelernt!«, fing sie an zu erzählen, um sich gleich darauf zu korrigieren: »Nein, falsch, wir haben jemanden kennengelernt. Als wir da in Schweden auf dem Campingplatz waren, da waren auch ein paar Leute mit einem Boot und ... vergiss es, Jan-Ole, es ist zu kompliziert, dir das jetzt alles zu erklären! Aber im Moment ist Marie jedenfalls auf Skjærhalden, das ist eine Insel irgendwo im Oslofjord, nicht weit von Fredrikstad. Und es geht ihr gut, hoffe ich.«

»Und du?«, fragte Jan-Ole. »Hast du irgendwelche Pläne für den Rest der Semesterferien?«

»Ich weiß nicht. Ich glaube, ich würde am liebsten erst mal hierbleiben. Ich könnte doch vielleicht noch ein paar Tage im Camper schlafen, oder?«

»Könntest du, klar.«

»Hast du inzwischen entschieden, was du wegen dieser Frau machen willst? Elsa?«

»Keine Anzeige. Weder wegen des Überfalls auf mich noch wegen ... der Sache mit Merette.«

»Aber ...«

»Wozu, Julia? Elsa wird in eine Klinik gehen, das steht schon fest. Aber nach meiner Einschätzung ist es mehr als fraglich, ob sie jemals wieder in der Lage sein wird, so was wie ein eigenständiges Leben zu führen. Und sie trägt keine Schuld an dem, was passiert ist, jedenfalls keine Schuld, die eine Anzeige und irgendeine Verurteilung rechtfertigen würde. Da gibt es ganz andere Sachen, aber auch die muss sie mit sich selbst ausmachen. Genauso wie ich. – Und Schluss jetzt damit!« Jan-Ole stand auf und zog sein Jackett zurecht. »Da kommt sie! Und kein Wort darüber, dass ich heimlich geraucht habe, Julia, ich habe ihr nämlich versprochen, dass ich aufhöre.«

Ein Pfleger kam mit einem Rollstuhl über den Kies geschoben. Merette hatte eine karierte Wolldecke über den Knien, Julia konnte sehen, dass sie ihren Oberkörper bewusst aufrecht hielt, obwohl es sie ganz eindeutig anstrengte. Sie war sorgfältig geschminkt, die Schürfwunden in ihrem Gesicht waren auf den ersten Blick kaum zu erkennen. Sie trug eine schlichte silberne Halskette zu einem der schwarzen Pullover, die sie immer dann auswählte, wenn sie sich nicht entscheiden konnte, welche Kleidung für eine bestimmte Situation angemessen war.

Sie streckte Julia die Arme entgegen und zog sie fest an sich. Ihre Haare rochen ganz leicht nach einem neuen Shampoo, das Julia noch nicht kannte. Die Ader an ihrem Hals pochte so heftig, dass Julia ihr erschreckt die Finger auf die Haut zwischen Kinn und Schlüsselbein legte, als könnte sie so ihren Herzschlag beruhigen.

»Und?«, fragte Jan-Ole ungeduldig. »Was sagt der Arzt? Was hat die Untersuchung ergeben?«

Merette griff nach Julias Hand und drückte sie, bevor sie antwortete.

»Ich kann morgen mit der Physiotherapie anfangen. Es wird dauern, aber …«

»Aber?«

Ein breites Lächeln ging über Merettes Gesicht.

»Wenn alles gut geht, kann ich … irgendwann auch wieder laufen. In ein oder zwei Monaten vielleicht, immer vorausgesetzt, dass keine Komplikationen mehr auftreten. Und solange brauche ich eben jemanden, der mich durch den Park schiebt.«

»Könnte schwierig werden, jemanden zu finden, der das auf sich nimmt«, meinte Jan-Ole grinsend und beugte sich vor, um Merette zu küssen.

Julia schloss ganz kurz die Augen, bis der Schwindelanfall vorüber war. Als sie sie wieder öffnete, sah sie auf der Wiese hinter Merette die Möwe, die mit ihrem Schnabel auf eine leere Eistüte einhackte. Mit jedem Hieb trieb sie die Tüte weiter über den Rasen, bis sie plötzlich von ihr abließ, als hätte sie sich anders entschieden. Kreischend flog sie auf und ließ sich scheinbar mühelos mit ausgebreiteten Schwingen vom Wind davontragen. Julia folgte ihr mit den Blicken, bis sie nur noch ein kleiner Punkt weit draußen über dem Meer war.

# Nachwort

Seit den Romanen von Agatha Christie hat sich nicht nur die Kriminalliteratur verändert, sondern vor allem auch die Welt, in der wir leben. Wir haben keine endgültigen Antworten auf die Fragen, die sich uns und unseren Lesern täglich stellen, aber wir können zumindest versuchen, Zusammenhänge aufzuzeigen und nach versteckten Motiven und Hintergründen zu forschen, um so das oftmals unerklärlich Scheinende greifbar zu machen.

Mit anderen Worten: Alles *könnte* genauso geschehen sein, wie wir es erzählen – aber wir haben keinen Fall »nach einer wahren Begebenheit« dokumentiert, sondern einen Roman geschrieben. Dabei haben wir uns wieder aller Freiheiten bedient, die in der Fiktion möglich und notwendig sind. Das bedeutet auch, dass wir uns viele Dinge so zurechtgebogen haben, wie wir es brauchten.

Natürlich haben wir uns bemüht, das Wetter, die Landschaften, die Natur, bestimmte Milieus und Charaktere möglichst realistisch zu schildern und Fahrtstrecken nachvollziehbar zu machen. Gleichzeitig aber haben wir ganze Dörfer von hier nach dort verlegt, Ortsnamen geändert, Straßen erfunden, Häuser umgebaut und anders angestrichen, so dass niemand sagen kann: Genau hier ist es passiert, hier hat sich die Handlung abgespielt.

Um das an einigen Beispielen deutlich zu machen: Es gibt in Telemark zwar einen See, aber keine Ortschaft mit dem Namen »Myglevatn« (jedenfalls haben wir auf der Karte keine gefunden), das Kanu-Camp Alcatraz liegt in Wirklichkeit nicht am Femundsee, sondern in Gustavsfors in Schweden (die kettenrauchende und nicht eben freundliche Besitzerin ist frei erfunden!), und in der Storgata in Oslo findet man zwar einen Kostümverleih, aber der heißt nicht SUBLIME – SUBLIME ist ein kleiner Laden mitten in Bergen (allerdings ist es durchaus möglich, dass dort manchmal die Musik von Dance with a Stranger läuft). Den Campingplatz in Vammerviken gibt es allerdings genau dort, wo er auch im Roman ist – in der Provinz Dalsland am Götakanal, und viele Seiten dieses Romans sind eben da am Seeufer entstanden. Die norwegische Musikerin Guro von Germeten wiederum haben wir nicht in Norwegen kennengelernt, sondern bei einer Veranstaltung in Brelingen bei Hannover.

Im Übrigen existiert in Norwegen tatsächlich eine Sondereinheit der Polizei mit dem Namen »Beredskapstroppen« (die vergleichbar mit der deutschen GSG9 ist), wie die Mitglieder angeworben werden, wie die Ausbildung aussieht und ob es dort überhaupt »Sonderermittler« wie Jan-Ole gibt, wissen wir nicht, sondern behaupten es einfach.

Ebenso konstruieren wir fiktive Handlungsabläufe, die für unsere Geschichte erforderlich sind. Das Gleiche gilt vor allem für die Menschen, die wir schildern. Ähnlichkeiten mit lebenden Vorbildern lassen sich niemals ganz vermeiden, sollte jedoch jemand glauben, eine Person wiederzuerkennen, kann es sich nur um einen reinen Zufall handeln. Und: Menschen sind nicht immer so einfach gestrickt, wie wir das vielleicht manchmal gerne hätten. Ihre Handlungen folgen nicht zwangsläufig einer nachvollziehbaren Logik – dennoch sind sie für den Handelnden in diesem Moment der einzig denkbare Weg, von dem er überzeugt ist, dass es keine Alternativen gibt.

Fiktion beinhaltet immer auch die Möglichkeit, eine Gerechtigkeit herzustellen, die im wirklichen Leben nicht unbedingt existiert. Die Frage nach der Verantwortung, die eine Person durch ihre Handlungen auf sich nimmt, bleibt dabei eine der hauptsächlichen Fragen, mit denen unsere Romanfiguren sich stellvertretend für uns und unsere Leser auseinandersetzen müssen.

Viele Menschen sind uns bei der Arbeit behilflich gewesen. Danken möchten wir aus den verschiedensten Gründen vor allem wieder Ragni Karlsen aus Bergen, Darlén Bakke und Peter Rautmann, Arndt Schulz, Achim Uhlenhut, Hartmut El Kurdi sowie Dietmar Bär und Max Tidof.

Weiterhin gilt unser Dank Ullrich Ahrens, Andrea und Gerhard Behrends, Wunna Burmester, Gabriele Haefs, Matthias Halbig, Erika und Rüdiger Hofmeister, Gabriela Jaskulla, Georg Kallenberger, Harald Kiesel, Elisabeth Lange, Almut Lippert, Felizitas und Frank Matzke, Andreas ›Ole‹ Ohlendorff, Susana Olmedo-Budde, Margarete von Schwarzkopf, Susanna Veenhuis, Katja Schulz sowie stellvertretend für alle Buchhändler Jens Veenhuis, stellvertretend für alle Veranstalter Yasir Khalaila, außerdem Kent, Gunnel und Line aus Vammerviken, Anna aus Kristiansand und Roland aus Vikeland.

Und natürlich danken wir wieder Bastian Schlück von der Agentur Schlück sowie dem Team vom Aufbau Verlag.

# 13 FRAGEN AN FREDA WOLFF

*1*
*Wann schreiben Sie? Tagsüber oder nachts?*
Tagsüber, ab zehn ungefähr. Abends haben wir häufig Freunde zu Besuch, vor ein oder zwei Uhr kommen wir kaum ins Bett. Aber dann schlafen wir.

*2*
*Schreiben Sie mit Stift oder Computer?*
Ulrike am PC, Wolfram meistens mit einem alten Pelikan-Kugelschreiber, manchmal auch mit Bleistift, Härte 2 B.

*3*
*Warum schreiben Sie?*
Das fragen wir uns auch immer mal wieder! Aber was sollten wir sonst tun? Wir können nichts anderes! Oder das, was wir am besten können, ist nun mal ganz offensichtlich Schreiben.

*4*
*Wie starten Sie?*
Chaotisch, aber mit großer Energie!

*5*
*Und wie endet das Ganze?*

Chaotisch und erschöpft. Im besten Falle auch noch glücklich und zufrieden.

6
*Gibt es irgendwelche Rituale, ohne die beim Schreiben gar nichts geht?*

Schwarzer Kaffee aus der Espressokanne, ansonsten ist der Schreibprozess selbst stimulierend genug. Unser Freund Micheàl in Irland hat es mal so formuliert: »We are happily writing ourselves away into the great big nothing.«

7
*Haben Sie Schreiben studiert?*
Nein, aber wir haben alles gelesen, was wir in die Finger kriegen konnten, und das ist etwas, was kein Studium leisten kann. Und wir lesen immer noch, wenn wir nicht gerade schreiben!

8
*Wollten Sie schon immer schreiben?*
Nein, wir sind erst spät auf die Idee gekommen, dass Schreiben vielleicht das Richtige für uns sein könnte. Auslöser war ein Theaterstück, das so schlecht war, dass wir gedacht haben: Lass uns versuchen, ob wir das besser hinkriegen.

9
*Welche Schriftstellerin bzw. welchen Schriftsteller bewundern Sie?*
Alle, die mit ihren Büchern die Welt verändern wollten oder immer noch wollen.

*10*

*Was oder wer inspiriert Sie?*

Die Geschichten von genau diesen Schriftstellern.

*11*

*Wenn Sie nicht Schriftsteller geworden wären …*

… wären wir vielleicht Leuchtturmwärter irgendwo auf einem Felsen an der norwegischen Küste! Wahrscheinlich mit mindestens zehn Kindern – wir hätten ja viel Zeit gehabt, in der wir uns irgendwie hätten beschäftigen müssen …

*12*

*Ihr Tipp an alle, die ein Buch schreiben wollen?*

Lesen! Lesen, lesen und nochmals lesen. Und gut gemachte Filme ansehen.

*13*

*Gibt es eine ganz persönliche Lesesünde, die Sie beichten wollen?*

Ulrike hat Perry Rhodan gelesen, bis ungefähr Band 105! Und Wolframs erste Lektüren waren »Fury« und die Groschenhefte der DGzRS, »Katastrophen auf See«. Aber wenn wir überhaupt von einer Sünde reden, dann davon, dass wir beide absolute Spielfilm-Junkies sind.

Mehr über Freda Wolff unter www.freda-wolff.de

LESEPROBE

BROSCHUR
ISBN 978-3-7466-3332-9

PREIS: 9,99 €

# VORSPIEL

Der Wind treibt den Schnee in Schlangenlinien über die stumpfgraue Eisfläche des Sees. Mit jeder neuen Sturmbö schieben sich die wirbelnden Flocken wie eine weiße Wand in den Scheinwerferkegel des Wagens. Nur die gelbschwarzen Schneestangen markieren noch die Grenze zum schmalen Uferstreifen. Wie querlaufende Wellen ziehen sich die ersten Verwehungen über die Straße und verursachen jedes Mal ein dumpfes Geräusch, wenn die Räder auf den nächsten Buckel treffen und ihn durchpflügen.

Es ist fast Mittag und doch immer noch so dunkel, dass er den Bootssteg erst ausmachen kann, als er schon fast an der Zufahrt ist. Vorsichtig bremst er ab und lenkt das schwere SUV direkt auf den zugefrorenen See hinaus. Ein paarmal noch kratzt steifgefrorenes Schilfgras über das Bodenblech, dann finden die Reifen mit einem sirrenden Pfeifton ihren Weg über die glatte Eisfläche.

Irritiert beugt sich der Staatssekretär zwischen den Sitzen nach vorne, ganz schwach kann er den Alkohol in seinem Atem riechen, als er fragt: »Was soll das werden?«

»Eine Abkürzung. Ich kenn mich hier aus. Mein Vater hatte eine Hütte hier. Die Leute aus dem Dorf haben den See im Winter schon immer als kürzeste Verbindung genutzt. Das spart uns mindestens eine Viertelstunde.«

»Ich kann nirgends erkennen, dass hier vor uns schon jemand langgefahren wäre.«

»Das Schneetreiben ist zu stark, auf dem Eis verweht der Wind alle Spuren innerhalb kürzester Zeit. Außerdem ist jetzt ohnehin kaum jemand unterwegs. Aber Sie sollten das hier mal am Sonntagvormittag sehen, wenn die Bauern quer über den See zur Kirche fahren! Das ist schlimmer als jeder Feierabendverkehr in Oslo.«

Er ist selbst überrascht, wie leicht es ihm fällt, einen lockeren Tonfall anzuschlagen. Dabei spürt er fast körperlich, wie sich der Staatssekretär auf dem Sitz in seinem Rücken versteift, als würde sein Fahrer sich gerade etwas herausnehmen, was ihm nicht zusteht. Kai Torstensen sitzt immer auf dem Platz hinter ihm, unbedingt darauf bedacht, dass sie auch im Rückspiegel keinen Augenkontakt haben. Und selbst nach den bald neun Monaten, die er ihn nun schon chauffiert, kann er die wenigen Momente, in denen sie auch nur ansatzweise so was wie ein Gespräch geführt haben, immer noch an den Fingern einer Hand abzählen.

Aber bei der nächsten Frage von Torstensen ist die Nervosität in seiner Stimme nicht zu überhören: »Sie wissen wirklich, was Sie tun? Auch bei diesem Wetter? Man sieht ja kaum die Hand vor Augen!«

»Ich sage doch, ich kenn mich hier aus. Und wir haben eines der sichersten Fahrzeuge, die jemals gebaut worden sind. Four Wheel Drive, Differentialsperre, Traktionskontrolle, alles genau für solche Witterungsverhältnisse. Außerdem arbeitet das Navi auf dem See genauso zuverlässig wie auf der Straße, da haben die Schweden ausnahmsweise mal ihre Hausaufgaben gemacht.«

Normalerweise hört der Staatssekretär es gerne, wenn man eine kleine Spitze gegen andere Nationalitäten loslässt, selbst wenn es sich dabei nur um das benachbarte Schweden und nicht irgendein unterentwickeltes Land außerhalb von Europa handelt. Aber jetzt wartet er vergebens auf einen entsprechenden Kommentar, stattdessen fordert Torstensen ihn unvermittelt auf zu halten.

»Ich muss pinkeln. Und zwar jetzt, sofort. Lassen Sie mich an dem Felsen da drüben raus.«

Er deutet auf die Felsnase, die wie ein massiger Klotz in die Eisfläche hineinragt. Kaum dass der Wagen zum Stehen gekommen ist, schlüpft er in den Parka, der für solche Situationen bereitliegt, und stapft in das Schneetreiben hinaus. Schon nach wenigen Schritten ist er nur noch eine undeutliche Silhouette, die gleich darauf mit dem Grau der Felswand verschmilzt.

Er ist nicht verärgert über die unvorhergesehene Verzögerung. Es ist egal, denkt er, während er sich in seinem Sitz zurücklehnt. Fünf Minuten mehr oder weniger spielen keine Rolle für seinen Plan. Er kann warten. So wie er schon immer gewartet hat, ohne sich dessen überhaupt bewusst gewesen zu sein. Auf den richtigen Zeitpunkt. Auf den einen Moment, der endlich alles verändert. Für immer. Unwiderruflich.

Aber es will ihm fast wie eine überraschende Fügung des Schicksals vorkommen, dass sie jetzt ausgerechnet hier noch einmal angehalten haben. Im Windschatten der Halbinsel, auf der er nach jedem Intervall der Wischerblätter die dunklen Umrisse der Hütte ausmachen kann. Die leeren Fensterhöhlen, die wie schwarze Löcher in der verwitterten Holzwand wirken. Der gemauerte Schornstein, der dicht über dem Dach wie ein verschwommener Fleck im alles verschluckenden Weiß zu schweben scheint.

Es ist lange her, seit er das letzte Mal hier war, um ein paar Tage zu bleiben. Kurz nachdem sein Vater gestorben war, hat er noch einmal notdürftig die schlimmsten Schäden am Dach repariert, auch da hatten die Jugendlichen aus dem Dorf bereits die Scheiben eingeschlagen und Teile der Einrichtung im Kamin verfeuert. Er hatte noch nicht mal mehr die Kraft aufgebracht, die kaputten Fenster mit Brettern zu vernageln, sondern nur die verblichenen Fotos von der Wand genommen und zusammen mit dem Kaffeegeschirr seiner Mutter in eine Kiste gepackt und im Kriechkeller unter der Küche versteckt.

Als wäre es wichtig gewesen, dass die Jugendlichen keine Chance hatten, sich über die Bilder lustig zu machen, die ihn mit kurzen Hosen zeigten, wie er bis zu den Knien im schlickigen Sand stand und mit einer viel zu großen Schaufel nach Krebsen grub. Oder Hand in Hand mit dem Vater, der die unvermeidliche Kippe in den Mundwinkel geschoben hatte und nicht die erste Bierflasche des Tages in die Kamera hielt. Mit dem Hund zu seinen Füßen, der jedes Mal den Kopf wegdrehte, wenn er fotografiert werden sollte. Mit seiner ersten Angelrute auf dem rundgeschliffenen Felsen hinter dem Klohäuschen. Mit von Marmelade verschmiertem Mund und einer tropfenden Eiswaffel in der Hand, während der gedeckte Kaffeetisch im Hintergrund eine Sommerhaus-Idylle versprach, die schon damals nur eine Illusion war.

Auf zwei oder drei Fotos war auch die Mutter zu sehen gewesen, im weit ausgeschnittenen Badeanzug auf dem Steg, mit Sonnenbrille in der geöffneten Tür ihres chromglänzenden Volvo Amazon, mit rotlackierten Fingernägeln und Zigarettenspitze neben der geblümten Kühltasche, die der Vater wenig später mit dem Beil zerschlagen hatte, weil das Bier nicht kalt genug gewesen war.

Und immer war die Mutter alleine auf den Fotos, niemals mit ihm oder dem Vater, noch nicht mal mit dem Hund. Selbst versteckt hinter ihrer Sonnenbrille schien sie weit weg zu sein, irgendwo, wo es keine Mücken gab, keinen Mann im tarngefleckten T-Shirt, keinen quengelnden kleinen Jungen, dessen größter Traum es war, einmal im Leben nur die krummgewachsene Kiefer hinaufzuklettern, in deren Spitze ein Raubvogel sich sein Nest gebaut hatte. Bis heute war er überzeugt davon, dass es ein Seeadler gewesen sein musste, auch wenn der Vater ihn ausgelacht und erklärt hatte, dass Adler niemals auf Bäumen brüten würden, deren Äste bis kaum übers Dach der Hütte reichten …

Seine Gedanken kehren zurück in die Gegenwart, als er den Staatssekretär aus dem Schneetreiben auftauchen sieht. Bereits die wenigen Minuten im Freien haben gereicht, um die Kapuze und die Schultern des Parkas mit einer dicken weißen Schicht zu bedecken, auch der sorgfältig gestutzte Kinnbart ist vom Schnee verkleistert, obwohl Torstensen sich schützend die Hand vors Gesicht hält, als der Wind ihn kurz vor dem Wagen erneut mit voller Wucht erwischt.

Für eine Sekunde ist er versucht, sich noch schnell eine Zigarette anzuzünden. Obwohl er schon lange nicht mehr raucht. Eine letzte Zigarette aus dem silbernen Etui, das im Handschuhfach neben dem Flachmann mit dem irischen Whiskey liegt. Nur um Torstensen zu provozieren. Um ihm den Rauch ins Gesicht zu blasen, ohne ein Wort zu sagen. Die Vorstellung gefällt ihm. Aber er wird es nicht tun. Nicht weil er feige ist, sondern weil es keine Bedeutung mehr hat.

Auch als der Staatssekretär jetzt die Tür aufreißt und sich in der Enge hinter dem Sitz laut fluchend aus dem Parka quält, empfindet er keinen Hass. Keinen Hass und kein Mitleid. Nur eine grenzenlose Genugtuung darüber, dass die als selbstverständlich angenommene Normalität gleich von einem Moment auf den nächsten nicht mehr existieren wird. Genau so, wie es den armen Schweinen gegangen ist, die nichts Böses geahnt haben, als sie Torstensen und ihm über den Weg gelaufen sind, denkt er noch.

Gerade als er den Ganghebel wieder in Fahrstellung geschoben hat, tippt ihm der Staatssekretär auf die Schulter.

»Ich möchte, dass wir zurück zur Straße fahren. Ohne Diskussion. Wenden Sie und fahren Sie zurück!«

Als hätte er die Aufforderung nicht gehört, streckt er nur die Hand zum Armaturenbrett aus und stellt das Gebläse auf die höchste Stufe. Fauchend strömt die heiße Luft aus den Düsen.

Während er bereits den Fuß von der Bremse nimmt, sagt er laut über die Schulter nach hinten: »Mein Vater hat gerne behauptet, die einzig vernünftige Heizung, die Volvo je gebaut hätte, wäre für den alten Amazon gewesen. Aber da kannte er diesen Wagen noch nicht.«

Er hört die Hupe erst, als ihn das Licht der Scheinwerfer im Außenspiegel blendet. Gleich darauf schiebt sich schon schlingernd ein alter Linienbus mit langer Kühlerhaube an ihnen vorbei, so dicht, dass er trotz des Schneetreibens deutlich die lachenden Gesichter hinter den Scheiben erkennen kann. Ein Oldtimer, denkt er, aus den sechziger Jahren, mit einer großflächigen Aufschrift, die fast die ganze Seite einnimmt: TEATER PÅ TUR. Und mit den beiden stilisierten Masken daneben, dem lachenden Gesicht und dem weinenden …

»Sie haben recht gehabt!«, dringt Torstensens Stimme wie aus weiter Ferne zu ihm. »Das gibt's ja wohl nicht, sogar mit einem Bus fahren die hier lang!«

Er ist so irritiert, dass er wie erstarrt auf seinem Sitz hockt, die Hände ums Lenkrad gekrampft, bis die Heckleuchten des Busses im stiebenden Schnee, den die Hinterräder aufwühlen, verschwunden sind.

»Was ist los? Worauf warten Sie? Jetzt machen Sie schon, denen zeigen wir mal, was ein richtiges Auto ist!«

Als er das Gaspedal durchtritt, beschleunigt das SUV so stark, dass er gegen die Rückenlehne gepresst wird. Ohne zu rucken schaltet sich die Automatik durch die Gänge, bis der Motor bei mittlerer Drehzahl gleichmäßig vor sich hin brummt.

Seine Gedanken überschlagen sich. Eine Theatergruppe, die zu irgendeinem Gastspiel unterwegs ist. Vielleicht in Åseral, vielleicht noch weiter weg, irgendwo im Süden an der Küste.

Fast meint er, die Bilder vor sich zu sehen, die sich im Bus abgespielt haben müssen. Vielleicht ist es der Regisseur, der vorne neben dem Fahrer sitzt, vielleicht auch der Fahrer selber, der kurz vor dem Bootssteg plötzlich auf die Spuren im Schnee zeigt und ruft: He, da ist einer übers Eis! Das machen wir auch. Festhalten, Leute, die Rutschpartie beginnt!

Eine spontane Entscheidung, die die Theatergruppe mit Beifall und fröhlichem Gelächter quittiert. Eine willkommene Abwechslung nach den eintönigen Stunden, die sie in ihrem Bus schon hinter sich haben. Von wo auch immer sie gekommen sind ... Zeig mal, was die alte Karre noch so draufhat!

Irgendwo hinten im Bus fängt einer an zu singen. Und irgendwann machen alle mit. Singen können sie, sie sind ja vom Theater. »We are the champions.« Nein, nicht Queen, eher Bowie: »We can be heroes, just for one day.« Und der Fahrer trommelt im Takt auf dem Lenkrad. Bringt den Bus mit Gas und Bremse gerade so weit ins Schleudern, dass er sich noch nicht im Kreis dreht, aber sie trotzdem auf ihren Sitzen von links nach rechts rutschen. Kreischen und Johlen. Wie Schulkinder auf einem Klassenausflug. Theaterleute eben, die immer eine Show aus allem machen müssen, als würde nur der Moment zählen. Als gäbe es kein Morgen. Und dann sehen sie das SUV vor sich aus dem Schneetreiben auftauchen.

He, das ist bestimmt der Wagen, dessen Spuren wir gefolgt sind! Teurer Schlitten. Hup mal! Ja, genau, und jetzt so dicht dran vorbei, dass sie sich ordentlich erschrecken. Habt ihr sie gesehen? Zwei Typen in Anzügen, einer vorne, einer hinten. Wahrscheinlich so ein verdammter Großkotz. Und ganz bestimmt keiner, der jemals zu uns in die Vorstellung kommen würde. Der geht nur in die Oper, wetten? Weil seine Frau ihm zu Weihnachten ein Jahresabo geschenkt hat! Aber warum stehen die da? Sollen wir anhalten? Quatsch, vergiss es, kann uns doch egal sein. Warte mal, was ist das da vorne, siehst du das? Fahr mal langsamer. Da, rechts, die Stange im Eis ...

Die Scheibenwischer laufen auf höchster Stufe. Trotzdem ist es bei dem Tempo kaum möglich, mehr als zehn

Meter vorauszublicken. Fünfzehn Meter vielleicht, höchstens. Die Schneeflocken wirbeln im Kegel der Scheinwerfer, als würden sie einen Tunnel bilden, der sie jeden Moment verschlucken muss.

Die Tachonadel pendelt zitternd zwischen siebzig und achtzig. Zu schnell für die schlechte Sicht. Jetzt haben sie die Halbinsel mit der verfallenen Hütte passiert und nur noch die weite Fläche des Eises vor sich, wie marmoriert von den sich schlängelnden Fäden des Schnees.

Die Hand des Staatssekretärs krallt sich schmerzhaft in seine Schulter.

»Wo sind die hin? Die können doch nicht plötzlich verschwunden sein! Da, da war eben was! Ich sehe die Bremslichter! Direkt vor uns! Aber wieso …?«

Er reißt das Lenkrad herum und rammt gleichzeitig den Fuß auf die Bremse. Die Warnleuchte am Armaturenbrett blinkt heftig, als die Räder für einen Moment die Haftung verlieren, bevor die Elektronik die Kontrolle zurückgewinnt. Ein Stück rutschen sie noch seitwärts, dann kommt der Wagen zum Stehen.

Er hat schon den Gurt gelöst und die Tür aufgerissen, als Torstensen noch stammelnd sein Gesicht an die Seitenscheibe presst.

»Das … das ist nicht wahr! Die brechen gerade ein! Da ist ein Loch im Eis!«

Die Sohlen seiner Lederschuhe finden keinen Halt auf dem glatten Untergrund, fast wäre er gestürzt, kann sich aber im letzten Moment noch an der Tür festhalten.

Das Splittern des Eises kommt ihm ohrenbetäubend vor. Mit einem metallischen Quietschen schiebt sich der Bus über die Abbruchkante, das Getriebe kreischt, als der

Fahrer noch verzweifelt versucht, den Rückwärtsgang einzulegen, während das Gewicht des schweren Motors die Kühlerhaube bereits unaufhaltsam in die Tiefe zieht. Grauschwarzes Wasser spritzt auf, Eisschollen werden wie Papier zur Seite gedrückt. Für ein paar Sekunden scheint der Bus plötzlich in der Schwebe zu verharren, wie eine Wippe, die sich nicht entscheiden kann, ob sie rauf- oder runterschnellen soll, dann rutscht er weiter, wie in Zeitlupe lösen sich die Hinterräder vom Eis …

»So tun Sie doch was! Wir müssen die Leute da rausholen, sonst …« Der Wind verweht die letzten Worte des Staatssekretärs, der jetzt neben ihm steht und ihn zitternd am Arm gepackt hält. »Das Abschleppseil! Holen Sie das verdammte Seil aus dem Wagen!«

»Es ist zu spät. Und der Bus ist zu schwer.«

»Aber irgendwas müssen wir doch tun!«

Hinter den Scheiben erkennt er undeutlich, wie die Theaterleute jetzt zum Heck stürzen, und tatsächlich stoppt das plötzliche Gegengewicht die Vorwärtsbewegung des Busses, fast berühren die Hinterräder schon wieder den Boden, als das Eis erneut splittert und die scharfkantigen Schollen sich knirschend am Blech emporschieben …

Er schüttelt die Hand des Staatssekretärs ab und macht einen Schritt nach vorne, und noch einen, bis er sich nicht weiterwagt und in einer hilflosen Geste die Arme ausbreitet.

Jetzt schlagen sie von innen mit den Fäusten gegen die Scheiben, und sie schreien, aber er hört nichts, er kann nur ihre offenen Münder sehen, wie dunkle Flecken, und die vor Panik aufgerissenen Augen. Eine Frau presst ihr Gesicht so fest an das Glas, dass es zu einem bleichen Oval ohne jegliche Konturen verschwimmt, dann sackt der Bus endgültig in die schwarze Tiefe.

Durch den Druck wölbt sich noch einmal die Oberfläche des Wassers über dem versinkenden Dach. Der kurz darauf einsetzende Strudel wirbelt die losgerissenen Schollen durcheinander, konzentrische Kreise schwappen gegen die Eiskante, dann steigen Blasen auf, erst als weißlich schäumende Menge, schließlich nur noch vereinzelt, immer weniger und weniger.

Der Wind hat nachgelassen, von dem Schneetreiben sind nur vereinzelte Flocken geblieben, die jetzt lautlos vom Himmel schweben.

Die plötzliche Stille kommt ihm unwirklich vor. Er braucht einen Moment, bevor er begreift, dass Torstensen nicht mit ihm redet, sondern sein Handy in der Hand hält. »Hier ist ein Unglück passiert! Ein Bus ist im Eis eingebrochen. Wir konnten nichts tun, es ging viel zu schnell!«

Zwei Wildgänse fliegen mit weit vorgestreckten Hälsen laut schnatternd vorüber. Die Berge am gegenüberliegenden Ufer sehen aus wie eine schwarze Wand vor dem Grau des Himmels. Irgendwo in weiter Ferne meint er plötzlich, einen Hund bellen zu hören.

Es wird nicht lange dauern, bis der Wind und die Kälte des Wassers das Eis erneut schließen, denkt er. Und zurück bleibt nicht mal ein Loch – so wie er es sich gedacht hatte. Nur dass jetzt trotzdem alles ganz anders gekommen ist.

# JAN-OLE

Es war so kalt in der Garage, dass das Schwitzwasser auf der Scheibe des Fensters zum Garten glitzernde Eisblumen bildete. Obwohl die Drähte des Heizlüfters auf der Arbeitsplatte glühten, schien sich die warme Luft im selben Moment, in dem sie aus dem Gehäuse strömte, schon wieder verflüchtigt zu haben.

Jan-Ole Andersen trug einen grauen Marinepullover über dem Overall und schwere Clogstiefel, die mit Fell gefüttert waren, die schwarze Wollmütze hatte er bis weit in die Stirn gezogen. Die Neonröhre über ihm flackerte in unregelmäßigen Abständen. Aus dem vorsintflutlichen Röhrenradio dudelte billige Popmusik, unterbrochen von Werbespots, die sich in ihrer aufgeregten Blödheit kaum voneinander unterschieden, egal welche Produkte sie anpriesen. Ein neues Waschmittel, eine neue Eissorte, eine neue Kopfschmerztablette, die immerhin für ein paar Sekunden Jan-Oles Interesse zu wecken vermochte.

Als er die Stichsäge erneut ansetzte, konnte seine linke Hand vor Kälte kaum noch die Holzplatte halten. Kreischend fraß sich das Sägeblatt auf der Bleistiftlinie entlang, steckte aber schon nach wenigen Zentimetern wieder fest. Der kleine Elektromotor roch verbrannt, aus den Lüftungsschlitzen sprühten Funken. Das Zedernholz war zu frisch und so hart wie Beton, und das Sägeblatt war wahrscheinlich schon stumpf gewesen, als er es eingesetzt hatte. Aber es war das einzige, das er in der Werkzeugkiste hatte finden können, und es war Sonntag, der Baumarkt hatte geschlossen.

Fluchend zog Jan-Ole den Stecker aus der Dose und griff nach der Handsäge. Aber seine Hände gehorchten ihm nicht, plötzlich war das Verlängerungskabel im Weg, als er es unwillig zur Seite schieben wollte, riss die Säge ihm die Haut an seinem Finger auf, sofort fing das Blut an zu tropfen.

Vergeblich suchte er mit der anderen Hand in seinem Overall nach einem Taschentuch, dann nahm er einen halbwegs sauberen Lappen von der Arbeitsplatte. Bevor er ihn um den verletzten Finger wickelte, tränkte er ihn mit dem letzten Rest Whiskey aus der Flasche, die er in Reichweite auf dem Regal stehen hatte.

Jan-Ole war kein Heimwerker. Er war Sonderermittler einer Spezialeinheit der norwegischen Polizei zur Terrorbekämpfung. Er konnte mit den verschiedensten Waffen umgehen und war in der Lage, nur mit einem Messer und ganz auf sich allein gestellt mehrere Tage in der Wildnis zu überleben, aber er scheiterte daran, ein einfaches Vogelhaus zu bauen. Und ganz sicher war es nicht hilfreich, dass er bereits zum Frühstück seinen Kaffee wieder mit Whiskey verlängert hatte. Aber Whiskey schien das Einzige zu sein, was ihm zurzeit durch seine Nächte half. »Whatever gets you through the night, it's alright, it's alright …«

Das Vogelhaus sollte eine Überraschung für Merette werden. Ein genaues Abbild ihres Hauses im Strangehagen in Bergen. Noch auf der Rückfahrt von seinem letzten Besuch in der Reha-Klinik hatte er sich im Kopf eine Zeichnung gemacht und den Maßstab festgelegt. Und am selben Abend die Bodenplatte ausgesägt und mit einer Halterung versehen, die er am Fensterbrett von Merettes Krankenzimmer anbringen konnte. Das war vor etwas mehr als einer Woche gewesen. Nachdem der behandelnde Arzt ihm versucht hatte zu erklären, was Merette schon wusste. Dass die Verletzung ihrer Wirbelsäule schwerwiegender war als zunächst angenommen. Dass sie zwar angeblich immer noch gute Chancen hatte, irgendwann auch wieder ohne Rollstuhl klarzukommen, aber dass es dauern würde. Und dass sie ganz sicher auch ihren Geburtstag noch in der Klinik bei Farsund verbringen musste.

Ihren fünfzigsten Geburtstag, für den er jetzt dieses Vogelhaus baute, bei dem nichts stimmte. Weder die Dimensionen, noch die Ausschnitte für die Fenster oder die Türen, ganz zu schweigen von der ursprünglichen Idee, dass es möglichst so aussehen sollte wie ihr eigenes Haus. Aber was da mittlerweile vor ihm auf der Arbeitsplatte stand, wirkte eher wie ein halbverfallener Bootsschuppen, an dessen traurigem Anblick auch der noch fehlende farbige Anstrich – dunkelblau mit weiß abgesetzten Tür- und Fensterrahmen – kaum etwas ändern würde. Und genauso wie das Vogelhaus aussah, fühlte sich auch Jan-Ole. Hoffnungslos. Am Ende seiner Kraft. Und nicht fähig zu irgendeinem vernünftigen Plan. Er wusste ganz einfach nicht, was er tun sollte. Die Zwischentöne in den Aussagen des Arztes waren seiner Meinung nach deutlich genug gewesen. Es gab keine Gewähr, dass die neue Therapie anschlug. Es gab also auch keine Sicherheit, dass Merette jemals wieder laufen konnte.

Mehr als einmal schon hatte er sich bei der Vorstellung

ertappt, dass Merette tot wäre. Natürlich war das vollkommen idiotisch, das wusste er. Sie würde im Rollstuhl sitzen, aber sie würde leben. Er würde sie vielleicht die Treppen hinauftragen müssen, sie ins Auto setzen, sie zur Ergotherapie bringen. Sie durch den Nordness-Park schieben, ihr bei irgendwelchen Feiern einen Drink von der Theke holen, sie waschen, ihr aufs Klo helfen, darauf achten, dass sie regelmäßig ihre Medikamente nahm. Und mit schlechtem Gewissen – und nur weil sie ihn dazu drängte – würde er für ein paar Tage ins Fjell hinauffahren, um auf andere Gedanken zu kommen, aber schon am ersten Abend wieder zurückkehren.

Er tat sich selber leid – und er hasste sich dafür. Aber er bekam die alptraumhaften Bilder nicht aus dem Kopf, wie er an ihrem offenen Grab stand, wie er wortlos und zu keiner Reaktion fähig die Beileidsbekundungen über sich ergehen ließ, wie er sich schließlich auf der Trauerfeier so lange mit Alkohol vollkippte, bis er den Mut fand, um allen, mit denen er noch eine Rechnung offen hatte, endlich mal die Meinung zu sagen. Es waren nicht wenige. Und er war nicht zimperlich in seinem Zustand. Einmal war er mitten in der Nacht aufgewacht und hatte im Licht der Lampe seine Hände betrachtet, verwundert, dass die Fingerknöchel nicht wirklich blutig geschlagen waren …

Als das Telefon im Haus klingelte, hatte er Mühe, ohne zu stolpern über die Türschwelle und die paar Stufen hoch in den Flur zu kommen. Prompt rutschte ihm das Telefon aus der Hand, kaum dass er es aus der Station genommen hatte, und fiel scheppernd auf den Dielenboden.

»Jan-Ole?«, hörte er Julias Stimme. »Papa? Bist du da? Was ist da los bei dir? Warum sagst du nichts?«

Schwer atmend stützte er sich an der Wand ab, als er sich nach unten beugte, wurde ihm schwindlig. Er schaffte es gerade noch, die aufsteigende Übelkeit zu unterdrücken, während er wie in Zeitlupe in die Knie ging. Und dann auf den Knien hockenblieb und das Telefon ans Ohr presste.

»Ich bin da. Alles okay.«

»Wirklich? Was war das eben? Das klang, als ob …«

»Vergiss es. Wie geht es dir?«

»Ganz okay eigentlich. Ich wollte nur schnell fragen, ob du vielleicht irgendwas Neues weißt. Ich hab mich nicht getraut, Merette selber anzurufen.«

»Nichts Neues. Wir können nur hoffen.«

»Ich komme auf jeden Fall zu ihrem Geburtstag, das ist ja klar. Hast du irgendeine Idee, was ich ihr schenken könnte? Irgendwas, worüber sie sich echt freut …«

»Ich hab selber auch noch nichts. Ich glaube aber, es ist nur wichtig, dass wir da sind.«

Für einen Moment hörte er nur das Rauschen und Knistern im Hörer. Vorsichtig wechselte er in eine bequemere Haltung und lehnte sich mit dem Rücken an die Wand. So war es besser, auch wenn seine Hand mit dem Telefon immer noch zitterte und er jedes Mal, wenn er die Augen schloss, bunte Lichtkreise sah.

Wie aus weiter Ferne drang jetzt wieder Julias Stimme an sein Ohr.

»Als ich das letzte Mal mit ihr telefoniert habe, hat sie behauptet, dass sie zu ihrem Geburtstag niemanden sehen will.«

»Ich weiß, das hat sie mir auch gesagt.«

»Aber wir fahren trotzdem hin, oder?«

»Natürlich.«

»Gut, das wollte ich nur wissen. Glaubst du, dass sie Angst hat? Ich meine, dass sie nie wieder … Du weißt schon. Dass sie für immer im Rollstuhl sitzen muss.«

»Vielleicht. Wahrscheinlich sogar. Aber du weißt selber, wie sie ist. Sie redet nicht darüber.«

»Und du? Hast du auch Angst?«

Er schluckte heftig. Dann griff er mit zitternden Händen unter seinen Pullover und zog das Tabakpäckchen aus der Brusttasche des Overalls.

»Manchmal, ja«, sagte er leise, während er versuchte, das Telefon zwischen Hals und Schulter zu klemmen und sich eine Zigarette zu drehen.

»Ich auch«, kam ebenso leise Julias Antwort.

»Aber die Ärzte da sind gut. Solange Merette nicht aufgibt, wird das schon wieder.«

Er merkte selber, wie dürftig seine Sätze klangen. Aber es war wie sein persönliches Mantra, mit dem er sich Hoffnung zu machen und alle anderen Gedanken in den Hintergrund zu drängen versuchte, wenn der Alkohol ihn ausreichend betäubt hatte. Solange Merette nicht aufgibt, wird alles gut. Merette schafft das. Alles wird gut.

Verblüfft hörte er, wie Julia plötzlich auflachte.

»Mama gibt nicht auf. Nie! Ich glaube, darüber müssen wir uns echt keine Sorgen machen. Also, dann sehen wir uns bald! Ich habe schon einen Flug nach Oslo gebucht. Holst du mich ab und wir fahren zusammen zu ihr? Dann können wir auf der Fahrt noch ein bisschen reden.«

»Klar, machen wir so.«

»Gut. Ich schick dir eine SMS mit Uhrzeit und Flugnummer. Ich liebe dich. Ich liebe euch beide.«

»Wir lieben dich auch. Pass auf dich auf!«

Für einen Moment blieb er noch auf dem Boden sitzen und drehte die fertige Zigarette zwischen seinen Fingern hin und her, ohne sie anzuzünden. Er hoffte nur, dass Julia eben tatsächlich nichts von seiner jämmerlichen Verfassung bemerkt hatte. Und er musste einen Weg finden, um sich wieder in den Griff zu bekommen, bevor sie gemeinsam zu Merette fahren würden. Vor allem musste er aufhören zu trinken! Auch wenn er sich davor fürchtete und keine Idee hatte, ob er es schaffen würde. Er verstand sich selber nicht, aber vielleicht war ihm durch Merettes Prognose zum ersten Mal bewusst geworden, wie sehr er sie brauchte. Und wie selbstverständlich er immer davon ausgegangen war, dass es nichts geben würde, was ihr gemeinsames Leben wirklich verändern könnte.

»Why must things change«, murmelte er halblaut vor sich hin, während er sich mühsam aufrichtete und mit schweren Schritten zur Küche hinüberging, um endlich etwas anderes als Kaffee und Whiskey in den Magen zu bekommen. Aber er hatte noch kaum den Kühlschrank geöffnet, als er merkte, wie ihm plötzlich die Tränen über die Wangen liefen. Er kam nicht dagegen an, er stand einfach so mitten in der Küche und schluchzte. Und wünschte sich, dass Julia nicht weit weg für ein Auslandssemester in Berlin wäre. Dass Merette nie gestürzt wäre, sich nie verletzt hätte, nie im Rollstuhl darauf warten müsste, dass sich ihr Zustand endlich besserte. Dass er selber in der Lage wäre, so etwas wie Optimismus zu verbreiten. Oder wenigstens seinen ganz normalen Alltag zu meistern, so zu funktionieren, wie er es Merette und Julia schuldig war …

Als das Telefon, das er neben der Spüle abgelegt hatte, erneut klingelte, musste er sich zusammenreißen, um seine

Stimme unter Kontrolle zu bringen. Die Nummer auf dem Display sagte ihm nichts.

»Jan-Ole? Ich hoffe, ich störe nicht. Kristina ist hier, aus Kristiansand. Ich habe es schon unter deiner Dienstnummer versucht, aber da hat niemand abgenommen.«

Jan-Ole rieb sich mit der freien Hand über die Schläfe, als könnte er so den Kopfschmerz vertreiben, der sich langsam von seinem Nacken her ausbreitete. Kristina! Die junge Kriminalkommissarin, mit der er am Ende des letzten Sommers zusammengearbeitet hatte. Bei eben der Ermittlung, die schließlich zu Merettes Unfall führte.

»Jan-Ole? Bist du noch da?«

»Ich bin für ein paar Tage krankgeschrieben, deshalb erreichst du mich nur zu Hause. Was ist los? Warum rufst du an?«

»Sehr begeistert scheinst du ja nicht gerade, mich zu hören …«

»Entschuldigung, Kristina, aber …«

»Schon gut, ich mache es kurz. Wir haben hier einen Unfall gehabt, zwischen Evje und Åseral ist ein Bus über einen zugefrorenen See gefahren und eingebrochen. Ein Tourneetheater, vierzehn Leute. Wir konnten sie nur noch tot rausholen, sie sind alle ertrunken.«

Jan-Ole holte tief Luft, während er die Kühlschranktür schloss und sich einen Küchenstuhl heranzog.

»Aber warum …«

»Warum ich dich deshalb anrufe?«

»Ja, ich meine, das ist schlimm, was du da erzählst, aber …«

»Es gibt da zumindest eine Sache, die darauf hindeutet, dass es nicht einfach ein Unfall war, weil die Typen so bescheuert gewesen sind, den See als Abkürzung zu benutzen. Wir hatten hier einen ziemlichen Schneesturm, der die meisten Spuren unbrauchbar gemacht hat, aber es sieht verdammt so aus, als wäre das Eis präpariert worden.«

Unwillkürlich stieß Jan-Ole einen leisen Pfiff aus.

»Moment, du meinst …«

»Da hat jemand so was wie eine Rinne gehackt, die nur mit einer dünnen Eisschicht überfroren war. Zu dünn, um das Gewicht eines Fahrzeugs zu tragen. Aber warte, es kommt noch was anderes hinzu, weshalb ich dich bitten möchte, dir das mal selber anzusehen. Eine von den Toten im Bus ist eine alte Bekannte von dir und mir! Und ich kann nicht ausschließen, dass es nicht vielleicht einen Zusammenhang mit unserem letzten Fall hier gibt.«

»Wer?«, stieß Jan-Ole hervor. Von einer Sekunde zur nächsten war er hellwach. »Von was für einer Frau redest du?«